PIPPA NIXON

Honeybridge. All Mine

PIPPA NIXON

HONEY BRIDGE

All Mine

ROMAN

Übersetzung aus dem Englischen
von Angela Koonen

Lübbe

NACHHALTIG PRODUZIERT

Die Bastei Lübbe AG verfolgt eine nachhaltige Buchproduktion. Wir verwenden Papiere aus nachhaltiger Forstwirtschaft und verzichten darauf, Bücher einzeln in Folie zu verpacken. Wir stellen unsere Bücher in Deutschland und Europa (EU) her und arbeiten mit den Druckereien kontinuierlich an einer positiven Ökobilanz.

FSC
www.fsc.org
MIX
Papier | Fördert gute Waldnutzung
FSC® C014496

Titel der englischen Originalausgabe:
»All Mine«

Bei Fragen zur Produktsicherheit wenden Sie sich bitte an:
produktsicherheit@bastei-luebbe.de

Textredaktion: Dorothee Cabras, Grevenbroich
Umschlaggestaltung: www.buerosued.de
Umschlagmotiv: © www.buerosued.de
Satz: two-up, Düsseldorf
Gesetzt aus der Minion
Druck und Verarbeitung: GGP Media GmbH, Pößneck

Printed in Germany
ISBN 978-3-7577-0164-2

1 3 5 4 2

Sie finden uns im Internet unter luebbe.de
Bitte beachten Sie auch lesejury.de

Für all die wunderbaren Frauen
in meinem Leben

1

Isabella

»Ihre Schlüssel, Mrs Tucci.« Der Immobilienmakler übergab ihr einen großen Stahlring mit Schlüsseln verschiedener Form und Größe. Isabella hatte zum ersten Mal mit ihm zu tun, weil ihre bisherige Maklerin erkrankt war. Deren Vertretung war ein Mann von Anfang vierzig in einem schlecht sitzenden Anzug.

»Ms«, korrigierte sie geistesabwesend und trat einen Schritt zurück, um das Gebäude in Augenschein zu nehmen. Nicht, dass es daran viel zu bewundern gab. Vernagelte Fenster, abblätternde Farbe. Doch darüber konnte sie hinwegsehen, denn sie sah es in seiner Zukunft oder vielmehr in ihrer vor sich. Sie holte tief Luft, und ein Lächeln hellte ihr Gesicht auf.

»Ungewöhnlicher Name, Tucci«, bemerkte er lässig – und neugierig. »Italienisch?«

»Meine Familie stammt aus Italien. Nennen Sie mich bitte Isabella.«

»Das ist ein enormes Vorhaben.« Der Makler wippte auf den Absätzen und blies die Wangen auf. »Dürfte Sie eine Weile beschäftigt halten.«

Das mochte er annehmen, aber sie war nicht in der luxuriösen Lage, sich Zeit lassen zu können. Nach ihrem Plan blieben ihr knapp drei Monate, um das Gebäude zu renovieren und noch in diesem Jahr ein neues Leben anzufangen. Neun lange Monate hatte es gedauert, das passende Objekt zu finden, es zu ersteigern und die scheinbar endlosen Formalitäten zu durchlaufen. Und nun hielt sie endlich die Schlüssel in der Hand und würde innerhalb von neunzig Tagen eröffnen.

»Könnte auch ein Fass ohne Boden werden …« Damit setzte er zu unverlangten Ratschlägen an. »Wenn Sie nämlich …«

Um das herablassend-belehrende männliche Gerede zu unterbrechen, hob sie die Hand.

»Das Gutachten war sauber. An der Bausubstanz ist nichts auszusetzen. Es braucht nur einiges an Renovierungsarbeit und eventuell eine neue Elektrik.«

Allein beim Aussprechen dieser Tatsachen wurde ihr mulmig. Sie war die Zahlen tausendmal durchgegangen, weil das Geld alles war, was sie auf der Welt hatte, das Einzige aus ihrem alten Leben, mit dem sie das neue finanzieren konnte. Der Ertrag aus ihrer Scheidungsvereinbarung, aus dem Verkauf des Hauses, aus dem Leben, das sie geglaubt hatte, bis ans Ende ihrer Tage zu führen. Mehrfach hatte sie die Zahlungsverpflichtungen überprüft, denn es gab niemanden mehr, der ihr notfalls unter die Arme greifen würde. Niemanden, der die Kosten mit ihr teilte. Der Gedanke zog ihr den Magen zusammen.

Im warmen Sonnenschein der letzten Augusttage schaute sie wieder auf das Gebäude, ein recht kleines mit schmutziger weißer Fassade, das an einem zur Fußgängerzone umgewandelten Platz lag. Es hatte nichts Besonderes an sich – noch nicht. Aber sie stellte sich vor, wie es mit gereinigter Front und Blumenkästen voller Blühpflanzen aussah. Und wenn die Musik durch die offenen Fenster zu hören wäre.

Isabella schaute zu der Stelle über der Tür, wo das alte

Schild gehangen hatte, und bei dem Gedanken, dort bald ihr eigenes anzubringen, verwandelte sich ihre Angst in Vorfreude. Das Gebäude gehörte jetzt ihr, und sie würde damit erfolgreich sein.

Der Makler streckte die Hand nach ihren Schlüsseln aus. »Soll ich für Sie aufschließen?«

Das wollte sie gern selbst tun. »Es geht schon, Mr Reynolds, und die Umzugsleute werden auch gleich hier sein. Aber danke für alles.«

»Kommt Ihr Mann auch? Um zu helfen?« Er sah sich nach allen Seiten um.

Sie rang sich ein Lächeln ab, obwohl sie die Bemerkung ärgerte. Warum glaubte jeder, dass bei allem ein Mann nötig war? »Nein, ich bin allein.«

Und das ist so viel besser, sagte sie sich und warf die Haare über die Schulter, doch zugleich kniff sie die Lippen zusammen, weil ihr das einen Stich gab. Die Erinnerungen waren noch zu frisch. Die guten noch besonders lebendig – der Rausch der ersten Liebe, die Vorfreude, die Dates, die gemeinsamen Feiertage, der Verlobungsring, ihr weißes Kleid, ihr gemeinsames Haus – all das sah sie wieder vor sich wie in einem Familienvideo. Wie sie am Küchentisch zusammen lachten. Wie sie an Daniels Brust gelehnt auf dem Sofa mit ihm Filme schaute. Aber inzwischen folgten darauf stets die schlechten Erinnerungen – an die sie nie wieder denken wollte. Wer hätte gedacht, dass sie mit dreiunddreißig schon ein Mal geschieden sein würde?

»Was haben Sie hier eigentlich vor?« Der Makler schob die Hände in die Hosentaschen und klirrte darin mit Schlüsseln, verdächtig nah an seinem besten Stück. »Schönheitssalon? Nagelstudio?«

Sie schluckte ihre Frustration hinunter. Schon wieder so

ein verbreitetes Vorurteil. Die Männer sahen ihre langen, welligen Haare, ihre hohen Wangenknochen und die ebenmäßigen weißen Zähne, sahen, dass sie schlank und fit und straff war, die Kurven an den richtigen Stellen hatte, und achteten erst gar nicht darauf, ob sie auch intelligent war. Sie nahmen nur ihr Äußeres wahr. Nicht, dass an Nagelstudios und Schönheitssalons etwas auszusetzen wäre. Aber sie hatte nun mal etwas anderes vor.

»Ein Restaurant«, antwortete sie bestimmt.

Er zog die Brauen bis zu seinem schütteren Haaransatz hoch. »Wow, das ist harte Arbeit.« Darauf zuckte sie mit den Schultern, denn das schreckte sie nicht. Er war jedoch noch nicht fertig. »Lange Arbeitstage. Schwierig, Personal zu finden.«

Der Typ war ein Lexikon der Schwarzmalerei. Sie ignorierte ihn, und ihre Aufmerksamkeit wurde vom Schimmer einer Kupfermünze auf dem Pflaster angezogen. Ein Penny. Ein gutes Omen. Sie bückte sich danach, und bevor sie ihn einsteckte, drückte sie ihn einen Moment lang fest in die Handfläche, damit er ihr Glück brachte.

»Also unverheiratet?«, fragte er von einer Stelle genau hinter ihr. Sie richtete sich augenrollend auf. Als sie sich umdrehte, um zu antworten, bemerkte sie seine anerkennende Miene und seinen Blick, der an ihrem Körper entlangglitt, um schließlich auf ihrer Brust zu verweilen. Sie räusperte sich, worauf er ihr hastig ins Gesicht sah.

»Ja«, antwortete sie betont. »Ich bin ein sehr glücklicher Single.«

Er blies die Wangen auf, und um weiteren Fragen vorzubeugen, redete sie sofort weiter.

»Ich bin nicht auf der Suche nach Ablenkung. Nicht bevor mein Restaurant erfolgreich läuft.«

Nur noch drei Monate, dachte sie. Eigentlich nur noch knapp drei Monate bis zum Beginn ihres neuen Lebens und bis zum Ende ihrer selbst auferlegten Sexpause. Nach dem Bruch mit Daniel hatte sie sich geschworen, ein Jahr lang allein zu bleiben und ohne Sex auszukommen. Wer brauchte einen Mann, die Scherereien, die Lügen? Oder den Liebeskummer, die Verlustangst, die Zersetzung des Selbstwertgefühls? Sie wollte sich Zeit lassen, um sich davon zu erholen und zu sich selbst zu finden, ehe sie wieder einen Mann auf ernsthafte Weise in ihr Leben ließ.

Zunächst war ihr das leichter gefallen als gedacht. Obwohl sie seit dem College ein regelmäßiges, gesundes Sexleben gepflegt hatte, hatte ihr anfangs nichts gefehlt. Dass sie wieder Single war, hatte sie nicht an die große Glocke gehängt, und doch hatte es sich schnell herumgesprochen.

Wahrscheinlich lag es am Scheidungsschock, dass sie keine Lust hatte, und sie lehnte Einladungen und Dates ohne Zögern ab. Im Gym hielt sie den Blick gesenkt und mied den Hantelbereich. Sie konzentrierte sich auf ihre Arbeit in der Marketingagentur, kündigte schließlich und ließ sich auch bei ihrer Abschiedsparty nicht von betrunkenen Kollegen abschleppen. Sie schützte sich um jeden Preis.

Nach dem Schock im vergangenen Jahr brauchte sie jetzt ein Jahr für sich allein. Um sich wieder stark zu fühlen – und allen zu beweisen, dass sie falschlagen, besonders Daniel. Doch in letzter Zeit hatte sie im Unterleib gelegentlich das vertraute Ziehen gespürt. Ihre Gefühle erwachten wieder zum Leben, ihre Bedürfnisse lösten sich aus der Schockstarre. Sie hatte sich einen Stapel pikanter Liebesromane gekauft und letzten Monat die Batterien in ihrem Vibrator zweimal ersetzen müssen. Wenn das Jahr um war, würde sie heiß auf Sex sein. Noch drei Monate. Und die dürften schnell vergehen.

»Haben Sie schon die Konkurrenz ausgespäht?« Der Makler deutete mit dem Kopf zur anderen Seite des Platzes, und sie folgte seinem Blick.

Genau gegenüber lag das *Le Bistro*. Es hatte Bleiglasfenster, eine Backsteinfassade und ein niedriges Dach. Sie konnte sich gut vorstellen, wie es drinnen aussah, lauter gemütliche Nischen und Ecken mit Kerzenschein und Deckenbalken. Die Speisekarte hatte sie sich online angesehen – Minutensteaks, Pommes frites, Coq au Vin. Das mochte ein weiteres Restaurant sein, stellte aber keine direkte Konkurrenz dar.

Sie würde traditionelle italienische Küche anbieten, die Rezepte ihrer Familie kochen, die seit Generationen weitergereicht wurden. Die ihre Großmutter mit der Hand aufgeschrieben und ihre Mutter sorgfältig mit der Schreibmaschine abgetippt hatte. Das Essen ihrer Kindheit, ihrer Familie, ihrer Vergangenheit würde sie in die Zukunft führen.

Während sie hinüberschaute, kam ein Mann heraus, lehnte sich in die offene Tür und beobachtete sie. Sie konnte erkennen, dass seine Jeans an den Oberschenkeln schmal, aber nicht zu eng waren und sein hellblaues Hemd an den besten Stellen anlag. Ein Geschirrtuch war in seinen Gürtel gehakt und hing an der Hüfte herab. Ein Kellner? Der Geschäftsführer? Unwillkürlich hielt sie sich aufrechter und hob das Kinn. Da sein Blick auf ihr ruhte, fragte sie sich, ob ihm gefiel, was er sah.

»Ähm!« Der Makler räusperte sich laut, doch Isabella ignorierte ihn.

Der Mann gegenüber nickte einer blonden Frau zu, die vorbeiging, und rief etwas, was sie zum Lachen brachte. Dann lehnte er sich wieder an und schaute zu ihnen herüber. Er beobachtete sie ganz unverhohlen. Einen Moment später richtete er sich auf, weil von drinnen wohl jemand nach ihm rief.

Ehe er hineinging, winkte er ihr zu, und sie lächelte unwillkürlich und erwiderte den Gruß sogar. Okay. Okay. Anfassen war noch verboten, aber es tat immer gut, etwas Schönes zum Angucken zu haben.

»Gut, ich überlasse Sie jetzt Ihrer Arbeit. Oder soll ich Sie vielleicht doch hineinbegleiten?«

Es gefiel ihr, wenn ein Mann nicht gleich aufgab, und dieser war hartnäckig, doch er war nicht ihr Typ. Ihr Blick huschte zu der leeren Tür gegenüber. Den da drüben würde sie schon eher vernaschen. Sie stieß sich mental in die Rippen. Was dachte sie sich denn? Sie hielt endlich die Schlüssel zu ihrer Zukunft in den Händen – jetzt war nicht der Zeitpunkt, um nach einem gut aussehenden fremden Mann zu lechzen.

»Ich komme zurecht, Mr Reynolds, danke.« Sie ging zur Tür. Der größte Schlüssel glitt reibungslos ins Schloss und ließ sich drehen, bis es befriedigend klickte. Als sie die Tür aufdrückte, rief er ihr hinterher.

»Isabella, wie soll es eigentlich heißen, Ihr Restaurant?« Diesmal bekam er von ihr ein aufrichtiges, strahlendes Lächeln.

»*Tutto Mio*«, antwortete sie.

Er runzelte fragend die Stirn. »*Tutti …?*«

»*Tutto Mio*«, wiederholte sie. »Ganz das Meine, Mr Reynolds. Es gehört allein mir.«

Sie ging hinein.

Nach dem hellen Sonnenschein auf dem Platz war die Dunkelheit im Innern ein Schock. Die vernagelten Fenster ließen kaum Licht herein. Isabella brannte darauf, das Potenzial zu sehen, das sie zu dem Kauf bewogen hatte. Mit klopfendem Herzen tastete sie an der Wand nach dem Schalter und machte sich Licht.

Da war es. Beschienen von ein paar Strahlern und einer hängenden Leuchtstoffröhre, deren Tage gezählt waren, und in all seiner schmutzigen, heruntergekommenen Pracht: ihr Restaurant.

Der Hauptspeiseraum war geräumig genug für sechzig Sitzplätze. Vielleicht mehr, wenn sie für bestimmte Anlässe die Tische anders anordnete, aber die Geschäftskalkulation war konservativ auf sechzig Plätzen aufgebaut. An der hinteren Wand standen Tische und Stühle gestapelt. Die würden alle weichen. Resopaltische und Schulstühle passten definitiv nicht zu dem Ambiente, das ihr vorschwebte.

An einer Wand hatte sich die auffällige Blumenmustertapete gelöst und hing im Bogen herab, sodass man den abblätternden Putz sah. Der Teppichboden machte bei jedem Schritt ein klebriges Geräusch, als Isabella in der Mitte eine langsame Runde drehte und sich vorstellte, wie der Raum in ein paar Monaten aussehen könnte.

Sie wollte einen relaxten Stilmix, der etwas Vertrautes hatte und an Familienessen erinnerte. Sie wollte die Gäste ermutigen, am Tisch zu verweilen, sie sollten sich nicht gedrängt fühlen zu gehen. Sie wollte sie eine weitere Flasche Wein bestellen oder bei einem Kaffee plaudern sehen.

Isabella überlegte, gebrauchte Holztische anzuschaffen, wie man sie vielleicht aus der Küche seiner Mutter kannte. Keine biederen Tischdecken oder Platzdeckchen. Aber gepolsterte Stühle, bunte Salz- und Pfefferstreuer. Väschen mit gepflückten Grünzweigen und Wiesenblumen. Und für einsame Esser ein Regal mit Tageszeitungen und einigen Büchern, in denen die Gäste während der Mahlzeit lesen konnten. Und mit Stiften und Papier für die Familien mit Kindern, die vor dem nächsten Gang Galgenmännchen und Tic-Tac-Toe spielen wollten.

Für einen Moment schloss sie die Augen und hörte das gedämpfte Lachen und Geplauder der künftigen Gäste. Dann betrachtete sie wieder die herbe Realität, doch ihr Lächeln blieb.

Sie ging in die Küche. Der vorige Inhaber hatte ein Café betrieben, aber das war fast zwei Jahre her. Die Geräte funktionierten vermutlich noch, doch ihr war klar, dass sie für das *Tutto Mio* bessere brauchte. Ein Herd war schon bestellt und sollte in einem Monat geliefert werden, um sich in einen neuen gepflegten, hygienischen Bereich der Essenzubereitung einzufügen, ebenso die Kühl- und Gefriergeräte.

Sie hatte alle Kosten genau aufgeschlüsselt und durchgeplant, viele Male, aber die Höhe der Investition löste bei ihr noch immer ein mulmiges Gefühl aus. Ärgerlicherweise brachte ihr das auch Daniels Gesicht vor Augen, seine skeptisch zusammengezogenen Brauen, die gefurchte Stirn unter seinen schlaffen blonden Haaren.

Isabella verscheuchte das Bild, aber sie konnte sich genau vorstellen, was er jetzt sagen würde, um ihr das auszureden, und hörte seinen leicht herablassenden Tonfall. Sätze wie »Restaurants sind ein schwieriges Geschäft« und »Sicherer wäre es, das Geld anzulegen« und »Wir müssen uns auf ein Unternehmen konzentrieren, also vernünftigerweise auf meines« und dazu das Unausgesprochene wie »weil du deins in ein paar Jahren nicht mehr führen kannst, weil wir dann Kinder haben«.

Tja, jetzt konnte er sie mal kreuzweise. Und er hatte sowieso nie etwas von ihrem Traum gehalten. Der war allein ihrer gewesen.

Sie wollte das Restaurant schon, so lange sie zurückdenken

konnte. Nachdem sie Daniel an der Universität kennengelernt hatte, war das eines der frühen »ernsten« Gespräche zwischen ihnen gewesen, als sie sich zu später Stunde bei einem Wodka Cola getraut hatten, von ihren Ambitionen zu sprechen.

Sie studierte damals Betriebswirtschaft, um ihr Restaurant fachlich fundiert führen zu können. Sie hatte bereits die Sommerkurse der Kochschule absolviert und die nötigen Bescheinigungen in der Tasche. Damals wusste sie schon, welche Gerichte sie servieren würde, nämlich die, die sie als Kind, als Teenagerin und als junge Frau am Tisch ihrer Mutter genossen hatte. Sie erzählte Daniel davon, und er machte große Augen und sagte, das sei fantastisch. Denn *sie* sei fantastisch.

Doch im Lauf der Zeit wurde ihr Traum von seinem überrollt. Nach seiner Volontärzeit an der Uni bekam er eine Vollzeitstelle, und sie zogen nach seinem Abschluss nach London, damit sie in der Nähe seines protzigen Büros wohnten, das lauter Glaswände und Aussicht auf die Themse hatte. Isabella bekam aufgrund ihres Wirtschaftsstudiums eine Stelle im Marketing, doch damit kam sie ihrem Wunschtraum keinen Schritt näher.

Daniels lange Arbeitszeiten brachten das dicke Geld ein, mit dem sie sich die Anzahlung auf ihr Haus und die Flitterwochen in St Lucia leisten konnten. Wann immer sie die Idee des Restaurants zur Sprache brachte, wechselte er das Thema. Und er sagte, er liebe es, abends nach Hause zu kommen und zu wissen, dass sie da sei. Das konnte sie ihm nicht verübeln. Sie liebte das auch. Er roch immer nach Großstadt, nach U-Bahn und Abendluft, und er fand, sie rieche nach Zuhause. Die Erinnerung tat noch weh. Sie seufzte.

Isabella wischte den Schmutz von der Arbeitsfläche, schwang sich hinauf und schlug die Beine übereinander. Die Welt konnte ebenso gut auch jetzt schon erfahren, was sie vorhatte. Sie hatte monatelang nichts von sich hören lassen, hatte weder auf Instagram etwas von sich preisgegeben noch mit ihrer alten Clique Kontakt gehalten. Eine Scheidung teilte den Freundeskreis sowieso in der Mitte, und die Einzigen, die ihr wichtig waren, waren Jesse, mit dem sie seit der Uni befreundet war, und ihre Cousine Gabriella. Die beiden würden zu ihr halten, komme, was da wolle.

Nach allem, was vorgefallen war, hatte sie gekränkt und beschämt den Kopf eingezogen, weil sie sich fühlte, als wäre ein Scheinwerfer auf sie gerichtet und alle redeten über sie, obwohl das natürlich nicht der Fall war. Aber so war es, wenn man seinen Mann bei einer Affäre erwischt hatte. Bei einer, die seit Jahren lief. Während der Hälfte ihrer Ehezeit. Wie hatte sie so blind sein können?

Sie erinnerte sich noch genau, wie sie sein Handy genommen hatte, um für den Abend einen Tisch im Restaurant zu bestellen, und plötzlich die SMS erschienen war. Eine, in der er mit Danny angesprochen wurde, obwohl Isabella niemanden kannte, der das tat, außer ihr selbst. Eine SMS, die klarmachte, dass sie sich die Buchung sparen konnte, da Daniel offenbar auf zwei Hochzeiten tanzte.

Tief enttäuscht und gedemütigt hatte sie begriffen, dass ihre Ehe äußerst klischeehaft enden würde. Eine Ehefrau, die im Handy ihres Mannes auf den Beweis für seine Untreue stieß. Denn natürlich scrollte sie zurück. Da fanden sich noch mehr sexuelle und – schlimmer noch – liebevolle Nachrichten.

Kurz nach der Trennung war Isabella so niedergeschlagen gewesen, dass sie morgens kaum die Kraft gehabt hatte, das Bett zu verlassen. Daraufhin erschien Gabriella vor ihrer Tür und quartierte sich ungefragt im Gästezimmer ein. Je nachdem, was Isabella gerade brauchte, ließ Gabi sie in Ruhe oder nahm sie in den Arm. Sie zwang sie, sonntags ihre Eltern zu besuchen, damit die sich keine Sorgen machten. Sie begleitete Isabella in der U-Bahn, damit sie an drei Tagen in der Woche in der Firma erschien. Wenn sie im Homeoffice war, blieb sie oft genug im Schlafanzug, aber Gabi kochte wahllos Rezepte nach, die sie auf TikTok fand, und sie aßen zusammen vor dem Fernseher.

Isabella zog sich von allen anderen zurück außer von Jesse, der sie jeden Abend anrief und ihr bestätigte, dass Männer nichtsnutzige Scheißkerle waren. Er wusste das aus eigener Erfahrung. Auf Sprachnachrichten von anderen Freunden reagierte sie nicht. Sie weinte im Bett und im Bad und im Wohnzimmer, und ihr Herz kam ihr so leer vor wie das Haus.

Gabi sorgte bei Papiertaschentüchern für Nachschub.

Nach einiger Zeit empfand Isabella anders. Sie war peinlich berührt, weil Daniel sie betrogen hatte, und wütend, weil das Leben, das sie sich aufgebaut hatte, nun zerstört war. Sie waren in ihrer Uniclique das Vorzeigepaar gewesen. Sie hatten sich im ersten Jahr ineinander verliebt und gleich nach dem Abschluss geheiratet. Jesse hatte sich damals mit Champagner betrunken und zu ihr gesagt, er wolle »einen wie Daniel«.

Sie waren die beiden, die ein Haus kauften, hart arbeiteten und Geld auf die Seite legten. Sie waren das Paar, das Kinder und eine gemeinsame Zukunft plante. Wie konnte er es wagen, ihr all das zu nehmen? Viele Monate danach wollte sie das noch immer – und ihn. Obwohl er ein Scheißkerl war. Sie konnte nicht anders. Er war eben ihr Scheißkerl gewesen.

Seit sie die Scheidungspapiere unterschrieben hatte, war sie weit gekommen, und jetzt, in ihrem eigenen Restaurant, fühlte sie sich endlich stark genug, um die Neuigkeit zu verbreiten. Sie war wieder da. Isabella zog ihr Handy hervor und aktivierte Instagram. Neuer Account.

Ein paar Augenblicke später teilte sie ihren ersten Post von *Tutto Mio*, aber mit der Überschrift *Neues italienisches Restaurant in Kürze*. Sie würde ihr Profil in den kommenden Monaten weiter ausbauen und plante schon Großes für die Eröffnung. Sie wollte ihre Erfahrung in den sozialen Medien nutzen, um für Aufsehen zu sorgen und die Bewohner des Viertels für ein gutes Essen zu gewinnen, aber auch Leute von weiter her anlocken.

Das Telefon noch in der Hand, starrte sie einen Moment lang auf das Display und verspürte einen Anflug von Nostalgie. Die Verlockung ihres alten Lebens. Sie konnte nicht widerstehen und klickte auf ihr früheres Profilbild: ihr glücklich strahlendes Gesicht mit Sonnenbrille, in der sich die Sonne spiegelte, und mit blauem Himmel als Hintergrund. Sie scrollte durch ihre Beiträge. Fotos von Strandurlauben und Regenbögen und spiegelnden Pfützen auf schlammigen Spazierwegen. Zwei Paar Gummistiefel an der Terrassentür. Ein leuchtender Weihnachtsbaum vor einem Fenster. Nebeneinander an einem Gartentisch im Pub mit einem Bier und einem Pino Grigio. Alles bezeugte lautstark ihr Glück.

Das gab ihr einen heftigen Stich. Dass sie geglaubt hatte, Daniel wäre ihr Liebesglück bis ans Ende ihres Lebens. Vermutlich sollte sie inzwischen dankbar sein, weil sie erkannt hatte, dass es so etwas nicht gab.

Draußen verkündete lautes Hupen die Ankunft des Umzugswagens und holte sie zurück in die Gegenwart. Sie sprang von dem Arbeitstisch und legte ihr Handy hin.

Männer. Kein Wunder, dass die bei ihr abgemeldet waren.

2

Etienne

Wie jeden Morgen lehnte Etienne in der Tür des Bistros und beobachtete den Platz. Er hatte seinen gewohnten Fünf-Kilometer-Lauf schon erledigt. Anfangs lief er mit Widerwillen, aber sobald er den Park hinter sich ließ und auf den Weg am Fluss gelangte, konnte er es genießen. Besonders um diese Jahreszeit, wenn die drückende Sommerhitze vorbei war. Obwohl er geduscht und sich umgezogen hatte, war sein Puls noch erhöht und seine Haare leicht feucht. Das war ein geeigneter Moment, um vor dem Arbeitstag noch einmal durchzuatmen. Dies war außerdem ein guter Beobachtungspunkt, um ringsherum das Kommen und Gehen zu verfolgen.

Er entdeckte Millie, die blonde, zierliche Geschäftsführerin der örtlichen PR-Firma, auf ihrem Weg zum Büro und grüßte sie. Leicht errötend winkte sie ihm, und er erinnerte sich, dass die gleiche freudige Röte auf ihren Wangen geblüht hatte, als sie vor ein paar Wochen vor ihm die Bluse aufgeknöpft hatte. Das hatte Spaß gemacht. Jetzt beobachtete er, wie sie in ihrem Kostüm die Hüften schwang, und erwog, seine Performance zu wiederholen. Aber nur flüchtig. *Nope.* Kam nicht infrage. Besser, er hielt es weiter unbeschwert und locker. Beließ es bei einer Nacht. Das war immer besser.

Entlang der Südseite des Platzes wurden Marktstände aufgebaut. Der Gemüsehändler, ein Fischstand, eine Familie, die

Gin aus der Region anbot, ein Stand mit Käse und Oliven, die eimerweise verkauft wurden.

Auf der gegenüberliegenden Seite stand ein Paar mit dem Rücken zu ihm vor dem ehemaligen *Keepers Café*, das vor einigen Jahren geschlossen hatte. Er hatte von dem Verkauf gehört. Vielleicht waren die beiden da drüben die neuen Besitzer.

Doch irgendetwas sagte ihm, dass sie kein Paar waren. In seinen Augen passten sie nicht zueinander. Sie hatte lange gepflegte Haare und trug eine schwarze Jeans, die sich hübsch um ihre runden Hüften schmiegte. Er dagegen hatte ein verknittertes Jackett an, und die Kopfhaut schimmerte durch seine schütteren Haare. Er wirkte behäbig, sie geschmeidig. Während er die beiden beobachtete, fiel ihm auf, dass der Mann ein Klemmbrett und einen Schlüsselbund in der Hand hielt. Aha. Immobilienmakler.

Also war sie es, die das *Keepers* übernahm. Er schaute suchend über den Platz, ob jemand zu ihr gehörte, ein Geschäftspartner oder ein Lebensgefährte. Doch er sah nur Anwohner. Von den meisten wusste er den Namen und von einer der Frauen auch, wie sie sich anfühlte. Also war die Neue allein.

In dem Moment drehte sie sich zu ihm um. Etienne brummte anerkennend. Selbst aus dieser Entfernung war zu erkennen, dass sie umwerfend aussah. Sie musterte ihn unverhohlen und neigte leicht den Kopf zur Seite, sodass ihr die Haare über die Schulter fielen.

Er überlegte, hinüberzugehen und sich vorzustellen, wurde aber ins Restaurant gerufen. Etienne schaute noch einen Moment lang zu ihr und hob die Hand zum Gruß. *Willkommen in unserem Viertel, Babe.* Sie erwiderte den Gruß, und sein Interesse flammte auf.

Höchste Zeit, weiterzumachen. Und solche kribbelnde Vorfreude war manchmal ganz schön. Allerdings musste er normalerweise nicht lange warten, bis er bekam, was er wollte.

Er öffnete sein Handy und seinen meistgenutzten Chat: *Brothers from Another Mother.* Etienne war eng befreundet mit dem grauhaarigen Spieldesigner Fox und Walker, einem Feuerwehrmann, und sie wurden so häufig zu dritt gesehen, dass man sie in der Stadt »die drei Amigos« nannte.

Etienne: **Es gibt eine Neue in der Stadt, Leute. Übernimmt das alte Keepers Café.**

Nach einer Sekunde wurden die Häkchen blau.

Walker: **Du hast dich ihr schon vorgestellt und ihr eine himmlische Nacht angeboten?**

Etienne: **Nö, nur gesehen, wie sie die Schlüssel bekommen hat.**

Walker: **Sollte ich vielleicht vorbeikommen und ihre Feuerleiter checken?**

Etienne: **Gute Idee. Sie ist brandheiß.**

Etienne verzog das Gesicht über seinen Flachwitz.

Fox: **Die Info würde mich interessieren, wenn ich die Zeit oder die Energie hätte. Aber ich habe bei dem neuen Spiel eine Deadline ...**

Fox ließ sich Zeit, und Etienne sah, dass er noch tippte.

Fox: **Reggie muss am Montag ein Schulprojekt abgeben. Dafür müssen wir einen verdammten Dinosaurier machen ...**

Pause. *Schreibt ...*

Fox: **Und George hatte heute Morgen schon zweimal schwallartiges Erbrechen.**

Etienne verzog das Gesicht. Fox' Jungen waren die Besten. Wild, lustig, sommersprossige Energiebündel, die immer in Bewegung waren, bis ihnen abends die Augen zufielen. Fox hatte mit ihnen alle Hände voll zu tun, seit seine Frau gestorben war.

Etienne: **Fox, brauchst du was?**

Er wusste, Walker würde auch auf die Antwort warten. Denn trotz des Geplänkels taten sie alles füreinander. Hatten sie schon und würden es wieder tun.

Fox: **Ich komme klar, Mann. Außer du hast Lust, Reggie am Wochenende bei seinem T-Rex zu helfen?**

Etienne dachte kurz an den Schichtplan seiner Bedienungen.

Etienne: **Samstagnachmittag? Gegen drei?**

Fox: **Du bist meine Rettung.**

Walker: **Meine Schicht endet um vier. Ich stoße dann zu euch.**

Fox: **Jungs, ihr seid die Allerbesten.**

Etienne verließ den Chat und googelte auf dem Weg in die Küche *Dinosaurier basteln.*

3

Isabella

Ein paar Tage später arbeiteten im *Tutto Mio* etliche Handwerker, und Isabella konnte von Glück reden, wenn sie zwischen Arbeitsbeginn und Feierabend mal zehn Minuten für sich allein hatte. Sie musste sich durchsetzen, um zur Toilette gehen zu können, denn die Handwerker stellten ihr in einem fort Fragen und verlangten Entscheidungen. Und meist fand sie nur dort die Zeit, um ihrer Mutter zu antworten, die auf den neuesten Stand gebracht werden wollte.

MIA FAMIGLIA

Mamma: **Wie läuft es?**

Isabella: **Es läuft! Heute zehn Leute auf der Baustelle.**

Papà: **Zeig ihnen, wer der Boss ist, Isabella!**

Isabella: **Das wissen sie schon, Papà!**

Mamma: **Schick mir ein Foto, ja?**

Isabella: **Heute Abend, wenn man den Fortschritt sieht.**

Mamma: **Hast du etwas gegessen?**

Isabella: **Natürlich. Keine Sorge!**

Sie zog ein gequältes Gesicht wegen ihrer Notlüge, steckte das Handy weg und nahm sich auf dem Weg nach unten ein Ciabatta-Brötchen.

Die ersten paar Tage hatte sie damit verbracht, bei lauter

Musik die Wohnung über dem Restaurant gründlich zu putzen. Das war ihr neues Zuhause. Sie hatte die Fliesen abgewaschen, sogar einige Wände gestrichen und die Teppichböden mit einem Dampfreiniger bearbeitet.

Inzwischen war sie mit ihren Möbeln eingezogen. Es waren nur wenige, aber sie gefielen ihr, denn sie hatte sie selbst ausgesucht. Das alte Sofa, auf dem sie früher mit Daniel gekuschelt hatte, hatte sie nicht mitnehmen wollen, ebenso wenig das Ehebett, in dem sie zusammen geschlafen und geträumt und sich geliebt hatten. Nachdem sie sich so weit beruhigt hatte, dass sie es nicht mehr anzünden wollte, hatte sie es auf einer lokalen Webseite verkauft, und ebenso alles andere, was Daniel dagelassen hatte.

Seit sie ernüchtert auf ihre Ehe zurückblickte, bedeuteten ihr die Sachen nichts mehr. Die stimmungsvollen Bilder, die sie zusammen auf einem Markt an der Themse gekauft hatten, kamen ihr jetzt öde vor. Die Vitrine vom Flohmarkt, die sie auf Shabby Chic getrimmt hatten, fand sie nicht mehr schick, sondern nur noch schäbig. Sie hatte alles ausrangiert außer ihrer Kleidung, den Fotoalben, ihren Küchenutensilien, dem Fernseher und dem mobilen Lautsprecher. Der Erlös hatte für den Neuanfang gereicht, und die Wohnung im Obergeschoss war schon wohnlich, wenn auch spärlich eingerichtet.

Sie hatte Lampen aufgehängt und Decken, Kissen und Teppiche ausgelegt, sodass es im Wohn- und im Schlafzimmer gemütlich war. Sie schickte Fotos an Jesse, der sofort mit einem gereckten Daumen oder einem roten Herz reagierte. Nicht, dass sie Zeit gehabt hätte, jemanden zu sich einzuladen. Aber wenigstens wirkte es einladend, wenn sie am Ende eines langen Tages mit schmerzendem Rücken oben die Tür öffnete und ironischerweise nur noch die Energie hatte, sich ein Fertiggericht zu erhitzen und anschließend ins Bett zu fallen.

An diesem Tag kümmerten sich die Handwerker um die Schränke und die neuen Steckdosen in der Küche. Isabella würde anfangen, die Tapeten abzulösen, was eine feuchte, klebrige Angelegenheit war. Sie schlang das Haar zu einem Knoten und hielt ihn mit einem hellblauen Tuch zusammen. Isabella hatte sich ein altes weißes, eingelaufenes T-Shirt und eine ausgebleichte Jeans angezogen, die schon mit Farbspritzern übersät war – perfekt für Renovierungsarbeiten. Sie machte ein Selfie für Gabi und stemmte dabei den Dampftapetenablöser in die Höhe wie ein Gewichtheber.

Gabi: **Girlpower!**
Isabella: **Aber so was von!**

Sie konnte es kaum erwarten, die Blümchentapete von hinten zu sehen. Und sie musste sie jetzt entfernen, damit der Gipser nächste Woche die Wände neu verputzen konnte. Zuerst waren die Wandflächen dran, dann die alten Holzböden, danach die Inneneinrichtung. Eine endlose Liste von Aufgaben. Sie heizte das Dampfgerät auf, schaltete das Radio ein, nahm den Spachtel und machte sich ans Werk.

Nach einer Stunde hatte sie den Bogen raus. Es war eine sonderbar befriedigende Arbeit. Als ein Song ausklang, hörte sie jemanden aus der Küche rufen, dann eine zweite Stimme und lautes Fluchen. Sie schaltete die Musik aus und rannte auf den Lärm zu.

Als sie die Tür aufriss, sah sie die Bescherung. Aus der Wand spritzte in Hüfthöhe Wasser aus einem Rohr. Ein Handwerker war bereits pitschnass und schaffte eilig elektrische Werkzeuge beiseite, ein Kollege im Overall versuchte, das Loch mit dem Daumen zuzuhalten, erreichte aber nur, dass das Wasser in andere Richtungen spritzte. Er war es auch, der fluchte wie ein Kesselflicker.

Er verstummte, sowie er sie bemerkte, und sagte kopfschüttelnd: »Haben beim Abnehmen der Schränke ein Rohr getroffen.«

Der dritte Kollege kniete vor der Spüle mit dem Kopf im Unterschrank, sodass seine Poritze aus der tief sitzenden Jeans lugte.

»Hier ist er nicht«, rief er, zog den Kopf heraus und bemerkte Isabella. »Ah! Wo ist Ihr Absperrhahn, Liebes?«

Isabella überlegte stirnrunzelnd, wo sie ihn gesehen hatte. Dann tappte sie über die nassen Bodenfliesen und riss die Tür zum Heizungsraum auf, wo die Waschmaschine des Cafés gestanden hatte. Sie öffnete den Schrank in der Ecke und zeigte triumphierend hinein. »Da.«

Er watete rutschend auf sie zu. Sein Bauch hing unter dem T-Shirt-Saum über den Hosenbund. Erneut beugte er sich mit einem Schraubenschlüssel in einen Schrank. Sie hörte ihn ächzen und dann: »Scheiße!«

Der Absperrhahn war abgebrochen. Ein Wasserstrahl spritzte direkt auf Isabella, durchnässte ihr T-Shirt und traf sie im Gesicht. Na toll.

»Was nun?«, fragte sie den Hintern des Mannes. Er kam aus dem Schrank hervor, worauf sie noch mehr Wasser abbekam. Er versuchte, das offene Rohr mit einem zusammengeknüllten Lappen abzudichten, aber vergebens. Überall war Wasser. Es tropfte ihr sogar vom Kinn.

»Da müssen Sie wohl einen Installateur rufen, Liebes. Den Notdienst, genauer gesagt. Es sei denn, Sie wissen, wo der Hauptwasseranschluss ist.«

Isabella starrte ihn einen Moment lang fassungslos an, dann watete sie steifbeinig ins Restaurant zurück. Männer!

Sie nahm ihr Handy und googelte, wo sich der Hauptwasserhahn befinden könnte. Sie überflog die ersten Treffer, und alle stimmten überein: meistens vor dem Haus, oft geteilt mit einem Nachbarn. Eher auf dem Bürgersteig als auf dem Grundstück. Einen Versuch war es wert.

Isabella lief nach draußen auf den Platz. Die kühle Morgenluft schlug ihr ins Gesicht, und ihr wurde klar, dass sie gerötet und feucht war vom Bedampfen der Tapeten. Sie schaute vor dem Haus über das Pflaster, wusste aber nicht so recht, wonach sie Ausschau halten musste. Nach einem Wasserhahn? Nein. Einem Metalldeckel im Boden, unter dem sich der Hahn verbarg. Wahrscheinlich.

Rechts von der Tür unter den Fenstern war keiner. Sie lief zur anderen Seite. Da war Unkraut aus den Fugen gewuchert, sodass sie ein paar Handvoll Gras ausreißen musste, um das Pflaster zu sehen. Ja. Das könnte es sein. Eine quadratische Metallplatte ähnlich einem Gullydeckel. Sie schob die Fingerspitzen in die Griffmulde, konnte sie aber nicht anheben. Sie brauchte einen Hebel. Verdammt.

»Hat jemand ein Stemmeisen? Oder etwas Ähnliches?«

Drinnen murmelte ein Mann etwas, und sie hörte, dass ein Werkzeugkasten aufgeklappt wurde, dann ein lautes »Nein«. Frustriert drehte sie sich um und überlegte, wer ihr helfen könnte. Eine Bewegung zog ihren Blick an.

Der Typ aus dem Bistro gegenüber stellte sich gerade in seine Tür und schaute herüber. Isabella fand, das war der richtige Moment, um bei ihrem Nachbarn anzuklopfen. Nur dass sie sich keinen Zucker borgen wollte. Sie rannte hinüber und sah dabei seine Augen größer werden.

»Hallo. Sie haben nicht zufällig ein Stemmeisen oder etwas anderes, was ich als Hebel benutzen kann?« Er blinzelte, als müsste er erst zu sich kommen. »Ich muss den Haupthahn absperren – bevor ich den ganzen Platz überschwemme!«

Sie lächelte ihn an, um zu zeigen, dass sie in freundlicher

Absicht kam, aber dringend Hilfe brauchte, und er geriet in Bewegung.

»Augenblick«, sagte er, verschwand im Haus und kehrte kurz darauf mit einigen Werkzeugen zurück, die den Zweck erfüllen mochten. Er hielt sie ihr zur Begutachtung hin, und sie schenkte ihm noch ein Lächeln.

»Danke.«

»Kommen Sie«, meinte er und zog sich einen Hoodie über. »Ich helfe Ihnen.«

Das Angebot überraschte sie, doch ihr blieb keine Zeit, es abzulehnen, da er bereits über den Platz lief. Männer! Immer wollten sie die Führung übernehmen.

Sie knieten sich nebeneinander vor die Abdeckplatte, aber sie stupste ihn an und hielt die Hand hin, damit er ihr ein Werkzeug gab. Schließlich war das ihre Aufgabe. Der Deckel ließ sich leicht abheben, und der Absperrhahn befand sich darunter. Der Bistrotyp gab ihr einen Schraubenschlüssel, und es gelang ihr, den Hahn zuzudrehen. Als sie sicher war, dass er fest abgedreht war, rannte sie zur Tür und rief ins Haus.

»Hat es aufgehört?« Den Bruchteil einer Sekunde war es still, dann hörte sie Jubel, und sie ließ erleichtert die Schultern sinken und atmete auf. Freudestrahlend drehte sie sich zu ihrem Helfer um.

»Hat geklappt!«, sagte sie triumphierend und ging zu ihm. »Vielen Dank für Ihre Hilfe!«

»Ich habe gar nichts getan«, erwiderte er. »Das haben Sie selbst erledigt.«

Er stand auf und klopfte sich die Knie ab. Als er sie ansah, wurden seine Augen erneut größer. Genauso hatte er geschaut, als sie über den Platz auf ihn zugerannt war. Anerkennend. Dabei fühlte sie sich sonderbar nackt. Auf eine gute Art.

»Aber ohne Ihr Werkzeug wäre jetzt das Erdgeschoss überschwemmt.« Sie gab ihm die Hand. »Ich heiße Isabella.«

Ein langsames Lächeln breitete sich über sein Gesicht aus und zauberte in den Augenwinkeln die Lachfalten hervor. Mist. Er war außerordentlich attraktiv. Nicht so viel älter als sie. Näher an der vierzig und sehr männlich.

»Etienne. Mir gehört das Bistro.« Er schüttelte ihr die Hand, die in seiner winzig wirkte, und hielt sie einen Moment fest, bevor sie beide losließen.

Vorsicht, Mädchen, dachte Isabella und schob die Finger in die Hosentasche. »Betreiben Sie es schon lange?«, fragte sie.

»Etwa vier Jahre. Das ist eine gute Lage. Nahe beim Theater und mitten im Zentrum. Ich habe die Nutzungsgenehmigung für Ihr Lokal gesehen. Also gibt es bald ein neues Restaurant.«

»Besorgt wegen der Konkurrenz?«, fragte sie herausfordernd.

»Nee.« Etienne lachte leise und brachte sie damit zum Lächeln. »Ich denke, für den Platz ist das gut. Zieht abends mehr Leute hierher. Und jetzt wird Ihre Familie das Lokal übernehmen?«

»Nein, ich allein.« Diesmal frustrierte sie die Frage nicht, denn sie wollte ihn wissen lassen, dass sie Single war. Dass kein anderer mit ins Bild gehörte. Er zog eine Braue hoch, und sie spürte am Hals die aufsteigende Röte.

»Also, Honeybridge hat auch eine Szene, falls Sie das mögen. Kommt drauf an, worauf Sie stehen.«

Isabella dachte darüber nach. *Eine* Szene. Wow, völlig neue Verhältnisse. Oh Gott, sie sollte nicht an Verhältnisse denken, wenn dieser hinreißende Typ vor ihr stand. Er redete weiter.

»Das *Bolthole* ist die beste Bar der Stadt und veranstaltet immer wieder Mottoabende. Die machen richtig Laune, falls Sie mal ausgehen wollen. Die *Lit Lounge*, unsere Buchhandlung, hat einen Leseclub, falls Sie gern mit anderen über Bücher sprechen. Das Gym organisiert ständig Events für Fitnessfans, falls Sie sich dazuzählen. Der Ruderclub gibt einmal im Monat eine Party …«

Das war genau das, worauf sie gehofft hatte: ein lebendiger Ort zum Leben. Aber jetzt noch nicht.

»Klingt super – sobald ich mehr Zeit habe!«

»Wie läuft es denn?« Er deutete zur Tür. »Beim Renovieren, meine ich.«

Sie lachte. »Bis eben lief es gut. Aber die Handwerker haben versehentlich eine Wasserleitung getroffen, und dann ist der Absperrhahn abgebrochen – im Ernst, das war wie an den Niagarafällen.« Sie strich sich über die Wangen, die sich noch immer feucht anfühlten. Zum ersten Mal dachte sie daran, wie sie wohl aussah, ganz ohne Make-up, mit halb aufgelöstem Haarknoten, gerötetem Gesicht und nass von dem Wasserstrahl. Besonders da der Typ so gut aussah. Wie frisch geduscht und umgezogen. Jede Wette, dass er auch gut roch. Gott, er lenkte sie ab. »Die Küche schwimmt, die Geräte sind nass, ich bin nass …«

Er schaute an ihr hinunter und nickte langsam.

»Ja, das sehe ich …« Er schmunzelte und zog eine Braue hoch. Wieder dieser Blick. Bei dem sie sich nackt fühlte. Als könnte er durch ihre Kleidung sehen.

Neugierig schaute sie an sich hinunter. Sie war pitschnass. Von oben bis unten. Oberteil, Jeans, alles. Das hatte sie in der Hast der Not gar nicht mehr wahrgenommen. Und hatte auch vergessen, dass sie ein dünnes, weißes T-Shirt anhatte, das jetzt praktisch durchsichtig war. In der kühlen Septemberluft standen ihre Brustwarzen stolz ab und schimmerten dunkel durch den nassen Stoff. Die waren der Auslöser seines langsamen Lächelns. Sie keuchte auf und bedeckte ihre Brüste mit den Händen, sodass sie die harten Knospen spürte.

Hinter sich an der Tür hörte sie Stimmen und Schritte. Die Handwerker kamen heraus und lehnten sich an die Fassade, um sich eine Zigarette zu drehen und ihren Tee zu schlürfen. Offenbar war es Zeit für die Teepause.

»Meine Güte«, murmelte Isabella, da sie jetzt wusste, dass sie halb nackt dastand, und hielt ihnen den Rücken zugekehrt. Womit sie ihre Front weiter Etienne präsentierte. Er grinste und erlaubte sich ein leises Lachen, als er zwischen ihr und den Handwerkern hin- und herblickte. Bedauernd schüttelte er den Kopf, als träfe er eine Entscheidung.

»Nehmen Sie den.« Er zog sich den Hoodie aus. Dabei hob sich sein T-Shirt an und zeigte eine Handbreit seines straffen Bauches und einen Streifen dunkler Härchen, der nach unten führte. Er gab ihr das Sweatshirt, und sie drückte es an ihre Brust. »Ich muss sagen, ich genieße den Anblick, aber der ist vielleicht nicht für die Öffentlichkeit bestimmt.«

Sie wusste, dass sie rot wurde, während sie sich den Kapuzenpulli überstreifte und ihre ungezogenen Brustwarzen bedeckte, die sich über die Aufmerksamkeit zu freuen schienen. Es tat fast weh, wenn der dicke Stoff daran entlangstrich.

»Danke«, krächzte sie und lachte dann verlegen, während sie den Hoodie zurechtzog. Er roch nach seinem Rasierwasser, einem herben, holzigen.

»Das hätte ich um nichts in der Welt verpassen wollen.« Er wandte sich ab und ging pfeifend über den Platz. »Bis dann mal«, rief er noch.

Während sie ihm nachschaute, bemerkte sie den Schraubenschlüssel in ihrer Hand und dachte an den Kalender. Die kommenden Monate erschienen auf einmal unendlich lang.

Am folgenden Abend gegen sechs, als die Handwerker Feierabend gemacht hatten und auf ein Bier und eine Tüte Chips in den Pub gegangen waren, klingelte es an der Tür. Im ersten Moment dachte Isabella, das könnte er sein, Etienne. Nein, sie war nicht an ihm interessiert. Trotzdem stoppte sie vor dem Spiegel, schaute prüfend auf ihre Zähne und warf ihre Locken über die Schulter, bevor sie zur Tür ging. Als sie im Überwachungsdisplay die beiden Frauen auf der Matte stehen sah, musste sie über sich selbst lachen, und öffnete.

»Hi!« Die kleine Blonde lächelte, und ihre Augen funkelten durch die großen dicken Brillengläser.

»Hallo«, sagte die große schlanke Rothaarige gleichzeitig.

Beide streckten ihr eine Tüte hin.

»Willkommen in Honeybridge!«, meinte die Blonde.

Isabella schaute sie verständnislos an, unsicher, ob die zwei eine Willkommensdelegation oder Vertreterinnen waren. Sollte sie ihnen etwas abkaufen? Eine Petition unterschreiben?

Die Rothaarige erkannte ihre Verwirrung. »Entschuldigung, ich bin Wren …«

»Und ich bin Rosie.« Die Blonde nickte.

»Uns gehört die *Lit Lounge* …«

»Die Buchhandlung …«

»Und wir möchten Sie im Viertel willkommen heißen …«

»Deshalb haben wir das für Sie gekauft …« Rosie zog einen Reiseführer zu Honeybridge aus ihrer Tüte.

»Und das.« Wren nahm aus ihrem Beutel eine Flasche Weißwein und eine Flasche Rosé.

»Wir wussten nicht, was Sie gern trinken.« Sie lachten.

»Ich mag beides!« Isabella hielt die Tür weit auf und bat sie herein.

Kurz darauf war eine der Flaschen entkorkt, Isabella hatte

eine Tüte Chips aufgetrieben, und Wren und Rosie hatten sich auf das Sofa gesetzt und die Beine untergezogen, als wären sie schon häufig bei ihr gewesen.

»Also, was für eine Geschichte haben Sie zu erzählen?«, fragte Rosie.

»Wie bitte?« Isabella sah sie groß an.

»Keine Sorge«, sagte Wren, »für sie ist alles eine Geschichte. Sie ist die größte Leseratte, die mir je untergekommen ist. Deshalb haben wir eine Buchhandlung.«

»Ich kann nicht anders«, bemerkte Rosie. »Ich finde es faszinierend, die Lebensgeschichten anderer Leute zu hören.« Beide begegneten ihr mit gespanntem Interesse.

»Tja …« Sie wusste nicht so recht, wo sie anfangen sollte. Bei ihrer Grundschule? Beim Studium? Wie viel wollten die beiden von ihrer Vergangenheit wissen? Sie räusperte sich, brachte aber kein Wort heraus.

»Was hat Sie hierher geführt?« Rosie schaute hellwach und aufgeschlossen durch ihre große Brille, die sie auffallend häufig den Nasenrücken hinaufschob.

»Meine Scheidung …«, begann Isabella, worauf Wren sich nach vorn neigte und Rosie den Anschein erweckte, als wollte sie mitschreiben.

»Wie bedauerlich …«, sagte Wren.

»Wirklich schade«, meinte Rosie.

Isabella stutzte, zuckte mit den Schultern und seufzte dann. »Wie sich herausgestellt hat, hatte er seit einigen Jahren eine Affäre …«

»So ein Scheißkerl!«, murmelten Rosie und Wren.

»Deshalb komme ich mir irgendwie wie ein Trottel vor.«

»Blödsinn.« Ihre Besucherinnen rollten die Augen.

»Ich habe nicht damit gerechnet«, fuhr sie fort.

»Also hat er es geschickt verheimlicht?« Rosie stützte die

Ellbogen auf die Knie, als verfolgte sie einen mitreißenden Film.

»Ich dachte, wir wären glücklich!«, sagte Isabella. »Wir hatten gerade einen Urlaub gebucht, als ich es herausgefunden habe …«

»Unglaublich!«, warf Wren ein.

»Und obwohl ich die SMS von ihr gelesen hatte, versuchte er noch, es abzustreiten.«

»Arschloch«, sagten die zwei unisono und ließen sich gegen die Rückenlehne fallen.

Isabella lachte. Sie hatten recht. Und nachdem sie ein halbes Glas Wein miteinander getrunken hatten, schien es ihr, als hätte sie neue Freundinnen gefunden.

»Also, warum bist du hierher gezogen?«

Isabella holte tief Luft, füllte die Gläser auf und begann zu erzählen. Sie bot Wren und Rosie eine Kurzversion ihrer Ehe, der Scheidung, ihrer Hoffnungen und Träume.

Währenddessen schob sich Rosie an Wren heran, die den Arm hinter ihr auf der Rückenlehne ausstreckte, und Isabella begriff, dass die zwei nicht nur eine Geschäftsbeziehung hatten, sondern dass sie viel, viel mehr verband. Die Art, wie sie einander berührten, eine den Satz der anderen beendete und häufig ein Lächeln tauschten, erinnerte Isabella daran, wie es vor langer, Zeit mal zwischen ihr und Daniel gewesen war.

Dabei kam ihr Verlustschmerz für einen Moment zurück, und sie fragte sich, wie oft er neben ihr auf dem Sofa gesessen und mit dem Handy in der Hosentasche auf das erregende Summen gewartet hatte, das eine Nachricht seiner Geliebten ankündigte. Oder wie oft er mit Blumen nach Hause gekommen war, die er ihr »einfach mal« schenken wollte, während er das in Wirklichkeit tat, weil er »einfach mal« seine Arbeitskollegin auf dem Fotokopierer gebumst hatte.

»Jedenfalls wohne ich jetzt in Honeybridge, und das Restaurant ist meine Zukunft.« Sie leerte ihr Glas in einem Zug und wollte sich nachschenken, doch der Weißwein war alle. Sie ging zum Kühlschrank und holte den Rosé heraus. Sie hielt ihn fragend hoch.

»Ja, warum nicht?«

»Definitiv.«

Diese Begeisterung für fremde Lebensgeschichten gefiel ihr jetzt schon, und nun schien es, als teilten sie auch eine Vorliebe für Wein. Es konnte gar nicht besser sein.

»Normalerweise trinken wir wochentags nicht«, sagte Wren, als sie ihr ihr Glas hinhielt.

»Aber heute Abend haben wir frei«, ergänzte Rosie und ließ sich ebenfalls einschenken.

»Riley ist mittwochs immer bei ihrem Vater.«

»Riley ist unsere Tochter.« Rosie zeigte Isabella auf ihrem Handydisplay eine grinsende Dreijährige, die die gleichen roten Haare hatte wie Wren, eine Baseballkappe mit dem Schirm im Nacken trug und einen Schmutzfleck an der Wange hatte.

»Sieht anstrengend aus«, bemerkte Isabella lachend.

»Da liegst du nicht falsch.« Rosie sah sich das Foto selbst noch mal an, bevor sie das Handy wegsteckte.

»Sie ist eine ganz schöne Range«, fügte Wren hinzu.

»Also hast du einen Spender genommen?«, fragte Isabella. »Um schwanger zu werden?« Sie lehnte sich zurück und war gespannt darauf, nun ihre Geschichte zu hören.

»Oh, ich war nicht schwanger«, sagte Wren. »Jeder denkt das wegen Rileys Haarfarbe. Und da liegen sie nicht ganz falsch, denn sie ist mein leibliches Kind. Aber ich habe sie nicht ausgetragen.«

Isabella runzelte verwirrt die Stirn und wollte nichts Unpassendes sagen.

»Das habe ich getan«, erklärte Rosie stolz, und Wren zog sie kurz an sich, bevor sie es erklärte.

»Mein Ei – befruchtet von unserem Freund Toby – wurde Rosie implantiert. Sie hat Riley ausgetragen und geboren.«

Das passte. Eine beendete jeweils den Satz der anderen, warum sollte nicht auch eine die Schwangerschaft der anderen zu Ende führen?

»Also bist du ihre biologische Mutter«, sie nickte Wren zu, »und du bist ihre leibliche Mutter«, sie blickte Rosie an.

Die beiden lächelten zufrieden.

»Bingo.«

»Und der Vater?«

»Unser alter Freund Toby, der bei alldem der wunderbarste Mann gewesen ist, obwohl ich denke, er ist ein bisschen enttäuscht, weil Riley keine Lust hat, sich von ihm frisieren zu lassen.«

»Ja, sie hat keine Zeit, um für so etwas stillzusitzen.« Rosie lächelte milde.

»Aber er hat Riley zuverlässig jeden Mittwochabend und jedes zweite Wochenende.«

»Das heißt, wir können Wein trinken und erwachsene Dinge tun, wenn du verstehst, was ich meine.« Wren grinste Isabella an, aber der Blick, den sie Rosie zuwarf, war etwas ganz anderes. Ein Schimmern in ihren Augen deutete an, was sie später vorhatten, und das war alles, was Isabella dazu wissen musste. Sie würden sicherlich nicht Scrabble spielen.

»Und ob«, seufzte sie und trank noch einen Schluck. »Aber ich definitiv nicht.« Sie reckte sich und ließ die Arme sinken.

Rosie und Wren setzten sich wieder aufrecht hin und flirteten erst mal auf Sparflamme.

»Warum denn nicht?«

»Du siehst umwerfend aus. Bestimmt reißen sich die Männer ein Bein aus für eine Chance bei dir.«

»Es liegt nicht an ihnen, sondern an mir.« Isabella trank einen großen Schluck und erklärte, warum sie sich sexuelle Enthaltsamkeit auferlegt hatte.

Rosies Augen wurden immer größer und runder, bis sie aussah wie eine schöne blonde Eule.

»Ein ganzes Jahr?«, wiederholte Wren verblüfft. »Ich verstehe zwar deine Überlegung, ja, dein letzter Partner war ein verlogener Mistkerl, aber ein ganzes Jahr ohne Sex?«

»Gut neun Monate liegen bereits hinter mir …«, erwiderte Isabella. »Bleiben nur noch zwei Monate und dreiundzwanzig Tage.«

»Nicht, dass du sie jeden Tag zählst!«

»Vielleicht ist das wie eine Pause zwischen zwei Gängen?«, meinte Rosie. »Sich ein wenig Zeit lassen, um den schlechten Nachgeschmack zu verlieren?«

Isabella lachte und zuckte mit den Schultern.

»Das, und ich will ihm beweisen, dass ich das allein hinbekomme. Ich kann Single und erfolgreich sein. Ich brauche niemanden.«

»Aber du dürftest einen guten Vibrator haben.« Wren fragte nicht, sondern stellte fest.

»Mehrere«, bestätigte Isabella, und alle drei nickten.

»Hast du keinen Typen gesehen, der dich in Versuchung bringen kann, seit du hier bist?«, hakte Wren, noch immer ungläubig, nach.

Isabella überlegte, was sie empfunden hatte, als sich Etiennes Blick am vergangenen Tag an ihrem nassen T-Shirt festgesaugt hatte. Sie schüttelte den Kopf. »Nein. Aber ich hatte nicht mal die Zeit, um in den Supermarkt oder den Baumarkt zu gehen.«

»Tja, wer weiß, vielleicht findest du in Honeybridge ein paar Unwiderstehliche.«

»Lieber nicht. Jedenfalls nicht, bevor das Jahr um ist und ich mein Restaurant eröffnet habe.«

»Wir werden sehen.« Wren erhob sich vom Sofa und half Rosie auf. »Wir sollten uns jetzt auf den Weg machen.«

»Nachdem wir den ganzen Wein getrunken haben! Tut mir leid!« Rosie sah nicht im Geringsten aus, als täte ihr das leid. Sie sah im Gegenteil glücklich und beschwipst aus.

Wren gab Isabella ihr Handy. »Tipp deine Nummer ein, dann richte ich eine WhatsApp-Gruppe für uns ein.«

Rosie bekam Schluckauf. »Und du wirst unsere Freundin Amber mögen. Sie ist auch erst vor einem Jahr hergezogen. Wir treffen uns alle paar Wochen im *Bolthole*, falls du Lust hast?«

Die hatte Isabella.

Nachdem die Haustür ins Schloss gefallen war, nahm sie ihr Handy und öffnete den Familien-Chat.

Isabella: **Ich habe neue Freunde!**

Papà: **Großartig! Wen?**

Isabella: **Rosie und Wren. Sie führen die Buchhandlung.**

Papà: **Zwei Geschäftsfrauen! Ein guter Anfang.**

Isabella: **Sie haben mir Schein gewenkt.**

Mamma: **Meintest du Wein geschenkt?**

Isabella: **Ja. Sie sind nett!**

Mamma: **Trink ein Glas Wasser, Isabella. Hast du etwas gegessen?**

Isabella: **Keine Sorge, Mamma.**

Kurz bevor sie schlafen ging, leckte sie die Krümel aus der leeren Chipstüte.

4

Etienne

Während er vom Gym zurücklief, summte sein Handy. Eine Nachricht von Mile End Mickey, der Koch bat um frischen Dill. Etienne steckte das Handy weg und lief einen Umweg zum Bauernladen auf der Hauptstraße.

Als er durch die Regale schaute und einen Bund frischer Kräuter aussuchte, summte das Handy erneut, diesmal wurde er von einer seiner Dating-Apps benachrichtigt, dass er mehrere Frauen gematcht hatte. Das könnte wichtig sein. Rasch scrollte er durch ihre Profile und nahm sich vor, sie zu Hause unter die Lupe zu nehmen. Aber etwas Interessanteres fiel ihm ins Auge, und er erkannte die neue Restaurantbesitzerin. Isabella stand neben ihm vor dem Regal mit den Olivenölen. Zwei verschiedene Flaschen in den Händen, verglich sie konzentriert die Angaben auf den Etiketten.

»Hallo?«, sagte er, und sie fuhr hoch. Leise Bestürzung huschte über ihr Gesicht, als sie ihn erkannte, und dann ein Hauch von Röte.

»Hi.«

»Wie geht's? Ist inzwischen alles trocken geblieben?«

Sie lachte.

»Bisher ja, dank Ihnen! Ich muss Ihnen noch den Schraubenschlüssel rüberbringen – und den Hoodie!«

Dieser nachlässig gebundene Haarknoten, diese Augen!

Ihr Anblick in dem durchscheinenden T-Shirt, das an ihr klebte wie Frischhaltefolie, schoss ihm in den Kopf. Er grinste. Den Gedanken, diesen Leckerbissen auszupacken, würde er noch auskosten.

»Sie kaufen Vorräte ein?«, fragte er, und sie nickte.

»Ich finde mein Olivenöl nicht und versuche zu entscheiden, welches von den beiden das bessere ist.« Sie hielt die Flaschen hoch.

»Um die Ecke gibt es einen Stand mit Testern.« Er deutete mit dem Daumen über die Schulter. »Ich zeige sie Ihnen.« Er führte sie am Ellbogen. Sie roch milde nach Zitrone, frisch und heiter.

Auf dem Tisch standen ein Dutzend kleiner Flaschen mit Öl um einen Korb mit Brot. Die Farben rangierten von fast Klar bis zu Goldgelb, und einige waren mit Chili oder Knoblauch gewürzt.

»Der Laden hat eine großartige Auswahl«, sagte Isabella.

»Hier sind die italienischen.« Etienne zeigte auf zwei hinten stehende Schälchen.

Isabella neigte die kleinen Schalen, um zu sehen, wie sich das Öl bewegte. Gespannt beobachtete er ihr Gesicht, und als sie abwägend die Lippen schürzte, bemerkte er einen winzigen Schönheitsfleck neben ihrem Mund.

»Bitte sehr.« Er hielt ihr den Brotkorb hin. »Kosten Sie sie.«

Sie nahm einen Brotstreifen heraus und tunkte ihn ein paar Sekunden lang in das Öl, damit er sich vollsaugen konnte, und schob ihn in den Mund. Sie nickte kauend und wiederholte das mit dem zweiten Öl.

»Was denken Sie?«

»Sind beide gut«, räumte sie ein.

»Also, welches ziehen Sie vor?«

»In Italien ist die Konsistenz genauso wichtig wie der Geschmack. Wir machen den Hauttest, um zu sehen, wie schnell es einzieht.«

Fasziniert neigte er den Kopf zur Seite. »Das ist mir völlig neu!«

»Das Problem ist nur, dass ich mir die Hände eingecremt habe.« Sie hielt sie demonstrativ hoch. »Deshalb wird es nicht funktionieren.« Dann grinste sie, als wäre ihr etwas eingefallen. »Aber ich könnte Ihre benutzen.«

»Meine Hände?«, fragte Etienne überrascht.

»Nur ganz kurz.« Sie nahm sie und hielt sie in Hüfthöhe mit dem Rücken nach oben. »Wenn es Ihnen nichts ausmacht?«

»Sie kennen mich: Ich helfe immer gern.« Etienne war sich nicht sicher, was auf ihn zukam, spielte jedoch gern mit, um ihre kleinen weichen Hände zu spüren.

»Gut, sie sind nicht zu warm oder zu kalt …«, sagte sie mehr zu sich selbst, den Blick auf seine Handrücken gerichtet. »Und Sie haben sie nicht eingecremt, ja?« Kurz schnellte ihr Blick unter den schwarzen Wimpern zu ihm hoch. Er schüttelte den Kopf, und sie nickte. »Sehr gut. Jetzt halten Sie sie gerade.«

Sie hielt eines der Schälchen über seine linke Hand und neigte es so weit, dass ein Tropfen Öl darauffiel. Sie wiederholte das mit dem anderen Schälchen bei seiner rechten. Die zwei Tropfen glänzten auf seiner gebräunten Haut, zwei perfekte Ölperlen. Sie fasste unter seine Hände und rieb mit den Daumen das Öl in seine Haut. Das tat sie rhythmisch und sanft. Es gefiel ihm, mit welcher Intensität sie beobachtete, wie das Öl einzog. Gegen solch ein Experiment hatte er gar nichts einzuwenden.

»Sehen Sie«, sie blickte auf, »dieses ist das bessere.« Sie hob seine linke Hand an. »Das Öl ist sofort eingezogen.«

Er berührte die Stelle, wo sie gerieben hatte, und fand sie glatt und feucht. Er sah sie an und war wie gefangen von dem erstaunlichen Blau ihrer Augen. Sie lächelte ihn an, und sie hielten beide die Hände zwischen ihnen in der Schwebe. Seine Haut fühlte sich nach ihrer Berührung warm an.

Sein Handy summte.

»Dann lasse ich Sie mal allein.« Sie ließ ihn los und ging. »Man sieht sich. Vielen Dank für die Hilfe.« Sie nahm von dem ausgewählten Öl die größte Flasche und verließ den Gang.

Erst als er sie um die Ecke biegen sah, zog er das Handy hervor. Er rechnete mit einer neuen Forderung von Mile End Mickey und erstarrte, als er den Namen auf dem Display sah. Einen, auf den er seit vier Jahren wartete.

Alex. Sein Zwillingsbruder.

5

Isabella

Ein paar Tage später beschloss Isabella, den Schraubenschlüssel zurückzugeben. Vielleicht brauchte er ihn, sagte sie sich zur Rechtfertigung, und mit ihrem Konkurrenten sollte sie sich am besten gutstellen. Außerdem trug er keinen Ehering, wie ihr bei dem Öltest im Supermarkt aufgefallen war. Das spielte zwar keine Rolle, aber es war eine Tatsache.

Er stand am hinteren Ende mit dem Rücken zu ihr, als sie die Bistroküche betrat. Die war blitzsauber, moderne Edelstahlflächen, glänzende Pfannen. In Jeans, T-Shirt und Schürze schaute er konzentriert auf sein Handy, legte es aber im nächsten Moment beiseite und suchte Zutaten zusammen. Unter seinem T-Shirt bewegten sich die Schultermuskeln, der Stoff dehnte sich darüber, als er eine Schüssel aus einem Regal über der Arbeitsfläche hob. Er war in seine Aufgabe vertieft.

Isabella lehnte sich an den Türrahmen und bewunderte den Anblick. Er schlug einhändig ein Ei in die Schüssel und verrührte es mit einem Schneebesen. Dabei strahlte er eine Intensität aus, bei der sie sich unwillkürlich über die Oberlippe leckte, und er bewegte die Hände, als zauberte er. Es mochte ihr noch zwei Monate lang verboten sein, mit ihm Sex zu haben, aber sie durfte sich sicherlich das harmlose Vergnügen erlauben, einen schönen Mann zu betrachten.

Er tauchte den kleinen Finger in die Schüssel und leckte

ihn ab. Ihr wurde der Mund wässrig. Er brummte nachdenklich und gab ein paar Tropfen aus einem Glasfläschchen hinein, das auf der Arbeitsfläche stand, rührte, kostete erneut. Diesmal drückte sein Brummen höchsten Genuss aus. Der Klang löste in ihr ein Ziehen aus. Sie keuchte erschrocken, als er sich plötzlich mit der Schüssel von dem Zubereitungstisch wegdrehte und sie bemerkte. Er riss die Augen auf, und im nächsten Moment zog er einen Mundwinkel hoch.

»Hallo«, sagte er, als kreuzten jeden Tag Frauen in seiner Küche auf. Und ich könnte es ihnen nicht mal verdenken, dachte Isabella.

»Entschuldigung«, stammelte sie. »Ich wollte Sie nicht stören. Ihre Kellnerin hat mich durchgelassen.«

Er stellte die Schüssel neben den Herd der Kochinsel und wischte sich die Hände an der Schürze ab.

»Nicht doch – schön, Sie zu sehen!« Sein Grinsen war aufrichtig. »Wie geht es mit der Renovierung voran?«

Isabella hielt den Schraubenschlüssel hoch, um zeigen, dass sie ihn zurückgeben wollte.

»Langsam. Aber ich hatte ja versprochen, den vorbeizubringen.«

Er lehnte sich mit der Hüfte gegen die Tischzeile. Dadurch fiel ihr auf, wie groß er war. Seine Beine endeten auf Höhe ihrer Taille.

»Keine Sorge, ich habe noch einen. Sie können ihn behalten, wenn Sie ihn brauchen.«

»Danke. Aber ich sollte mich sowieso mit mehr Werkzeug ausrüsten.« Sie hielt ihm den Schraubenschlüssel hin, und er fasste das andere Ende. So waren sie für eine Sekunde verbunden, bis Isabella losließ.

»Na, Sie wissen ja, wo Sie mich finden, wenn Sie ihn brauchen. Oder etwas anderes.« Er begegnete ihrem Blick und hielt ihn fest. Wurde es plötzlich heißer in der Küche? Sie schluckte und gab sich einen mentalen Rippenstoß. Ein Jahr lang keinen Sex. Ein Jahr lang *keinen Sex.* Das Mantra tönte ihr im Kopf.

»Ihr Hoodie ist noch in der Wäsche, aber den bringe ich auch noch zurück.«

Wieder zog er eine Braue ein wenig hoch, und sie wurde rot, weil sie daran dachte, welchen Anblick sie geboten haben musste, bevor er ihr das Sweatshirt gegeben hatte. Es war kalt gewesen und das nasse T-Shirt halb durchsichtig.

»Was machen Sie da?« Sie deutete mit dem Kinn zu der Schüssel, um seine Gedanken auf etwas anderes zu lenken.

»Wissen Sie nicht, was für ein Tag heute ist?«

Sie runzelte die Stirn. Sie hatte ständig die Arbeiten der Klempner und Schreiner überwacht und war mit den Gedanken bei der Sache gewesen. »Dienstag?«

Er nickte lächelnd. »Richtig.« Der Teig sah glatt und cremig aus, als er die Schüssel zu ihr neigte. »Also ist heute Pfannkuchentag.«

»Begeht man den nicht im Frühjahr?« Isabella war mehr als verwirrt.

»Glauben Sie mir, meine Pfannkuchen sind viel zu gut, um sie nur einmal im Jahr zu essen.« Dessen schien er sich äußerst sicher zu sein. Ihr Magen knurrte laut, worauf sie unwillkürlich hinfasste.

»Hunger?«, fragte er. »Bleiben Sie auf einen Brunch?«

Die Versuchung war groß. Und nicht wegen der Pfannkuchen. Sie stellte sich vor, mit ihm zu plaudern, Bananenscheiben und Schokonusscreme oder Zitronensaft und Puderzucker auf ihrem Pfannkuchen zu verteilen. Mit ihm zusammenzusitzen. Vielleicht würden sich ihre Hände streifen, er würde ihren Blick festhalten. Sie schüttelte das Bild ab.

So attraktiv er auch war, diese Art Ablenkung konnte sie jetzt nicht gebrauchen. Eigentlich keine Art von Ablenkung, wenn sie ihr Restaurant pünktlich eröffnen wollte. Sie tippte auf ihre Uhr und lächelte bedauernd.

»Um zehn kommt der Elektriker. Ich muss wieder rüber. Aber danke«, fügte sie noch hinzu.

»Dann ein andermal.« Das klang nicht wie eine Frage. Er war zweifellos selbstsicher. Und ein Brunch mit ihm würde nicht schaden. Schließlich konnte sie sich beherrschen, nicht wahr?

»Danke noch mal für den Schraubenschlüssel.« Sie wandte sich zum Gehen.

»Würden Sie meinen Teig kosten, Isabella? Bevor Sie gehen?« Er sprach sie zum ersten Mal mit Vornamen an, und das klang in ihren Ohren fremd.

Er hielt ihr einen Löffel hin. Ihr Magen knurrte wieder, und er lachte.

»Ernsthaft, das hört sich an, als hätten Sie es nötig.«

Seine Augen waren klar grün, sein Blick herausfordernd. Dem konnte sie nicht widerstehen. Sie trat auf ihn zu, so nah, dass sie den Duft seiner Seife an ihm roch.

Er tauchte die Löffelspitze in den Teig, der Ärmel seines T-Shirts spannte über dem Bizeps. Er hielt ihr den Löffel vor den Mund, wie um sie zu füttern, eine Braue angehoben. Aber das ging ein bisschen zu weit. Isabella lachte.

»Das tue ich lieber selbst.« Sie nahm ihm den Löffel aus der Hand und kostete. Sie hatte keine Bedenken wegen der rohen Eier, da sie bei ihrer Mutter von klein auf noch nicht abgebackenen Teig gekostet hatte. Dieser war grandios. Seidig und mit viel Vanille. Daraus würden lockere, leichte, köstliche Pfannkuchen werden. Anerkennend schloss sie die Augen und lächelte.

»Nicht übel.« Sie zuckte frech mit den Schultern, und er grinste, weil er nur zu genau wusste, wie gut der Teig war.

Als Isabella den Löffel zurückreichte und Etienne danach griff, stießen sie ungeschickt mit den Knöcheln zusammen. Der Löffel flog ihr aus der Hand und landete in der Schüssel, dass es spritzte. Die eben noch makellose Arbeitsfläche war voller Teigkleckse. Einen Moment lang betrachteten sie stumm die Bescherung. Isabella hielt den Atem an, unsicher, ob sie lachen durfte oder sich das besser verkneifen sollte. Er brach das Schweigen.

»Sie müssen meine Arbeit nicht jetzt schon sabotieren. Ihr Restaurant ist noch nicht eröffnet.« Er drehte sich lächelnd zu ihr. Offenbar war das als Scherz gemeint, und sie fragte sich, ob das allgemein seine Art war. Ob das alles nur charmantes Geplänkel war. Aber dann ließ sein Lächeln nach, und er deutete ernst auf ihren Arm. Ein großer Klecks von dem hellen, cremigen Teig klebte innen am Handgelenk. Sie streckte es gerade von sich, damit nichts heruntertropfte.

Er trat darauf zu und nahm ihre Hand. Mit sanftem Druck der Finger hielt er sie fest. Ihr Mund wurde trocken. Es war das zweite Mal innerhalb weniger Tage, dass er sie anfasste, nur diesmal schien er genau zu wissen, was er tat.

»Was für eine Schweinerei«, sagte er leise und betrachtete, wie der Teig auf ihrer bräunlichen Haut glänzte. Wie warm er sich anfühlte, überraschte sie, und wie schwerelos und klein ihre Hand in seiner erschien. Er besah ernst ihr Handgelenk und blickte fragend auf. »Darf ich das wegwischen?«

Er stand so nah vor ihr. Sie konnte die verschiedenen Grüntöne in seinen Augen sehen, eingerahmt von dunklen Wimpern und Brauen.

Isabella schluckte und nickte wie hypnotisiert, war sich seiner Haut an ihrer allzu sehr bewusst. Jede Zelle ihres Körpers war hellwach, die Härchen an ihren Armen stellten sich auf wie Antennen. Starr stand sie da und hörte, wie sie den Atem anhielt.

Anstatt nach einem Küchentuch zu greifen, hob er ihr Handgelenk an seine Lippen und sah ihr dabei in die Augen. Die Wärme aus seinem offenen Mund auf dem zartesten Teil ihres Armes, der plötzliche Zungenschlag, mit dem er den Teig ableckte, sandte einen Schwall der Erregung durch ihren Körper.

Er hob den Kopf und zeigte ihr die nun saubere, glänzende Stelle. »Alles weg«, sagte er mit diesem verdammt charmanten Lächeln.

Isabella öffnete den Mund, um etwas zu erwidern, blieb aber stumm. Moment mal. Was passierte hier gerade? Sie war eine Karrierefrau. Gut ausgebildet. Unabhängig und zupackend. Wieso brachte sie keinen Satz heraus? Er beobachtete sie genau und kniff die Lippen zusammen, als schwelgte er in dem Nachgeschmack.

»Der Klempner«, murmelte sie.

»Ich dachte, da kommt ein Elektriker.« Etienne grinste.

Sie zog den Arm zurück, und er ließ sie augenblicklich los. Sie war sich nicht sicher, ob sie darüber froh oder enttäuscht war. Der Druck seines Mundes sengte noch ihre Haut, und sie hatte das intensive Verlangen, die Stelle, wo er sie geküsst hatte, zu berühren.

»Ich gehe jetzt besser. Danke noch mal.« Gott, ihre Sexpause machte sie zu einer stammelnden Närrin.

»Aber den Teig finden Sie gut?«, fragte er, als sie an der Tür ankam. Sie blieb stehen und schaute errötend über die Schulter. »Denn ich persönlich halte ihn für köstlich.« Er hielt die Fingerspitzen an den Mund und machte ein anerkennendes Kussgeräusch. Isabella floh nach draußen.

Eines war klar: Die zwei Monate und siebzehn Tage, die noch vor ihr lagen, wurden zur Herausforderung.

GIRL GANG

Wren: **Willst du heute Nachmittag zum Tee kommen?**

Isabella: **Danke, aber da erwarte ich den Gipser.**

Rosie: **Schade. Kann ich dich auch nicht mit Kuchen locken?**

Isabella: **Normalerweise ja, doch ich hatte gerade schon eine süße Versuchung ...**

6

Etienne

In den folgenden Tagen grinste Etienne, sobald er daran zurückdachte. Wie sich ihr Mund leicht geöffnet hatte, als seine Lippen ihr Handgelenk berührt hatten. Das rasche Luftholen – ein echtes Aufkeuchen –, als er die Zunge an ihre herrliche olivfarbene Haut gedrückt hatte. Wie sie ihre blauen Augen aufgerissen hatte und die Pupillen größer geworden waren.

»Was bringt dich zum Lächeln, Junge?«, fragte Mickey, der heute schon früh da war. Er hatte sich eine Schürze über den Kochanzug gebunden und schnitt Gemüse in Höchstgeschwindigkeit. Er bereitete alles für die neue saisonale Karte vor, denn der Herbst stand vor der Tür, und es war Zeit, von braisiertem Senfhähnchen zu Beef Bourguignon überzugehen. Zu jeder neuen Jahreszeit passte Etienne Vorspeisen, Hauptgerichte und Desserts ein wenig an, damit die Stammkunden etwas Neues zu probieren hatten. In den vergangenen vier Jahren hatte er einen festen Kundenstamm gewonnen. Da er selbst kein erfahrener Koch war, verließ er sich auf Mile End Mickey, um die Gerichte zuzubereiten. Und der hatte ihn noch nie enttäuscht. Der Koch stammte aus dem Londoner East End, beherrschte aber die französische Küche, als wäre er in Paris groß geworden.

»Du bist letzte Nacht flachgelegt worden, stimmt's?« Mickey stieß ihm mit seinem fleischigen Ellbogen in die Rippen, und Etienne brummte und schüttelte den Kopf. Komisch. Er hatte in keiner Dating-App geantwortet. Nicht mehr, seit er von Alex gehört hatte. Oder seit Isabella am Marktplatz aufgekreuzt war. Obwohl das eine mit dem anderen nichts zu tun hatte, hatte er das Gefühl, dass ihm beides Probleme machte. Er war nicht ganz bei der Sache.

»Ich verstehe das auch nicht, Mann.« Mickey zwinkerte ihm zu. »All diese Frauen werfen sich dir zu Füßen. Oder in dein Bett. Ich meine …« Er hielt inne und musterte ihn von oben bis unten. »Als wärst du ein Sexgott von eins neunzig!«

Etienne rollte die Augen und reichte ihm einen Teller. Mickey legte etwas Schmorfleisch darauf und gab ihm eine Gabel. Beide nahmen einen Bissen und blickten einander kauend an, während jeder auf die Reaktion des anderen wartete. Etienne kapitulierte und brummte genießerisch. Mickey schnalzte mit der Zunge und grinste triumphierend.

»Gut, dann verzieh dich. Ich habe bis heute Abend alle Hände voll zu tun.« Er zeigte zur Tür. Etienne steckte sich noch eine Gabelvoll in den Mund, bevor er ging.

Das Restaurant war leer, die Tische gedeckt. Etienne schlenderte ein paar Augenblicke lang ziellos hin und her und suchte nach einer Beschäftigung, da er nicht an Alex' Nachricht denken wollte, auf die er vier Jahre lang gewartet hatte. Doch er konnte sich auf nichts konzentrieren.

Alex: **Ich will nach Hause kommen.**

Nach all der Zeit. So oft hatte er angerufen oder nachgesehen, ob Al sich gemeldet hatte. Über fünfzig Monate gehofft, etwas von ihm zu hören. Irgendetwas. Etienne hatte fast sofort geantwortet. Mit zitternden Fingern getippt.

Komm nach Hause.

Erst als er auf *Senden* getippt und ausgeatmet hatte, war ihm klar geworden, dass er den Atem angehalten hatte. Doch seitdem keine Reaktion. Er zog sein Handy hervor und schaute auf die vielen SMS, die er seitdem geschickt hatte.

Hallo?
Alles in Ordnung?
Hallo?
Hast du meine SMS gekriegt?
Rede mit mir.

Und dann gestern Abend wieder in seiner Verzweiflung:

Komm einfach her. Wir können das ausräumen.

Aber nichts.

Daher öffnete er die WhatsApp-Gruppe, in der er immer sofort Antwort bekam.

BROTHERS FROM ANOTHER MOTHER

Walker: **Etienne, hast du die Restaurantbesitzerin wiedergesehen?**

Etienne: **Gestern. Lange Geschichte, aber ich habe ihren Arm abgeleckt.**

Walker: **Hätte nichts anderes erwartet.**

Fox: **Ist sie schon in dein Bett gehüpft?**

Etienne: **Nein. Ich bleibe dran.**

Fox: **Übrigens hat Reggie bei dem Dinosaurierprojekt den ersten Preis gewonnen. Hat außerdem den Klassenpreis für die besten Krallen bekommen.**

Walker: **Hab ja gesagt, dass die Acrylnägel das Richtige sind.**

Fox: **Als Nächstes müssen sie eine Rakete bauen. Hat jemand Lust? Meine Deadline ist eine echte Strafe.**

Walker: **Bin dabei.**

Etienne: **Ich auch. Und wenn er wieder gewinnt, gibst du einen aus.**

Fox: **Jungs, ich schulde euch viel mehr als ein paar Bier.**

Etienne steckte seufzend das Handy weg. Wenn nur alles so einfach gelöst werden könnte.

7

Isabella

Die morgendliche Besprechung war fast vorbei. Umgeben von Handwerkern stand Isabella in ihrem Restaurant, das in ein paar Wochen endlich einen Fußboden haben würde. Schreiner, Klempner, Raumgestalter, jeder hatte einen Becher Tee oder Kaffee in den Händen und wärmte sich daran die Finger. Das Herbstwetter wurde jeden Tag ungemütlicher, die Temperaturen fielen, und hier und da färbten sich einzelne Blätter an den Bäumen schon goldgelb.

In den ersten Tagen war es zwischen Klempnern und Raumausstattern, die zur selben Zeit an derselben Wand arbeiten wollten, zum Streit gekommen. Sie hatte dazwischengehen können, bevor es zu Handgreiflichkeiten kam, aber das hatte ihr gezeigt, dass sie ihr Projekt besser managen musste. Gute Planung war entscheidend und gute Kommunikation ebenso.

Daher berief sie eine Baustellenbesprechung mit den wichtigsten Leuten der Gewerke ein. Sie erfuhr, wozu die Zugang brauchten und wann. Sie rechnete aus, wie lange jede Phase dauern würde. Dann erstellte sie einen Projektplan, an dem sich jeder orientieren konnte.

Nun fand jeden Morgen eine Besprechung statt, und sie kannte die Handwerker mit Namen. Zumindest mit ihrem Spitznamen. Und ausnahmslos alle nannten sie »Boss«.

»So, ist für heute alles klar?«, fragte sie in die Runde und achtete darauf, dass jeder zuhörte. Alle bejahten das mit Brummen und Nicken.

Sie atmete auf und fühlte sich gleich ruhiger. Seit sie die morgendlichen Besprechungen abhielten, war es nicht mehr zu Problemen gekommen. Ab und zu gab es einen kleinen Wortwechsel, denn wenn viele Leute auf engem Raum zusammen waren, blieb das nicht aus. Doch um diese Uhrzeit, mit einem heißen Tee und einem Teller Plätzchen, die sie eigens gebacken hatte, waren alle motiviert, und das war ein gutes Gefühl.

»Gut, dann machen wir mal weiter.« Alle rafften sich auf, jeder ging mit Werkzeugkasten und Stromkabelrollen in seine Richtung, da klingelte Isabellas Handy.

»Hi, Mamma.« Sie trat an ein Fenster, das nicht mehr vernagelt war, um beim Telefonieren auf den Platz zu schauen.

»Ciao, Liebling«, sagte ihre Mutter. »Wie läuft es?«

Trotz des regen Austauschs in der Chatgruppe telefonierten sie auch fast jeden Tag. Es war beruhigend zu wissen, dass sie auf ihre Eltern zählen konnte, auch wenn sie nicht persönlich dabei waren. Im Moment waren sie als Rucksacktouristen in Thailand unterwegs und wollten auch »irgendwann« nach Kambodscha. Beide Anfang fünfzig, hatten sie ihre Jobs gekündigt, ein kleineres Haus gekauft und alles, was sie besaßen, zur Finanzierung eines Sabbatjahrs verwendet, das nun schon fast achtzehn Monate dauerte. Und ein baldiges Ende zeichnete sich nicht ab. Daher waren sich die beiden sofort einig gewesen, als Isabella erzählt hatte, sie wolle ihre Ersparnisse und die Scheidungsabfindung in ein eigenes Restaurant stecken: *Wenn dich das glücklich macht, tu es.*

»Irgendwelche Neuigkeiten?«, fragte ihre Mutter jetzt.

Isabella grinste und rollte die Augen. Sie wusste, ihre Mutter wollte gern hören, dass sie einen neuen Mann kennengelernt hatte. Tja, darauf würde sie noch zwei Monate – sie sah auf das Datum auf ihrer Armbanduhr – und zwölf Tage warten müssen.

»Nichts, Mamma«, sagte sie, konnte aber nicht verhindern, dass ihr Blick zur gegenüberliegenden Seite des Platzes schnellte.

»Etwas von Daniel gehört?«, erkundigte sich ihre Mutter, und das schöne Gefühl im Bauch verschwand wieder.

»Nein. Wieso?«

»Nur so.« Isabella konnte praktisch hören, wie ihre Mutter die Schultern straffte. »Ich will nicht, dass er bei dir angekrochen kommt, wenn ihm klar geworden ist, was er verloren hat.«

»Wird er nicht, Mamma. Da bin ich mir ganz sicher.«

»Sei vorsichtig. Du weißt, wie tief er dich gekränkt hat.«

Das war die Untertreibung des Jahres. Oder vielleicht des Jahrzehnts. Sie war am Boden zerstört gewesen. Ihre große Liebe hatte sie betrogen. Solch einen Schmerz hatte sie noch nie empfunden.

»Und? Läuft alles nach Plan für den Eröffnungstag?«

Diese Frage holte sie in die Gegenwart zurück. Das Datum war ihr eingebrannt. An demselben Tag würde auch ihre Sexpause enden. Wenn sie sich unabhängig und erfolgreich genug fühlte, um eine neue Beziehung anzufangen.

»Alles nach Plan. Glaubst du, ihr schafft es, dabei zu sein?«, fragte Isabella.

»Wir tun unser Bestes, Liebling, aber es ist schwierig. Unsere Reiseroute führt uns zu der Zeit in eine sehr ländliche Gegend.«

Sie unterhielten sich eine Weile, und Isabella erwähnte, dass sie sich allmählich um Lieferanten bemühen müsse.

»Gibt es niemanden, der dir dabei helfen kann, Liebling?«

»Keine Sorge, Mamma. Ich kriege das hin.«

»Das weiß ich doch. Aber jeder braucht manchmal Hilfe.«

Isabella brummte zustimmend, damit ihre Mutter Ruhe gab, hatte jedoch nicht die Absicht, sich danach zu richten. Sie brauchte keine Hilfe. Sie wollte das alles allein schaffen. Dann würde das *Tutto Mio* wirklich ganz allein ihr Restaurant sein. Einen Moment später schmatzte Isabella einen Kuss ins Telefon und versprach, am nächsten Tag wieder anzurufen.

Als sie das Handy wegsteckte, sah sie die Tür des Bistros aufgehen. Eine Frau kam heraus, eine blonde mit einem Pixie Cut. Ein trendiger Typ. Sie blieb in der Tür stehen und rückte ihre Schultertasche zurecht. Etienne kam nach ihr heraus. Ein bisschen früh für eine geschäftliche Besprechung, fand sie. Er lehnte sich lässig an den Türrahmen und unterhielt sich mit ihr. Sie lachten, dann gab sie ihm einen Kuss auf die Wange und ging. Isabella sah an ihrem Gang, dass sie sich zu gerne noch mal nach ihm umdrehen wollte, sich das aber verkniff.

Isabella musterte Etienne, der noch am Türrahmen lehnte. Erst als die Frau in die Hauptstraße einbog, ging er wieder ins Restaurant. Isabella hatte den Eindruck, dass die Frau ihre Lippen nicht nur in seinem Gesicht gehabt hatte. Und aus irgendeinem Grund machte sie das sauer.

GIRL GANG

Wren: **Amber braucht einen feuchtfröhlichen Abend.**

Isabella: **Wer ist Amber?**

Rosie: **Sie ist toll. Du wirst sie mögen.**

Wren: **Am Donnerstag im Bolthole? Wir haben mit Toby den Baby-Daddy-Abend verschoben.**

Isabella: **Ich bin dabei. Gibt es einen Dresscode?**

Wren: **Du kannst in einem Kartoffelsack kommen und siehst trotzdem noch umwerfend aus.**

8

Etienne

Als Samantha auf die Hauptstraße abbog, stieß Etienne einen langen Seufzer aus. Das war eine einmalige Nacht gewesen. Er schüttelte den Kopf über sich und ging wieder rein.

Mile End Mickey bereitete in der Küche die Gerichte vor, das Radio plärrte, und so fing Etienne an, die Bar für den Tag startklar zu machen. Da standen mehrere Tabletts mit Gläsern, die poliert und aufgehängt werden mussten. Er nahm sich ein Tuch und machte sich an die Arbeit. Dabei dachte er an die vergangene Nacht zurück.

Es hatte ziemlich harmlos angefangen. Samantha und er hatten auf Tinder gematcht. Entschlossen, seine Trockenphase zu beenden, hatte er ihr geschrieben. Der Chat mit ihr war toll gewesen, sexy und überraschend witzig, und er wusste, dass er einen guten Start hingelegt hatte.

Sie hatten sich auf einen Drink in der Stadt verabredet. Die Bar war laut und hatte ein jüngeres Publikum, einer seiner üblichen Treffpunkte für ein Date oder um jemanden aufzureißen. Samantha war reizend. Sie saß auf ihrem Hocker und legte die Hand auf seinen Unterarm, wenn sie redete, oder stupste seinen Oberschenkel mit dem Knie an, wenn sie sich zum Zuhören zu ihm neigte. Sie leckte sich nach jedem Schluck mit ihrer glänzenden rosa Zungenspitze über die Lippen. Alles deutete in die richtige Richtung.

Nach einer Flasche Wein ging sie mit zu ihm, aus einem einzigen Grund. Den hatte sie in der Bar ausdrücklich genannt. Und er brauchte nicht zweimal zu fragen.

Erst als sie in seiner Wohnung über dem Bistro angekommen waren, wurde es seltsam.

»Alles gut bei dir?«, fragte Mickey und riss ihn in die Gegenwart zurück. Er hielt eine Espresso-Tasse in der Hand und beäugte ihn über die Theke hinweg. »Wirkst gerade ein bisschen mitgenommen.«

Etienne fuhr sich durch die Haare. »Ist bloß spät geworden.«

Mickey trank einen Schluck und zwinkerte. »Hab die Lady gesehen, die du heute Morgen zur Tür gebracht hast.«

Etienne zog die Mundwinkel nach unten und versuchte noch, ein Grinsen daraus zu machen.

»Wieder eine in deiner langen Reihe von One-Night-Stands? Ich weiß nicht, wie du das machst, Mann.«

»Tja«, erwiderte Etienne, ehe er sich davon abhalten konnte, »tatsächlich war gar nichts.«

Mickey stutzte, die Tasse auf halbem Weg zum Mund, die Lippen halb geöffnet. »Wie bitte?«

»Da ist nichts gelaufen«, gab Etienne zu.

Mickey sah ihm zwei Sekunden in die Augen und schnaubte dann. »Versuch's mit einem anderen, Et. Auf den falle ich nicht rein.«

»Nein, im Ernst.«

»Wieso das?« Mickey pflanzte sich auf einen Barhocker, erstaunt und neugierig, fast so sehr wie Etienne selbst.

Gute Frage. Sie waren in seine Wohnung gegangen, er hatte ihnen etwas zu trinken eingegossen, Musik laufen lassen. Sie hatten sich auf die Couch gesetzt, waren immer näher zusammengerückt, bis kein Blatt mehr dazwischenpasste. Sie hatte nochmals Ja gesagt, nah bei seinem Gesicht und ihre Lippen leicht geöffnet gelassen. Sie hatte genauso hübsch gerochen, wie sie aussah. Normalerweise hätte er in dem Moment weitergemacht. Sie geküsst. Die Arme um sie gelegt, die Sache vorangetrieben. Doch letzte Nacht war das nicht passiert.

Stattdessen war er weggerückt, hatte für Abstand gesorgt. Er hatte sich damit entschuldigt, dass er einen Schluck Wasser brauchte, und als er aus der Küche zurückgekehrt war, hatte er sich in den Sessel und nicht zu ihr auf die Couch gesetzt, worauf Samantha verwirrt die Augen aufgerissen hatte.

»Geht es dir nicht gut?«, fragte sie zögernd. Und daraufhin sagte er etwas, was er noch nie gesagt hatte.

»Nein, entschuldige, ich habe Kopfschmerzen.«

Er hatte gar keine Kopfschmerzen. Aber er hatte auch nicht die geringste Lust, mit Samantha zu schlafen. Wäre die Situation nicht so ernst gewesen, hätte er darüber gelacht.

Sie reagierte höflich, sogar fürsorglich, bot ihm eine Schmerztablette aus ihrer Handtasche an, doch er lehnte ab und bestellte ihr ein Uber. Sie hatte etwas ganz anderes von ihm erwartet, aber wenigstens das konnte er für sie tun. Kurz darauf hatte er sie die Treppe hinunter und hinaus auf den Platz begleitet. Das war das erste Mal, dass er eine Frau unverrichteter Dinge weggeschickt hatte.

»Also hat sie nur bei dir übernachtet?«, fragte Mickey.

»Nein, sie ist gestern Nacht gegangen und heute früh zurückgekommen, weil sie ihre Handtasche vergessen hatte.«

Er war überrascht und ein bisschen verlegen gewesen, musste er gestehen. Es stimmte, ihre Handtasche hatte noch auf dem Sofa gelegen, aber es war auch ziemlich offensichtlich gewesen, dass sie dann versucht hatte, ihn zu einem zweiten Date zu bewegen. Etienne war zwar froh, weil er es geschafft hatte, sich nicht weiter zu verpflichten, fragte sich jedoch auch, warum er die Chance nicht genutzt hatte. Er hatte noch nie eine Gelegenheit zum Sex ausgelassen, seit er ihn mit fünfzehn entdeckt hatte.

Kurz überlegte er, ob er krank sein könnte. Er hatte keinen Funken Interesse mehr verspürt seit seiner ersten Begegnung mit Isabella. Und wenn er so darüber nachdachte, hatte er nichts mehr gefühlt, seit er Alex' SMS bekommen hatte: *Ich will nach Hause kommen.*

»Sieh an.« Mickey kicherte. »Du lässt langsam nach.«

Etienne rollte die Augen und ließ das Geschirrtuch in seine Richtung schnellen. Vielleicht hatte er zurzeit anderes im Kopf, aber nachlassen würde er nie und nimmer.

BROTHERS FROM ANOTHER MOTHER

Etienne: **Hattet ihr mal irgendwann keine Lust auf Sex?**

Fox: **Ich habe zwei kleine Kinder. Ich habe nicht mal die Zeit, um Lust auf Sex zu kriegen.**

Walker: **Hängt davon ab, von welcher Schicht ich gerade komme.**

Etienne: **Mit euren Antworten geht es mir ein bisschen besser. Ich hatte gestern Nacht keine Lust.**

Fox: **Ha! Dein Schwanz ist endlich hinüber.**

Walker: **Er braucht nur eine Pause. Hör auf seine Bedürfnisse.**

Etienne: **Halt die Klappe.**

Fox: **Ich habe gute Neuigkeiten. Ich habe meine Deadline geschafft.**

Walker: **Das Leben hat dich wieder, Mann.**

Fox: **Und ich habe einen Babysitter für unseren Throwback Thursday.**

Etienne: **Bolthole?**

Fox: **Bolthole!**

Walker: **Bolthole!**

9

Isabella

Das *Bolthole* hatte schummriges Licht, Holzboden, Livemusik und gute, laute Stimmung. Das war alles, was Isabella brauchte, um sich wieder (halbwegs) jung zu fühlen. Sie wollte heute mal Spaß haben, genauso oder fast genauso sehr, wie sie das *Tutto Mio* eröffnen und zum Erfolg führen wollte. In den ersten Wochen in Honeybridge hatte es für sie nur Arbeit und kein Vergnügen gegeben, und jetzt, das würde sie sofort zugeben, wollte sie auf den Putz hauen.

Sie trug ihre welligen Haare offen und spürte sie an ihrem nackten Rücken, wenn sie den Kopf schüttelte. Ihr Camisoletop reichte fast bis an den Hosenbund und ließ einen schmalen Streifen olivfarbener Haut frei. Sie fühlte sich gut.

Wren winkte aus einer Sitznische, und Isabella huschte hinein und landete neben einer exotischen Schönheit, vermutlich Amber, die einen feuchtfröhlichen Abend brauchte.

»Verdammt, Frau«, sagte Wren. »Die Männer werden sich auf die Zunge treten.«

»Du siehst auch gut aus.« Isabella bewunderte Wrens gepflegten, sexy Haarknoten. Der passte perfekt zu der weit aufgeknöpften weißen Hemdbluse, die sie in ihre hautengen Lederhosen gesteckt hatte. »Und du auch, Rosie. Super Frisur.«

Rosies blonde Zöpfe waren zu einem Kranz hochgesteckt, und ihre dicke Brille saß tief auf ihrer Stupsnase.

»Hey, und was ist mit mir?«, fragte die spaßbedürftige Amber.

Isabella drehte sich zu ihr, um sie zu mustern, und war bereit, ihr ein Kompliment zu machen. Doch kein Wort kam über ihre Lippen, denn sie starrte auf die karamellfarbene Haut, den Halo der lockigen Haare, die zu einem hohen Pferdeschwanz gebunden waren, und schließlich in meerblaue Augen. Und das war, bevor sie den üppigen Busen bemerkte, der aus dem schwarzen Top quoll. Sie stieß einen leisen Pfiff aus.

»Gute Antwort.« Amber lachte und drehte den Kopf zu Rosie und Wren. »Ihr hattet recht. Ich mag sie jetzt schon.«

»Willkommen bei unserem Throwback Thursday.« Rosie hob ihr Glas. »Dem größten Spaß, den man angezogen haben kann.«

Eine Stunde später flossen die Drinks in Strömen, und an der Theke standen die Leute in drei Reihen an. Die Frauen hatten entschieden, besser immer gleich zwei Flaschen zu ordern, um weniger Zeit beim Anstehen zu vergeuden. Amber trank einen Blue Lagoon nach dem anderen und steckte sich die Schirmchen hinter die Ohren. Das Publikum war genau nach Isabellas Geschmack: bestens gelaunt und jung, aber nicht zu jung oder alt, aber noch leichtsinnig genug.

Immer wieder kam jemand vorbei, um Hallo zu sagen. Amber, Rosie und Wren schienen jeden in der Stadt zu kennen. Rosie und Wren spielten sich gegenseitig die Bälle zu, während Amber auf ihre typische Art den Kopf zur Seite neigte und zuhörte und einen am Arm berührte, wenn sie etwas antwortete. Nicht lange und Isabella hatte den Eindruck, nun auch jeden zu kennen, der für sie wichtig werden könnte. Lizelle, die auffallende südafrikanische Friseurin, die die besten Fönfrisuren machte; Ben, den Rudertrainer, dessen Brusthaare in den Vollbart übergingen; Ellie mit den strassbesetzten, im Dunkeln leuchtenden Fingernägeln, die Isabella einen Preisnachlass auf ihre erste Maniküre anbot; Jamie aus dem Gemüseladen, der ihr augenzwinkernd versprach, sie alles umsonst kosten zu lassen.

Sie prägte sich die Namen ein und lud sie zur Eröffnung des *Tutto Mio* ein. Der Alkohol lockerte sie auf und löste die Verspannung in ihren Schultern, die beim Schleifen und Streichen entstanden war. Gabi würde es hier toll finden. Isabella konnte ihren Besuch kaum erwarten.

»Woher kennt ihr euch alle?«, fragte sie die Frauen am Tisch, als eine neue Runde ausgeschenkt wurde.

»Wir haben uns vor zwei Jahren kennengelernt, als Amber und Jayden hergezogen sind und sich den River Rats angeschlossen haben.« Rosie zeigte zwischen den dreien hin und her. »Vereint durch eine heimlich geteilte Flasche Brandy am Flussufer an einem saukalten Wintertag, während die Kinder mit dem Schlauchboot gefahren sind.«

»River Rats?«, fragte Isabella.

»Das ist ein Club, der an jedem Wochenende etwas auf dem Wasser unternimmt«, erklärte Amber. »Mein Sohn Jayden macht da mit. Er ist zehn.«

»Klingt gut«, sagte Isabella.

»Du hättest sehen müssen, als das Männerteam kenterte und wie vier Mr Darceys aus dem Wasser kamen. Triefend nasse Haare vor den Augen und mürrische Gesichter, herrlich.« Amber schloss entzückt die Augen.

»Ah ja. Ein berühmter Etienne-Vorfall.« Rosie nippte an ihrem Wein, während Isabella bei dem Namen aufhorchte.

»Ich glaube, den habe ich kürzlich kennengelernt«, erwähnte sie möglichst beiläufig.

Wren streckte fordernd die Hand in die Tischmitte. »Gewonnen«, sagte sie triumphierend.

Rosie stöhnte laut, öffnete ihre Handtasche und legte ihr kleinlaut lächelnd eine Zehn-Pfund-Note in die Hand.

»Ich wusste, er würde sich an dich ranmachen, sobald er dich sieht!«, erklärte Wren.

»Ihr kennt ihn alle?«, fragte Isabella.

»Den kennt wohl jede Heterofrau in Honeybridge«, antwortete Wren. »Oder würde ihn gern kennen.«

»Wenn ich ihn im Ruderclub sehe, wie er sich oben ohne nach vorn und hinten neigt, möchte ich auch manchmal hetero sein.« Rosie fächelte sich mit der Hand Luft zu, und Isabella glaubte zu sehen, dass ihre Brille leicht beschlug.

»Ja, man könnte sagen, Etienne ist eine lokale Berühmtheit«, fügte Amber hinzu. »In den Schlafzimmern.«

»Hab ihn nie zweimal mit derselben Frau gesehen.«

Also genau wie Isabella vermutet hatte. Er war ein Aufreißer. Ein hinreißender, zugegeben, aber es war eine Hiobsbotschaft.

»Wie hast du ihn kennengelernt? Ist er rübergekommen und hat sich vorgestellt?«

Isabella erzählte ihnen den peinlichen Vorfall. Zuerst den mit dem nassen T-Shirt und dann den mit dem Pfannkuchenteig.

Die Frauen wieherten.

»Tja, wenn du auf eine Beziehung aus bist, ist er wahrscheinlich der Falsche.«

»Aber nach allem, was wir hören, ist er was für Zwischendurch, ein guter Gaumenputzer«, bemerkte Rosie, und alle bekamen einen Kicheranfall.

»Nö«, erwiderte Isabella. »Nichts passiert. Ich sag doch, ich bin nicht interessiert. Ich werde mich noch zwei Monate lang enthalten, so in etwa.« Sie erklärte der verwirrt blickenden Amber, was es mit ihrer Sexpause auf sich hatte.

»Also, er hat deinen Arm abgeleckt und deine Nippel gesehen«, stellte Wren fest.

»Ja. Aber nicht in der Reihenfolge«, stellte Isabella klar.

»Und du bist trotzdem nicht in Versuchung? Nicht mal ein bisschen?« Wren deutete mit Daumen und Zeigefinger einen winzigen Abstand an und schaute höchst skeptisch.

Isabella schüttelte energisch den Kopf und hob ihr großes Weinglas zum Mund, um weiteres Nachhaken zu verhindern.

»Bist du mal ge-Etiennet worden?« Wren blickte Amber fragend an. Die würgte einen großen Schluck von ihrem Cocktail hinunter, als steckte er ihr im Hals fest, und hob abwehrend die Hände.

»Auf keinen Fall! Aber man wird zwangsläufig auf ihn aufmerksam, und auf seine Freunde, Fox und Walker.«

Isabella merkte sich die ungewöhnlichen Namen.

Wren nickte, Rosie lächelte.

»Ich kenne Walker seit meiner Realschulzeit. Er ist damals von Schottland hierher gezogen«, sagte sie.

»Er war der Einzige, mit dem sie mal gegangen ist«, fügte Wren hinzu.

»Zum Glück habe ich erkannt, dass ich lesbisch bin, bevor es zwischen uns zum Sex kam.« Rosie krümmte sich vor Lachen. »Aber seitdem sind wir befreundet. Er hat mir sehr geholfen während meiner Coming-out-Phase.«

»Tja, es sollte verboten werden, dass die drei zusammen herumlaufen. Die sind einfach zu schön«, meinte Amber. »Aber was Etienne Martin angeht, sage ich Nein. Ich ziehe einen kleinen Mann auf und möchte, dass ein großer, den ich nach Hause bringe, das Zeug zum Vater hat. Bis dahin komme ich sehr gut alleine klar.« Sie führte ihr Glas zum Mund und setzte es enttäuscht ab, weil es leer war. Dann fügte sie hinzu: »Ich habe mir schon zweimal die Finger verbrannt. Jaydens

Vater hat sich abgesetzt, nachdem der Kleine das Gehör verloren hatte und sich herausstellte, dass es nicht zurückkommt. Ich weiß, das macht alles viel schwieriger, aber ich hätte mehr von ihm erwartet.« Sie zuckte mit den Schultern und schaute noch mal in ihr Glas. »Und meine zweite und letzte Beziehung endete mit einem gebrochenen Herzen – meinem – und einem sehr verwirrten Jungen. Ich kann wirklich viel verzeihen, aber nicht, wenn jemand Jayden im Stich lässt.«

Isabella stieß mit Amber an, teils aus Respekt vor ihren fürsorglichen Prinzipien und teils aus Erleichterung, dass Amber nicht mit Etienne geschlafen hatte. Obwohl mir das natürlich im Grunde egal sein kann, dachte Isabella.

10

Etienne

Etienne und Fox zogen an ihren gewohnten Stehtisch in der hinteren Ecke im *Bolthole*. Fox hatte sein kariertes Flanellhemd gegen ein anderes kariertes Flanellhemd getauscht und trug es offen über einem weißen T-Shirt und einer Jeans. Seine hellgrauen Haare standen an einer Seite hoch wie eine zerzauste Tolle. Sein grau melierter Stoppelbart vervollständigte das Bild. Er hob eine Flasche Bier an den Mund, und als er sie absetzte, lächelte er unbefangen eine hübsche Blonde an, die daraufhin mit ihren High Heels umknickte und vor Peinlichkeit fast umkam.

Der Fox-Effekt. Frauen standen auf Fox. Besonders wenn sie merkten, dass dieser göttliche Typ ein äußerst freundlicher, gefühlvoller Kerl war. Sie würden vor ihm glatt auf die Knie fallen und ihm anbieten, seine Kinder zur Welt zu bringen, wenn er nicht schon zwei hätte. Sie würden sogar anbieten, deren Stiefmutter zu werden, wenn er auch nur in ihre Richtung guckte. Doch Fox lächelte nur und plauderte höflich. Weiter ging es bei ihm nicht. Er war nicht im Geringsten interessiert. Er wollte nur einen Abend mit den großen Jungs verbringen, bevor er sich zu Hause wieder um die kleinen kümmerte.

Etienne trug ein langärmliges T-Shirt, das ihm wegen des Schnitts gefiel, fast so sehr wie den Frauen von Honeybridge.

Er wusste, dass seine Jeans am Hintern genau richtig saß und das Ziel schmeichelhafter Blicke war, doch er war nicht ganz so guter Stimmung wie sonst. Walker versuchte nach Kräften, das zu ändern, indem er noch eine Runde Bier ausgab.

»Ziemlich viel los heute«, sagte er, als er sich aus dem Gedränge löste und ein Tablett mit sechs Flaschen auf den Tisch stellte. »Deshalb habe ich doppelt geordert.«

Jeder hob eine Flasche und versenkte einen kalten Schluck.

»Und deine Deadline ist vorbei, Fox?« Walker rückte auf den Hocker neben ihm. Seine Stimme war ein weiches schottisches Surren. »Was machst du als Nächstes?«

»Hoffe, dass ich zwei Wochen mit den Jungs freimachen kann. Dieses Spiel ging jetzt monatelang.«

»Wie erklärst du ihnen, dass es dein Job ist, den ganzen Tage am Computer zu spielen?«, fragte Etienne.

»Ich muss die Spiele ja erst mal entwickeln, bevor ich sie spielen kann. Und dann spiele ich sie nur, um zu prüfen, ob alles funktioniert. Oder ob es Aussetzer gibt.«

»Wie viele Male hast du es diesmal durchgespielt?«

Fox schnaubte kopfschüttelnd. »Ich habe nicht mehr mitgezählt. Aber Dienstagnacht habe ich durchgearbeitet, um bis zum höchsten Level zu kommen.«

»Welche Hingabe.« Walker lachte. »Ich habe in der Nacht auch nicht geschlafen, allerdings nur, weil ein paar Leute aus einem umgekippten Bus gerettet werden mussten, nicht weil ich am Computer spielen wollte.«

»Ja, ja. Du bist fantastisch, wissen wir …«

»Feuerwehrleute sind die Helden des Alltags«, verkündete Walker stolz, als wäre das etwas Neues.

»Nur weil jeder euren Schlauch sehen will«, sagte Fox.

»Oder an eurer Stange hochklettern will«, ergänzte Etienne.

»Leckt mich doch!«, erwiderte Walker gutmütig. »Meine Stange tut's wenigstens.«

Etienne überlegte zu kontern, und dabei fiel ihm auf, dass er den ganzen Abend nicht einmal an seinen Schwanz gedacht hatte, nicht mal, als er von schönen Frauen umringt gewesen war. Vielleicht war er wirklich hinüber.

»Jetzt mal im Ernst«, sagte Fox. »Ich habe ein gutes Gefühl bei dem Spiel. Ich denke, es könnte ein Renner werden.« Er hob sein Bier, und die anderen prosteten ihm zu.

»Wann bekommst du ein Feedback?«

»Das Treffen mit den Investoren ist nächsten Monat. So haben sie Zeit, es selbst zu spielen und Rückmeldungen von Usergruppen zu kriegen.«

»Und dann?«

»Entweder sie gehen damit in Produktion, oder sie lehnen es ab, oder sie bitten um Änderungen oder Erweiterungen. Das muss ich jetzt abwarten. Und bis dahin Zeit mit meinen Rabauken verbringen.«

»Du könntest auch etwas Zeit erübrigen, um dich flachlegen zu lassen«, schlug Walker vor.

»Ich lege mich nur flach, um mal richtig auszuschlafen, wenn die Jungs in der Schule sind, und sonntagmorgens, wenn wir zusammen im Bett Zeichentrickfilme gucken.«

»Im Ernst, eines Tages wird wieder eine dein Interesse wecken.«

»Dann hoffe ich mal, dass mein Körper so lange mithält.« Fox schien mit seinem Los restlos zufrieden zu sein. Dabei war es ein steiniger Weg gewesen seit seiner ersten Begegnung mit Etienne. Er hatte damals an dem Ecktisch im Bistro gesessen, ein Kleinkind im Kinderhochstuhl und einen Säugling im Tragetuch vor der Brust. Er hatte den älteren mit klein geschnittenem Poulet Breton gefüttert, der aber permanent mit dem Löffel auf den Tisch geschlagen hatte. Das Fläschchen hatte er sich unter das Kinn geklemmt, damit es im Mund des schreienden Säuglings blieb, während sein eigenes Essen, ein Boeuf Bourguignon, kalt wurde.

»Soll ich Sie füttern, während Sie die beiden füttern?«, scherzte Etienne damals, doch als er Fox' verzweifelten Gesichtsausdruck sah, zog er einen Stuhl hervor und übernahm die Fütterung des sehr lauten Zweijährigen.

»Danke. Sie waren meine Rettung«, sagte Fox schließlich.

Seine Frau war zwei Wochen zuvor gestorben. Reggie war da schon alt genug, um nach seiner Mutter zu fragen, und George klammerte sich nun an seinen Daddy.

Inzwischen waren vier Jahre vergangen, und Fox war mit den Jungen erfolgreich in die Gänge gekommen. Seine Karriere war im Aufwind, seine »Fox Fun«-Spiele erregten Aufmerksamkeit. Er war ein attraktiver alleinerziehender Vater, der alles hatte, nur keine Zeit, auch mal an sich selbst zu denken.

»Was ist mit deinem Sexualtrieb?« Walker stieß Etienne an. »Ist er wieder zum Vorschein gekommen?«

»Noch nicht«, gestand Etienne. »Zuletzt mal ganz kurz, als ich Isabella den Arm abgeleckt habe.«

»Wem?«

»Isabella. Der neuen Restaurantbesitzerin.«

»Bei ihr funktioniert er also. Dann besteht noch Hoffnung.«

Etienne trank aus seiner Flasche und erlaubte sich, an sie zu denken. Die herrliche olivfarbene Haut. Den kleinen Schönheitsfleck neben dem Mund, den sie leicht öffnete, wenn sie überrascht war.

»Vielleicht bist du gestresst. Das kann dazu führen«, meinte Walker.

Etiennes Gedankengang wurde unterbrochen, weil sein Handy am Oberschenkel vibrierte. Er zog es aus der Tasche, aber die Nachricht war von seinem Provider. Frustriert warf er das Gerät auf den Tisch und blickte auf. Seine Freunde sahen ihn neugierig an.

»Was hat das Ding dir denn getan?« Walker runzelte die Stirn.

»Nichts.« Etienne seufzte und rieb sich übers Gesicht. »Ich warte auf eine Nachricht.«

»Von wem?«

»Wieso?«

Vier Ellbogen landeten auf dem Tisch, als sich die beiden Männer zu ihm neigten.

Etienne sah von einem zum anderen und schüttelte dann den Kopf. »Von meinem Bruder.«

Fox richtete sich ein wenig auf, und Walker legte den Kopf schräg.

»Meinem Zwillingsbruder, genau gesagt.«

Fox und Walker wechselten einen Blick, um zu sehen, ob der andere davon wusste. Angesichts ihrer verwirrten Miene war klar, dass das beiden neu war.

»Wieso wissen wir gar nichts von ihm?«, fragte Walker, der eine ältere Schwester im schottischen Hochland hatte, wie er Etienne mal erzählt hatte.

»Wo hast du den all die Jahre versteckt?«, hakte Fox nach, von dem Etienne wusste, dass er eine jüngere Schwester in Barcelona hatte.

Etienne seufzte. »Ich habe ihn nicht versteckt. Wir stehen uns nur nicht mehr nahe. Daran bin ich selbst schuld.«

»Warum beschäftigt dich das jetzt?«, wollte Walker wissen.

»Es ist kompliziert.« Etienne trank sein Bier.

Die anderen zwei warteten ab.

»Ich hab Scheiße gebaut. Ist lange her. Bevor ich hierher gezogen bin.« Kurz schloss er die Augen gegen die aufblitzende Erinnerung, Kira in seinen Armen, weil nichts anderes zählte.

»Kannst du es jetzt wieder hinbiegen?«

Etienne schüttelte den Kopf, wütend über sich selbst. »Nein. Wie gesagt, ich hab Scheiße gebaut. Er ist gegangen. Tatsächlich ist er geflohen. Es war gefährlich für ihn zu bleiben. Alles meinetwegen.«

Walker nickte. »Klingt wirklich kompliziert.«

»Letzte Woche hat er sich zum ersten Mal wieder gemeldet. Es war nur eine Zeile. Und jetzt antwortet er nicht mehr.« Er schlug auf den Tisch.

Fox, der eine Engelsgeduld hatte, weil er mit zwei anstrengenden Bossen unter einem Dach wohnte, nickte weise. »Wenn er Kontakt aufgenommen hat, wird er es auch ein zweites Mal tun. Und dann kannst du die Sache bereinigen.«

Etienne sah ihm forschend in die Augen und hoffte inständig, dass er recht hatte.

Walker nickte dabei. »Klingt auch, als könnte er der Grund für dein Penisproblem sein.«

Etienne sah in seine lachenden Augen und verpasste ihm einen schnellen Schlag gegen den Oberarm.

Die Band kam auf die Bühne und machte dem Geplänkel ein Ende.

11

Isabella

Wrens Dutt war noch makellos, obwohl sie selbst ziemlich angeschlagen war. Rosie war herrlich beschwipst und erzählte gerade ausführlich von dem Buch, das sie zurzeit las.

»Ehrlich – der Sex! So gut beschrieben!« Sie verdrehte schwärmerisch die Augen.

»Ich dachte schon, sie wäre hochnäsig, als wir uns zum ersten Mal sahen«, warf Wren ein, »aber sie ist mit *Bridgerton* genauso glücklich wie mit Jane Austen. Je mehr Sex, desto besser.« Sie grinsten einander an, bis über beide Ohren verliebt. Die Musik wurde lauter.

»Ja!«, rief Wren aus. »Lasst uns tanzen!« Sie kippte den letzten Schluck aus ihrem Glas hinunter und verließ die Nische.

»Wie habt ihr euch denn kennengelernt?«, fragte Isabella.

»Wren war mal Tänzerin …« Rosie schaute ihrer Partnerin verliebt hinterher, die sich zur Tanzfläche bewegte.

»Das glaube ich sofort«, sagte Isabella. »Beim Ballett?«

»Nicht ganz!« Rosie kicherte, als Wren an die glänzende Stange in der Mitte der Tanzfläche trat. Eine Hand an die Metallstange, die andere hoch über dem Kopf, drehte sie sich unter ihrem Arm, bis sie mit dem Rücken davorstand. Sie hob ein Knie, setzte den Absatz an den Stahl und warf unter halb gesenkten Lidern einen Blick zu ihnen herüber.

»Sie hat lange beim *Cirque du Soleil* gearbeitet, aber als ich sie kennengelernt habe, hat sie gemacht, was sie am besten kann, an einer Stange in einem Club.«

Wren trat mit zwei langen Schritten um die Stange herum, die Leute machten ihr Platz, einige pfiffen. Und als wöge sie nichts, hob sie sich daran empor, einen Arm um die Stange gelegt, ein Knie noch oben gerichtet, das andere hinter sich gestreckt, sodass sie mühelos flog. Einen Moment später kreiste sie mit dem Kopf nach unten.

»Sie ist unglaublich«, flüsterte Amber und rührte mit einem Metalltrinkhalm in ihrem neuen blauen Cocktail.

»Sie ist fantastisch!«, keuchte Isabella.

»Sie ist heiß«, sagte Rosie stolz lächelnd.

Der Song endete, und Wren landete unter den Anerkennungsbekundungen ihrer Zuschauer elegant auf den Füßen. Im nächsten Moment kam die Band auf die Bühne.

»Lasst uns rübergehen.« Rosie glitt aus der Nische. Amber stürzte ihren Cocktail hinunter und folgte ihr zusammen mit Isabella. »Throwback Thursday Time!«

Der Gitarrist startete mit einem bekannten Riff, und dann tanzte Isabella mit den Armen über dem Kopf und war glücklich.

12

Etienne

Diese Band, The Runaway Train, machte immer Laune. An den Throwback Thursdays spielten sie alles Mögliche aus den letzten Jahrzehnten, je kitschiger, desto besser. Dass die meisten Leute in der Bar noch keine vierzig waren, hielt sie nicht davon ab, zur Musik zu tanzen, die aus der Zeit vor ihrer Geburt stammte. Etienne sah Wren ihr Ding an der Stange machen. Diese Frau hatte es drauf. Er hatte sie schon oft dabei gesehen, aber sie verblüffte ihn immer wieder. Man sollte meinen, dass Leute, die eine Buchhandlung betrieben, ruhige Typen wären, aber Rosie und Wren waren echte Kracher. Walker hatte sie mit ihm bekannt gemacht, als Etienne zum ersten Mal in der Bar gewesen war. Rosie sei die Einzige in Honeybridge, die ihm je einen Korb gegeben hatte, hatte er liebevoll erklärt und sie mit einem Arm an seine Seite gezogen.

Dann sah er Rosie über die Tanzfläche zu Wren gehen und hinter ihr Amber von den River Rats und Isabella, die Jeans und High Heels trug und oben herum auch *beinahe* etwas anhatte, ein dünnes, kurzes Trägertop. Sie sah gut aus.

Sie lächelte, als sie die Arme über den Kopf streckte und zu tanzen anfing. Das Top rutschte nach oben und zeigte mehr von ihrer olivfarbenen Taille, den Muskeln am unteren Rücken, der sanften Wölbung ihres Bauches, während sie sich drehte. Er musste sich korrigieren: Sie sah verdammt gut aus.

»Das ist Isabella, meine neue Nachbarin«, sagte er zu den Jungs und deutete mit dem Kopf zur Tanzfläche. »Trägertop, lange braune Haare.«

Walker drehte sich um, und Fox spähte in die gewiesene Richtung, bis sie Isabella gefunden hatten. Dann wandten sie sich dem Stehtisch wieder zu.

»Ich könnte sie als Vorlage für meine nächste weibliche Spielfigur nehmen«, sagte Fox anerkennend.

»Ich glaube, sie hat ein Feuer in der Hose, das ich löschen könnte«, meinte Walker.

Etienne verpasste ihm den zweiten empfindlichen Schlag gegen den Arm. Er würde seinen Kumpel nicht mal in ihre Nähe lassen. Walker mit seinem Heldenstatus und seinen breiten Schultern, die er bei seinen Rettungsaktionen bekommen hatte. Er betrachtete sie noch eine Weile, wie sie sich mit geschlossenen Augen zur Musik bewegte.

»Wir haben kein Bier mehr«, bemerkte Fox. »Wer ist dran?«

»Ich.« Etienne sah in sein Portemonnaie. »Zeit für Whisky.«

Das *Bolthole* war jetzt gerammelt voll. Die Tanzfläche quoll in die Gänge über. Manche Leute tanzten in ihren Nischen, einige auf ihrem Tisch.

»Ich könnte über die Tanzfläche abkürzen«, sagte er. Seine Freunde schüttelten den Kopf.

»Das dachten wir uns schon.«

Er schob sich in Richtung Mitte um tanzende Paare und Freunde herum, sodass er bald von einer heißen, wogenden Party umgeben war. Es dauerte nur einen Moment, dann war er neben ihr. Sie lachte und hielt sich an Amber fest, ohne ihn zu bemerken. Ein Träger war ihr von der Schulter gerutscht, und er stellte sich vor, wie er ihn weiter herabzog und ihre wunderbaren Brüste entblößte, die er an jenem Tag auf dem

Platz betrachtet hatte. Er konnte sich ein Lächeln nicht verkneifen. Obwohl er keine Gelegenheit mehr gehabt hatte, mit ihr zu reden, ging er weiter zur Theke, gerade als der nächste Song begann: *Livin' on a Prayer*.

13

Isabella

»Ich brauche Wasser!« Isabella fächelte sich mit beiden Händen Luft zu und fühlte einen Schweißtropfen in den Busen laufen. Die Bon-Jovi-Songs waren vorbei, die Band startete mit Tina Turner, und ringsherum tanzten fünfzig Leute zu *Proud Mary*. Amber zeigte ihr den gereckten Daumen, und Isabella fädelte sich zur Theke durch.

Sie hatte dafür einen günstigen Moment gewählt, denn die Tanzfläche zog mehr Leute an, und sie schob sich zwischen einen Trupp Freundinnen, die gerade ihre Bestellung absprachen, und einen Mann, der über sein Bier gebeugt saß. Ein langhaariger Barkeeper war mit Zapfen beschäftigt, und ein anderer bestückte ein Tablett mit Schnäpsen. Isabella stützte die Ellbogen auf die Theke und spürte auf ihrer erhitzten Haut den Luftstrom des Wandventilators.

»Na hallo.« Die Stimme war so nah bei ihrem Ohr, dass Isabella zusammenzuckte. Sie blickte in das verschwitzte Gesicht eines Mannes in den Dreißigern. Seinem Aussehen nach wäre er besser schon vor einer Stunde nach Hause gegangen.

»Hallo«, antwortete sie höflich und achtete wieder auf die Barkeeper.

»Haben wir uns hier nicht schon mal gesehen, hm?«, lallte er.

»Nein.« Sie wollte nicht unhöflich sein, ihn aber auch nicht ermutigen. Jetzt wünschte sie, sie würde wie die anderen zu Tina Turner tanzen und mitschreien.

»An dein Gesicht würde ich mich auch garantiert erinnern …«, redete er weiter und verbrauchte seine besten Sprüche alle auf einmal.

Sie lächelte höflich, blickte zu den Enden der Theke, aber beide Barkeeper waren noch beschäftigt. Einer schüttelte einen Cocktailshaker, der andere schaufelte Eis in einen Eimer.

»Willste was trinken?« Er hob sein Bierglas. »Ich spendier dir ein'n …«

»Nein, danke«, antwortete Isabella entschieden. »Ich will eine Runde bestellen.« Sie zog ihr Handy aus der Hosentasche und starrte demonstrativ aufs Display, um weitere Konversation abzuwenden.

»Wie heißte denn?« Der Mann stützte das Kinn auf ihre Schulter.

Isabella wurde flau im Magen. Er kapierte es nicht. »Isabella«, sagte sie. Die Frauen neben ihr gaben das Warten auf und erlagen dem Sog der Ekstase auf der Tanzfläche. Sie schaute ihnen nach. Die Lücke neben ihr wurde sofort besetzt.

»Lust zu tanzen, Izzy?«, fragte er und fasste ihr mit feuchter Hand an den Arm.

»Nein, danke«, antwortete sie bestimmt, aber höflich lächelnd.

»Ach, komm, sei so nett.« Er machte Anstalten, den Arm um ihre Schultern zu legen.

Jetzt reichte es ihr. »Um das klarzustellen: Ich habe an Ihnen kein sexuelles Interesse, überhaupt keins«, sagte sie mit unbewegter Miene und schob seinen Arm von sich. Er machte große Augen, dann sah er sich um, als könnte sie jemand anderes gemeint haben. »Aber es war nett, Sie kennenzulernen«, fuhr sie fort, »und wenn Sie mal Ihre Mutter zum Essen einladen wollen, werde ich Sie in meinem neuen Restaurant gern willkommen heißen. Im *Tutto Mio*. Am Marktplatz. Das bald eröffnet wird.« Sie warf ihm ein Lächeln zu, was ihn noch mehr verwirrte.

»Wie? Woher wissen Sie, dass ich bei meiner Mutter lebe?«

»Wusste ich nicht. Aber einiges hat darauf hingedeutet. Entschuldigung, wie heißen Sie?«

»Andy«, stotterte er.

»Gut, Andy, falls Sie Frauen erfolgreicher ansprechen wollen, empfehle ich Ihnen einen Kerl namens Tongue Tied auf TikTok. Er gibt tolle Tipps, wie man eine Unterhaltung anfängt, die ganz nützlich sein können.«

Jetzt war der Mann völlig aus dem Konzept gebracht und klappte mehrmals den Mund auf und zu.

Sie nickte ihm freundlich zu, um zu zeigen, dass das Gespräch für sie zu Ende war. In dem Moment sprach sie jemand von der anderen Seite an.

»Alles okay hier?«, sagte Etienne, und plötzlich blickte sie in seine grünen Augen. Er stand sehr nah bei ihr.

»Alles bestens, danke«, antwortete sie. »Stimmt's, Andy?«

Der nickte, murmelte etwas Unverständliches und ließ sich vom Hocker gleiten. Er schlurfte zum Ausgang, obwohl er sein Bier nur halb getrunken hatte.

Isabella wandte sich Etienne zu. »Ich musste nicht gerettet werden …« Das kam schärfer, als es gemeint war.

»Das weiß ich. Ich habe zugehört.« Er zog anerkennend eine Braue hoch und lachte dann. »Ich wette, Andy hat noch nie Dating-Tipps bekommen.«

»Hätte vielleicht mal jemand tun sollen«, sagte sie. Aus dieser Nähe konnte sie die modische Länge seiner Bartstoppeln betrachten und roch sein holziges Rasierwasser. Sie spürte auch seine Körperwärme.

»Also haben Sie heute Abend frei?«, fragte sie.

»Ich feiere mit meinen Freunden. Fox hat sein Projekt pünktlich fertig bekommen.« Er erzählte ein wenig von den Computerspielen, und Isabella erkannte die Namen Fox und Walker wieder, die vorhin schon gefallen waren.

»Schön, dass Sie mal rausgehen«, meinte er. »Anscheinend haben Sie schon ein paar Einheimische kennengelernt.« Er deutete mit dem Kopf zur Tanzfläche, wo Wren jetzt auf einem Podest stand. Rosie und Amber tanzten Rücken an Rücken mit gereckten Armen. Jemand hatte eine Polonaise gestartet, die gerade über die hintere Bühne zog. In der Bar war die Hölle los.

Der langhaarige Barkeeper kam endlich zu ihnen, und Etienne bedeutete Isabella, dass er ihr den Vortritt ließ. Der Barmann entfernte sich wieder, um einen Blue Lagoon für Amber, drei Toffee-Wodka und ein großes Wasser ohne Eis zu holen.

»Es ist toll hier.« Isabella lachte und wandte sich Etienne wieder zu. »Ehrlich, ich bin schon so lange nicht mehr aus gewesen.« Sie überlegte einen Moment lang, wann das letzte Mal gewesen war, und ihr fiel ein, dass das in die Zeit mit Daniel fiel. Sie blinzelte die Erinnerung weg. Besser nie wieder daran denken. Daniel hatte wahrscheinlich seiner Loverin jedes Mal geschrieben, wenn er an der Theke gestanden hatte und Isabella auf der Tanzfläche gewesen war.

»Wie kommt's?«, fragte Etienne. Er lehnte sich gegen den Tresen, sein Oberschenkel drückte sich beiläufig an ihre Hüfte. Sie fühlte seine Wärme. So nah war sie seit Monaten keinem Mann gewesen. Tatsächlich sehnte sie sich danach, den Druck zu erwidern.

»Ich hatte eine Zeit lang keine Lust, tanzen zu gehen.« Und wieder begegnete sie seinem Blick. Der in ihrem Gesicht forschte, als könnte er ihre Geschichte dort ablesen. Sie lesen wie ein offenes Buch. Ihre Geheimnisse entdecken. Himmel, sie klang schon wie einer von Rosies schwülstigen Liebesromanen. EIN JAHR KEINEN SEX. Sie schüttelte sich. »Das ist ein komisches Jahr.«

»So eins hatte ich auch schon.« Etienne überraschte sie damit, und kurz kam es ihr vor, als sähe sie bei ihm ein leises Bedauern.

»Aber wenn man den ganzen Tag renoviert, ist das mal eine schöne Abwechslung!« Sie rollte die Augen und sah seinen Blick zu dem Spaghettiträger ihres Tops gleiten, der gerade von der Schulter rutschte. Sie schob ihn wieder hoch. »Hätte nicht gedacht, dass das so kraftraubend ist. Mir tut mittlerweile alles weh …«

Er knetete seine Hände. »Ich kann gut massieren, heißt es.« Er grinste hungrig.

»Machen Sie sich keine Gedanken!«, sagte sie, als er ihr wieder in die Augen sah. »Nichts, was ein heißes Schaumbad nicht beheben kann …«

»Ich habe eine große Wanne. Mit Platz für zwei?« Er zog fragend eine Braue hoch. »Sie wissen, wo Sie mich finden …«

Seine Oberlippe blieb an einem spitzen Schneidezahn hängen.

Du lieber Himmel. Wenn sie sich diese weißen Zähne an ihrer Haut vorstellte. Stopp! Sie lachte und schwang die Haare über die Schulter zurück, weg von ihrem Hals, der plötzlich glühte. Die Bewegung zog seinen Blick an, der im nächsten Moment ein Stück nach unten glitt, wo ihre Brüste unter dem seidigen Top wie auf dem Präsentierteller waren.

Sie grinste ihn an. »Ja, aber ich denke, heute Abend …«

Er neigte sich langsam nach vorn, sein Gesicht war nur noch ein paar Fingerbreit von ihrem entfernt, und sie wich nicht zurück. Seine Augen funkelten, als seine Fingerknöchel ihre Hand streiften, eine sanfte Berührung, die bei ihr eine Kettenreaktion bis in die tieferen Regionen auslöste. Ein Finger strich träge eine Linie an ihrem Unterarm entlang vom Handgelenk bis zur Armbeuge, wo die Haut glatter und empfindlicher war, und dabei sah er ihr ununterbrochen in die Augen. *Reiß dich zusammen, Frau! Der Mann hypnotisiert dich, um dich in sein Bett zu kriegen.*

»Was Sie brauchen, ist eine lange kalte Dusche«, sagte sie. Er warf lachend den Kopf zurück. Sie musste unwillkürlich lächeln. Er schaute auf sein Handy.

»Haben Sie NameDrop?«, fragte er. Sie nickte, und er hielt sein Telefon an ihres, sodass seine Kontaktdaten übertragen wurden.

»Meine Nummer«, sagte er. »Für alle Fälle.« Angesichts seines schiefen Lächelns wollte sie ihn am liebsten küssen. Um zu sehen, wie es sich anfühlte, sich an ihn zu schmiegen. Um die Arme um seinen Hals zu legen und sein Gesicht an ihres zu ziehen.

»Achtzehn Pfund bitte«, sagte der langhaarige Barkeeper.

Isabella legte das Geld hin, nahm das Tablett und trug es und ihre sehnsüchtigen Brustwarzen zur Tanzfläche.

14

Etienne

Etienne stellte die Whisky-Gläser auf den Tisch, und die drei stießen miteinander an. Runaway Train spielte jetzt Michael Jackson, und die gesamte Tanzfläche machte den Moonwalk und griff sich unbekümmert in den Schritt.

»Das hat aber gedauert«, bemerkte Walker.

»Ich wurde aufgehalten« Etienne grinste.

»Haben wir gesehen.« Fox feixte.

»Also, wann trefft ihr euch?«

Etienne trank gemächlich einen Schluck. »Weiß ich noch nicht«, sagte er schließlich. »Im Moment liegt der Reiz in der Jagd.«

»Für dich etwas Neues.« Fox lachte.

»Vielleicht wartet sie eigentlich auf mich«, vermutete Walker und erntete damit seinen dritten und letzten Hieb des Abends gegen den Arm.

»Eins weiß ich jedenfalls …« Etienne trank noch einen Schluck. »Mein Schwanz funktioniert prächtig.«

15

Isabella

GIRL GANG

Wren: **Hab Kopfschmerzen.**

Rosie: **Hab Augenschmerzen.**

Isabella: **Ich bin vor zehn Minuten in den Klamotten von gestern auf der Couch aufgewacht.**

Amber: **Meine Lippen sind blau.**

Isabella: **OMEINGOTT, unten wird gebohrt.**

Amber: **Ich hab fünf Papierschirmchen auf meinem Kopfkissen gefunden.**

Wren: **Kommt in einer Stunde in die** Lit Lounge.

Rosie: **Wir setzen Kaffee auf.**

Beim Klingeln der Ladentür verzog Wren das Gesicht und fasste sich an den Kopf. Isabella betrat die Buchhandlung. Rosie hatte ihre riesige Brille gegen eine riesige Sonnenbrille getauscht, und ihr Zopfkranz war in die Stirn gerutscht und hatte etwas von einem Kopfverband. Amber, noch mit türkisblauen Lippen, hing auf einem Sessel in den Seilen. Sie hielt die Augen geschlossen und in der Hand einen großen Becher Kaffee.

Ringsherum deckenhohe Regale, und an einem sah Isabella eine Leiter. Handgemalte Schilder wiesen den Besucher zur *Kinderecke* und zu *Thriller mit Killer* und zu *Kliteratur.*

Auf den Holzdielen lagen bunte Teppiche, die Beistelltische waren aus Paletten und alten Koffern gebaut und farbig gestrichen, und auf jedem Sessel lag ein Häkelkissen.

»Wie trinkst du deinen Kaffee?«, fragte Rosie. Wäre Isabella nicht so verkatert gewesen, hätte sie bei der Frage gelächelt, aber sie vermied jede unnötige Bewegung. Komisch, dass jede wusste, welchen Cocktail, welchen Oldie und welche Tanzmoves die anderen besonders liebten, aber nicht, wie sie ihren Kaffee tranken.

»Espresso«, sagte Isabella.

Sie ließ sich in den Sessel neben Amber fallen, als Rosie rief: »Vorsicht wegen Barney«, aber zu spät, und so landete sie fast auf einem roten Kater, der jaulend unter ihr wegsprang.

Barney spazierte nonchalant von dannen und sprang auf einen anderen Sessel. Da erst bemerkte Isabella die kleine Tigerkatze auf Ambers Schoß. Darauf schaute sie sich um und entdeckte vier weitere in allen Farben und Größen in verschiedenen Schlafpositionen. Eine lag auf dem Fensterbrett zusammengerollt in einem Fleckchen Sonne.

»Entschuldige, ich hätte dich warnen sollen«, sagte Rosie. »Wir haben viele Katzen.«

»Du bist doch nicht allergisch, oder?«, fragte Wren.

»Nicht gegen Katzen, aber offensichtlich gegen Alkohol. Ich fühle mich wie der leibhaftige Tod.«

Amber nickte, ohne die Augen zu öffnen. Rosie und Wren brachten Kaffee und zogen sich einen Sessel heran.

»Willkommen in Honeybridge. Du zählst jetzt zu den Einheimischen, da du den Throwback Thursday überlebt hast.«

Isabella gelang ein schwaches Lächeln. »Ich freue mich schon darauf, Gabi mitzunehmen, wenn sie hier ist.«

»Geht es dir gut, Amber?«, fragte Rosie.

Amber nickte, dann schüttelte sie den Kopf. »Nie wieder.«

»Das hast du letztes Mal auch gesagt«, erinnerte Wren trocken.

»Heute Morgen hatte ich Etiennes Nummer im Handy«, gestand Isabella und zeigte den Frauen ihre Kontaktliste. Amber hob mühsam ein Lid an, um einen Blick darauf zu werfen.

»Er ist definitiv scharf auf dich«, meinte Rosie.

»Hast du vor, ihm zu schreiben?«, wollte Wren wissen.

Isabella stieß den Atem aus. »Nö. Ich sag nur eins: Sexpause.«

»Sexbombe trifft es wohl eher«, formten Ambers türkisblaue Lippen.

Drei Becher Kaffee später waren alle Augen geöffnet und die Kater so weit eingedämmt, dass Rosie anfing, über Essen zu reden.

»Ich habe noch gar nicht gehört, warum du so dringend mal rauswolltest, Amber«, bemerkte Isabella.

Die gab einen langen Seufzer von sich. »Ich verliere meinen Job. Ende des Monats werde ich arbeitslos sein.«

Rosie und Wren schüttelten den Kopf. Sie wussten es also schon.

»Was arbeitest du denn?« Isabella wunderte sich sehr, weil das am Abend in der Bar überhaupt kein Thema gewesen war. Aber eingedenk der Geschwindigkeit, mit der Amber ihre Blue Lagoons konsumiert hatte, hatte sie vielleicht auch nicht darüber reden wollen.

»Ich bin im Ruderclub angestellt, mache ein bisschen von allem. Der Job lässt sich bestens mit meinem Alltag vereinbaren. Es wird verdammt schwer, wieder einen zu finden, bei dem ich zu Hause sein kann, wenn Jayden aus der Schule kommt.«

»Die machen einen Riesenfehler«, meinte Rosie.

»Die wissen gar nicht, was sie alles leistet …«, sagte Wren zu Isabella.

»Was ist passiert?«

»Den Club hat ein schickes Freizeitunternehmen gekauft, und die bringen ihren eigenen Hospitality Manager mit. Also werde ich nicht mehr gebraucht.«

»Dabei bearbeitet sie gar nicht die Aufgaben so eines Managers.« Rosie setzte sich zum ersten Mal an dem Vormittag aufrecht hin. Sie begann, es an den Fingern abzuzählen. »Erstens erstellt sie den Zeitplan für die Ruderregatten.«

Wren fügte hinzu: »Zweitens hat sie die River Rats gegründet, damit sich die Mitgliederzahl erhöht.«

Rosie: »Drittens verwaltet sie das Inventar des Cafés.«

Wren: »Viertens erstellt sie auch die Dienstpläne für das Café-Personal!«

»Und sie verwaltet außerdem die Mitgliedsbeiträge.« Rosie hob beim letzten Punkt den kleinen Finger. Beide schauten aufgebracht. Amber blies ihnen einen Kuss zu und lächelte schwach.

»Vielleicht lasse ich mir von euch die Bewerbung schreiben. Wenn man euch so hört, bin ich erstklassig.«

Isabella dachte an das *Tutto Mio*. Dass all diese Fähigkeiten in den kommenden Monaten wichtig wären. Dass die vielen Aufgaben sie allmählich überwältigten und sie abends beim Einschlafen Angst hatte. Und dass sie noch nicht mal angefangen hatte, sich Personal zu suchen.

Am vergangenen Abend hatte sie Amber dafür bewundert, wie gut sie mit Leuten umgehen konnte. Dass sie mit ehrlichem Interesse zuhörte. Dass die Leute ihr Lächeln sofort erwiderten. Das fiel ihr jetzt ein.

»Ich wollte mich heute eigentlich nach freien Stellen umsehen, aber wahrscheinlich biete ich nicht den besten Anblick!« Sie schürzte demonstrativ ihre türkisblauen Lippen und lachte. »Ich verschiebe es auf morgen.« Sie nickte allen zu. »Ich werde schon etwas Gutes finden.«

Ambers Entschlossenheit erinnerte Isabella an ihre eigene. Sie bewunderte die optimistische Haltung. Gestern Abend hatte Amber gesagt, dass sie gut allein klarkommen würde, bis sie jemanden fände, der das Zeug zum Vater hatte. Das klang jetzt in ihr nach.

»Hast du schon mal gekellnert?«, fragte Isabella so beiläufig wie möglich.

»Hey, meine Eltern haben auf Jamaika ein Strandrestaurant. Ich habe schon als Kind gekellnert.«

»Und du kennst hier viele Leute?«

Amber richtete ihre meerblauen Augen neugierig auf Isabella. »Ich weiß ziemlich viel über jeden. Und die, die ich nicht kenne, sind mir bloß noch nicht über den Weg gelaufen.«

»Also könntest du ein Restaurant so mit Personal besetzen, dass du abends nicht dort sein müsstest?«, fragte Isabella.

»So ist es«, antwortete Amber mit leiser Hoffnung. Wren und Rosie neigten sich vor. Isabella nahm aus dem Augenwinkel wahr, dass Rosie Wrens Hand ergriff und drückte.

Isabella traf ihre Entscheidung. Und die fiel ihr leicht. »Dann möchte ich dir eine Stelle anbieten.«

Amber straffte den Rücken, und ihr blaues Lächeln hellte ihr Gesicht auf. »Und ich nehme sie an.«

Sie schüttelten einander feierlich die Hand, während Rosie und Wren applaudierten.

»Tut mir leid, dass ich unterbreche.« Eine Teenagerin in Doc Martens näherte sich zögernd, und alle drehten den Kopf zu ihr. Sie trat von einem Bein aufs andere und klopfte abwechselnd mit einem Absatz an die Ferse des anderen Stiefels.

Sie trug breite Lidstriche, an den Brauen zackige Blitze und Space Buns.

»Können wir dir helfen?« Rosie erhob sich halb aus ihrem Sessel.

»Ja, bitte.« Das Mädchen wandte sich an Amber und zeigte auf deren Gesicht. »Wo kriegt man den blauen Lippenstift? Der ist geil.«

MIA FAMIGLIA

Isabella: **Ich habe heute meine rechte Hand gefunden, eine fähige Frau!**

Mamma: **Du hast sie hoffentlich eingestellt?**

Isabella: **Sofort!**

Papà: **Welche Erfahrung bringt sie mit?**

Isabella: **Sie kann gut Schlauchbootfahrten für Kinder organisieren und blaue Cocktails trinken.**

Mamma: **Hmmmm.**

Isabella: **Sie ist genau richtig, Mamma. Glaub mir.**

16

Etienne

Etienne vertrieb seinen Kater bei einem Sieben-Kilometer-Lauf um sieben Uhr früh und ruderte dann noch vier Kilometer den Fluss rauf und runter, um anschließend ein vor Ketchup triefendes Bacon-Sandwich zu verdrücken, das Mile End Mickey ihm bei seiner Rückkehr vorsetzte.

Kauend lehnte er am Tisch, leckte sich immer wieder die Finger ab und machte am Ende ein Schmatzgeräusch.

»Gute Nacht gehabt?«, fragte Mickey. Er schnitt Gemüse vor, so schnell, dass seine Messerklinge vor den Augen verschwamm.

Etienne musste es eingestehen. Es ging ihm besser, da er in zwei Punkten beruhigt war. Erstens waren Fox und Walker sicher, dass er Gelegenheit haben würde, die Sache mit Alex geradezubiegen. Und zweitens war sein Schwanz funktionstüchtig. Wegen Isabella Tucci, das stand fest.

Er hatte sie an der Theke gesehen und auch ihr verstohlenes Augenrollen, als Andy angefangen hatte, mit ihr zu quatschen. Er hatte sich dazugestellt, um vielleicht heldenhaft dazwischenzugehen als der große Beschützer. Allerdings hatte sie den gar nicht gebraucht. Sie machte eine klare Ansage, ohne unhöflich zu werden, unverblümt, aber hilfreich, und er musste kein Wort sagen. Erst am Ende mischte er sich ein, doch nur damit sie ihn bemerkte.

Er fragte sich, wann er von ihr hören würde. Sie schien keine zu sein, die Spielchen trieb und erst eine bestimmte Anzahl von Tagen verstreichen ließ, bevor sie eine Nachricht schrieb, nur damit sie souverän und nicht allzu interessiert rüberkam. Ihrem gestrigen Auftreten nach zu urteilen, war sie eine Frau, die alleine klarkam und sich meldete, wenn sie es wirklich wollte.

Ein leiser Zweifel keimte auf, was für ihn untypisch war, wenn es um Frauen ging. Was, wenn sie nicht schrieb? Schließlich war sie gegangen, obwohl er ihr gerade den Teigspritzer vom Arm geleckt hatte. Was, wenn sie schlichtweg nicht interessiert war?

»Geht's dir gut, Mann?«, fragte Mile End Mickey. »Du bist gerade ein bisschen blass geworden.«

Etienne schüttelte den Zweifel ab. Selbstverständlich war sie interessiert. »Klar«, behauptete er. »Alles bestens.«

In dem Moment summte sein Handy von einer eingehenden Nachricht.

»Und jetzt erst recht.« Er grinste, nahm es und winkte damit über die Schulter, als er die Küche verließ und in das leere Restaurant ging.

Er rief die Nachricht auf. Doch sie war nicht von Isabella.

Alex: **Ich will nach Hause kommen. Aber es könnte gefährlich werden.**

Etiennes Finger zitterten, und er war froh über die Autokorrektur, als er hastig antwortete, um die Konversation unbedingt am Laufen zu halten.

Etienne: **Ich kann helfen. Sag mir, was ich tun soll.**

Er würde alles tun, um es wieder einzurenken. Es war seine Schuld, dass er seinen Bruder so lange nicht gesehen hatte.

Seine Schuld, dass Alex hatte fliehen müssen, denn er hatte ihn im Stich gelassen, als er ihn am meisten gebraucht hatte.

Alex: **Ich will dich nicht in Schwierigkeiten bringen.**

Die Antwort war wie ein Tritt in die Eingeweide. Etienne würde alle Schwierigkeiten auf sich nehmen. Alex zuliebe, wie er es damals hätte tun müssen.

Etienne: **Du kannst auf mich zählen. Um was für Schwierigkeiten geht es hier?**
Alex: **Die Dougalls wollen ihr Geld.**

Etienne holte scharf Luft. Also stimmten die Gerüchte.

Vor fünf Jahren, als ihre Eltern gestorben waren, hatten Alex und Etienne an sehr verschiedenen Punkten ihres Lebens gestanden. Etienne war dabei, sich einen Gastronomiebetrieb aufzubauen, und beschloss sofort, mit seinem Erbe das Bistro zu kaufen. Alex blieb bei seinem Online-Glücksspiel, setzte an Wochenenden auf ein, zwei Pferde und nahm schließlich auch an lokalen Pokerrunden teil. Nicht an solchen, wo man zum Spaß spielte und sich mit den Jungs eine Flasche Whisky teilte. Sondern an Runden in den Hinterzimmern örtlicher Pubs, wo die Tür abgeschlossen wurde und die Einsätze hoch waren. Zu hoch.

Als Alex sein Erbe erhielt – ein kleines Vermögen, genug um sich für den Rest seines Lebens in einer Branche zu etablieren –, setzte er es auf einen Full House, den er für eine sichere Sache hielt. Nur leider deckte Mason Dougall einen Straight Flush auf. Und das wäre noch in Ordnung gewesen, wenn Alex daraufhin aufgehört hätte. Doch Alex war ein Spieler.

Etienne: **Wie viel schuldest du ihnen?**

Das Warten war unerträglich, und es dauerte länger als nach seiner letzten Nachricht. Wie viel hatte Alex über das Erbe hinaus verloren? Es musste eine beträchtliche Summe sein, wenn er sich deswegen hatte absetzen müssen. Gerüchten zufolge verlor der Spieler eine Hand oder eine Kniescheibe, wenn er nicht zahlte. Etienne hatte sogar gehört, dass die Dougalls denjenigen zwangen, sich für eine Hand zu entscheiden, und dann die andere nahmen. Etienne bekam trockene Augen, so lange starrte er auf sein Handy. Endlich kam die Antwort.

Alex: **50 Mille**

Ihm sackte der Magen weg. So viel hatte er selbst nicht. Auf keinen Fall. Er schüttelte den Kopf. Trotzdem musste das Problem gelöst werden.

Etienne: **Überlass das mir.**

Alex: **Sie könnten Bargeld wollen. Oder eine Überweisung. Das haben sie noch nicht gesagt.**

Etienne sah sich plötzlich mitten in einem Gangsterfilm. Das ging weit über sein normales Leben mit Kochen, Servieren, Sex und Schlafen hinaus. Doch er war bereit, alles zu tun, damit Alex nach Hause zurückkehren konnte. Schließlich hatte er nur seinetwegen fliehen müssen.

Etienne: **Spielst du noch, Al?**

Wieder starrte er lange auf das Display. Er musste die Frage stellen.

Alex: **Hab seit damals nicht mal mehr Bingo gespielt.**

Etienne atmete langsam aus, doch die nächste Nachricht riss ihn hoch.

Alex: **Wie geht's Kira?**

Etienne: **Ist lange vorbei.**

Er schüttelte den Kopf über die letzten vier Jahre, die ungenutzt verstrichen waren. Wäre er doch nur rangegangen, als Alex damals angerufen hatte. Er hätte das Geld sofort hinblättern können. Der Kaufvertrag für das Bistro war da noch nicht unterschrieben gewesen. Er hätte ihm das Geld geben und ihm einen Therapieplatz besorgen können. Alex hätte nicht fliehen, nicht ohne Freunde und Familie leben müssen. Sie hätten zusammen sein können.

Doch so einfach war es nicht. Nachdem er Alex' Sucht jahrelang miterlebt hatte, hatte er auf leidvolle Art gelernt, dass die Sucht an erster, die Familie an zweiter Stelle kam, und zwar immer. Anfangs hatte er Alex noch Geld geliehen, damit er seine Spielschulden begleichen konnte, hatte aber herausgefunden, dass Alex damit spielte, um es zu verdoppeln. Er verdoppelte nur seine Schulden. Ein andermal hatte er Alex sein ganzes Monatseinkommen gegeben, um ihm auszuhelfen, ohne dass ihre Eltern davon erfuhren, doch Alex ging damit ins örtliche Casino und setzte auf Schwarz.

Und als Alex damals anrief und Etienne seinen Namen auf dem Display sah, ignorierte er ihn, weil er endlich erreicht hatte, dass Kira mit ihm ausging, nachdem er wochenlang dachte, sie sei die Liebe seines Lebens. Aber während sie sich an jenem Abend küssten, verpasste er die verzweifelten Nachrichten seines Bruders, der ihn um Hilfe bat, um Geld bettelte und schließlich schrieb, er müsse verschwinden. Und seitdem machte sich Etienne Vorwürfe.

Darum würde er das Risiko diesmal eingehen. Er würde ihm das Geld geben. Das musste er.

Ich werde die Dougalls kontaktieren, schrieb Alex, und Etienne konnte sich vorstellen, wie erschreckend es sein musste, diese Worte zu tippen. **Und ich arrangiere die Zahlung.**

Der Name Dougall war in South London, wo sie seit Langem lebten, gefürchtet. Da die Dougalls für ihre Gewalttätigkeit berüchtigt waren, wechselte man lieber die Straßenseite, als einem von ihnen in die Quere zu kommen. Etienne hatte zum ersten Mal von ihnen gehört, als seinen Eltern das Auto gestohlen worden war und die Polizei von den Autodiebstählen der Dougalls gesprochen hatte. Später, als er studierte, betätigten sich die Dougalls offenbar als Kredithaie und lockten klamme Studenten an, die schnell Geld brauchten. Die wussten nicht, worauf sie sich einließen, und ertranken am Ende in Schulden. Es schien, als hätten die Dougalls ihre Finger in vielen illegalen Geschäften, denn sie waren es auch, die illegale Pokerrunden in der ganzen Stadt organisierten und als Bank fungierten, damit jemand wie Alex bei ihnen Schulden anhäufte, für die sie hohe Zinsen nahmen.

Etienne: **Lass von dir hören.**

Er wollte die Konversation nicht beenden, doch ihm war klar, dass er Alex das allein regeln lassen sollte.

Alex: **Ich liebe dich, Bro.**

Etienne kniff die Augen zu. Bilder von früher gingen ihm durch den Kopf. Wie sie sich im Garten im Kreis drehten, einen Arm auf die Schultern des anderen gelegt. Wie sie sich heftig dagegen wehrten, gleich angezogen zu sein. Wie sie sich in den Ferien im Schwimmbecken balgten. Einander beim Tee unter dem Tisch gegen die Schienbeine traten. Am Grab ihrer Eltern nebeneinander standen, während die Särge hineingesenkt wurden. Eine Million Erinnerungen. Sie waren immer zusammen gewesen. Zwillingsbrüder.

Ich dich auch, tippte er und hatte noch nie etwas so ernst gemeint.

Mit Schmerzen in der Brust legte er das Handy hin.

Das war Liebe. Die hatte er aufs Spiel gesetzt hatte, als er sich um eine Beziehung mit einer Frau bemüht hatte. Und darum erlaubte er sich nur noch One-Night-Stands.

17

Isabella

Isabella betrachtete sich in dem langen Spiegel und zog den Gürtel ihres Wickelkleids enger. Er machte eine schmale Taille. Der Rock umschmeichelte ihre Hüften und endete oberhalb der Knie. Riemchensandaletten mit hohen Absätzen ließen ihre Beine lang und schlank erscheinen. Sie sah gut aus. Sie schüttelte ihre Haare und schaute, wie die Locken über ihre Schultern fielen. Heute mal kein lässiger Haarknoten. Und kein nasses T-Shirt. Aber eine ganze Menge Dekolleté, dachte sie mutwillig grinsend und zog das Oberteil noch zwei Zentimeter tiefer herab.

Die ganze Woche über hatte sie die Konkurrenz besucht. Angefangen bei den Cafés zur Mittagszeit und abends ein paar andere Restaurants. Sie hatte sich die Speisekarten angesehen, den Service und die Bedienungen begutachtet. Sie hatte von Avocado-Toast mit Ei bis zu Murgh Makhani alles probiert. Sie hatte Cocktails und Smoothies und Espressi getrunken. Aber sie hatte sich kein Mal so sorgfältig zurechtgemacht wie jetzt, da sie ins Bistro essen gehen würde. Komisch.

Sie hatte nicht nur bei der Konkurrenz gespeist, sie hatte einiges über sie gelernt. Sie hatte gehört, was die anderen Gäste äußerten, und alles Mögliche aufgeschnappt. Nicht nur über die Gerichte. Vor allem in einem Café, wo am Nebentisch junge Frauen in ihrem Alter gesessen hatten. Eine von denen war offenbar weggezogen und nun bei ihren Freundinnen zu Besuch. Sie tauschten Klatsch aus und erzählten aus ihrem Alltag, und Isabella lauschte unauffällig, als der Name ihres Nachbarn fiel, Etienne.

»Irgendwelche Begegnungen mit dem hinreißenden Etienne?«

»Ich nicht. Ich wurde letztes Jahr ge-Etiennet«, bemerkte eine kichernd.

»Ich das Jahr davor«, sagte eine andere augenrollend. »Ich muss immer wieder daran denken.«

»Vorige Woche habe ich ihn beim Joggen gesehen. Wie kann er morgens um sieben derart anziehend wirken?«

»Er kann das um jede Uhrzeit.« Alle lachten, und die Unterhaltung ging weiter. Etienne war eindeutig gefragt.

Nun sprühte Isabella sich Parfüm an den Hals und aufs Handgelenk, wo Etiennes Zunge gewesen war, und spürte wieder das Ziehen tief im Unterleib. Gott, war der Mann aufregend! Sie sah auf die Uhr. Zeit, zu gehen. Sie zog sich den Mantel an und schlang den Gürtel straff. Der Herbstwind war kühl und ungemütlich, als sie über den Platz lief.

Etienne beugte sich gerade über die Reservierungen, als sie die Tür aufzog und eintrat, und sie nutzte den Moment, um sich in dem Restaurant umzusehen. Das Ambiente war gut. Die Tische fast alle besetzt. Das Licht weich, sodass es jedem schmeichelte. Die Musik leise genug, dass man sich unterhalten konnte. Sie nickte anerkennend. Er hatte ein schönes Restaurant.

Etienne hob den Kopf mit einem professionellen Lächeln, um sich dem neuen Gast zuzuwenden, und es wurde breiter, sowie er sie sah. Ihr Magen machte einen Satz. Du lieber Himmel. *Nur weil er gut aussieht.*

»Hallo«, sagte sie. »Ich habe für acht Uhr einen Tisch bestellt.«

Er fuhr mit dem Finger auf der Seite nach unten.

»Ms Tucci, nehme ich an?« Er strich mit der Fingerspitze an der Zeile entlang. »Wie schön, Sie zu sehen. Tisch für eine Person.«

Sie nickte. In den letzten neun Monaten hatte sie sich daran gewöhnt, allein zu essen. Seit Daniel gegangen war, hatte sie sich gezwungen, alles allein zu tun. Sie ging allein ins Kino, ins Theater, schloss sich einem neuen Buchclub an, buchte eine Wochenendreise. Sie war sogar zu einem Comedy-Abend gegangen, wohl wissend, dass sie vielleicht ein gefundenes Fressen für den Comedian war, weil sie allein in einer Ecke saß. Doch sie hatte es überlebt und sogar Spaß gehabt. Durch jeden Ausflug und jede Herausforderung war sie selbstbewusster geworden und hatte sich schließlich wieder wie früher gefühlt, als sie noch nicht die bessere Hälfte eines Mannes gewesen war. Als sie nur Isabella und nicht Mrs Simmonds gewesen war. Jetzt machte es ihr nicht mehr das Geringste aus, im Restaurant allein zu essen.

Kurz ruhten seine Hände auf ihren Schultern, als er ihr aus dem Mantel half. Er hängte ihn an einen Haken und führte sie zu ihrem Tisch in der Ecke. Ein runder Tisch mit einem einzelnen Platzdeckchen. Was für eine nette Geste, dachte sie. Oft genug, wenn sie einen Tisch für eine Person bestellt hatte, fand sie zwei Gedecke vor, sodass es immer aussah, als wäre sie sitzen gelassen worden. Doch so war der Tisch für jemanden gedeckt, der eine Mahlzeit allein genoss, mit voller Absicht.

Etienne zog den Stuhl für sie hervor, und sie setzte sich. »Kundschaften Sie die Konkurrenz aus?«, fragte er schmunzelnd und hielt ihr die Speisekarte hin.

»Ich muss schließlich wissen, mit wem ich es zu tun habe«,

antwortete sie gut gelaunt, »damit ich die Konkurrenz schlagen kann.«

Er lachte ungeniert. »Ich bringe Ihnen etwas zu trinken«, sagte er. »Als Willkommensgruß.«

Isabella bat, ihr einen trockenen Weißwein zu empfehlen, und verlangte dazu ein Glas mit Eis. Etienne bewegte sich selbstbewusst an den Tischen vorbei, und Isabella musste sich zwingen, wegzusehen und die Speisekarte zu lesen.

Sie wählte Moules Marinières und bestellte bei einer elfenhaften Kellnerin mit französischem Bob, die jünger war als sie und umwerfend aussah, wie sie bemerkte. Danach lehnte sie sich zurück und fasste ihre Beobachtungen zusammen

Das Personal war einheitlich gekleidet mit schwarzen Hemden oder Blusen und schwarzen Jeans, darüber eine schwarze Schürze. Die Karte war nicht umfangreich, bot aber eine gute Auswahl, und auf einer Tafel an der Wand standen wechselnde *Gerichte der Saison*. Es gab die üblichen Zugeständnisse wie glutenfreie oder vegetarische Gerichte. Das unterschied sich alles sehr von dem, was sie für das *Tutto Mio* plante, aber das wollte sie erst mal für sich behalten.

Ihre Kellnerin brachte den Wein mit einem warmen Lächeln. »Ich soll von Etienne ausrichten, dass er das Pfannkuchen-Dessert empfiehlt«, sagte sie, worauf Isabella unter dem Tisch die Oberschenkel aneinanderdrücken musste.

Ihr Essen kam. Die Muscheln waren dick und weich, die Soße cremig. Sie saugte die letzte Brühe mit einem Stück hausgebackenem Brot auf und wischte ihre Schale damit aus.

Etienne kam an ihren Tisch. »Ich mag es, wenn Frauen mit einem guten Appetit gesegnet sind.« Wie kam es, dass bei ihm alles wie eine sexuelle Anspielung klang? Sie lehnte sich zurück und schlug die Beine übereinander. Mit einem raschen, beiläufigen Blick nahm er ihren Körper in sich auf.

»Es war köstlich. Würden Sie das dem Koch von mir ausrichten?«, bat sie, und im nächsten Moment grinste sie schelmisch. »Wer ist eigentlich Ihr Koch?«

Er kapierte sofort. »Ah-ah, Finger weg. Den kriegen Sie nicht!«

Isabella spielte die Enttäuschte, und dann lachten sie zusammen. Aber ihr war klar, dass sie für sehr gutes Essen sorgen musste, um mit dem hohen Niveau mitzuhalten. Das Bistro bot bei Weitem die beste Qualität in der Stadt.

»Wie geht es Ihnen?«, fragte er. Sie wollte gerade antworten, als man aus der Küche lautes Scheppern hörte. Etienne entschuldigte sich und ging.

Isabella trank ihren Wein in sehr kleinen Schlucken, um möglichst lange damit auszukommen. Ein paar Augenblicke später verließ Etienne die Küche mit der schönen jungen Kellnerin im Arm. Isabella erlebte eine sonderbare Anwandlung von Eifersucht, bis sie erkannte, dass er die Mitarbeiterin stützte, nicht zärtlich an sich drückte. Sie lehnte sich schwer auf seinen anderen Arm und hinkte stark. Sie war blass im Gesicht und hatte sichtlich Schmerzen. Er ging mit ihr zur Garderobe, legte ihr den Mantel um die Schultern und brachte sie nach draußen, wo ein Taxi wartete. Durchs Fenster beobachtete Isabella, wie behutsam er die Wagentür hinter der jungen Frau schloss. Kurz darauf stand er wieder an ihrem Tisch.

»Entschuldigen Sie«, sagte er aufatmend. »Katie hat sich den Knöchel verstaucht, und Annie, meine zweite Kellnerin, hat sich krankgemeldet, sodass ich heute Abend ohne Hilfe dastehe.«

Isabella sah ihn mitfühlend an. Sein Blick schweifte durch den Speiseraum über die voll besetzten Tische, wo die Gäste erst bei der Vorspeise waren und noch zwei Gänge serviert werden mussten. Einige schauten sich bereits nach der Bedienung um, weil ihre Gläser leer waren. Das konnte einer allein nicht bewältigen, so viel war klar.

Sie nahm die Serviette vom Schoß und legte sie auf das Platzdeckchen. Das war eine gute Gelegenheit für sie, einen Blick in die Küche zu werfen. Zusehen, wer da kochte, und möglichst viel darüber herauszufinden, wie Etienne den Laden führte. All das sagte sie sich, gestand sich aber auch ein, dass sie länger in seiner Nähe sein wollte. Seinen Anblick genießen wollte. »Ich kann helfen«, sagte sie.

Verblüfft drehte er den Kopf zu ihr. »Nein …«, begann er, doch sie schob ihren Stuhl zurück und stand auf.

»Aber selbstverständlich«, unterbrach sie ihn. »Ich bin gut.«

Er zögerte noch eine Sekunde. »Das bezweifle ich gar nicht«, sagte er langsam. Ihre Blicke prallten aufeinander, was ein eruptives Kribbeln in ihrem Bauch auslöste.

»Also dann, geben Sie mir eine Schürze …« Und einen Herzschlag später: »Boss.«

Langsam ging ein Lächeln über sein Gesicht. »Der Klang gefällt mir.«

Die nächsten beiden Stunden vergingen wie im Flug. Etienne zeigte ihr den Tischplan und nahm sie mit in die Küche, wo Mile End Mickey keine Zeit verlor und auf zwei Teller zeigte, die auf der Wärmeplatte warteten. Isabella band sich die Schürze über ihr Kleid, wusch sich die Hände und ging an die Arbeit.

Im Lauf des Abends servierte sie jedes Gericht auf der Karte. Sie sah, wie die Vorspeisen angerichtet wurden, wie groß die Portionen waren, welche Beilagen zu den Gerichten gehörten. Sie schaute zu, wenn Mickey den Teller garnierte und würzte. Seine Detailliebe war bemerkenswert, auch wenn er ständig Kraftausdrücke benutzte.

Sie sprach mit den Gästen, und alle erzählten ihr, was ihnen besonders geschmeckt hatte – und sie versprach, das an den Koch weiterzugeben, prägte sich das jedoch auch zu ihrem eigenen Nutzen ein. Wenn Gäste bei ihr bezahlten, plauderte sie mit ihnen, lächelte und lachte mit ihnen, während sie die Rechnung ausdruckte. Sie blieb bei einem alten Herrn stehen, dem einzigen einsamen Esser, und der aß so langsam, dass sie das Gefühl hatte, seine ganze charmante Lebensgeschichte zu kennen, als er nach Hause ging. Er war pensionierter Französischlehrer der örtlichen Schule und erwähnte, dass er jede Woche ins Bistro kam, aber seit drei Jahren allein, da seine Frau gestorben war. Er sei kürzlich ins *Heart of Honeybridge* gezogen, das Seniorenheim, und besiege dort jeden beim Domino. Bevor er ging, schenkte er ihr ein wunderbar offenes Lächeln. Seine hellblauen Augen schauten so herzlich, als er sich für ihre Gesellschaft bedankte, dass sie ihn spontan umarmte und er in seinen weißen Schnurrbart kicherte.

Das war für sie wertvolle Kundenforschung, aber auch mehr als das, denn es machte Spaß. Sie hatte einen schönen Abend. Sie fühlte sich lebendig und in ihrem Element. Tat etwas, was sie gut konnte. Einmal spürte sie einen Blick und drehte sich um. Etienne starrte sie vom anderen Ende des Raumes an. Er zog fragend die Brauen hoch, wie um sich zu erkundigen, ob alles okay war, und sie lächelte ihn an und nickte dezent. Danach schwenkte sie auf dem Weg in die Küche die Hüften. Sollte er ruhig etwas zu gucken haben.

Schließlich schaltete Mickey den Herd aus, nachdem das letzte heiße Dessert serviert worden war. Er stellte das Vanilleeis, von dem er zuletzt eine Kugel geschöpft hatte, in den Tiefkühler. Seine Arbeit war getan, und seine Küchenhilfen putzten zum Feierabend alles blank. Mickey grüßte Etienne, dankte Isabella und verschwand durch die Hintertür. Ein paar Minuten später gingen auch die Helfer. Jetzt hieß es nur noch Tische abräumen, während die letzten Gäste nach Hause aufbrachen, und hinter ihnen abschließen.

Als Etienne endlich die Vordertür zuschloss, taten Isabella die Füße weh. Sie band sich die Schürze ab und sank laut stöhnend in einen Clubsessel. »Mein Gott! Ich hatte ganz vergessen, wie brutal das Kellnern ist!«

Etienne drehte das Schild an der Tür auf *Geschlossen*. »Aber Sie hatten recht: Sie sind gut.«

Sie lachte.

»Einen Drink?« Er ging hinter die Theke. »Als kleines Dankeschön?«

Genau das brauchte sie jetzt.

»Überraschen Sie mich«, sagte sie, und ein paar Augenblicke später stellte er einen Whisky on the Rocks vor sie auf den Tisch und einen zweiten für sich selbst. Das war kollegial und freundschaftlich und nett.

»Ehrlich, ich wäre heute Abend nicht ohne Sie klargekommen.« Er hob sein Glas. »Danke.«

Sie stießen miteinander an, und sie trank einen Schluck. Er brannte den ganzen Weg nach unten.

»Keine Ursache«, sagte sie. »Aber nächstes Mal erinnern Sie mich, dass ich mir andere Schuhe anziehe.« Sie schnallte die Sandaletten auf und ließ sie auf den Boden fallen, um die Füße hin und her zu beugen und die Schmerzen loszuwerden. Er trank und sah nachdenklich zu.

»Und woher haben Sie so viel Routine?«, fragte er.

»Ich habe während des Studiums gekellnert. Das Stipendium hat nie gereicht, und ich habe immer gutes Trinkgeld bekommen.«

»Welche Überraschung«, meinte er trocken.

Sie lachte und erzählte von ihren Erlebnissen in den verschiedenen Restaurants. Sie hatte so scharfe Currys serviert, dass den Männern der Schweiß von der Stirn tropfte. Einmal war ihr eine Portion Gulasch auf den Schoß eines Gastes gerutscht. Am Ende des Abends, wenn das Trinkgeld verteilt war, waren ihre Manteltaschen davon so schwer gewesen, dass die Nähte aufrissen.

»Und Sie? Sie sagten, Sie sind seit vier Jahren in Honeybridge. Wo waren Sie vorher?«

Er sah weg und antwortete vage. »In London.«

»Und warum jetzt gerade hier?« Sie hakte nach und wunderte sich, wo sein bereitwilliges Lächeln abgeblieben war. Er zuckte mit den Schultern und machte dicht.

»Brauchte mal einen Tapetenwechsel, schätze ich.«

»Einen Neuanfang?« Isabella fühlte sich ihm verbunden, weil sie etwas gemeinsam hatten. Plötzlich wollte sie ihm erzählen, wie aufgeregt sie wegen ihres Neustarts war und dass sie aber auch Angst hatte. Doch er nickte nur und gab nichts weiter preis.

Nachdenklich schürzte sie die Lippen. Er hatte etwas an sich, was sie mochte, und das erschöpfte sich nicht darin, dass er höllisch anziehend war. Doch daran durfte sie die nächsten paar Monate nicht denken, egal, wie verlockend er war. Allerdings war er gerade so verschlossen wie eine Auster. Wie könnte sie ihn bewegen, sich zu öffnen?

»Was können Sie einem Neuling wie mir über die Gegend verraten?«

Darauf zeigten sich seine Lachfältchen.

»Bin mir nicht sicher, ob ich Geheimnisse ausplaudern sollte. Schließlich sind Sie die Konkurrenz.« Da war das Geplänkel wieder. Anscheinend war heiteres Plaudern und

Flirten okay. Vielleicht war er im Grunde ein verschlossener Mensch.

»Sie machen sich über mich lustig, ja? Und das, nachdem ich mir für Sie Blasen gelaufen habe?«

Zum Beweis streckte sie einen Fuß zu ihm hin. Lachend nahm er ihn in die Hand. Sie schreckte zurück bei dem Gedanken, dass ihr Fuß erhitzt und müde in seiner Handfläche lag, und zog ihn weg, doch Etienne hielt ihn fest, unnachgiebig, und legte ihn sanft auf seinem Oberschenkel ab. So saßen sie einander in den Sesseln gegenüber, und sie wunderte sich den Bruchteil einer Sekunde, wie es zu der Situation gekommen war. Sie hatte eigentlich nur zu Abend essen wollen.

»Dann stehe ich wohl in Ihrer Schuld«, sagte er unbeschwert.

»Also, was sollte eine benachbarte Restaurantbesitzerin wissen?«

Er neigte den Kopf zur Seite und überlegte. Seine Finger lagen wie ein glühendes Eisen um ihre Knöchel, bis er zu einer Antwort gelangte.

»Erstens: Kaufen Sie Ihren Fisch bei *McKenzie's*. Sie mögen in Versuchung geraten, die niedrigeren Preise bei *Harry's* zu nutzen, aber da ist die Qualität nicht so gut, und er liefert nicht so zuverlässig.« Er fing an, mit den Fingern über ihren Spann zu streichen, während er weitersprach. Sie verfolgte, wie sie sich über ihre Haut bewegten, und atmete nur noch flach. Noch keiner hatte ihren Fuß so sanft angefasst. Tatsächlich hatte noch kein Mann ihre Füße angefasst. Daniel hatte einen generellen Widerwillen gegen Füße. Wenn sie früher die Füße neben ihm aufs Sofa gelegt oder im Bett unter seine Beine geschoben hatte, dann hatte er das Gesicht verzogen und angewiderte Laute von sich gegeben. Das war zwischen ihnen zu einem Scherz geworden.

Jetzt, in diesem Moment, fiel ihr auf, wie empfindlich ihr Fuß Berührung wahrnahm. Wie sinnlich es war, wenn ihn jemand massierte. Und was ihr in all den Jahren entgangen war. Etienne streichelte sie so sanft, dass es sie hätte kitzeln müssen, tat es jedoch nicht. Stattdessen spürte sie, wie heiß seine Finger waren.

»Zweitens: Der Bauernladen wird Ihnen ein Kundenkonto einrichten. Sie sagen zwar, das machen sie nicht, aber wenn Sie einen Monat im Voraus bezahlen und dann noch mal darum bitten, lenken sie ein. Das ist gut für Ihren Cashflow.«

»Das weiß ich«, kam sie nicht umhin zu sagen. »Ich habe einen Abschluss in Betriebswirtschaft.«

Seine Brauen würdigten die Information mit einer leichten Wölbung, und er nickte, ließ sich aber nicht von seiner Aufgabe ablenken. Sein Daumen fand die Fußsohle, und ihre Lider flatterten bei dem herrlichen Gefühl, als er an einer Reihe kleiner Druckpunkte entlang eine Linie von der Ferse zu den Zehenballen zog. Sie spürte die Hingabe, die sein Daumen jeder Stelle widmete, wenn er hineindrückte und wieder losließ, und wie das ihre Füße belebte, erfrischte, die Haut zum Kribbeln brachte. Ihr Fuß bewegte sich wie von selbst auf seinem Schoß und beugte sich seiner Hand, drückte sich gegen seine Daumenbeere. Als sehnte er sich nach Zuwendung. Verräter, dachte sie. Verräter.

»Und Vorsicht, wenn die Balhams einen Tisch bestellen. Die finden jedes Mal ein Haar in ihrem Essen und bekommen es dann umsonst. Jede Wette, dass sie ein Büschel Haare in einer Plastiktüte bei sich haben, um eins in ihrem Frühstück, Lunch oder Dinner zu platzieren.«

Sie lachte, doch es klang ein wenig atemlos. Er schaute auf und begegnete ihrem Blick.

»Ich werde achtgeben«, sagte sie abgelenkt und wunderte sich, wieso sie so ernst klang.

»Gut.« Er nahm ihren großen Zeh mit Daumen und Zeigefinger und zog ihn sanft vom Fuß weg, dehnte das Gelenk und ließ ihn wieder los. Sie hörte sich aufkeuchen. Er lächelte darüber und wiederholte das bei allen Zehen. Sie kniff die Lippen zusammen, um nicht zu stöhnen.

»Besser?« Er sah ihr aufmerksam ins Gesicht. Sie traute ihrer Stimme nicht und nickte nur.

»Soll ich mir den anderen auch vornehmen?« Er streckte die Hand zum anderen Bein und bedeutete ihr, es auf seinen Schoß zu legen. Fast wie in Trance hob sie das Knie an, um seiner Aufforderung zu folgen. Es war nicht nur ihr Fuß, der angefasst werden wollte. Ihr ganzer Körper verriet sie, bewegte sich auf ihn zu, wollte Haut auf Haut spüren. Ihre Brustwarzen waren hart wie an dem Tag, als sie mit nassem T-Shirt vor ihm gestanden hatte, und wollten von ihm beachtet werden. Und das nur, weil er ihr den Fuß massierte hatte. In seinen Mundwinkeln deutete sich ein Lächeln an. Seine Augen wirkten dunkler als vorher, das Grün schimmerte im Schein der Restaurantlampen.

Die Realität holte sie schlagartig ein. Was tat sie denn hier? Ließ sich von einem fremden Mann den Fuß massieren und war schon bereit, ihm das Bein zu überlassen, und danach? Wilder, wunderbarer Sex auf dem Fußboden seiner Arbeitsstätte? Denn genau darauf hatte sie offenbar große Lust. Doch das passte nicht in ihren Plan. Sie war nur zum Abendessen hergekommen. Und hatte dann die Gelegenheit ergriffen, zu kellnern und zu beobachten, wie er den Laden führte. Das war nur die übliche Marktforschung.

Gott, sie konnte verstehen, wieso er diesen Ruf hatte. Er war gut. Wenn er diese Verführungsmethode immer einsetzte, dann war er verdammt gut. Kein Wunder, dass die halbe weibliche Bevölkerung von Honeybridge mit ihm Sex gehabt hatte. Oder zumindest davon träumte. Sie setzte sich aufrecht hin, denn ihr wurde bewusst, dass sie während der Behandlung ihrer Fußsohlen fast in die Horizontale gerutscht war wie ein viktorianisches Fräulein, dem die Sinne schwanden. Wo war die starke, unabhängige Frau in ihr geblieben? Sie verpasste sich mental einen aufrüttelnden Stoß und zog den Fuß von seinem Schoß.

»Nein«, antwortete sie, langte nach ihrem Schuh, griff dreimal daneben, schaffte es, ihn überzustreifen, und schnallte das Riemchen ungeschickt zu. »Ich gehe besser.« Als sie aufblickte, hatte er sich ebenfalls aufgerichtet und stützte jetzt die Ellbogen auf die Knie. Sein Gesicht war nah, und er sah sie gespannt an.

»Sie haben Ihren Whisky noch nicht ausgetrunken.« Er deutete mit dem Kopf auf das Glas. Die Eiswürfel waren inzwischen geschmolzen.

Isabella sah flüchtig hin. Sie musste schleunigst gehen, sonst würde sie womöglich gegen ihr Verbot verstoßen. EIN JAHR KEINEN SEX. Das Mantra wiederholte sich in einem fort, es brüllte sie förmlich an. Sie nahm das Glas und kippte den Whisky hinunter. Sie fühlte ihn brennend in den Magen fließen.

»Hab ich.« Sie hustete. »Ich sollte jetzt mal los. Hab morgen früh jede Menge zu tun.«

Er stand auf und streckte die Hand hin, um ihr aufzuhelfen, aber sie erhob sich selbstständig und ging zur Tür.

»Hat aber Spaß gemacht.« Ungeschickt zog sie sich den Mantel über und verfing sich in einem Ärmel.

»Danke fürs Kellnern.« Er lehnte sich an den Stützpfeiler zwischen ihr und der Tür.

»Danke für die Fußmassage« Sie konnte nicht widerstehen, es ein letztes Mal auszusprechen: »Boss.«

Er griff bereits zum Türknauf, doch bei dem Wort hielt er inne. »Sicher, dass Sie nicht noch einen Schlummertrunk möchten?«

Sie grinste, da sie sich wieder in der Gewalt hatte, und schüttelte den Kopf.

»Dann ein andermal«, sagte er, und wieder hörte sie keinen Frageton.

Die kalte Nachtluft schlug ihr ins Gesicht. Sie wusste, sie war erhitzt und gerötet. Irgendwo in ihr hatte die Zündschnur Feuer gefangen. An einer Glut, die seit ihrer Enttäuschung über Daniel fast verloschen war. Selbst wenn Etienne mit den Frauen nur spielte, könnte sie doch auch ein bisschen mit ihm spielen, sobald ihre Sexpause aufgehoben war. Sie hatte so ein Gefühl, dass es mit ihm Spaß machen würde.

Nach ein paar Schritten drehte sie sich um und hoffte, ihn noch mal zu sehen, bevor er die Restauranttür schloss. Er stand noch da wie zuvor, angelehnt am Türrahmen, doch sein Blick war nicht mehr auf sie gerichtet. In den paar Sekunden hatte er sich schon etwas anderem zugewandt. Sie bemerkte seine erwartungsvolle Miene, den scrollenden Finger. Seine Aufmerksamkeit galt dem Handy-Display. Die Enttäuschung traf sie wie ein Vorschlaghammer, und sie schlang die Arme um sich, um die nächtliche Septemberkälte abzuhalten.

Sie drehte sich wieder zu dem verlassenen Platz um und stöckelte zum *Tutto Mio* hinüber, dass ihre Absätze auf dem Pflaster hallten. Männer. Was hatte sie denn erwartet?

GIRL GANG

Isabella: **Etienne hat mir einen Fuß massiert.**

Wren: **Was? Wann?**

Isabella: **Gestern Abend nach der Arbeit.**

Rosie: **Sieht ihm ähnlich.**

Wren: **Hat er eine gute Technik?**

Isabella: **Wenn er mich so zum Schnurren bringt, obwohl ich noch vollständig bekleidet bin, wie ist es dann erst, wenn wir nackt sind?**

18

Etienne

Egal, wie oft er aufs Handy sah, von Alex kam keine weitere Nachricht.

Isabella war gestern Abend eine gute Ablenkung gewesen. Er hatte stundenlang nicht aufs Handy geschaut, sondern sie beim Kellnern beobachtet. Sie bekam mühelos einen guten Draht zu den Gästen. Sie beherrschte die richtige Art unbeschwerten Plauderns, sodass sich die Leute entspannten. Selbst den alten Fred Barrow hatte sie im Sturm erobert, und sein Gesichtsausdruck, als sie ihn umarmte, war ein Bild für Götter gewesen. Wahrscheinlich war er nicht mehr umarmt worden, seit er nach Jeannies Tod vor ein paar Jahren in das Seniorenheim gezogen war. Etienne bemühte sich immer, ihn zum Lächeln zu bringen, doch ein so breites Grinsen hatte er dabei nie hervorgerufen. Gestern Abend hatte er zugesehen, wie Isabella die Hüften schwang, sodass ihr Saum um die Knie floss, und wie sie einen ziemlich verlockenden Blick in ihren Ausschnitt gewährte, wenn sie nach vorn gebeugt die angerichteten Teller in die Hände nahm oder sie den Gästen servierte. Sie sah selbst zum Anbeißen aus. Zu schade, dass sie ein Restaurant eröffnete, andernfalls hätte er ihr sofort eine Stelle angeboten. Sie wäre sicher gut fürs Geschäft.

Doch andererseits, wenn er genauer darüber nachdachte,

wäre das keine gute Idee. Denn er war fest entschlossen, mal mit ihr zu schlafen. Vielleicht nicht jetzt schon. Aber irgendwann ganz sicher. Deshalb war es besser, nicht zusammen zu arbeiten. Dann gäbe es hinterher keine peinliche Stimmung in der Belegschaft.

Er dachte daran, wie sich ihr Fuß angefühlt hatte. Wie zart ihre Haut war. Und dass sie den Fuß gegen seine Hand gedrückt hatte, wie eine Katze den Kopf, wenn sie gestreichelt werden wollte. Eines Tages, Isabella, eines Tages. Er sah auf die Uhr. Aber nicht heute. Heute hatte er einen Termin bei der Bank. Er schloss die Restauranttür ab und ging in Richtung Hauptstraße.

»Ah, Mr Martin.« Mr Andrews, der Filialleiter, empfing ihn und sprach seinen Nachnamen englisch aus, also ohne Nasallaut und mit Betonung der ersten Silbe, anstatt der letzten. Etienne ging schulterzuckend darüber hinweg. »Schön, Sie zu sehen. Möchten Sie eine Tasse Tee?«

Etienne lehnte ab und setzte sich, um zum Geschäftlichen zu kommen. »Nein, danke, Mr Andrews. Und danke, dass Sie mir so kurzfristig einen Termin geben konnten.«

Mr Andrews deutete auf den Computerbildschirm auf seinem Schreibtisch. »Wie es aussieht, wirft Ihr Restaurant ordentlich was ab. Also, was kann ich für Sie tun?«

»Ich wüsste gern, auf wie viel Geld ich sofort zugreifen könnte.«

»Oh, das kommt unerwartet.« Der Filialleiter legte die Hände aneinander. »Planen Sie eine Renovierung?«

»Nein.«

»Einen Urlaub?«

»Nein.«

»Wollen Sie sich vergrößern?«

»Nein. Ich möchte nur wissen, wie viel Geld ich seit der Eröffnung angespart habe und wann ich an die Summe herankäme.«

Mr Andrews kniff die Lippen zusammen. Offenbar sah er lieber, wenn die Kunden Geld einzahlten, anstatt es sich auszahlen zu lassen.

»Glauben Sie mir, Mr Martin, es ist viel günstiger, es auf Ihrem Konto zu lassen, weil es da ordentlich Zinsen abwirft. Es sei denn, Sie brauchen es für etwas Bestimmtes?«

»So ist es.« Etienne legte ebenfalls die Hände aneinander. Die beiden Männer wechselten einen langen Blick.

»Nun, dann schauen wir mal …«, sagte Mr Andrews widerstrebend und wandte sich seinem Bildschirm zu, um sich mit den Zahlen zu befassen. Er räusperte sich. »Ihre Ersparnisse belaufen sich auf vierzigtausend Pfund.«

Etienne bekam ein flaues Gefühl im Magen, nickte aber. Das waren zehntausend zu wenig.

»Eine sehr schöne Summe«, meinte der Geschäftsführer wehmütig.

Und trotzdem nicht genug, dachte Etienne.

»Kann ich die heute abheben?«, fragte er.

»Normalerweise liegt das Tageslimit bei zehntausend Pfund, Mr Martin …«

»Könnten Sie das Limit bitte anheben, sodass ich das Geld innerhalb eines Tages bekomme?« Etienne neigte sich nach vorn. Er würde sich von bürokratischen Bestimmungen nicht aufhalten lassen, wenn er das Geld benötigte. Die beiden Männer starrten einander an. Mr Andrews blinzelte als Erster.

»Natürlich. Wir müssen nur die entsprechenden Unterlagen ausfüllen.« Nach einem großen Schluck Tee rief er in seinem PC ein Formular auf, tippte summend vor sich hin und drückte mit einer gekünstelten Geste auf die Enter-Taste.

»Erledigt, Mr Martin. Sie können nun auf die gesamte Summe zugreifen, wann immer Sie möchten.« Er trank von seinem Tee.

Etienne nickte langsam.

»Und wenn ich sie in bar brauche? Kann ich sie heute abheben?«

Der Geschäftsführer schluckte seinen Tee zu schnell und schnaubte einige Tröpfchen über den Schreibtisch. »Das ist nicht möglich, Mr Martin.« Er tupfte sich den Mund mit einem Taschentuch ab. »Es dauert ein paar Tage, um solch eine Summe in bar zu beschaffen.« Er schürzte die Lippen.

»Wie viele Tage im Voraus müsste ich sie anfordern?«

»Zwei Werktage.«

»Gibt es da vielleicht etwas Spielraum?«, fragte Etienne hoffnungsvoll.

»Leider nicht, Mr Martin.«

»Nur um klarzusehen: Wenn ich Sie am Montagmorgen anrufe, bekomme ich das Geld am Mittwoch?«

Der Geschäftsführer nickte, und Etienne seufzte. Mehr ließ sich nicht erreichen.

»Danke, Mr Andrews. Das ist gut zu wissen.« Als er aufstand, kam ihm ein Gedanke. »Wie sähe es mit einem Darlehen über zehntausend Pfund aus?« Er wahrte einen nüchternen, geschäftlichen Ton.

Mr Andrews richtete sich auf und machte große Augen, zog schweigend eine Schublade auf und nahm ein Formular heraus.

»Füllen Sie das aus und reichen Sie es mir möglichst bald rein, dann können wir uns die Sache ansehen.«

Etienne streckte den Arm über den Schreibtisch und verabschiedete sich mit einem festen, optimistischen Händedruck.

Die Sekretärin, die laut Namensschild Melissa hieß, kam herein, um ihn hinauszubegleiten. Sie warf ihm verstohlen einen lüsternen Blick zu und ging voraus, sodass ihm ein Hauch Chanel N°5 entgegenwehte. Doch Etienne nahm das gar nicht wahr, er war zu sehr mit der Frage beschäftigt, wo er die fehlenden zehntausend Pfund auftreiben sollte, wenn der Darlehensantrag nicht durchging.

19

Isabella

Allmählich nahm das Restaurant Gestalt an. Die Wände waren verputzt, die Böden verlegt. Es musste noch eingerichtet werden, aber es ging voran. Isabella verließ das *Tutto Mio* lächelnd und mit dem Bedürfnis, ihren Körper zu dehnen, nachdem sie sich den Vormittag lang über Formulare und amtliche Schreiben gebeugt hatte. Bei einem Blick über den Platz sah sie die Bistrotür unbesetzt. Sie überging die aufblitzende Enttäuschung und lief weiter zur Buchhandlung.

Wren winkte ihr vom Ladentisch aus zu, als die Türglocke bimmelte, und Rosie blickte kurz zu ihr. Sie sprach gerade mit einer Familie und nahm mit bekümmerter Miene eins der Kinder in den Arm. Einige Kunden stöberten und ließen sich bei der Auswahl ihrer nächsten Lektüre Zeit. Andere hatten bereits gewählt und bezahlt und saßen in einem der Sessel, mit oder ohne Katze auf dem Schoß. In der Computerecke lasen ein paar Leute am Laptop. Barney hatte sich auf einem Schreibtisch breitgemacht.

»Espresso?«, fragte Wren und griff nach einem Tässchen, um einzuschenken.

Der Kaffee war heiß und stark, und sie kamen ins Plaudern. Wren freute sich auf ein Theaterstück, das sie sich am Abend mit Rosie ansehen würde. Isabella war auch voller Vorfreude wegen ihrer Werbemaßnahmen für die Eröffnung.

Plötzlich stand Rosie mit der Familie neben ihr. Sie wirkten beklommen. Die Frau wischte sich die geröteten Augen und hielt eins der Kinder an sich gedrückt, als hätte sie Angst, es loszulassen. Eine ihrer Töchter, die Isabella auf sechzehn schätzte, schaute auf ihre Turnschuhe. Die waren an den Kappen durchgescheuert, sodass der große Zeh herauslugte.

»Isabella kann vielleicht helfen!«, sagte Rosie bemüht hoffnungsvoll.

Isabella sah den rotblonden Mann an, und da erst fiel ihr auf, dass er ein Uniformhemd der Feuerwehr trug. Er hatte so breite Schultern, dass man glaubte, er könne notfalls allein ein Auto anheben, um ein Kind zu retten.

»Isabella, das ist mein Freund Walker«, sagte Rosie, »und das sind die Malones.«

Aha, Walker. Etiennes Freund. Tja, Gleich und Gleich gesellte sich bekanntlich gern. Jedenfalls sah er genauso umwerfend aus wie Etienne. Isabella hob die Hand zum Gruß, war sich aber der ernsten Gesichter bewusst.

»Gestern Nacht hat es bei den Malones gebrannt«, erklärte Walker mit einem milden schottischen Akzent. »Zum Glück haben wir alle aus dem Haus herausgeholt, auch den Hund«, er warf dem jüngsten Kind ein aufmunterndes Lächeln zu, »aber Millies Zimmer hat großen Schaden genommen, weil es direkt neben der Küche liegt, von der das Feuer ausging.« Er deutete mit dem Kinn auf die Teenagerin, die den Kopf hängen ließ.

»Ach du je, wie schrecklich!« Isabella wunderte sich, wieso Rosie glaubte, sie könne da helfen.

»Sie wohnen vorerst bei Freunden, bis das Haus wieder freigegeben wird und die Versicherungsleute da waren«, berichtete Walker weiter. »Aber ich möchte gern dafür sorgen, dass sie alles haben, was sie brauchen. Wir wissen nicht, wie lange es dauern wird, bis sie wieder einziehen können.« Isabella nickte respektvoll und fragte sich, ob die Feuerwehr immer über ihre Pflicht hinausging.

»Und Millie findet das elfte Schuljahr schon jetzt schwierig, weil sie nächstes Jahr die GCSE-Prüfungen hat«, sagte die Mutter. Sie rang die Hände und warf ihrer ältesten einen besorgten Blick zu. »Das ist schon stressig genug für sie, auch ohne dass uns das Haus über dem Kopf abbrennt.« Rosie reichte ihr ein Taschentuch, da neue Tränen drohten.

»Sie hatte alle Schulbücher in ihrem Zimmer. Alle Arbeitshefte aus den letzten Jahren. Jetzt kann sie den Stoff nicht wiederholen.«

»Walker hat schon mit der Schulleitung gesprochen. Die bemühen sich gerade, Ersatz zu beschaffen.« Rosie schenkte ihm ein nettes Lächeln. »Und wir versuchen auch, welche zu besorgen – kostenlos natürlich.« Sie berührte Mrs Malone am Arm, die sofort ein neues Taschentuch brauchte.

»Vielen, vielen Dank. Ich kann es mir nicht leisten, alles zu ersetzen, ich stecke bis zum Hals in Schulden. Die Kurzzeitkredite sind auch nicht mehr so günstig wie früher. Bin selbst schuld.« Sie schüttelte den Kopf. »Wie auch immer. Wegen Millies Sprachprüfungen machen wir uns am meisten Sorgen.« Mrs Malone schniefte. »Sie möchte auf dem College und danach hoffentlich an der Uni Sprachen studieren, aber ihre Lehrer haben schon betont, dass sie sich anstrengen muss, um einen guten Abschluss zu machen …«

»Und da haben wir überlegt, ob du vielleicht einen guten Fremdsprachen-Podcast auf YouTube kennst?« Rosie zog die Brauen so hoch, dass sie über den Brillenrand lugten. Mrs Malone knüllte ihr Taschentuch, während Millie weiter auf ihre Schuhe starrte. Isabella überlegte, ob das Mädchen noch unter Schock stand.

»Um welche Sprache geht es?«, fragte Isabella sie leise. Als Millie nicht sofort antwortete, legte die Mutter sanft eine Hand auf ihre Schulter.

»Italienisch«, sagte sie anstelle ihrer Tochter. »Deshalb dachten wir, dass du vielleicht …« Die Mutter sah sie vielsagend an.

Isabella überlegte. *»Posso aiutare«*, sagte sie zu Millie.

Die anderen schwiegen, da sie nicht wussten, was das hieß.

»Millie, *posso aiutare*«, wiederholte sie. *Ich kann helfen.*

Ganz langsam hob Millie den Kopf. Sie war kreidebleich, ihre Augen riesengroß. Sie hatte Todesangst durchlebt, das war sicher. Sie kaute auf der Unterlippe, als sie Isabella ansah. »Ich muss die Prüfung schaffen«, murmelte sie.

»Ich kann dir helfen«, versicherte Isabella. »Wir brauchen keinen Podcast. Es ist besser, mit jemandem persönlich zu lernen. Ich bin Italienerin. Du bist ehrgeizig. Du wirst es im Nu fließend sprechen.«

»Wir dachten nur, Sie könnten einen Podcast empfehlen …«, stammelte die Mutter, doch Millie sah Isabella hoffnungsvoll an, und Isabella tat den Vorschlag mit einer Geste ab.

Zwar hatte sie wegen der bevorstehenden Restauranteröffnung schon alle Hände voll zu tun, doch sie konnte helfen und wollte die Bitte nicht ablehnen. Sie überlegte kurz. »Hast du in der Schule auch Kunstunterricht?«, fragte sie unvermittelt.

Millie schaute verwirrt, nickte aber.

»Großartig, dann kannst du gut mit einem Pinsel umgehen?«

Millie nickte wieder, unsicher, was daraus folgen könnte.

»Wie wär's, wenn du jeden Tag nach der Schule für eine

Stunde in mein Restaurant kommst? Du hilfst mir beim Anstreichen, und wir üben dabei Italienisch. Abgemacht?«

Millie sah ihre Mutter an, die verblüfft nickte.

»Das wäre toll«, sagte sie und dann schüchtern: »*Grazie.*«

Isabella lächelte. »*Prego*. Du wirst als Klassenbeste abschneiden.«

Zurück im *Tutto Mio* setzte Isabella die Nachhilfe auf ihre To-do-Liste, glitt mit dem Finger am Rand entlang nach unten und prüfte dabei die einzelnen Posten. Bis zum Eröffnungsabend gab es noch viel zu tun, aber sie fühlte sich souverän. Glücklich sogar.

Amber war am Tag zuvor vorbeigekommen und hatte ihr eine Liste von Leuten vorgelegt, die sie als Bedienpersonal in Betracht ziehen sollten. Die meisten kannte Amber aus der Schule und vom Ruderclub. Sie hatte schon ausgerechnet, wie viele Personalstunden nötig sein würden, und einen möglichen Schichtplan erstellt. Sie versprach, die potenziellen Bewerber zu sondieren und die Interessierten zu einem Gespräch mit Isabella einzuladen. Damit waren sechs Punkte auf Isabellas To-do-Liste auf einen Schlag erledigt. Sie hätte Amber küssen können. Stattdessen stießen sie mit ihrem Tee an und feierten mit einem Haferkeks.

Ihr Handy klingelte. Gabriella. Sie fläzte sich in das Sofa, bereit zu einem langen Austausch, doch Gabis Stimme hatte einen seltsam Beiklang, der nichts Gutes verhieß.

»Was gibt's Neues, Issy?«, fragte Gabi, schien aber nicht richtig zuzuhören, als Isabella erzählte. »Anscheinend läuft es gut bei dir«, sagte Gabi, und Isabella hörte sie seufzen.

»Ist etwas nicht in Ordnung? Du klingt nicht gerade glücklich.«

Darauf war es still, und sie stellte sich vor, dass Gabi auf der Lippe kaute, wie immer, wenn sie diplomatisch werden wollte.

»Gabi?« Jetzt war sie beunruhigt. Normalerweise war ihre Cousine quirlig und geradeheraus. Dass sie jetzt so nervös war, machte Isabella Angst.

»Ich muss dir etwas sagen«, erklärte sie leise, und Isabella sah es praktisch vor sich, wie sie ihr Telefon umklammerte. Sie ermahnte sich, weiterzuatmen.

»Geht es dir gut?« Ihre Gedanken wanderten zu üblen Vermutungen. Sie könnte es nicht ertragen, wenn Gabriella krank wäre.

»Ja, ja«, versicherte Gabi schnell. »Bei mir ist alles okay.« Isabella schloss erleichtert die Augen. »Aber ich bin heute auf etwas gestoßen. Ich wollte nicht, dass du es aus dem Internet erfährst.«

Isabella war sofort klar, dass es etwas mit Daniel zu tun hatte. Und dass es wehtun würde.

Gabi holte tief Luft und bestätigte die Vermutung. »Daniel und Vicky haben sich verlobt. Das haben sie überall gepostet.«

Sie hatte gewusst, dass es wehtun würde, aber mit solch einem Schlag in die Magengrube hatte sie nicht gerechnet. Sie öffnete den Mund, fand aber keine Worte.

»Offenbar ist er gestern Abend mit ihr essen gegangen und hat den Ring in ihr Glas gelegt. Sehr originell.«

Isabella konnte es sich vorstellen. Wie der Ring im Champagner funkelte. Wie die Kellner das Paar beobachteten, um abzuschätzen, ob sie eine zweite Flasche kalt stellen oder schon mal die Rechnung vorbereiten sollten, damit die beiden rasch verschwinden konnten. Sie konnte sich das so gut vorstellen, weil Daniel ihr auch auf diese Weise seinen Antrag gemacht hatte. So wenig es am Ende gebracht hatte.

»Es tut mir leid«, sagte Gabi leise.

Isabella zwang sich zu reagieren. »Tja, immerhin ist er schon ganze zehneinhalb Monate geschieden. Ich weiß nicht, was ihn so lange aufgehalten hat!« Sie rang sich ein Lachen ab.

»Das ging ziemlich schnell, nicht wahr?«, pflichtete Gabi ihr bei.

»Ist schon gut, ehrlich. Wir wissen beide, dass ich ohne ihn besser dran bin«, brachte Isabella hervor. »Aber ich bin froh, dass du es mir erzählt hast.«

Vier Stunden später lief sie in ihrer Wohnung auf und ab. Wie hatte sich ihre gute Stimmung so rasch verflüchtigen, der glückliche Tag so plötzlich kippen können? Die Neuigkeit über Daniel hatte einen Wust an Gefühlen ausgelöst, sie wusste nicht, ob sie traurig, wütend, bestürzt oder eifersüchtig war. Nur eines war klar: Sie wollte nicht allein sein. Sie brauchte Gesellschaft. Einen Drink. Ein nettes Gespräch. Jemanden, der sie aufmunterte. Sie wollte ihre Mamma, aber ein Blick auf die Uhr zeigte, dass es in Thailand mitten in der Nacht war, und es wäre nicht anständig, sie aus dem Bett zu klingeln.

Sie schrieb Jesse eine Nachricht. **Hast du Zeit zu chatten?** Und er antwortete wie immer sofort, aber: **Tut mir echt leid! Ich interviewe gerade meinen potenziellen künftigen Ehemann bei einem Prosecco.** Und eine Sekunde darauf fragte er: **Alles okay?** Und sie bejahte sofort, um ihn wieder seinem Date zu überlassen.

Sie wollte gerade Rosie anrufen, doch da fiel ihr ein, dass sie mit Wren ins Theater gegangen war.

Isabella schrieb bereits eine Nachricht an Amber, als sie sich erinnerte, dass die sich mit Jayden den neuen *Marvel*-Film ansah.

Sie warf das Handy auf die Couch und stand auf, setzte

sich wieder und stand erneut auf, um auf und ab zu gehen. Sie fühlte sich gerade einsamer als nach der Unterzeichnung ihrer Scheidungspapiere. Ohne weiter zu überlegen, was sie jetzt tun könnte, griff sie nach dem Handy und machte sich auf den Weg zu dem einzigen Menschen, der jetzt noch übrig war … Etienne.

20

Etienne

Sonntagabends war es im Bistro immer ruhig. Um neun Uhr war nur noch ein Tisch besetzt, und bald würden auch diese Gäste um die Rechnung bitten. Er hatte Katie früh gehen lassen und versprochen, ihr das nicht vom Lohn abzuziehen. Sie hatte nach ihrem Mantel gegriffen und sich davongemacht, bevor er es sich anders überlegen konnte. Er sah sich gerade den Dienstplan an und fragte sich, wie lange das Pärchen sein geteiltes Banana split noch ausdehnen konnte, als die Tür geöffnet wurde. Er hob den Kopf, um den Eintretenden zu informieren, dass die Küche bereits geschlossen war, und da stand Isabella. Statt der hohen Sandaletten trug sie Turnschuhe und sah nach einem gemütlichen Sonntagabend aus. Aber ihr Pulli reichte nicht ganz bis an die tief sitzende Jeans, und ihr Bauchnabel war zu sehen.

Sie hielt kurz inne, bevor sie die Tür schloss, einen Schwall kühler Herbstluft im Gepäck, und warf ihm einen zaghaften Blick zu, als wüsste sie auch nicht so recht, was sie bei ihm wollte.

»Hi«, sagte er.

»Hi«, antwortete sie.

Endlich hob einer der Gäste die Hand, das uralte Zeichen, bezahlen zu wollen.

»Augenblick«, sagte Etienne zu Isabella und zog ihr einen

Barhocker hervor. »Setz dich. Ich bin gleich bei dir.« Während er kassierte, sah er sie auf den Hocker steigen und die Beine übereinanderschlagen. Sie strich sich durch ihre welligen Haare, als das Pärchen aufbrach.

Etienne schloss hinter den beiden ab, drehte das Schild auf *Geschlossen*, schaltete die Lampen im Speiseraum aus und ließ nur das gedämpfte Licht hinter der Theke an.

»Whisky?«, fragte er, und auf ihr Nicken stellte er zwei Gläser hin, gab einen großen Eiswürfel hinein und schenkte ein. Sie stießen miteinander an. Er stützte sich auf die Theke und sah sie an.

»Ich hoffe, es macht dir nichts aus«, sagte Isabella. »Ich brauche Gesellschaft. Ich habe mich da drüben fast verrückt gemacht.« Sie trank einen Schluck und seufzte.

»Aber gar nicht«, antwortete er.

»Und nur weil ich jetzt hier bin, will ich noch lange keine Fußmassage.« Sie wählte einen ernsten Ton und blickte ihm in die Augen.

Er lachte. Ihm gefiel, dass sie Klartext redete, und dachte daran, wie sie Andy im *Bolthole* in die Schranken gewiesen hatte.

»Deine Füße sind vor mir sicher.« Alles andere von dir vielleicht nicht, dachte er. »Schlimmen Tag gehabt?«

»Das willst du dir bestimmt nicht anhören.«

»Wetten, dass?« Er stellte die Flasche Whisky neben ihnen auf die Theke und setzte sich auf einen Hocker. »Ich bin ein guter Zuhörer. Das gehört dazu.«

Eine Stunde später war er im Bilde. Über ihre Ehe mit einem Mann mit schlaffen Haaren. Seine Affäre. Die Scheidung. Und nun die Verlobung. Er stellte Fragen, sie ging darauf ein. Aber im Großen und Ganzen ließ er sie einfach reden. Solch eine Geschichte hätte er bei ihr nicht erwartet. Er bewunderte sie für ihre Ehrlichkeit, spürte aber auch ihren Schmerz. Das war offensichtlich eine offene Wunde.

»Ich komme mir so blöd vor. Mal wieder«, schloss sie. »Er fängt etwas Neues an und – ich nicht.« Sie hob ihr Glas und kippte den Whisky hinunter. Etienne schenkte Wasser ein und stellte es ihr hin.

»Wie kannst du das sagen? Sieh doch nur, was du da drüben leistest. Ich finde es unglaublich, dass du ganz allein ein Restaurant eröffnest. Das nenne ich etwas Neues anfangen. Du baust dir ein ganz neues Leben auf.«

Sie schürzte die vollen Lippen, und sein Begierde wallte auf.

»Weil ich mir fest vorgenommen habe, das innerhalb eines Jahres zu schaffen.« Sie schien sich ein Grinsen zu verkneifen. »Ich habe mir dreihundertfünfundsechzig Tage Zeit gegeben, mich neu zu erfinden. Isabella 2.0. Ich will mir beweisen, dass ich Single sein und etwas aus mir machen kann.« Er sah, wie sie das Kinn vorschob.

»Willst du es dir beweisen – oder ihm?«, fragte er. Sie lächelte kläglich.

»Wahrscheinlich beides.« Sie zuckte mit den Schultern. »Ich will es einfach wissen.«

Etienne schenkte ihnen noch mal nach, und sie gab das Eis in die Gläser. Er nippte an seinem und dachte über seinen eigenen Vorsatz nach. Nie wieder eine Frau zwischen ihn und seinen Bruder zu lassen. Alex nie wieder hängen zu lassen. Sein Fehler bei seinem Bruder stärkte auch seine Loyalität gegenüber Fox und Walker. Er würde alles für sie tun und war immer bereit zu helfen, ob es darum ging, mit Fox' Sohn Dinosaurier zu basteln oder Walker aufzurichten, wenn sich der Todestag seiner Großmutter jährte. Sie waren wichtiger als jeder One-Night-Stand. Sie hatten Priorität, bis er Alex bewiesen hatte, dass auf ihn Verlass war. Dass er hinter ihm stand. Und die Chance hatte er jetzt. Er würde die Schulden für ihn begleichen und seinen Bruder zurückbekommen.

»Aber das Jahr ist fast um«, sagte Isabella. Sie schwenkte ihren Whisky mit dem Eiswürfel und trank einen großen Schluck. »Und es bleibt noch viel zu tun. Also, bis dahin keine Ablenkungen.« Sie neigte sich über die Theke zu ihm und drohte mit dem Finger. Er nahm ihn in die Faust und hielt ihn fest.

»Wie zum Beispiel?«, fragte er nur eine Handbreit von ihrem Gesicht entfernt.

»Du«, hauchte sie. Sie war rot geworden und hielt seinen Blick fest.

Verdammt. Genau in dem Moment hatte er gedacht, er würde sie gern ablenken, bis sie nicht mehr klar denken konnte.

Er grinste und sah ihre Augen funkeln.

»Wer weiß? Das könnte dir guttun. Du weißt schon ... so kommt man über den anderen hinweg ...«

»Oder unter einen anderen ...« Ihre Lippen waren leicht geöffnet, und er spürte ihren warmen Atem im Gesicht.

Die Zeit stand still. Er liebte diese Augenblicke. Die Erwartung. Das Wissen, dass er im nächsten Moment spüren würde, wie weich ihre Lippen waren. Er würde am Hinterkopf in ihre Haare greifen und ihren Hals freilegen, um ihn zu schmecken.

»Aber nicht ich«, sagte sie leise, und er war sich nicht sicher, ob sie versuchte, es für ihn zu verdeutlichen oder sich selbst zu bestärken. »Ich habe mir eine eiserne Regel auferlegt: ein Jahr lang keinen Sex.«

Er brummte leise. Dabei zog er ihren Finger, den er noch immer in der Faust hielt, langsam zu sich, bis an seine Unterlippe. Sie riss die Augen auf. Er schob die Zunge hervor und berührte damit die Fingerspitze. Als ihr der Atem stockte, umkreiste er sie und sog sie bis zum ersten Knöchel in seinen heißen Mund. Sie keuchte auf, blickte ihm aber weiter in die Augen.

»Ich meine es ernst«, sagte sie, wenn auch mit zitternder Stimme. »Keinen Sex.«

Er saugte sanft und sah ihre Brustwarzen hart werden. Sie malten sich unter dem Baumwollpulli ab. Er wollte sie anfassen, seine Hände mit dem Gewicht ihrer Brüste füllen.

Lächelnd schüttelte sie den Kopf, ohne wegzusehen, und er ließ widerwillig ihren Finger aus dem Mund gleiten.

Verdammt, er war bereit für sie.

»Ich sollte jetzt definitiv gehen.« Sie ließ sich vom Hocker gleiten.

»Da bin ich ganz anderer Ansicht«, sagte er. »Du solltest definitiv bleiben.« Er ging um die Theke herum und trat so dicht an sie heran, dass sie den Kopf heben musste, um ihn anzusehen.

»Wenn ich eine Chance haben will, mich an meine eiserne Regel zu halten, dann muss ich sofort gehen.«

»Gegen Regeln muss man manchmal verstoßen«, erwiderte er und war drauf und dran, sie zu küssen.

»Nicht gegen diese«, beharrte sie und lächelte mühsam. »Das ist wichtig für mich.« Sie trat zurück.

»Geht es dir wenigstens besser?« Er ließ sich nicht anmerken, wie sehr er sie jetzt auf den Hocker heben wollte. Er wollte ihre Beine mit seinen Hüften spreizen und sie an sich drücken, damit sie ihn durch seine Jeans spürte, genau an der richtigen Stelle.

»Meine Stimmung hast du eindeutig verbessert.« Sie ließ ihr freches Lächeln aufblitzen und ging zur Tür.

»Schön, dass ich helfen konnte.« Etienne begleitete sie und musste das Pochen in seinen Boxershorts ignorieren. Ihre Entschlossenheit anerkennen. Denn er wusste, sie wollte ihn genauso sehr wie er sie.

»Umfasst deine eiserne Regel nur Sex mit anderen?«, fragte er und sah ihren verwirrten Gesichtsausdruck. »Ich nehme an, du darfst dich selbst befriedigen?«

Es gefiel ihm, dass sie wieder das Kinn vorschob. »Natürlich. Was glaubst du, wie ich sonst das Jahr überstehe?«

»Dann halte mal still. Und vertrau mir.«

Zu seiner Überraschung fragte sie nicht, sondern hielt inne und wartete ab.

Er nahm ihr das Handy ab, schaltete die Kamera ein und legte eine Hand flach an ihren nackten Bauch, den Daumen ein Stückchen in ihren Hosenbund geschoben, die Finger gespreizt in Richtung dieser verdammt schönen Brüste. Beim ersten Hautkontakt hörte er sie scharf Luft holen. Er knipste seine Hand an ihrem Bauch und gab ihr das Handy zurück. Sie war nicht die Einzige mit guter Impulskontrolle, fand er. Er wollte ihr die Kleider vom Leib reißen und sie auf der Theke lieben.

»Wenn du dich wieder mal zum Kommen bringen willst, dann sieh dir das Foto an. Und stell dir vor, was wir tun könnten.«

Er schloss ihr auf und schaute ihr über den dunklen Platz hinterher, bis sie hinter ihrer Haustür verschwunden war.

21

Isabella

Isabella schloss ihre Wohnungstür und lehnte sich dagegen. Ihre Beine fühlten sich an, als wäre sie einen Marathon gelaufen, obwohl sie nur den Platz überquert hatte. Jede Wette, dass Etienne ihr bis zuletzt hinterhergeschaut hatte. Schon bei den ersten Schritten hatte sie seinen Blick heiß an ihrem Rücken gespürt.

Was war da eben passiert?

Eine Hand am Treppengeländer schleppte sie sich die Stufen hoch und war sich ihres keuchenden Atems bewusst. Normalerweise nahm sie zwei Stufen auf einmal. Jetzt zitterten ihre Knie auf dem Weg zum Badezimmer. Sie schaltete das Licht über dem Spiegel an.

Dieser Mann.

Zu Anfang war er noch genau das gewesen, was sie heute Abend gebraucht hatte. Ein Zuhörer. Jemand zum Reden. Gesellschaft. Nur deshalb war sie ins Bistro gegangen, oder nicht? Wie also war es bei dem freundschaftlichen Gespräch innerhalb einer Stunde zum Fingerlutschen gekommen? Wer war er, dass er glaubte, er könne ihr den Arm ablecken, den Fuß massieren oder den Finger in den Mund saugen, wenn er gerade Lust dazu hatte? Sie riss sich den Pullover über den Kopf und warf ihn in die Wäschetonne, mit mehr Kraft als nötig. Sie zog sich die Jeans und die Socken aus und trat sie in die Ecke.

Was für eine Frechheit.

Er hatte nicht mal aufgehört, nachdem sie ihm von ihrer Sexpause erzählt hatte. Er hatte ihr direkt in die Augen gesehen und den Mund geöffnet und ... Oh Gott. Durch ihren Bauch ging ein Kribbeln, als sie an seine warme nasse Zunge an ihrer Fingerspitze dachte, an den Druck seiner Lippen. Und wie er dabei lächelte. Als kostete er das voll aus. Sie fasste um den Rand des Waschbeckens und hielt sich daran fest.

Ein so dreister Mann war ihr noch nicht untergekommen.

Doch bei dem Gedanken dachte sie an seinen Penis und sah ihr Spiegelbild augenrollend an. Sie hatte den starken Eindruck, dass er sich seinen Ruf verdient hatte, weil er im Bett ziemlich gut war. Er konnte sie sehr erregen, ohne ihr etwas auszuziehen. Wie würde es erst sein, wenn sie mit ihm nackt war? Sie blickte sich im Spiegel in die Augen. Sie wirkten wild, dunkel, ihre Wangen rosa. Frustriert warf sie den Kopf zurück und knurrte.

Gott, sie war vielleicht erregt.

Sie zog die Schublade mit den Vibratoren auf und wählte einen aus – einen großen, mit ihm vor Augen. Das leise Summen war wie das Hallo eines alten Freundes. Sie hielt ihn leicht an ihr Brustbein und betrachtete sich. Der weiße Spitzen-BH und der Slip, den sie trug, hätten keine Barriere dargestellt, wenn er sie hätte ausziehen wollen. Sie schob einen Träger von der Schulter und entblößte eine ihrer vollen Brüste. Die Brustwarze trat hervor, sowie die kalte Luft im Bad darüberwehte. Sie nahm die Brust in die Hand, zog die Fingerspitzen über den Warzenhof. Ihre Augen wurden noch dunkler, und sie griff nach hinten, öffnete den BH und ließ ihn fallen. Sie hielt den Vibrator zwischen die Brüste und ließ das Summen durch ihren Körper dringen.

Was würde er denken, wenn er sie jetzt sähe?

Sie betrachtete sich von oben bis unten. Die starken Arme von der körperlichen Arbeit im Restaurant. Die schmale Taille, die schweren Brüste, die runden Hüften. Die zarte Wölbung des Bauches. Sie blickte auf die Stelle, wo er seine Hand hingelegt hatte. Spürte noch seine sanfte Berührung. Wünschte, sie wäre noch da. Und erkannte, dass der Vibrator heute Abend nichts nützen würde.

Sie wollte seine Hände an sich fühlen.

Sie schaltete das Gerät aus und warf es in die Schublade, öffnete ihr Handy, tippte auf Fotos und scrollte zu dem neuesten. Da war es. Sie hörte ein Geräusch aus ihrem Mund, als sie das Foto betrachtete. Seinen Daumen, den er ein kleines Stück weit unter den Bund geschoben hatte, seine Finger, die fast bis zu ihren Brüsten reichten. Ihre Haut fühlte sich fiebrig an, als sie ihre Hand an seine Stelle legte.

Quälend langsam, als wäre es das erste Mal, schob sie ihre Hand nach unten. Und unwillkürlich tiefer, weil sie mehr Druck, mehr Kontakt wollte. Ihre Handfläche rieb ihr Geschlecht, erlaubte den Fingern, tiefer zu reichen, wo sie an den nassen Teil des Seidenslips stießen.

Sie schaute wieder auf das Foto und stellte sich vor, was Etienne als Nächstes täte. Sie sah den grünen Schimmer in seinen Augen, die lockigen Haare in seinem Nacken. Zog die Hand heraus und spreizte die Beine, sodass sie dort die kalte Luft spürte. Sie ließ die Finger unter dem Slip über die zarte Haut gleiten, senkte den Mittelfinger zwischen die feuchten Lippen. Sie tauchte einen, dann zwei Finger tief in sich hinein, und ihre Lider sanken herab. Ihr Unterleib fand seinen Rhythmus, kam jedem ihrer Stöße entgegen. Sie stellte sich vor, er zöge seine Finger heraus, um ihre Klitoris zu reiben, und bei der ersten Umkreisung zuckte sie vor Erregung, ihr Kinn sank herab, die Knie wurden weich. Sie war kurz davor.

Ihre Finger wurden schneller, trieben ein Stöhnen aus ihrem Mund, und in ihr baute sich der Druck auf. Sie hörte sich keuchen, als sie sich seine Finger an der prallen Knospe vorstellte. Sie kniff einmal in die Klitoris und dann ein zweites Mal und musste sich mit aller Kraft an das Waschbecken klammern, während sie kam.

Sie öffnete die Augen und sah sich aufgelöst im Spiegel.

22

Etienne

Etiennes Schlafzimmer lag Isabellas Wohnung genau gegenüber. Als bei ihr das Licht anging, stellte er sich vor, was sie dort tat. Er schaltete bei sich die Lampen aus, stand im Dunkeln am Fenster und wartete, sah es vor sich, wie sie durch die Räume ging, sich abschminkte, sich auszog.

Sie hatte ihn heute überrascht. Zuerst damit, wie ehrlich sie von sich erzählte. Warum sie hergezogen war. Und dann damit, dass sie ihm widerstand.

Es war das perfekte Szenario gewesen. Ein leeres Restaurant, ein gutes Maß Whisky, ein wartendes Bett im Obergeschoss. Und dennoch hatte sie es geschafft, Nein zu sagen.

Warum sie das tat, war ihm unbegreiflich. Wozu sollte man sich das Vergnügen verwehren?

Kurz erschien ihre Silhouette am Fenster, als sie den Vorhangspalt schloss. Wenn er an ihren Bauch unter seiner Hand dachte, an das leichte Zucken einer Ader, wurde er hart.

Als Isabellas Wohnung dunkel wurde, wollte er in ihren Slip greifen und fühlen, wie seidig ihre Haut war.

Sie hatte heute Abend zwar Nein gesagt, aber er hatte ihr angemerkt, dass sie mit sich rang.

Irgendwann würde sie nachgeben, und er konnte es kaum erwarten.

Er öffnete seine Jeans und ließ seinen Penis herausschnellen. Als er seinen heißen, dicken Schaft umfasste, dachte er, wie es sich wohl anfühlen würde, wenn sie ihn in die Hände nahm. Er schloss die Augen, als er die Hand vor und zurück bewegte, und stellte sich vor, ihre Haut an sich zu spüren.

23

Isabella

Am darauffolgenden Wochenende nutzte halb Honeybridge den sonnigen Septembertag, um an der Spendenaktion der Feuerwehr teilzunehmen. Die Luft war klar, und das Herbstlicht überzog die Stadt mit einem goldenen Schimmer. Die Feuerwache war mit Wimpeln geschmückt, auf dem Vorplatz standen die Löschwagen, und es wimmelte von Kindern. Aus Lautsprechern schallten Musik und ab und zu eine Durchsage. Es gab einen Spinning-Bike-Wettbewerb, eine Geldpreisverlosung, einen Autowaschservice, und die Jazzband der Realschule trat auf. Der Erlös würde den Menschen zugutekommen, die nach einem Brand in Not gerieten, wie die Malones, die Isabella kürzlich kennengelernt hatte. Rosie hatte ihr erzählt, dass Walker die Spendenaktion ins Leben gerufen hatte und sie seitdem jährlich stattfand.

Isabella kam, als die Kinder der Grundschule sich zu einem Streetdance-Wettbewerb aufstellten. Amber zog sie an den Rand, um zuzusehen, und wies sie auf Jayden hin, der in der hintersten Reihe stand. Sie machte für ihn das Viel-Glück-Zeichen, und Jayden bedeutete ihr mit der Hand am Kinn ein Danke. Er sah toll aus in seinem vorne geknoteten T-Shirt, hatte einen Afro-Irokesenschnitt mit zwei Linien an den Seiten und trug metallic blaue Hörgeräte. Er war der coolste Zehnjährige, den Isabella je gesehen hatte.

Ihre Meinung wurde zehn Minuten später bestätigt, nachdem er auf der provisorischen Bühne einen spitzenmäßigen Breakdance in Lichtgeschwindigkeit hingelegt hatte. Die Zuschauer tobten. Amber schwenkte die Arme, anstatt zu klatschen, und Isabella folgte ihrem Beispiel und sah, dass einige Mütter, die Jayden auch kannten, das Gleiche taten. Er verbeugte sich und winkte und verbeugte sich noch mal, dann ging er vor der Bühne mit einem Sammeleimer herum. Der hatte am Ende ein ordentliches Gewicht, als er ihn dem bereitstehenden Feuerwehrmann übergab. Breit grinsend lief er zu seiner Mutter, und Amber drückte ihn an sich. Er ließ es für eine Sekunde zu, dann wimmelte er sie ab und rannte los, um seine Freunde zu finden.

»Gott, ich liebe den Jungen«, sagte Amber kopfschüttelnd. »Dieses Jahr nutze ich jede Minute mit ihm, denn das ist sein letztes Grundschuljahr. Danach werden sie so schnell groß.«

»Er kann fantastisch tanzen!«, staunte Isabella.

»Mein Junge hat Rhythmusgefühl«, stimmte Amber stolz zu. »Er kann die Musik zwar nicht hören, spürt aber die Schwingungen und zählt den Takt. Er fährt voll darauf ab.«

Rosie und Wren kamen mit Riley zu ihnen, die zwischen ihnen glücklich an ihren Händen schaukelte. Als sie Amber sah, ließ sie die beiden los und rannte auf sie zu.

»Ist Jayden auch hier?«, rief sie und zog an Ambers Hand.

»Hab dich gewarnt!«, sagte Rosie entschuldigend.

»Ihr großer Schwarm …«, erklärte Wren schulterzuckend.

»Er ist gegangen, um sich das Ruderrennen anzusehen«, antwortete Amber und wandte sich an die Frauen: »Wollen wir auch zusehen?«

Die Feuerwache lag am Fluss, der im frühherbstlichen Licht golden glitzerte, und gleich neben dem Ruderclub. Am Ufer saßen lauter Leute, die picknickten. Amber zog eine Decke aus ihrer großen Umhängetasche und breitete sie auf dem Rasen aus, damit sich die Frauen darauf niederlassen konnten. Riley wollte nicht sitzen und trat von einem Bein aufs andere, während sie zwischen den Anwesenden nach Jayden Ausschau hielt. Als sie ihn in der Nähe bei den River Rats entdeckte, versprach sie ihren Müttern, »da drüben« zu bleiben, und sauste davon. Rosie öffnete ihren Rucksack und holte eine Flasche Wein und vier Plastikbecher heraus.

»Ich bin wohl schlecht vorbereitet«, sagte Isabella und nahm den Becher dankend an.

»Keine Sorge, wir haben vorgesorgt.« Wren öffnete nun ihren Rucksack und zeigte ihr die Flasche darin.

Ein Feuerwehrmann mit einem Mikrofon kündigte an, dass die Mutigen Blaumeisen in den nächsten paar Minuten vorbeiziehen würden, und Isabella beschirmte die Augen und schaute zum Himmel hoch.

»Nicht da oben!« Rosie lachte.

»Im Wasser.« Wren zeigte zum Fluss, als die erste Wildwasserschwimmerin in den Blick kam. Mit Wollmützen und Schwimmbrillen, manche im Neoprenanzug, andere im Badeanzug mit Handschuhen und Stiefeln, schwamm eine Prozession von über zwanzig Frauen vorbei und hielt wassertretend vor dem Ruderclub an, um zu winken und sich bejubeln zu lassen.

Die Blaumeisen rückten ihre Schwimmbrillen zurecht und schwammen weiter flussaufwärts, um am Anleger an Land zu steigen. Sie schüttelten sich wie Hunde und zogen sich Bademäntel über, um nicht weiter auszukühlen. Die erste Schwimmerin, die um die achtzig sein musste, nahm den Sammeleimer und rüttelte ihn, während sie damit am Ufer entlang grinsend und plaudernd von einem zum andern ging.

»Eine tolle Frau«, sagte Rosie.

»Respekt«, stimmte Amber zu.

Millie Malone kam mit zwei anderen jungen Mädchen zwischen den Leuten hervor.

»*Ciao*, Millie«, rief Isabella, und die nahm ihre beiden Freundinnen bei den Ellbogen und lenkte sie zu ihr.

»*Ciao*«, grüßte sie schüchtern und warf einen kurzen Blick zu den anderen Frauen.

»*Come stai?*«, fragte Isabella, gespannt, wie viel ihre Treffen bisher gebracht hatten und ob Millie zuversichtlicher antworten würde. Sie hatten nun eine Woche lang zusammen die Wände gestrichen, und der Gastraum war bereits fertig. Sie waren jetzt bei den zeitaufwendigen Lackierarbeiten angelangt. Millie war am ersten Tag still und schüchtern gewesen, hatte mehr zugehört als gesprochen. Doch am Ende der Woche, als sie wieder in ihr eigenes Zuhause eingezogen war, kam sie munterer zu ihr, begierig, auf alles zu antworten, was Isabella zu ihr sagte. Am Ende der Stunde fragte Isabella jedes Mal, ob sie ein Glas Limonade wolle, und Millie antwortete stolz: »*Sì, grazie.*«

»*Sto bene. Grazie*«, erwiderte Millie jetzt grinsend. Das war eine gute Antwort. »Mir geht es gut, danke«, hatte sie gesagt, anstatt nur »gut« oder »bestens«. Isabella strahlte sie an.

»Nächste Woche wird es schwerer«, kündigte sie an, aber sie wusste, dass Millie dem gewachsen war.

»Ich weiß nicht, ob es okay ist zu fragen, weil Sie ja schon sehr großzügig sind.« Millie biss sich auf die Lippe. »Aber das sind Ava und Bex, und sie wüssten gern, ob sie auch zu unseren Italienischstunden kommen dürfen.«

»Wir können mit anstreichen«, bot eine der beiden an und fummelte an ihrem Nasenring.

»Oder bei was anderem helfen«, sagte die andere und lugte unter ihrem dichten schwarzen Pony hervor.

Isabella überlegte einen Moment lang. »Klar.« Sie nickte. »Dann sehen wir uns am Montag.«

»*Grazie*«, erwiderte Millie, und die beiden Neuen bedankten sich schüchtern, bevor die drei sich ans Wasser begaben.

»Hab ja gesagt, sie ist cool«, hörten die Frauen Millie noch sagen, und Isabella freute sich darüber.

Amber stieß mit ihr an.

»Als hättest du nicht schon genug vor der Brust …«, meinte Rosie.

»Sie werden mir eine Hilfe sein.« Isabella dachte an die Toiletten, die gestrichen werden mussten, und an die Fensterbretter und den Weinkeller und, und, und … Die Liste war endlos lang. »Tatsächlich ist Millie ein Geschenk des Himmels. Mit zwei weiteren Helfern werden wir mit dem Streichen im Nu fertig sein.«

Der Feuerwehrmann am Mikrofon räusperte sich. »Als Nächstes findet das Ruderrennen der Männer statt. Sie starten zwei Kilometer flussaufwärts an der Kettles Bridge. Sie sollten in wenigen Minuten hier sein.«

»Walker ist auch dabei.« Rosie hockte sich auf die Fersen, um mehr zu sehen. »Er sitzt mit Fox und Etienne in einem Vierer.«

Isabella merkte, dass sie rot wurde, als sein Name fiel. »Aber das sind nur drei«, bemerkte sie.

»Der vierte Mann ist Dean Appleby, der Leiter der Feuerwache.«

Isabella stützte sich rücklings auf die Arme, insgeheim froh, dass sie nicht in ihrer Arbeitskluft gekommen war. Und dass sie sich die Haare gewaschen und ein dezentes Gloss aufgetragen hatte. Wenn sie nur daran dachte, Etienne zu sehen, wurde ihr warm im Unterleib. Die ganze Woche über hatte sie das Bistro gemieden, da sie unter seinen verführerischen

Augen ihrer Selbstbeherrschung nicht traute. Obwohl sein Foto inzwischen praktisch ihr Bildschirmschoner war und ein Vibrator bei ihr nichts mehr brachte. Sobald sie in seine Nähe kam, lief sie mehr und mehr Gefahr, ihre eiserne Regel zu brechen. Es zog sie zu ihm wie eine Motte zur Flamme. Aber bei einem öffentlichen Picknick sollte sie doch sicher sein und einfach nur seinen Anblick genießen können?

Ein Stück flussaufwärts wurde gerufen und gejubelt und Zuschauer hüpften. Rosie richtete sich in den Kniestand auf, und Isabella setzte sich auf und beschirmte die Augen mit der Hand, um flussaufwärts zu spähen, wo die Bäume am Ufer sich schon allmählich herbstlich verfärbten.

Zwei Boote kamen dicht hintereinander in Sicht, vier oder fünf andere folgten ihnen in weitem Abstand.

»Da sind sie!«, rief Rosie und zeigte auf das vorderste Boot. Isabella erkannte Walker an seiner rotblonden Tolle und Etienne an seinen braunen welligen Haaren. Ein dritter Ruderer hatte auffallend hellgraues Haar und musste der erwähnte Fox sein. Der Chef der Feuerwache trug seinen Helm. Sie ruderten vollkommen synchron, lehnten den Oberkörper im Takt nach vorn und hinten. Sie riefen Kommandos bei jedem Ruderschlag und kamen gleichmäßig und schnell voran. Ihre Konzentration war faszinierend. Isabella stellte fest, dass sie Rudern auf einmal erregend fand, und atmete langsam aus. Noch sechs Wochen.

Das erste Boot gewann ein paar Zentimeter Vorsprung, aber das andere zog nach. Es setzte sich erneut ab, und diesmal hielt es den Abstand. Alle am Ufer standen jetzt, die River Rats liefen am Wasser entlang neben den Booten her und feuerten sie an. Jayden hatte Riley auf den Schultern, und sie sah überglücklich aus. Mit dem nächsten Schlag holte Walkers Boot wieder auf, aus drei Zentimetern wurden sechs, und sie überquerten die Ziellinie mit einem Vorsprung von neun.

»Siehst du«, sagte Amber leise zu Isabella, damit Riley und die anderen Kinder es nicht hörten, »jeder Zentimeter zählt.« Isabella stöhnte.

Der Kommentator erklärte Walkers Mannschaft zu den Siegern. Die vier Männer ließen sich schnaufend gegeneinander fallen. Dean nahm den Helm ab und winkte den Zuschauern. Isabella konnte den Blick nicht von Etienne wenden. Er lag an Walkers Brust gelehnt mit geschlossenen Augen, aber lächelnd, und atmete noch heftig.

»Sieger ins Wasser!«, rief jemand vom Ufer, und andere schlossen sich an.

»Ab ins Wasser! Ab ins Wasser!«

»Was ist los?«, fragte Isabella, doch Amber hatte keine Zeit, zu antworten, da Fox im Boot aufstand und dafür sorgte, dass es bedenklich schlingerte. Er reckte die Hände hoch zum Zeichen ihres Sieges, und dann sprang er über Bord. Gleich nach ihm folgten Walker, Etienne und Dean, der dabei das Seil in der Hand und seinen Helm über Wasser hielt.

Das Boot zwischen sich, schwammen sie ans Ufer und zogen es dabei mit. Währenddessen stellten sich Feuerwehrleute auf und hielten die Sammeleimer parat. Als die vier Ruderer aufs Trockene stiegen, klebten ihnen die T-Shirts und Shorts triefend nass am Körper, sodass sich ihre gut definierten Muskeln und die starken Schultern darunter abmalten. Die Zuschauer pfiffen und jubelten.

»Na los, Jungs«, sagte der Moderator über Lautsprecher, »das ist für einen guten Zweck!«

Walker ging mit gutem Beispiel voran und zog sich sein T-Shirt aus. Das Wasser lief zwischen seinen Brustmuskeln hinab. Etienne tat es ihm nach, griff sein T-Shirt am Saum und hob es langsam hoch, bis er es über den Kopf ziehen konnte. Fox und Dean entledigten sich sicher auch ihrer Shirts, doch Isabella starrte nur auf Etiennes Oberkörper. Seine Brust war haarlos glatt. Nur vom Bauchnabel zum Bund seiner Shorts gab es eine Haarlinie, bei deren Anblick Isabella weiche Knie bekam. Die vier stellten sich nebeneinander und verbeugten sich. Die Zuschauer warfen Geld in die Eimer. Isabella dachte, sie müsse nach Hause und kalt duschen.

»Das ist jeden Penny wert, jedes Jahr wieder«, bemerkte eine Frau, als sie ihr Portemonnaie öffnete und mit einem Geldschein wedelte. Scharen von Frauen umringten die Männer, manche reichten ihnen Handtücher, andere boten ihnen an, sie abzutrocknen. Isabella fiel auf, dass die meisten Bewunderinnen sich um Etienne scharten.

»Dein Mund steht offen«, sagte Amber, als Etienne sein T-Shirt auswrang.

»Deine Brustwarzen stehen ab«, bemerkte Wren.

Etienne schaute suchend über die Köpfe hinweg. Als er sie auf dem Uferstreifen stehen sah, schüttelte er heftig den Kopf, dass die Tropfen in alle Richtungen flogen. Er strich sich die nassen Haare zurück und grinste sie an.

Isabella erwiderte das Grinsen unwillkürlich. *Verdammt.*

24

Etienne

Dieser Tag war genau sein Ding. Gewinnen wollte er immer und hatte nichts dagegen, wenn er bewundert wurde. Das Ruderrennen war mittlerweile eine lokale Tradition, und die Brothers from Another Mother hatten in den letzten vier Jahren gesiegt, und wenn es nach ihm ging, sollte sich das nicht ändern. Allerdings wären sie heute fast um ihren Sieg gebracht worden. Sie täten gut daran, bis zum nächsten Rennen intensiver zu trainieren.

Er hatte Isabella am Ufer bei den anderen Frauen entdeckt und ihren Gesichtsausdruck gesehen, als sie seinen Körper betrachtet hatte. Dieser lüsterne verträumte Blick bei leicht geöffnetem Mund hatte ihn umgehauen. Er wusste inzwischen, wie weich sich ihre Haut anfühlte, und fragte sich, ob sie sein Foto schon benutzt hatte. Sie wollte ihn, so viel war klar. Aber sie erlaubte es sich nicht. Trotzdem würde es passieren. Bald. Ganz klar.

Die Brothers trennten sich, denn sie wollten duschen und sich etwas Wärmeres anziehen, um sich dann an der Bar des Ruderclubs zu treffen und zu feiern.

»Aber nur eins«, sagte Fox. »Abbie von nebenan hat im Bällebad eine Stunde lang auf die Jungs aufgepasst. Ich schreibe ihr kurz, damit sie sie gleich hierher bringt. Sie wird erschöpft sein.«

»Das erste geht auf mich«, rief Dean ihnen zu und gab dem Barkeeper ein Zeichen, damit er das auf seinen Deckel schrieb.

Etienne und Fox bestellten eine Flasche Bier und Walker ein Mineralwasser. Er hatte offiziell noch Dienst.

»Das dürfte eine Menge einbringen«, meinte Etienne auf dem Weg zur Terrasse. Sie fanden einen Picknicktisch in der Sonne, die zwar kräftig schien, aber schon nicht mehr wärmte. Das Ufer wurde bereits für die nächste Veranstaltung vorbereitet, den Hundeparcours.

»Wir brauchen die Einnahmen«, sagte Walker. »Wir hatten gerade genug in der Spendenkasse, um den Malones zu helfen. Und die gehören zu den Leuten, die am meisten auf solche Unterstützung angewiesen sind. Sie hatten schon vor dem Brand nicht viel.«

»Ich möchte es mir gar nicht ausmalen«, erwiderte Fox. »Fiona Malone hat einen Sohn in Reggies Klasse. Die anderen Eltern haben ihr eine Schuluniform und dergleichen angeboten.«

»Alle waren sehr nett. Fiona sagt immer wieder, sie hätte das nicht verdient. Aber die Leute haben viel für sie getan. Ihr warme Mahlzeiten gebracht, neue Töpfe geschenkt, einen neuen Teppich aus dem Teppichgeschäft. Und Isabella gibt Millie jeden Tag Nachhilfe in Italienisch, damit sie die mündliche Prüfung schafft.«

Etienne kippte sein Bier und dachte, er würde bei Isabella auch gern eine mündliche Prüfung bestehen. Er stellte sich ihren Mund mit dem winzigen Schönheitsfleck vor und wie sie die Lippen um seinen Penis schloss. Er schluckte zu hastig und hustete.

»Das ist nett von ihr. Sie muss doch viel zu tun haben wegen ihrer Eröffnung«, sagte Fox gerade, als ein taillenhoher, reggieförmiger Tornado um die Ecke sauste und sich seinem Dad an die Beine warf. George, ein oberschenkelhoher Schrecken, flitzte im nächsten Moment heran. Abbie kam mit einem rotbraunen Cocker-Mischling an der Leine hinterher getaumelt und seufzte erleichtert, sowie sie Fox sah.

»Alles okay?« Er nahm ihre grasgrünen Knie, ihr erhitztes Gesicht und die halb aufgelöste Frisur in sich auf.

»Alles gut«, sagte sie. »Ich weiß nicht, wie du das schaffst!« Sie lachte. »Was für Energiebündel.« Sie drückte ihm die Hundeleine in die Hand und die Rolle Kotbeutel in die Brusttasche.

»Vielen Dank, Abbie«, sagte er, aber sie war schon weg, machte sich lieber schleunigst aus dem Staub. Sie winkte über die Schulter und steuerte die Bar an.

»Onkel Etienne!«, kreischte George, als er ihn bemerkte, und kletterte auf sein Knie. Etienne setzte ihn sich auf die Schultern, und George hüpfte wie ein Reiter.

Reggie rannte zum Ufer und schlug Purzelbäume. Der Hund sprang auf die Picknickbank, um sich die Essensreste einzuverleiben.

Rosie kam und legte einen Arm um Walkers Taille. »Toll gemacht.« Sie drückte ihn an ihre Seite. Er erwiderte das und gab ihr einen Kuss auf den Scheitel.

»Hände weg von meiner Frau«, sagte Wren nicht im Mindesten besorgt. Sie stellte sich auf die Zehenspitzen und küsste ihn auf die Wange. »Starke Leistung, Bro.«

»Und was ist mit uns?« Fox deutete auf Etienne und sich.

Rosie zuckte mit den Schultern. »Auch keine schlechte Performance.«

Wren lachte. »Ich denke, ihr habt ihn nicht wesentlich behindert.«

Etienne entdeckte, nach wem er Ausschau hielt: Isabella.

Mit nackten Armen in der Herbstsonne. Sie hatte sich die Jacke um die Taille gebunden und näherte sich mit Amber. Jayden und Riley waren bei ihnen, aber sie rannten zum Ufer hinunter zu Reggie.

»Er hat es bequem«, meinte Amber, als sie an dem Tisch ankamen, und deutete auf George, der sich gerade um Etiennes Kopf wickelte.

»Ich nicht so sehr«, erwiderte Etienne lachend. Er schwang den Jungen von seinem Hochsitz herunter. Bevor er ihn auf den Boden stellte, drehte er ihn bei einem Luftpurzelbaum. Als sich George auf seinen Füßen wiederfand, strahlte er übers ganze Gesicht.

»Noch mal!«, rief er auf der Stelle hüpfend.

»Später, George«, sagte Fox, während er versuchte, den Hund von einem angebissenen Burger wegzuzerren. »Geh mit deinem Bruder spielen.«

George drehte den Kopf zum Ufer und rannte mit Sirenengeheul davon.

»Entschuldigt.« Fox rollte die Augen. »Im Kindergarten befassen sie sich gerade mit der Polizei. Ich bin froh, wenn sie sich einem stilleren Thema zuwenden.«

Sie sahen, wie George sich kreischend seinem Bruder auf den Rücken warf.

»Allerdings wird sich an dem Lärmpegel bei uns zu Hause nicht viel ändern.« Er lächelte Isabella verlegen an. »Ich bin Fox.« Er gab ihr die Hand. »Die beiden Wilden sind meine. Und das ist Dingbat. Er ist um vier Uhr in der Hundearena am Start, wo der niedlichste Hund prämiert wird.«

Dingbat blickte genau in dem Moment auf und legte den Kopf schräg. Entzückend.

»Isabella.« Sie schüttelte Fox die Hand. »Die drei sind wunderbar.«

Alle setzten sich um den Picknicktisch. Etienne wurde ans Ende der Bank geschoben, als sich Rosie und Wren neben Walker zwängten. So gelangte er schließlich auf den Platz Isabella gegenüber und konnte, als sie sich zurechtsetzte, einen langen anerkennenden Blick auf ihren Busen werfen. Eine schöne Aussicht.

Jeder wollte von ihr etwas über das neue Restaurant wissen, und ihr Gesicht hellte sich auf, sobald sie von ihren Fortschritten erzählte.

»Wann wirst du eröffnen?«, fragte Walker. »Hast du schon einen Tag festgelegt?«

»Am fünften November, zur Bonfire Night!«

»Das ist ziemlich bald«, meinte Fox.

»Das ist meine persönliche Deadline. Ein Jahr nach meiner Scheidung.«

Etienne schossen zwei Gedanken durch den Kopf. Erstens bewunderte er wieder, wie ehrlich sie antwortete, und zweitens fragte er sich, ob an dem Wochenende auch ihre Sexpause endete.

»Das ist gut für dich, Mädchen«, sagte Amber. »Erfolgreich und unabhängig.«

Sie stießen mit den Plastikbechern an.

»Und es hat italienische Küche?«, hakte Walker nach.

»Traditionelle Gerichte, ganz oldschool, aus den verschiedenen Regionen – aber mehr verrate ich nicht, da die Konkurrenz mit am Tisch sitzt …« Sie warf Etienne unter ihren schwarzen Wimpern einen Blick zu. »Ihr müsst einfach bei mir essen kommen.«

Fred Barrow schlurfte auf dem Weg zum Clubhaus an ihnen vorbei. Etienne sah ihn sonst kaum mal außerhalb seines Bistros, wo Fred zu seinem wöchentlichen Abendessen kam. Er schien sich schwer auf seinen Stock zu stützen.

»Alles in Ordnung, Fred?«, rief Etienne, worauf sich der alte Mann umdrehte. Es dauerte einen Moment, bis er entdeckte, wer ihn angesprochen hatte. Dann lächelte er.

»Ja, Etienne, danke.« Er kam näher. »Bin unterwegs, um auf die Pferde zu wetten.« Er tippte sich an die Nase und zwinkerte.

»Viel Glück«, sagte Etienne.

»Und es freut mich, Sie mit Ihrer schönen Freundin zu sehen.« Freds Blick ruhte auf Isabella. »Isabella.« Er nahm ihre Hand und hauchte einen Kuss darauf.

Sie lachte.

Etienne beeilte sich, das richtigzustellen. »Nein, wir sind kein …« Doch der alte Mann hörte gar nicht zu.

»Danke für die Karten«, sagte er zu Isabella. »Es war wunderbar, unsere Touren noch einmal nachzuvollziehen. Wirklich wunderbar.«

»Gern geschehen, Mr Barrow. Bitte behalten Sie sie.«

»Fred, bitte.« Er gab ihr noch einen Handkuss und schlurfte weiter.

»Worum ging es gerade?«, fragte Etienne sie.

»An dem Abend bei dir im Bistro hat er mir erzählt, dass er in den Sechzigern durch Italien gereist ist. Da hat er seiner Frau den Heiratsantrag gemacht. Ich hatte noch alte Landkarten von der Gegend, die er erwähnt hat, und hab sie ihm in den Briefkasten geworfen.« Sie zuckte mit den Schultern. »Ich bin froh, dass er Freude daran hat.«

Etienne prostete ihr mit seinem Bier zu. Das war eine kleine Geste von ihr, die Fred jedoch viel bedeutete. Sie sah ihm in die Augen, und er bemerkte die Glut darin, bis sie den Blick senkte und sich auf ihr Getränk konzentrierte.

»Fox, ist dir schon was für den Raketenbau eingefallen?«, fragte Walker, und Fox stützte den Kopf auf die Hände.

»Das neue Schulprojekt«, erklärte er den Frauen. »Wir hatten schon ein Gebirge, eine Burg, einen Dinosaurier und jetzt eine Rakete.«

»Wenn er ›wir‹ sagt, meint er uns.« Walker zeigte auf Etienne und sich.

»Stimmt.« Fox nickte. »Ihr seid wahre Retter, ihr zwei. Bei dem nächsten Projekt geht es um Backen, das wird hoffentlich leichter – ein Blech Haferkekse, das kriege sogar ich hin. Jedenfalls, nach meiner kurzen Internet-Recherche scheinen Joghurtbecher das beste Grundmaterial für Raketen zu sein.«

Die Unterhaltung wandte sich den Vorteilen zu, die Plastikformen gegenüber Tonformen boten. Etienne streckte die Beine unter dem Tisch aus, da er andere Gedanken im Kopf hatte. Er stieß gegen Isabellas Füße. Sie warf ihm einen fragenden Blick zu, und er grinste nur.

»Hast du mal an Pappmaché gedacht?«, fragte Wren vom anderen Ende der Bank. Die Diskussion verlegte sich darauf, welche Sauerei bei der Arbeit mit aufgeweichtem Papier entstand, und kam zu dem Schluss, dass George sich wahrscheinlich die Augenlider damit zukleistern würde.

Etienne stieß sanft gegen Isabellas Schuh und schob seinen Fuß weiter vor, bis er zwischen ihren gebettet war.

Sie sah ihn wieder an, und diesmal stellte er sich dabei vor, dass sie unter dem Tisch die Knie öffnete.

Rosie schob Fox ihr Handy über die Tischplatte zu und kehrte ihm das Display zu. »Auf YouTube gibt es Videos, wie man die aus Klorollen macht …«

Etienne drückte einen ihrer Füße zur Seite und erweiterte den Zwischenraum. Ihre Augen wurden größer, und sie trank einen langen Schluck Wein. Auf ihren Wangen erschienen zwei rosa Flecke. Er könnte wetten, dass sie nach dem Sex rot im Gesicht war. In seinen Shorts regte sich was.

»Macht unbedingt ein Foto«, sagte er zu den anderen, sah ihr aber weiter in die Augen. »Manches will man sich einfach immer wieder ansehen.« Wieder fragte er sich, ob Isabella sein Foto benutzt hatte.

Er schob den zweiten Fuß nach vorn zwischen ihre und hoffte, dass bei ihr auch etwas anschwoll. Und diesmal hielt sie den Blickkontakt. Sie drückte leicht gegen seine äußeren Fußknöchel, und er erwiderte den Druck, um ihre Beine gespreizt zu halten. Ihre Augen weiteten sich noch mehr, doch sie sah nicht weg. Genauso würde sie ihn vielleicht ansehen, wenn er in sie eindrang.

Plötzlich gellte ein Freudenschrei durch die Luft, und alle zuckten zusammen.

»Da bist du ja!«, rief eine zierliche Frau mit schwarzem Pixie Cut. »Endlich, Isabella!«

Isabella brauchte eine Sekunde, um zu reagieren, da sie in Etiennes heißem Blick gefangen war, aber als sie sich umdrehte und die Frau erkannte, sperrte sie entzückt den Mund auf und sprang auf. Das erotische Füßeln mit ihm war augenblicklich vergessen.

»Überraschung!« Die Frau warf sich in Isabellas Arme, und die beiden tauschten Wangenküsse.

»Was machst du denn hier?«, fragte Isabella.

»Ich habe einen Tag frei, also, da bin ich.« Sie umarmte Isabella noch einmal und wurde dann ernst. »Wollte sehen, ob es dir gut geht, Issy.«

Isabella wandte sich dem Tisch zu. »Alle mal herhören. Das ist meine Cousine Gabriella. Kurz Gabi.«

Tatsächlich war Gabi einen ganzen Kopf kleiner als ihre Cousine und auf eine elfenhafte Art genauso schön.

»›Kurz‹ ist eine meiner Eigenschaften«, sagte sie, und alle lachten.

Etienne stellte seine Füße auseinander, trank das Bier aus und schluckte seine Enttäuschung mit hinunter. Er hatte gerade angefangen, das zu genießen. Aber egal. Dann eben beim nächsten Mal.

25

Isabella

In Isabellas Wohnung angekommen, setzten sich die beiden Frauen jede an ein Ende der Couch und legten die Beine hoch, sodass sich ihre Zehen in der Mitte trafen. Mit einem großen Kaffee in den Händen grinsten sie vor Freude über das Wiedersehen.

Es hatte Zeiten gegeben, in denen sie sich täglich gesehen hatten, damals, als sie noch Teenager gewesen waren und Gabi nach der Scheidung ihrer Eltern zu Isabellas Eltern gezogen war, und zuletzt, als sie bei Isabella gewohnt hatte, um ihr zu helfen, den Tsunami der Trennung von Daniel zu überleben. Aber es hatte auch Zeiten gegeben, in denen sie sich monatelang nicht gesehen hatten.

Gabi arbeitete an Filmsets auf der ganzen Welt. Als eine der besten Stuntfrauen der Branche hatte sie in einem Dutzend Kassenschlagern mitgewirkt. Nicht, dass man sie darin erkennen würde. Sie doubelte die Hauptdarstellerinnen und führte die Stunts so schnell aus, dass man ihr Gesicht auf der Leinwand verpasste, wenn man nur mal blinzelte. Sie verdiente gut und musste für ihre Arbeit viel reisen. Aber es spielte keine Rolle, wie lange Isabella und Gabi einander nicht sahen, denn sie fühlten sich tief verbunden. Sie waren Familie.

»Also, erzähl mir, was du von den Leuten hältst …« Isabella wollte unbedingt wissen, ob Gabi ihre neuen Freunde genauso sympathisch fand.

»Rosie und Wren finde ich supernett. Ein echtes Traumpaar«, sagte sie als Erstes. »Und Amber scheint entschlossen zu sein, alles allein zu schaffen und Jayden ein gutes Vorbild zu bieten. In der Hinsicht ist sie dir ähnlich.« Gabi neigte den Kopf zu ihrer Cousine. »Sie wäre ganz sicher ein echter Gewinn für dein Restaurant, Issy.« Sie hielt inne und überlegte.

»Ich bin nicht dazu gekommen, mich auch mal mit Walker zu unterhalten. Aber er sieht wahnsinnig gut aus!« Sie grinste. Walker war gleich nach ihrer Begrüßung zur Arbeit gerufen worden, sodass sie nur Hallo und Auf Wiedersehen hatte sagen können.

»Oh, er ist großartig. Er hat Millie zu mir gebracht. Das Mädchen, dem ich Italienisch-Nachhilfe gebe. Erinnerst du dich?«

Gabi nickte und nahm das Detail in ihr Gesamtbild auf. »Und der grauhaarige Fox ist ein heißer Daddy«, meinte sie. »Schade, dass ich nicht der mütterliche Typ bin.«

»Es zieht dich noch immer nicht zur Mutterschaft?«, fragte Isabella. Das war seit Jahren zwischen ihnen Gesprächsthema. Isabella hatte immer den klaren Wunsch gehabt, eines Tages eine Familie zu gründen. Allerdings erschien ihr das momentan weit weg. Gabriella dagegen hatte stets vermutet, vielleicht keine mütterliche Ader zu haben.

»Nö.« Gabi rümpfte die Nase. »Außerdem kann ich mir nicht vorstellen, aus einem brennenden Haus zu springen, wenn ich im sechsten Monat bin.«

»Das ist es«, pflichtete Isabella bei. Und dann fragte sie so beiläufig wie möglich: »Was hältst du von Etienne?« Danach schwieg sie entschlossen und wagte nicht mal, seinen Namen auszusprechen, obwohl sie das im Lauf der Woche oft getan hatte – im Badezimmer, im Schlafzimmer und sogar auf dem Sofa, auf dem sie jetzt saßen. Verdammt, dieses Foto.

»Der Typ dir gegenüber?«, fragte Gabi.

»Hmhm.« Isabella schwieg und spielte auf Zeit.

»Scheint mir gefährlich zu sein. Er sieht viel zu gut aus.«

Isabella ließ die Schultern hängen und wusste nicht, was sie sagen sollte. Dann entschied sie sich für die Wahrheit.

»Es war gut, dass du gerade kamst, denn ich war drauf und dran, unter dem Tisch mit seinem Bein rumzumachen.«

Im Nu hatte Gabi ihre Kaffeetassen gegen Weingläser ausgetauscht und setzte sich wieder an ihren Platz.

»Okay. Erzähl mir alles.«

Eine halbe Stunde später kannte sie alle Details.

»Was sagen die Frauen über ihn?«, fragte Gabi. »Sie kennen ihn offenbar.«

»Genau das ist der Punkt. Jede kennt ihn. Man könnte sagen, er hat einen gewissen Ruf.«

»Ein Aufreißer?«

»Scheint so. Lauter One-Night-Stands. Keine feste Beziehung. Hier gibt es sogar einen Ausdruck dafür: Wurdest du ge-Etiennet?«

Gabi musterte ernst ihr Gesicht. »Magst du ihn?«

»Nein, das ist es gar nicht.« Isabella rollte die Augen. »Aber mein Körper gerät in einen Sexrausch, sobald er in der Nähe ist. Ich kann dann nicht mehr klar denken.«

»Dann gönn dir einen tollen One-Night-Stand und lass ihn hinter dir!«, schlug Gabi vor, als wäre das das Einfachste auf der Welt. Isabella schreckte davor zurück, obwohl sie schon bei dem Gedanken daran ein Kribbeln verspürte.

Gabi war nie vor aller Welt betrogen worden, sodass sie

sich in den Geschäften in der Nachbarschaft nicht mehr blicken lassen wollte. Gabi hatte sich nie am eigenen Schopf aus dem Sumpf ziehen müssen, nachdem sie eine Zeit lang morgens nicht mal aus dem Bett gewollt hatte. Und Gabi hatte sich nie ihre Unabhängigkeit beweisen müssen, denn sie war schon immer ein erfolgreicher Single. Seit dem College hatte sie sich als Stuntfrau hochgearbeitet, aus eigener Kraft, ohne die Hilfe irgendeines anderen.

»Aber was ist dann mit dem Versprechen, das ich mir gegeben habe?«, fragte Isabella.

»Brich es.«

Isabella konnte nicht glauben, dass es so einfach sein sollte. Sie könnte über den Platz gehen und in jedem Raum des Bistros mit Etienne schlafen. Und damit wäre die Geschichte zu Ende.

Aber sie wusste, so würde es nicht funktionieren. Wenn sie sich auf Sex einließe, hätte sie die eine Hälfte ihres Versprechens gebrochen. Und würde ihrem Vorhaben damit vielleicht die Basis für den Erfolg entziehen. Was, wenn ihr Restaurant zu einem Misserfolg würde?

Nein. Sie hatte sich ein Versprechen gegeben. Sie hatte sich den Luxus gegönnt, Single zu sein, ohne sich auf Sex einzulassen und vielmehr auf ihren Erfolg hinzuarbeiten. Das sagte sie sich nun seit Monaten.

»Nein. Ich denke, ich sollte mich von ihm fernhalten. An der Sexpause festhalten«, erwiderte sie entschlossen. »Es sind bloß noch ein paar Wochen … und nur für ein bisschen Spaß will ich meinen Vorsatz nicht brechen, das wäre es nicht wert.«

»Wahrscheinlich ein guter Plan«, sagte Gabi. »Vor allem da du gerade von Daniels Verlobung erfahren hast. Du willst es ja nicht übers Knie brechen.«

»Oh, meine Knie wären sehr nachgiebig«, murmelte Isabella. Gabi prustete und schenkte ihnen Wein nach.

Isabella fragte sich kurz, ob sie das Foto im Handy löschen sollte. Aber dann entschied sie, dass es im Leben manchmal auf die kleinen Freuden ankam, und speicherte es bei ihren Favoriten.

MIA FAMIGLIA

Isabella: **Guckt mal, wer mich mit einem Besuch überrascht hat!** (Foto von Gabi, die ihr zuprostete)

Mamma: **Gabi! Gut sieht sie aus!**

Papà: **Meine Lieblingsnichte.**

Mamma: **Das solltest du nicht sagen!**

Papà: **Keine Sorge, das sage ich zu all meinen Nichten.**

Isabella: **Ich liebe dich, Papà. Du bist entzückend.**

GIRL GANG

Amber: **Gabi ist so cool!**

Wren: **Rosie und ich wollten gerade dasselbe sagen!**

Isabella: **Sie findet euch auch toll!**

Rosie: **Meinst du, sie hat Lust, nächstes Mal ins Bolthole mitzukommen?**

Isabella: **Definitiv!**

26

Etienne

BROTHERS FROM ANOTHER MOTHER

Fox: **Die gute Nachricht: Die Investoren waren begeistert!**

Walker: **Starke Leistung!**

Etienne: **Dann wirst du jetzt reich?**

Fox: **Die schlechte Nachricht: Ich soll in den nächsten Monaten ein paar Ergänzungen liefern, dann erst kaufen sie es.**

Etienne: **Also werden Walker und ich am Wochenende die Rakete basteln?**

Fox: **Meine Lebensretter.**

Fox: **Apropos Schulprojekt, Etienne: Die wollen in der Schule etwas kochen. Ich habe dem Klassenlehrer deinen Namen gegeben. Er will, dass du was Französisches machst.**

Etienne: **Dafür bist du mir was schuldig.**

Fox: **Ich weiß.**

Etienne empfand gerade lebhafte Zuneigung für Fox: Er arbeitete verdammt hart und setzte sich noch Stunden an den Rechner, nachdem er seine Jungs ins Bett gebracht hatte. Er verdiente den Erfolg. Vielleicht würde sein Spiel ein Renner und ein weltweiter Erfolg wie *Fortnite* oder *Roblox*, und Fox müsste nicht mehr arbeiten. Man konnte nie wissen, was sich im Leben ergab. Er fasste an ein hölzernes Fensterbrett, damit ihn das Glück nicht verließ, eine alte abergläubische Geste, seit er seine Eltern verloren hatte.

An zwei Fronten lief es gut, und er wollte, dass das so blieb. Erstens war das Bistro auf Wochen ausgebucht, und er würde nach jedem guten Arbeitstag einen Betrag auf die Vierzigtausend für Alex drauflegen können. Und zweitens war die heiße Isabella dabei einzuknicken. Das war so sicher wie das Amen in der Kirche.

Wie so oft schaute er kurz durchs Fenster, um sie vielleicht zu sehen, wenn sie die Fassade strich oder Blumenkästen bepflanzte, die Haare zu einem lässigen Knoten geschlungen oder unter eine Baseballkappe gesteckt. Selbst beim Anstreichen war sie heiß. Aber keine Spur von ihr. Schon seit Tagen nicht, vielleicht sogar seit einer Woche. Hmmm.

Sein Handy klingelte, und er rechnete damit, dass es Fox war, der sich noch mal lachend entschuldigen wollte, weil er ihn beim Klassenlehrer zu der Kochaktion angemeldet hatte. Ausgerechnet ihn, der am wenigsten mit Kindern zu tun hatte. Was sollte er mit einem Haufen Sechsjähriger anfangen? Doch als er aufs Display sah, stand da Alex' Name, und er sank auf den nächsten Stuhl, um ranzugehen.

»Hallo?«, sagte er zögernd.

»Et?« Alex antwortete genauso zaghaft, doch sowie Etienne seine Stimme hörte, packte er das Handy fester. Es war so lange her.

»Al«, sagte er und grinste unwillkürlich. »Wie geht es dir?«

»Ganz okay«, war die Antwort, und Etienne hörte das Lächeln an seinem Ton.

»Wo bist du, Al?« Im Hintergrund waren Stimmen und anderer Lärm zu hören.

»Im Bahnhof.«

Etienne erschrak. Wollte er wieder weg? Was war da los?

»Wo? Wohin willst du?«

»Mach dir keine Sorgen, ich ziehe umher, bis die Sache bereinigt ist. Nachdem ich die Dougalls kontaktiert habe, fühle ich mich nicht sicher, wenn ich irgendwo zu lange bleibe.«

»Aber du hast ihnen gesagt, dass du deine Schulden begleichen willst?«, fragte Etienne. »Wie hast du das getan?«

»Hab mich an den Wirt des Pubs gewandt, wo die ihre Pokerrunden veranstalten. Hab ihn gebeten, es auszurichten. Er sagt, sie würden sich melden.« Das klang ominös. Einige Augenblicke lang dachten sie beide darüber nach.

»Wie lange ist das her?«

»Ein paar Tage. Hab noch nichts gehört.«

»Bist du deswegen nervös?«, fragte Etienne leise.

»Das bin ich seit Jahren, Et. Aber jetzt umso mehr. Weil ich so kurz davorstehe, aus der Sache rauszukommen, weißt du?« Seine Stimme zitterte. Obwohl sie Zwillinge waren, kam sich Etienne plötzlich wie der ältere vor. Verantwortlich für die Lösungen. Alex schwieg, solange über Lautsprecher ein Zug angekündigt wurde, bei dem Newcastle und andere Orte genannt wurden.

»Ich will nach Hause kommen. Ein richtiges Leben anfangen. Ich habe in den letzten Jahren viel falsch gemacht, alles nur weil ich mich nicht im Griff hatte.«

Etienne schaute aus dem Fenster und versuchte, sich vorzustellen, wo sein Bruder war. Der Durchsage nach zu urteilen, irgendwo im Norden. Mehrere Großstädte kamen ihm in den Sinn – Middlesbrough, Leeds … Alex konnte überall sein.

»Was hast du dir im Hinblick auf die Dougalls überlegt?«

Als Alex antwortete, flüsterte er nur. Als dürfte er auf keinen Fall belauscht werden.

»Wenn sie mich kontaktieren, werde ich nicht verraten,

wo ich bin. Ich muss das zu meinen Bedingungen durchziehen. Das ist sicherer. Deshalb bleibe ich auch in Bewegung, bis es vorbei ist.«

Etienne stellte sich seinen Bruder in billigen Frühstückspensionen vor und wie er aus dem Koffer lebte. Er schloss die Augen.

»Hoffentlich kann ich die Summe einfach überweisen oder einen Treffpunkt vereinbaren und es jemandem geben. Und dann wär's das. Ich wäre schuldenfrei.«

Das hörte sich für Etienne ein bisschen zu einfach an. Waren sie gerade furchtbar naiv?

»Warum kommst du nicht her? Und wartest bei mir, bis sie sich melden? Ich habe ein Gästezimmer. Du kannst dich oben versteckt halten.«

»Etienne …«

»Du müsstest nicht mal nach unten kommen, wenn du nicht willst. Überleg mal, du könntest dein Essen bestellen, und es wäre für dich wie ein erstklassiger französischer Lieferservice, dreimal am Tag.«

»Nein.«

»Aber hier kann ich mich um dich kümmern, Alex.« Etienne merkte, wie drängend er klang. Wie sehr er diesmal das Richtige tun wollte.

»Ich will dich nicht in Gefahr bringen.«

Sie hörten einander atmen. Wie früher in ihrem Zimmer im Doppelstockbett vor dem Einschlafen. Das war seltsam tröstlich.

»Sind die Dougalls so schlimm?«, fragte Etienne.

»Du kannst es dir nicht vorstellen.«

»Zum Beispiel?« Aus einer morbiden Neugier heraus war er nicht imstande, es dabei zu belassen.

»Leuten, die im Spiel betrogen haben, verpassen sie ein

Brandmal. Im Gesicht. Mit einem glühenden Schraubenzieher. Den sie im Feuer erhitzen. Sie brennen ihnen ein D in die Wange.«

Etienne zuckte zusammen. Er sah Rinder vor sich, das rot glühende Brandeisen, hörte das Zischen beim Hautkontakt. Der Geruch. Er stellte sich vor, wie das roch.

»Und wenn jemand seine Schulden nicht schnell genug bezahlt, schicken sie ihre Schläger zu dessen Frau. Die prügeln sie, bis der Mann mit dem Geld nach Hause kommt.«

Etienne atmete langsam aus. Ihm war nicht klar gewesen, dass die furchtbaren Gerüchte tatsächlich wahr waren.

»Du verstehst also, warum ich in Bewegung bleibe. Und warum ich verhindern will, dass die uns miteinander in Verbindung bringen.«

»Ja.«

»Es wäre sicherer, wenn wir das für uns behalten, bis die Sache vorbei ist.«

»Okay, Alex. Ich verstehe.«

Sie schwiegen wieder, wie um den Ernst der Situation auf sich wirken zu lassen.

»Es wäre schön, wenn ich bis zu Mums und Dads Jahrestag wieder zu Hause wäre.«

Etienne seufzte tief. Bei jedem Blick auf den Kalender war ihm bewusst, dass der Oktober näher rückte. Das Datum ragte drohend vor ihm auf. Jener Tag vor fünf Jahren, an dem seine Eltern bei dem Autounfall ums Leben gekommen waren. Für ihn war das ein Tag wie jeder andere gewesen, und auch für sie. Ein sonniger, windiger Herbsttag, an dem das Laub von den Bäumen wehte.

Er hatte damals als stellvertretender Geschäftsführer in einem Hotel in Ealing gearbeitet. Er hatte die Spätschicht übernommen, die mittags anfing. Ohne besonderen Grund rief er seine Eltern an, während er durch Westlondoner Nebenstraßen zur Arbeit fuhr. Seine Mutter freute sich, seine Stimme zu hören, aber das tat sie ja immer. Sie stellte das Gespräch auf Lautsprecher und erzählte ihm von einer Figur in ihrem neuen Roman, einer alten Dame, die einen Imbiss besaß und noch nie am Meer gewesen war.

»Also rate mal, wohin wir gerade fahren«, rief sein Dad, und seine Mum lachte.

»Ans Meer!«, sagte sie. »Zum Eisessen und Planschen. Natürlich zur Recherche für meinen Roman!«

Und das war das letzte Mal, dass er mit ihnen gesprochen hatte. Bei einem Lkw, der mit über hundert Stundenkilometern auf der M27 unterwegs war, platzte ein Reifen, er geriet ins Schleudern und drückte den blauen VW Golf gegen die mittlere Leitplanke. Die Rettungssanitäter sagten, seine Eltern seien sofort tot gewesen. Etienne klammerte sich an den einzigen frohen Gedanken, dass sie auf dem Rückweg gewesen waren. Sie hatten ihr Eis gegessen und in den Wellen geplanscht.

»Das wäre gut«, antwortete Etienne leise und dachte daran, auf welche Weise er den Tag zu begehen pflegte. Im geschlossenen Restaurant. Mit einer guten Flasche französischem Wein. Allein.

»Also, ich sag dir Bescheid, wenn sie sich gemeldet haben. Und dann kann ich die nächsten Schritte angehen. Ich werde das Geld von dir brauchen …«

»Ich habe es fast zusammen.« Etienne hörte seinen Kiefergelenke knacken, als er die Zähne zusammenbiss.

»Und ich zahle es dir zurück, Et. Jeden Penny.«

»Ich weiß.« Etienne hatte nicht vor, auch nur einen Penny anzunehmen. Denn wenn Alex seine Schulden bezahlte, wäre auch seine Schuld beglichen.

27

Isabella

GIRL GANG

Rosie: **Bei uns ist heute lange Büchernacht, falls ihr kommen und bei den Story Stars zuhören wollt?**

Isabella: **Was ist Story Stars?**

Wren: **Wir essen Snacks, während die Kinder Gutenachtgeschichten vorgelesen bekommen.**

Rosie: **Kurze Info – Weintrauben sind auch Snacks.**

Isabella: **Du meinst, ihr trinkt Wein, während jemand vorliest?**

Wren: **Jep. Das ist bei den Eltern der Hit.**

Rosie: **Komm rüber. Es sei denn, du treibst etwas anderes.**

Wren: **Oder es mit jemandem.**

Isabella: **Ich werde da sein. Aber erst nach sechs. Vorher lerne ich das Team kennen, das Amber zusammengestellt hat.**

Wren: **Ist Gabi noch da? Dann bring sie mit.**

Isabella: **Nein, sie hat einen Anruf bekommen, muss am Wochenende am Set sein. Sich von einem Hochhaus werfen oder so ähnlich.**

Wren: **Und was machen deine Nippel?**

Isabella: **Haben Ausgangsverbot.**

Rosie: 🤣

Nacheinander kam das neue Personal in den Gastraum des Restaurants und betrachtete die schönen Dielenböden aus

Altholz, die weiß getünchten Wände und die abgezogenen Holzfensterbänke. Amber führte die Gruppe herein. Isabella hörte die Leute flüstern, wie anders und wie viel schöner jetzt alles aussah, und schaute sich ihr Werk an, als sähe sie es zum ersten Mal. Der Speiseraum war so gut wie fertig, aber in der Küche, den Toiletten und den übrigen Räumen waren die Handwerker noch zugange. Außerdem war das Feuchtigkeitsproblem im Weinkeller noch nicht behoben.

Die Gruppe versammelte sich in der Mitte, und Isabella blieb vor dem Durchgang zur Küche stehen und musterte die Leute. Alle blickten bereits zu Amber, um Anweisungen zu erhalten. Das war gut, denn sie würde den Dienstplan erstellen und sie einarbeiten. Es war eine bunt gemischte Truppe. Männer und Frauen jeden Alters von achtzehn bis fünfundsechzig.

Amber bemerkte sie und winkte sie heran. »Leute, das ist Isabella.«

Alle drehten sich zu ihr hin.

»Hi«, sagte sie und breitete die Arme aus. »Willkommen im *Tutto Mio.*«

Amber stellte sich neben sie. »Isabella, bevor ich dich mit deinem Team bekannt mache, kannst du ein bisschen zum Charakter des *Tutto Mio* sagen?«

»Dein Team« – bei den Worten stieg in Isabella warme Freude auf. Das war ein echter Kneif-mich-mal-Moment. Ein Team von Leuten, die ihr halfen, ihren Traum zu verwirklichen. Und jeder von ihnen blickte sie erwartungsvoll an. Sie legte die Handflächen aneinander.

»Ich möchte, dass sich die Gäste bei uns wie zu Hause fühlen«, begann sie, »als säßen sie bei ihrer Familie am Esstisch.« Sie sah eine Frau die Brauen hochziehen und fuhr lächelnd fort, überzeugt von ihrer Vision. »Ich möchte nicht, dass die Tische im Anderthalb-Stunden-Takt neu vergeben und Gäste zum Gehen aufgefordert werden, obwohl sie noch nicht so weit sind. Ihre Mutter würde Sie auch nicht vom Esstisch hochscheuchen, nicht wahr? Sie möchte, dass Sie bleiben und plaudern. Dass Sie noch ein Glas Wein oder einen Kaffee trinken oder doch noch das Dessert essen, bei dem Sie eben noch gepasst haben. Das möchte ich unseren Gästen bieten. Sie sollen Zeit füreinander haben. Wir werden die besten italienischen Familiengerichte anbieten, die es gibt. Dessen können Sie sicher sein. Und ich möchte, dass jeder Gast mit einem vollen Bauch und glücklich lächelnd nach Hause geht.«

Niemand fand ihren sentimentalen Anspruch peinlich. Vielmehr nickten und lächelten alle. Da lag eine optimistische Stimmung in der Luft, sie spürte schon den Arbeitseifer.

»Dann stelle ich dir jetzt alle vor«, sagte Amber. »Es mag so aussehen, als hätten wir ein sehr großes Team, aber die Anzahl wird gleich jedem einleuchten. Ich werde die Tagschicht leiten und Sinead die Abendschicht.« Sinead, eine Frau in den Fünfzigern, hob fröhlich die Hand.

»Hallo«, sagte sie mit irischem Akzent. »Freut mich, Sie kennenzulernen, Isabella. Das ist auf jeden Fall eine tolle Chance.«

»Freut mich auch.« Isabella lächelte. »Erzählen Sie etwas über sich?«

Sinead strich ihren Rock glatt. »Also, ich habe fünf Jungen.« Sie sah die Frau an, die neben ihr stand, und bezog sie gleich mit ein. »Große, kräftige Burschen sind sie jetzt, und der letzte, Aaron, ist vor Kurzem ausgezogen. Er ist nach London zu seinem Bruder Tony. Die anderen sind in Dublin, Dubai und Derry, kannst du dir das vorstellen?«

Die Frau neben ihr lächelte mitfühlend.

»Und das ist Barry, mein Mann.« Sie deutete auf den Herrn im Anzug.

»Und wo haben Sie vorher gearbeitet?«, fragte Isabella und überlegte, ob sie sich nicht klar genug ausgedrückt hatte.

»Eine Zeit lang in der Schulkantine.« Sinead nickte, als wäre die Sache damit perfekt. Dabei lächelte sie so breit, dass man sie einfach mögen musste. Aber war sie als Kellnerin geeignet?

Isabella schoss Amber einen Blick zu, die darauf ermutigend nickte und sagte: »Die Übrigen werden wechselnde Schichten haben, mal tagsüber, mal abends arbeiten, mit mir oder mit Sinead. Wir richten uns mit dem Dienstplan nach euren Bedürfnissen.«

Meinte Amber damit, die privaten Bedürfnisse oder die personellen? Letzteres wär wohl vernünftiger.

»Und nun möchte ich dir noch die übrigen Mitarbeiter vorstellen. Paul, magst du beginnen?«

Neben Sinead hob Paul die Hand. Er war ein drahtiger Typ mit weißen Haaren und trug einen tadellosen Anzug. Er musste um die sechzig sein. Seine Schnurrbartenden waren zu einem Kringel gezwirbelt. Er zog seine Weste zurecht und räusperte sich.

»Ich bin Paul Metcalfe und habe mein ganzes Leben in Honeybridge verbracht.« Er hatte einen volltönenden Bass, den man bei seiner schmalen Statur nicht erwartete. »Ich kann mich für Weine begeistern und halte die italienischen für die besten.«

»Ganz genau!«, pflichtete Isabella ihm bei und erweiterte ihre To-do-Liste um einen Posten: Weine aussuchen. Vielleicht könnte er ihr dabei helfen. »Und wo haben Sie vorher gearbeitet?«, fragte sie.

»Ich habe nicht mehr gearbeitet, seit meine Frau vor fünfundzwanzig Jahre mit Multipler Sklerose in den Rollstuhl kam«, sagte er und schüttelte den Kopf. »Aber da sie nun tot ist, ist es mir im Haus zu still, und ich lerne schnell.«

Sinead fasste ihm an den Arm und brummte mitfühlend, während jemand anderes ihm eine Hand auf die Schulter legte.

Isabella nickte, bestürzt über seine schwere Zeit, aber unsicher, welche Richtung das nehmen würde. Amber nickte nur wieder, als wüsste sie da mehr. Isabella hielt ihre Zunge im Zaum und wartete ab, was der nächste Bewerber sagen würde.

Die Jüngste unter ihnen trat vor. Isabella schätzte sie auf achtzehn.

»Ich bin Harry, also eigentlich Harriet.« Sie linste schüchtern durch ihre Ponyfransen. »Ich bin im zweiten Collegejahr. Ich habe meinen Duke of Edinburgh Award gemacht. Da muss man sich ehrenamtlich engagieren, eine körperliche Herausforderung meistern und eine Fertigkeit erlernen.« Darauf blickte sie etwas selbstbewusster zu Amber, und die nickte ihr ermutigend zu. Harry holte tief Luft und sprach weiter. »Für die ehrenamtliche Tätigkeit habe ich im Seniorenheim gearbeitet, im *Heart of Honeybridge*, jeweils zu den Mahlzeiten.«

»Ah, großartig.« Isabella lächelte erleichtert. Endlich jemand, der mal gekellnert hatte. »Sie haben das Essen serviert?«

Harry zog die Unterlippe zwischen die Zähne. »Nein, ich durfte nicht in die Küche, um die Tabletts zu holen, das hätte gegen die Bestimmungen verstoßen. Aber ich habe mich zu den alten Leuten gesetzt, solange sie gegessen haben, und habe mich mit ihnen unterhalten. Sie waren sehr nett.«

Isabella fragte sich allmählich, was das alles sollte.

Die Nächste war Meryl, eine alleinstehende Frau in den Zwanzigern. Sie trat selbstbewusst auf sie zu und gab ihr die Hand.

Bitte mach, dass sie Berufserfahrung hat, flehte Isabella im Stillen.

»Ich wurde als Säugling weggegeben«, sagte sie in nüchternem Ton, doch Sineads Augen füllten sich sofort mit Tränen, und Isabella schluckte. »Ich war im Kinderheim, bis ich mit fünf Jahren adoptiert worden bin. Meine Adoptiveltern hatten schon sechs Kinder. Drei ältere und drei jüngere, und ich passte genau dazwischen.«

Isabella glaubte allmählich, dass sie in ein Paralleluniversum geraten war.

Meryl hob das Kinn und bekam strahlende Augen. »Ich habe noch nie gekellnert, aber ich weiß, dass ich das gut machen werde.«

Die drei verbliebenen Mitglieder »ihres Teams« schauten einander an, um zu sehen, wer als Nächster vortreten wollte. Isabella konnte sich nur noch wundern. Sie drehte den Kopf noch mal zu Amber. Hatte sie einen Riesenfehler begangen?

Die Nächste war Naomi, die im Rahmen eines Schulprojekts ein lokales Netzwerk aufgebaut hatte, das sich um Nachbarn kümmerte und das jetzt, fünf Jahre später, immer noch lief.

Nach ihr kam Denzil. Er hatte einen hochgradig autistischen Sohn, der das örtliche Internat besuchte, und ihm und seiner Frau sehr fehlte.

Und schließlich eine Frau mit hellblonden Strähnen und vielen Sommersprossen. »Ich bin Angie aus Australien«, sagte sie breit grinsend. »Ich vermisse die Sonne!« Alle lachten.

Isabella zog die Brauen zusammen.

Keiner dieser Leute hatte auch nur eine Stunde gekellnert.

Keiner hatte eine Bestellung entgegengenommen und in der Küche abgegeben. Keiner wusste, wie man Teller auf dem Arm balancierte oder einen Tisch in einem Rutsch abräumte. Es war klar, dass sie alle nicht wussten, wie man eine Rechnung addieren, einen Wein empfehlen oder ein Kartengerät bedienen musste.

Acht Gesichter strahlten sie an. Amber nickte erwartungsvoll.

Isabella atmete langsam aus. »Kann ich dich kurz unter vier Augen sprechen?« Sie deutete mit einer Kopfbewegung zur Tür.

»Bin gleich zurück«, sagte Amber gut gelaunt zu den Leuten.

Isabella zog die Tür hinter ihnen zu, und sie standen in der noch leeren Küche.

»Was hältst du von ihnen?«, fragte Amber, sichtlich zufrieden.

Isabella wählte ihre Worte sorgfältig. Sie wollte keine Freundin verlieren. »Das scheinen lauter nette Leute zu sein«, begann sie.

»Genau.« Amber nickte.

»Mit einem interessanten Lebenslauf.«

»Ich weiß«, sagte Amber.

»Und du hast dir offenbar große Mühe gegeben, sie aufzutreiben.« Isabella wunderte sich wirklich, wo Amber auf all die Leute gestoßen war.

»Sie sind die besten.«

»Aber keine Bedienungen.« Isabella atmete aus.

Ambers große Augen wurden noch größer. Sie blinzelte, einmal, zweimal. Das Schweigen zwischen ihnen hielt an, und Isabella glaubte zu hören, dass die Leute im Gastraum den Atem anhielten.

Amber lachte. Sie warf tatsächlich den Kopf zurück und lachte schallend. Dann schlug sie sich eine Hand vor den Mund, um das Lachen zu unterdrücken, und wedelte mit der anderen.

»Du hast recht, du hast ja recht.« Sie beruhigte sich und wischte sich die Augen. »Sie sind keine Kellner.«

Jetzt war Isabella verwirrt, denn ihr war klar, dass sie die Leute nebenan enttäuschen musste.

»Noch nicht«, sagte Amber. »Sie sind noch keine Kellner.«

»Ich verstehe nicht«, gestand Isabella.

Amber nahm sie bei der Schulter. »Du hast mich eingestellt, damit ich das Bedienpersonal leite, richtig?« Sie wartete gerade einmal ab, bis Isabella genickt hatte. »Tja, wir haben noch vier Wochen bis zur Eröffnung, und ich bin die beste Kellnerin, die ich kenne, und ich verspreche dir, ich werde aus ihnen das allerbeste Kellnerteam machen, das du je erlebt hast.«

Ambers meerblaue Augen hielten Isabellas Blick fest. »Ich verspreche es«, sagte sie noch mal.

Isabella kniff die Lippen zusammen, unsicher, was sie erwidern sollte. Sie wollte Amber sehr gern glauben.

»Denn diese Leute bringen mehr als Berufserfahrung mit«, erklärte Amber. »Das sind die Mitarbeiter, die deinen Traum wahr machen. Sie sind dein Team.«

Isabella rollte die Augen, ohne es zu wollen.

»Ich meine das ernst«, erklärte Amber. »Ich habe jeden aus einem bestimmten Grund ausgesucht.«

»Ich denke, wir brauchen erfahrenes Personal …«, widersprach Isabella so leise wie möglich, damit es nebenan keiner hörte.

Jetzt verdrehte Amber die Augen, aber sie lächelte dabei. »Komm mit.« Sie öffnete die Tür und zog Isabella mit sich ins

Restaurant. Das »Team« wappnete sich und schaute sie zaghaft hoffend an.

»Noch eine Bitte an alle«, sagte Amber, und alle Blicke richteten sich auf sie. »Nennt Isabella eure beste Erinnerung oder das beste Gefühl oder die beste Erfahrung in eurem Leben.«

Isabella hätte beinahe laut gestöhnt. Das war ein Restaurant oder ein künftiges Restaurant, aber keine Therapiegruppe.

Sinead trat vor. »Wenn meine ganze Familie um den Tisch sitzt. Ab und zu kommen wir alle zusammen. Und dann wird es ziemlich eng, weil wir so viele sind!« Sie legte die Arme um sich. »Dann koche ich, was sie mögen, sorge dafür, dass sie alles bekommen, was sie möchten, sehe ihre glücklichen Gesichter.« Mehrere pflichteten ihr bei, Angie nickte.

Paul zwirbelte seinen Schnurrbart. »Das war, als ich mich um Jane gekümmert habe. Wenn ich versucht habe vorauszusehen, was sie brauchen würde, und es ihr griffbereit hingestellt habe, und wenn sie dann lächelte, weil sie erkannt hat, dass ich an sie gedacht habe.« Er wurde rot, und Sinead tätschelte seinen Arm.

»Ach, wie lieb von dir«, raunte sie.

Harry strich sich diesmal den Pony aus den Augen, bevor sie sich äußerte. Sie hatte dunkelbraune Augen. »Ich fand es toll, bei den alten Leuten im *Heart of Honeybridge* zu sitzen und mit ihnen Zeit zu verbringen. Sie haben mir gern aus ihrem Leben erzählt, und ich habe es geliebt zuzuhören.«

Meryl trat schon vor, ehe Harry in die Reihe zurückgetreten war. »Für mich waren es die Familienmahlzeiten am Tisch, nachdem ich adoptiert worden war. Nach dem Heim habe ich dabei zum ersten Mal erlebt, was Familie ist. Das war wunderbar.«

Die Australierin Angie legte einen Arm um sie. »Das gilt auch für mich, ihr Lieben. Das ist meine schönste Erinnerung, und mir fehlt meine alte verrückte Familie da drüben so sehr. Grillen und Bier trinken. Hier fühle ich mich manchmal mutterseelenallein, und ich finde, niemand sollte einsam sein.«

Denzil räusperte sich. »Ich habe keine große Familie, nur einen Sohn. Aber es fehlt mir, für ihn zu sorgen. Ich war wohl schon immer ein Kümmerer.«

»Das ist noch lange nicht jeder«, sagte Meryl.

Als Letzte sprach Naomi, die das Nachbarschaftsnetzwerk gegründet hatte. »Ich mag es, Teil einer Gemeinschaft zu sein«, erklärte sie schulterzuckend. »Es macht mich glücklich dazuzugehören.«

»Hört, hört«, meinte Paul plötzlich, und alle lachten. Als sich das Lachen legte, hallten ihre Worte in Isabella nach und erzeugten ein verschwommenes Gefühl, bei dem sie an Liebe und Familie und Essen dachte. Und an Freundlichkeit und Fürsorglichkeit.

Amber stupste sie an. »Sie möchten also, dass die Gäste bleiben und plaudern«, sagte sie, und dann nickte sie den Bewerbern zu, die enger zusammenrückten und eine Front bildeten. »Sie wollen, dass die Gäste sich umsorgt fühlen, als wären sie zu Hause«, fuhr sie fort, und dabei legte einer den Arm um die Schultern des anderen oder griff solidarisch nach der Hand seines Nachbarn. »Sie wollen, dass sich unsere Gäste fühlen als Teil einer Familie, einer Gemeinschaft«, fügte sie hinzu, und das Team straffte die Schultern und hob das Kinn.

Isabella schaute einem nach dem anderen ins Gesicht. In ihren Augen kribbelte es von aufsteigenden Tränen, und sie fragte sich, ob das hormonell bedingt oder ob sie nicht ganz bei Verstand war, doch sie sah, dass es Amber genauso erging. Sie räusperte sich. »Ich möchte, dass jeder Gast mit einem vollen Bauch und glücklich lächelnd nach Hause geht«, sagte sie noch einmal. Und das Team wartete in gespanntem Schweigen. Man hätte eine Stecknadel fallen hören können. »Sie sind die Richtigen für mich.« Sie drückte Ambers Hand. »Ich freue mich darauf zu sehen, wie Sie diesen Traum verwirklichen.«

Während sich alle umarmten und einander auf die Schulter klopften, fühlte sie sich dem erfolgreichen Single-Dasein einen Schritt näher.

MIA FAMIGLIA

Isabella: **Ich habe mein Restaurantteam beisammen!**

Mamma: **Meine Kleine ist ein Boss!**

Papà: **Folge deinem Traum!**

Isabella: **Und euer Traum? Wo hat er euch heute hingeführt?**

Mamma: **Wir haben unter einem Wasserfall gebadet!**

Isabella: **Superschön.**

Papà: **Und superkalt. Geradezu eisig!**

28

Etienne

BROTHERS FROM ANOTHER MOTHER

Fox: **Um zwei Uhr bei uns zu Georges Geburtstagsparty. Kommt nicht zu spät.**

Walker: **Ich werde da sein.**

Etienne: **Ich auch.**

Fox: **Steckt euch Ohrstöpsel ein. Der Nachmittag wird laut.**

Walker: **Ups. Nicht nur der, fürchte ich. Dir steht ein lautes Jahr bevor …**

Fox: **????**

Walker: **Sagst du es ihm, Etienne, oder soll ich?**

Fox: **Mir was sagen?**

Etienne: **Wir haben ihm ein Schlagzeug gekauft.** 😊

Fox: 😳

Etienne: **War ein Witz.** 😊

Fox: 🖕

Fox hatte sie zu Recht vor dem Lärm gewarnt. Zehn Drei- und Vierjährige und deren Eltern sowie einige Geschwister *und* deren Freunde allesamt in Fox' Haus – da bluteten Etienne schon nach zehn Minuten die Ohren. Dass die Kinder unter dem Einfluss von Zucker und Adrenalin standen, erhöhte den Dezibelpegel zusätzlich.

Er ging durch das Haus zur Wohnküche, durch die man

in den Garten gelangte. Auf dem Weg dorthin kam er an Fox' Arbeitszimmer vorbei, wo die Tür mit Klebeband zugeklebt war. Es hing außerdem ein Zettel daran: *Bleib draußen, oder du bist tot!* Offenbar befand sich die Entwicklung des Spiels gerade in einer kritischen Phase und durfte nicht durch tobende Kinder im Zuckerrausch gefährdet werden.

Als er sich Bier von dem Tisch nahm, auf dem *Nur für Erwachsene* stand, prallte das Geburtstagskind gegen seine Oberschenkel und hielt ihn fest umarmt. Etienne hob den Jungen hoch vor sein Gesicht.

»Herzlichen Glückwunsch, George«, sagte er zu dem sommersprossigen kleinen Kerl. Der strahlte ihn kurz an und zappelte dann wie ein Sack voller Katzen, um auf den Boden gelassen zu werden. Kaum geschehen, flitzte er durch den Wald von Beinen in den Garten.

Etienne folgte ihm, sagte Hallo zu jedem, den er kannte, und nickte den übrigen zu. Ein paar Mütter sahen ihn mit halb gesenkten Lidern an, als er an ihnen vorbeiging. Er lächelte höflich, ohne bei einer stehen zu bleiben.

Fox' Küche sah ungeheuer familiär aus. Etienne fühlte sich an sein Elternhaus erinnert: Kinderbilder am Kühlschrank, Geburtstagskarten auf dem Fensterbrett, Fotos an der Pinnwand. Ein Regalbrett voller Kochbücher – die Fox täglich nutzte, damit die Jungs ordentlich satt wurden –, ein Kalender, in dem die Spielverabredungen mit Rot und die Arbeitstermine mit Schwarz eingetragen waren, ein Holztisch voll rötlicher Flecke von verkleckerter Bolognese-Sauce. Fehlte nur noch Mum, dachte Etienne.

An vielen Abenden hatten Walker und er in der Anfangszeit mit Fox an diesem Tisch gesessen und ihm Bier und ihre Freundschaft angeboten, während Fox ein Ohr am Babyfon und ein Auge auf die Uhr hielt, um die nächste Fütterung vorzubereiten. Heute hing ein *Happy-4th-Birthday*-Spruchband unter der Decke, und in den Ecken schwebten Sträuße von roten und blauen Luftballons. Es war erstaunlich, wie sehr sich die Dinge verändert hatten. Etienne war heute hier, um das zu feiern und dabei mit seinem Patensohn herumzutoben.

Das war für ihn auch eine Überraschung gewesen. Als Fox damals den Schock, zwei Kinder und keine Frau zu haben, überwunden hatte, war George knapp sechs Monate alt gewesen, ein pummeliges Baby, das von seinem Brei stets mehr an sich als in sich gehabt hatte. Fox fragte ihn, ob er Patenonkel sein wolle, und erklärte lächelnd: »Walker hat Reggie, das ist nur fair.« Aber dann ganz ernst: »Ehrlich, Mann, du hast mich gerettet. Ich würde mich freuen, wenn du Ja sagst.«

Etienne bekam einen Kloß im Hals und nasse Augen.

Jetzt schaute er im Vorbeigehen auf die Pinnwand. Fox hatte eine Leidenschaft für Fotoecken. Auf früheren Fotos hielt Fox den pausbäckigen George in Strampler und Lätzchen auf dem Arm, während Reggie an seiner Seite hing. Die Jungen an der Pinnwand hatten sich mit der Zeit verändert: George bekam Zähne, Reggie verlor Zähne, beide bekamen lockiges Haar. Fox sah auf jedem Bild gleich aus: dasselbe Lächeln, dieselben hellgrauen Haare, nur ein anderes kariertes Hemd. Ganz unten gab es ein Foto von Fox und Meg. Darauf waren seine Haare noch dunkel und nur an den Schläfen grau. Er lächelte breit in die Kamera, während Meg ihm einen Kuss auf die Wange drückte.

»Du kommst spät!«, rief Fox ihm im Garten entgegen. »Aber ich sehe, du hast schon das Bier gefunden.« Er winkte Etienne zu dem Kreis, in dem er stand, wo jeder noch seine Jacke trug und rosige Wangen hatte.

»Und schon mit dem Geburtstagskind gesprochen.« Etienne hob die Flasche und stieß mit Walker an, grinste auch Rosie und Wren zu, die Riley mitgebracht hatten, zumal sie in denselben Kindergarten ging wie George.

Im Garten stand eine Hüpfburg, und Kinder flogen in alle Richtungen. Etienne entdeckte Reggie, der gerade von einer Seite zur anderen sprang.

»Bitte sehr, Wren und Rosie.« Er erkannte die rauchige Stimme als Isabellas. Sie drängte sich neben ihn und reichte ihren Freundinnen zwei Gläser Limonade, während sie ein Glas Wein für sich selbst zwischen den Fingern balancierte.

»Ihr trinkt nichts?«, fragte Fox. »Gibt es etwas, was wir wissen sollten?«

»Nur dass wir verantwortungsbewusste Eltern bei einer Geburtstagsparty mit lauter Vierjährigen sind«, antwortete Rosie hochnäsig und trank von ihrer Limonade.

»Und wir haben zu Hause eine schöne Flasche kalt gestellt für später, denn wir lassen Riley hier übernachten. Also mach dir unseretwegen keine Sorgen.«

»Dann bin ich erleichtert.« Etienne wandte sich Isabella zu. »Wie geht es dir?«

Sie überlegte einen Moment lang und senkte den Blick. »Fox, wo ist das Badezimmer?« Und nachdem er ihr den Weg beschrieben hatte, drückte sie Walker ihr Glas in die Hand, murmelte »Entschuldigt mich« und verschwand ins Haus. Hatte sie ihn gerade wie Luft behandelt?

Sein Argwohn wurde ein paar Minuten später erneut geweckt, als sie sich wieder zu ihnen gesellte, aber sich auf der anderen Seite des Kreises einreihte, neben Rosie und Wren. Er schaute zu ihr, sie dagegen schien immer in ein Gespräch vertieft zu sein und sah nie in seine Richtung. So hatte er zwar keine Gelegenheit, ihr in die Augen zu blicken, aber reichlich Zeit, um sie zu bewundern. Offene wellige Haare, knallrote

Turnschuhe, knöchellange Jeans. Ihr Mantel war aufgeknöpft, sodass ihre vorn gebundene Bluse zu sehen war, die einen Blick auf ihre Taille erlaubte. Er schob die freie Hand in die Hosentasche und dachte daran, wie sich ihre Haut anfühlte. Sie schaute noch immer nicht zu ihm.

»Wir spielen jetzt *Pass the Parcel*«, kündigte Fox laut an, und ein Dutzend Kinder erschienen wie aus dem Nichts und setzten sich im Schneidersitz im Kreis. Sie kannten die Spielregeln. Dank Fox, der beim Arbeiten immer Musik hörte, kannten Reggie und George sich aus. Bei diesem Auspackspiel lieferte Usher den Soundtrack. Fox gab George ein eingewickeltes Päckchen. Der beschnupperte und schüttelte und drückte es, bevor er es an seinen Nachbarn gab. Wenn die Musik stoppte, durfte das Kind, welches das Päckchen gerade in den Händen hielt, die äußere Papierschicht entfernen. Dann wanderte das Päckchen weiter, bis es schließlich ausgepackt war und das letzte Kind den Inhalt behalten durfte. Wren und Rosie gingen näher heran, um Riley notfalls helfen zu können, und Etienne erkannte den günstigen Augenblick.

»Hi«, sagte er und trat zu Isabella. Von Nahem betrachtet sah sie noch schöner aus. Ihre blauen Augen richteten sich kurz auf ihn und gleich woandershin, und ihr Mund öffnete sich ein wenig, wie zum Sprechen, und schloss sich wieder.

»Wie läuft es bei dir?«, fragte er. Plötzlich zog sie ihr Handy aus der Tasche, sah aufs Display und sagte hastig: »Entschuldige, da muss ich rangehen.« Damit wandte sie sich ab und eilte ins Haus. Was zum Teufel?

Der Geburtstagskuchen wurde in den Garten getragen, Fox zündete die Kerzen an, und zahllose Kinder beugten sich darüber, um ihre Keime über den Zuckerguss zu hauchen. Fox war in seinem Element.

»Blas die Kerzen aus und wünsch dir was«, sagte er zu George, der daraufhin den längstmöglichen Atemstoß von sich gab und dann die Augen zukniff. Etienne schmunzelte über seinen Patensohn, der fest an die Erfüllung von Wünschen glaubte.

»Achtet immer darauf, dass die Kerzen wirklich erloschen sind, Kinder.« Walkers Brandschutzhinweis verhallte ungehört, als sich die Jungen und Mädchen um den Kuchen drängten, um ein Stück zu ergattern.

Etienne sah Isabella aus dem Augenwinkel, und sie schien ihn im selben Moment zu bemerken und ging woandershin, um mit ein paar Eltern zu plaudern. Sie hielt den Blick gesenkt und schaute absichtlich nicht in seine Richtung.

Einmal war keinmal. Zweimal war Zufall. Dreimal war eindeutig. Sie ging ihm aus dem Weg. Interessant. Er schlenderte hinüber zu ihr. Sie unterhielt sich mit einem Paar, die Frau hielt ein klebriges Kleinkind auf der Hüfte.

»Und wie gefällt es Ihnen in Honeybridge?«, fragte der Mann. »Haben Sie sich schon eingelebt?«

»Ich finde es hier wunderbar«, antwortete sie lächelnd, aber das Lächeln verging ihr, sowie Etienne sich näherte. »Alle sind sehr freundlich.«

»Sind Sie mit Ihrem Mann hergezogen?«, wollte die Frau wissen, die ihrem Kind gerade die schmuddeligen Händchen mit einem Feuchttuch abwischte.

»Nein, ich bin Single«, antwortete Isabella. Etienne sah, wie sie bei der Frage den Rücken straffte. Er sah auch, dass die Frau an ihren Mann heranrückte, um ihren Anspruch klarzumachen.

»Dann wollen Sie sich sicher vielen Vereinen anschließen und Leute kennenlernen«, erwiderte die Frau. »Im Ruderclub gibt es eine Menge unverheiratete Männer.« Sie zeigte noch einmal deutlich, dass ihr Mann vergeben war. Etienne musste schmunzeln.

»Nein, ich bin zurzeit nicht an Männern interessiert«, erwiderte Isabella und wählte diesen Moment, um Etienne anzusehen. »Ich konzentriere mich auf das Restaurant. Es ist leichter, wenn man sich nicht ablenken lässt. Aber ein paar Clubs könnte ich mich anschließen. Guter Tipp.«

»Was für Aktivitäten mögen Sie? Bogenschießen? Joggen? Aquarellieren bei den Maltings?«

»Oder vielleicht Fotografieren?«, warf Etienne ein und sah sie vom Hals an rot werden. Ha. Erwischt. Sie hatte eindeutig auf das Foto geschaut.

»Danke«, sagte sie zu dem Paar. »Ich werde mich nach etwas Passendem umsehen.« Und damit wandte sie sich ab und rannte praktisch zurück ins Haus.

»Nette Frau«, hörte Etienne den Mann auf dem Weg zur Hüpfburg sagen.

»Und sehr hübsch«, gab seine Frau in geringschätzigem Ton zurück.

»Tatsächlich? Ist mir nicht aufgefallen«, erwiderte er. Um seiner Ehe willen log er ihr glatt ins Gesicht. Etienne schnaubte unwillkürlich und überspielte das durch Husten.

Eine Stunde später waren die meisten Kinder mit ihren Eltern nach Hause gefahren. Alle hatten ein Stück Kuchen, eine Partytüte, einen Luftballon und einen Zuckerschock bekommen.

Nachdem der letzte Bekannte gegangen war, machte sich Fox endlich ein Bier auf und plumpste neben Etienne und Walker auf einen Liegestuhl. Wren, Rosie und Isabella saßen auf einer Bank. Riley, Reggie und George kehrten in die Hüpfburg zurück.

»Das lief gut«, meinte Fox, während die Kinder sich gegen

die aufgeblasenen Seitenwände warfen. »George hatte einen tollen Tag.«

»Schon vier. Ist das zu glauben?«, murmelte Rosie und sah Riley und George zu, die sich an den Händen hielten und hüpften.

»Er ist ein lieber Junge«, bemerkte Isabella.

»Und das hast du dir selbst zu verdanken, Fox«, sagte Wren. »Du kannst stolz sein.«

Es entstand ein kurzes Schweigen, weil alle daran dachten, dass er die Jungen allein erzog. Megs plötzlicher Tod war ein schwerer Schock gewesen.

»Hat George diesmal nach Meg gefragt?«, wollte Walker wissen.

Fox trank einen Schluck Bier, bevor er den Kopf schüttelte. »Nö.«

Etienne legte eine Hand auf seine Schulter.

»Aber ich habe ihm gesagt, dass sie gerne mit ihm feiern würde und ihm aus dem Himmel Pusteküsse schickt.«

»Das ist schön.« Rosie stand von der Bank auf und umarmte ihn. Wren wischte sich eine Träne aus den Augenwinkeln.

»Das Gute ist, dass die Jungs sich nicht an sie erinnern und sie deshalb nicht vermissen. Das tue nur ich.«

George flitzte über den Rasen und sprang Etienne auf den Schoß. Sein Knie verfehlte um Haaresbreite die empfindlichsten Weichteile.

»Lasst uns Verstecken spielen!«, rief er viel zu laut und viel zu nah an Etiennes Ohr. Riley und Reggie stoppten ihre Hüpferei sofort und drehten den Kopf wie Erdmännchen, gespannt auf die Antwort. Vielleicht lag es an dem, was Fox gerade gesagt hatte, jedenfalls hätte Etienne in dem Moment alles getan, um George glücklich zu machen.

»Dann los!«, meinte er und kitzelte den Jungen an den Rippen, dass der sich kreischend krümmte. »Spielen alle mit?« Er sah Wren ihre Rosie auf die Beine ziehen, und die streckte Isabella eine Hand hin. Walker schaute sich schon im Garten nach Verstecken um.

»Ich suche als Erster.« Fox genoss die zusätzliche Minute auf dem Liegestuhl.

»Zähl bis fünfzig!« George rannte auf das Haus zu.

»Das Arbeitszimmer ist verboten!«, rief Fox zurück, schloss die Augen und fing laut an zu zählen. »Eins, zwei, drei …«

»Nicht gucken, Dad«, mahnte Reggie, um dann um die nächste Ecke zu verschwinden.

Walker war schon halb den Baum raufgeklettert, Rosie und Wren liefen Händchen haltend davon, und Isabella verschwand ebenfalls ins Haus. Etienne ging im Geiste die Räume durch und dachte an die besten Plätze. Hinter dem Sofa war eine gute Option, fand er und tappte durch das Wohnzimmer dorthin, doch da lag schon Reggie.

»Besetzt!«, sagte der Junge überraschend grimmig und zeigte zur Tür, damit Etienne sich verzog.

»Okay. Okay.« Etienne hob beschwichtigend die Hände und wich lachend zurück.

»… fünfunddreißig, sechsunddreißig, siebenunddreißig …« rief Fox auf seinem Liegestuhl.

Als Etienne den Flur durchquerte, sah er Rileys violette Turnschuhe hinter dem Garderobenständer hervorlugen und hörte Wren und Rosie in einem Zimmer kichern, wobei eine die andere zum Stillsein aufforderte. Bei einem Blick aus dem Fenster entdeckte er Walker, der gerade die Beine in die Baumkrone zog und hinter grünen Zweigen verschwand. Die Zeit wurde allmählich knapp.

»… fünfundvierzig, sechsundvierzig, siebenundvierzig …«

Er rannte am Schrank unter der Treppe vorbei – ein viel zu leichtes Versteck – und den Flur hinunter zu dem Garderobenschrank, in dem sie Mäntel und Skateboards verwahrten. Ihm blieben nur noch ein paar Sekunden, als er die Schranktür aufzog. Drinnen stand Isabella umgeben von Regenjacken und Wollmützen und blinzelte in die plötzliche Helligkeit. Sie riss die Augen auf und drohte ihm energisch mit dem Finger.

»Nein!«, sagte sie streng.

»Ich komme!«, rief Fox draußen, und Etienne trat in den Schrank und zog die Tür hinter sich zu.

»Was tust du denn?«, zischte Isabella.

»Schsch!«, machte er und zwängte sich neben sie.

»Such dir ein eigenes Versteck«, flüsterte sie, sodass er ihren Atem im Gesicht spürte.

»Schsch!«, flüsterte er nachdrücklicher, als Schritte zu hören waren. Sie näherten sich dem Flur und bewegten sich am Schrank vorbei, dann die Treppe hoch, offenbar immer zwei Stufen auf einmal nehmend.

Während sie lauschten, hörte er sie atmen, und ihr Körper war in der Enge an seinen gedrückt. Sie roch nach Zitrone. War das ihr Shampoo oder sie? Sie bewegte sich, um ein bisschen Abstand zu erzeugen, aber das war unmöglich. Er grinste in der Dunkelheit, während sie horchend verfolgten, wie Fox einen Raum nach dem anderen durchsuchte, ab und zu hörten sie das Knarren von Dielen und unterdrücktes Lachen.

»Hab dich gefunden!«, rief Fox plötzlich irgendwo im oberen Stock, und Georges Kichern wurde laut. Augenblicke später gingen sie wieder an der Kammertür vorbei und unterhielten sich darüber, wen sie wohl als Nächsten entdecken würden. Isabella wurde unruhig, und der Schrankboden knarrte. Etienne legte eine Hand an ihren Oberschenkel, damit sie sich still verhielt und sie nicht verriet. Er hörte sie scharf Luft holen, aber sie schob seine Hand nicht weg.

Als die Sucher sich bei ihrer Mission entfernten, ließ er seine Hand langsam, mit gespreizten Fingern zu ihrem Knie hinunterwandern und wieder hinauf zu ihrer Hüfte, spürte die Form ihres Oberschenkel durch den Jeansstoff. Sie war stark und schlank. Er malte sich aus, wie sie die Beine um seine Taille legte.

»Gefunden!«, riefen Fox und George zusammen in einem nahen Zimmer, wo Rosie und Wrens Gelächter erschallte, gefolgt von Ausrufen und Geplauder und dem Rumpeln von Möbeln, die verschoben wurden.

Etienne hatte mit den Jungs Hunderte Male Verstecken gespielt, aber der Akt des Versteckens war ihm nie so köstlich erschienen wie jetzt, da er mit einer Hand an Isabellas Bein in dem dunklen Schrank stand. Das war in vieler Hinsicht aufregend und nicht wegen des Versteckspiels.

»Warum hast du mich gemieden?«, fragte er leise und strich dabei mit den Fingern zum Knie hinunter und drückte es.

»Weil das wahrscheinlich am besten ist«, flüsterte sie.

»Wegen deiner Sexpause?« Er zog mit dem Daumen zarte Kreise auf dem Oberschenkel.

»Weil ich mir etwas versprochen habe«, hauchte sie in sein Ohr.

»Hast du dir wenigstens das Foto noch mal angeschaut?«, neckte er, und sie knurrte tief in der Kehle, und das klang so erotisch, dass er es sofort noch mal hören wollte.

»Ich verstehe das als Ja.« Er bewegte die Hand millimeterweise zu ihrem Hintern hin. Der Suchtrupp machte draußen im Garten eine Entdeckung, und es gab Applaus, zweifellos für Walker in der Baumkrone. Die Dunkelheit schien Etiennes übrige Sinne zu schärfen. Er nahm Isabellas Duft wahr und spürte, dass ihr Oberschenkel leicht zitterte.

»Aber deshalb müssen wir uns doch nicht aus dem Weg gehen, oder? Müssen wir das, Isabella?«

»Das will ich eigentlich nicht …« Ihre Stimme verebbte, und er hörte, dass sie sich über die Lippen leckte.

Er erreichte ihren Po, spreizte die Finger und drückte ihn.

»Was willst du dann?« Was *er* wollte, wusste er genau. Sie. Jetzt. In dem Schrank notfalls.

Er hörte, dass ihr Atem stockte.

»Das«, sagte sie, drehte sich zu ihm, und dann war ihr Mund an seinem. Vor Verblüffung brauchte er eine Sekunde, um auf ihre vollen, leicht geöffneten Lippen zu reagieren. Sie raffte an seiner Brust das Poloshirt in die Faust und zog ihn an sich, um ihn tiefer zu küssen. Doch dann prallten sie gegeneinander, er griff in ihre Haare, ihre Locken fielen über seinen Arm. Mit der anderen Hand drückte er zu, und sie stöhnte in seinen Kuss. Ihren Körper so zu fühlen trieb ihn voran. Ihre Zunge suchte seine, er presste sie an sich, und sie kam ihm bei jeder Bewegung entgegen.

Ohne Warnung ging die Schranktür auf. Als das Licht hereinströmte, drehten sie beide den Kopf, ohne sich loszulassen. Etienne blinzelte geblendet. Isabella hob den Handrücken an ihre geschwollenen Lippen.

Die Sucher standen überrascht da. Fox und Walker zogen die Brauen hoch und stießen einander an wie Schulkinder. Rosie und Wren hielten sich den Mund zu, um nicht lauthals zu lachen. Reggie, George und Riley standen mit ernsten Gesichtern im Durchgang.

»Das ist das falsche Spiel, Onkel Etienne«, sagte George offensichtlich enttäuscht von ihm. »Wir spielen nicht Kussjagd!«

29

Isabella

GIRL GANG

Wren: **Alarmstufe Rot.**

Rosie: **Kommt rüber. Drinks im** Wayside**.**

Amber: **Kann nicht. Muss Jayden in einer Stunde vom Streetdance abholen.**

Rosie: **Du verpasst was!**

Amber: **Was ist los?**

Isabella: **Ich habe Etienne geküsst.**

Amber: **Bin in zehn Minuten da.**

Die Frauen saßen bereits um den runden Tisch im hinteren Bereich der Bar *The Wayside*, alle vor einem großen Glas Weißwein, als Amber hereineilte. In ihrer Jeanslatzhose und dem Crop Top und mit den zwei Zöpfen sah sie aus wie eine sexy Kinderanimateurin. Wren deutete auf den Platz neben sich und das wartende Glas Cola Zero. Amber setzte sich.

»Du hast WAS getan?«, sagte sie zu Isabella und kam damit sofort zur Sache.

Isabella hob das Gesicht aus ihren Händen. »Ich habe ihn geküsst. Etienne.« Als müsste das eigens noch mal gesagt werden.

»Wo?«, fragte Amber, als wäre das wichtig.

»Auf den Mund«, antwortete Isabella verwirrt.

»Nein, Mädchen, ich meine, wo wart ihr?«

»Oh. Im Garderobenschrank.«

Jetzt war es Amber, die verwirrt schaute. Rosie prustete. »Konzentration bitte«, sagte Amber, stützte das Kinn auf die Fäuste und saugte an dem Strohhalm. »Erzähl von Anfang an.«

Isabella trank einen Schluck Wein und seufzte.

»Wir waren alle bei Georges Geburtstagsparty und haben hinterher Verstecken gespielt. Ich habe mich in dem Schrank im Flur versteckt, und dann kam Etienne auch da rein.«

»Dreist …«, meinte Amber.

»Ich habe verlangt, dass er wieder verschwindet. Immerhin war es dunkel da drin und eng, und er hat sich neben mich zwängen müssen. Nachdem ich mir alle Mühe gegeben hatte, ihm den ganzen Tag aus dem Weg zu gehen. Ich habe ihn sogar gemieden, seit er an meinem Finger gesaugt …«

»Was?!« Rosie verschluckte sich an einer Olive.

»Das hast du gar nicht erzählt!«, sagte Wren vorwurfsvoll, während sie Rosie auf den Rücken schlug.

»Und besonders nachdem er das hier gemacht hat …«

Sie öffnete ihr Handy auf dem Tisch, und alle starrten auf das Foto mit seiner Hand an ihrem Bauch.

Amber fächelte sich Luft zu und rollte die Augen. »Das ist so was von heiß.«

»Warum hat er das aufgenommen?« Rosie drehte das Display zu sich herum, um sich das Foto genauer anzusehen.

Isabella rückte auf ihrem Stuhl hin und her. »Für den Fall, dass ich eine visuelle Anregung brauche, um meine Sexpause durchzuhalten.«

Daraufhin blickten noch mal alle auf den Handy-Bildschirm.

»Das könnte helfen«, meinte Amber, und alle nickten. Isabella klärte sie nicht darüber auf, dass es bisher tatsächlich jeden Abend geholfen hatte. Sie schaltete das Display aus.

»Na, jedenfalls habe ich ihn gemieden, denn sobald ich in seiner Nähe bin, kann ich mich nicht mehr beherrschen. Also, ich habe noch nie jemanden an meinem Arm lecken, mir den Fuß massieren, an meinem Finger saugen lassen. Und dann stehe ich plötzlich mit ihm in einem dunklen Schrank, und er war praktisch an mich gedrückt, und …« Bei der Erinnerung an seine Hände musste sie die Beine übereinanderschlagen.

»Du meine Güte, das war bei einer Kinderparty?!«, sagte Amber.

»Das ist definitiv kein jugendfreies Benehmen!« Wren lehnte sich lachend zurück und legte den Arm um Rosie. »Wenn ich daran denke, dass wir oben hinter der Gardine standen und darauf gewartet haben, von einem Vierjährigen gefunden zu werden, während das da unten vor sich gegangen ist.«

»Und dann habe ich ihn geküsst«, sagte Isabella schulterzuckend, während ihr das Blut in die Wangen stieg. Sie trank einen langen Schluck Wein.

»Und dabei haben wir sie gefunden!« Rosie lehnte sich an Wrens Schulter zum Zeichen, dass die Geschichte zu Ende war.

»Oh mein Gott?« Amber sah Isabella fragend an, und die nickte.

»Jep. Alle haben es gesehen. Ich mit der Zunge in seinem Hals.« Isabella ließ den Kopf in die Hände sinken und stöhnte. Amber warf den Kopf in den Nacken und lachte so laut, dass der Kellner, der gerade vorbeiging, zusammenzuckte.

Amber fing sich wieder. »Aber die Frage ist die: War es schön?«

Isabella hob den Kopf und sah den dreien nacheinander in die Augen, worauf die sich alle nach vorn neigten.

»Es war nicht schön, es war fantastisch«, flüsterte sie.

»Ja!« Amber gab ihr einen High Five über dem Tisch. »Also, was jetzt?«

Wren: »Willst du die Etienne-Platte kosten?«

Amber: »Sie wird den Etienne-Saft trinken …«

»Du wirst ge-Etiennet«, verkündete Rosie mit Überzeugung.

Isabella schüttelte energisch den Kopf. »Nichts da, ich werde meinen Vorsatz definitiv NICHT brechen.«

»Aber du hast es selbst gesagt«, erwiderte Wren. »Du kannst dich bei ihm nicht beherrschen.«

»Und er ist überall dabei, du kannst ihm nicht aus dem Weg gehen«, erklärte Rosie. »Er gehört derselben Clique an wie wir.«

»Wie denken deine Nippel darüber?«, fragte Amber.

»Glaub mir, ich habe sie in die Überlegungen einbezogen.« Isabella grinste. »Genau wie meine persönliche Entwicklung. Und ich habe eine Idee, wie ich beides unter einen Hut kriege. Wir müssen nur abwarten, ob Etienne dazu bereit ist.«

Sie schaute sich nach allen Seiten um und winkte die Frauen näher, bis sich ihre Köpfe über dem Tisch fast berührten. Als sie mit Flüstern fertig war, sank Amber gegen ihre Stuhllehne.

»Wenn du das durchziehst, bist du stärker als ich.«

Später am Abend beobachtete Isabella, wie die letzten Gäste das Bistro verließen und Etienne seinem Personal beim Hinausgehen Gute Nacht sagte, das Schild umdrehte und das Licht ausschaltete. Sie brauchte genau eine Minute und zehn

Sekunden, um ihre Wohnung abzuschließen, über den windigen Platz zu eilen und an seine Tür zu klopfen.

Etienne kam aus der Küche, spähte durchs Fenster nach draußen, und sie sah im Halbdunkel sein Lächeln, als er sie erkannte.

30

Etienne

BROTHERS FROM ANOTHER MOTHER

Fox: **Danke, dass ihr heute da wart, Jungs. George und Riley schlafen endlich in ihrer Höhle im Wohnzimmer. Reggie in seinem Bett. Ich bin fix und alle.**

Walker: **Freue mich, dass George einen schönen Tag hatte.**

Fox: **Ich glaube, er hatte fast so viel Spaß wie du, Etienne.**

Etienne: **Irgendwie bezweifle ich das.** 😉

Fox: **Allerdings hatte sie es ziemlich eilig, aus dem Schrank rauszukommen.**

Walker: **Und nach Hause zu gehen.** 😊

Etienne: **Keine Sorge. Sie kommt zurück.**

Fox: **Bin mir nicht sicher. Vielleicht hast du die Richtige gefunden.** 😉

Walker: **Kriege gerade einen Bereitschaftsanruf, muss zur Feuerwache. Wieder ein Wohnungsbrand. Berichte euch morgen.**

Fox: **Pass auf dich auf.**

Walker: **Ja, Dad.**

Fox: **Zisch ab.**

Etienne hörte es an der Tür klopfen und sah Isabellas Gesicht durch die Fensterscheibe. Sein erster Gedanke war: Da ist sie, wie vorhergesagt. Grinsend schlenderte er zur Tür, um sie hereinzulassen. Frische Luft und Zitronenduft wehte hinter ihr her, als sie an ihm vorbei und direkt an die Bar ging.

»Einen Drink?« Er stellte bereits eine Whiskyflasche und zwei Gläser auf die Theke. Sie gab Eiswürfel hinein, und das bescherte ihm ein Déjà-vu von ihrer letzten Begegnung. Er zog sich einen Hocker neben sie, um ihr näher zu sein.

»Hi«, sagte sie. »Tut mir leid, dass ich noch so spät komme.«

Er trank von seinem Whisky, fühlte das Brennen und dachte daran, wie ihr Mund am Nachmittag geschmeckt hatte. Und an ihren überraschend leidenschaftlichen Kuss. »Schön, dich wiederzusehen. Ich hatte gehofft, dass du mich nicht weiter meidest.«

Während er sprach, hielt sie seinen Blick fest, und ihre Augen waren verblüffend blau. Selbst in dem gedämpften Licht.

»Mir wird gerade klar, wie schwierig das hier ist«, sagte sie. »Honeybridge ist klein.«

Er grinste und rückte mit dem Hocker noch näher. Sie stützte den Ellbogen auf die Theke und das Kinn auf die Hand und betrachtete ihn. Er hätte schwören können, dass sich unter ihrem Top eine Brustwarze abzeichnete. Das würde eine schöne Nacht werden. »Der Nachmittag hat Spaß gemacht, oder?« Er stützte ebenfalls das Kinn auf die Hand und konnte ihrem Gesicht dadurch nicht näher kommen.

»Das stimmt.« Sie leckte sich mit der Zungenspitze über die Unterlippe. Verdammt, das sah heiß aus. »Aber ich werde nicht mit dir schlafen«, erklärte sie mit leicht geneigtem Kopf.

»Wer redet denn davon?«, erwiderte er und hob sein Glas.

Sie lachte und boxte ihn gegen den Ellbogen. »Seien wir ehrlich, Etienne. Ich finde dich äußerst anziehend.«

Seine Augen wurden größer. Sie war so verdammt ehrlich, sprach aus, was sie dachte.

»Und ich finde dich wahnsinnig heiß«, meinte er.

Sie nickte ernst. »Und anscheinend habe ich mich nicht im Griff, wenn ich in deiner Nähe bin – nicht mal bei einem Kindergeburtstag …«

»Also, vielleicht solltest du dich nicht dagegenstemmen.« Er zuckte mit den Schultern und schob die Beine unter ihren Hocker zwischen ihre Füße, sodass die Lücke ausgefüllt war.

»Aber ich habe mir ein Versprechen gegeben, und ich nehme Versprechen ernst.« Sie nippte an ihrem Whisky und verzog ein bisschen das Gesicht beim Schlucken. »Erst recht nach allem, was mir passiert ist.«

»Du versagst dir ein Vergnügen«, entgegnete er leise. Sie hielt wieder seinen Blick fest, und er fragte sich, ob es so weit war. Ob sie jetzt einknickte. Wann sie sich wieder an ihn pressen würde. Er merkte, dass er gespannt den Atem anhielt.

»Ich weiß, das sehe ich jetzt.« Sie nickte. »Aber es sind nur noch ein paar Wochen – ich will mir selbst treu bleiben und meine Mission vollenden. Ein Jahr Single und erfolgreich sein und ganz ohne Sex.«

Er atmete langsam aus.

»Es geht mir so viel besser als direkt nach der Scheidung«, fuhr sie fort. »Das Restaurant macht Fortschritte. Das Personal wurde eingestellt. Die Einarbeitung hat begonnen. Allmählich sehe ich Honeybridge als mein neues Zuhause an. Ich habe Freunde, im Café kennt man meine Bestellung. Das ist für mich eine große Sache. Sogar eine riesengroße. Wenn ich daran denke, wie mies es mir anfangs ging, wie traurig, wie einsam ich war. Ich mache gerade riesige Fortschritte.« Sie hielt inne, um durchzuatmen. »Aber die Sache ist die: Jedes Mal, wenn ich mit dir im selben Raum bin, gerate ich in Versuchung. Und ich kämpfe auf verlorenem Posten.«

Er grinste und fühlte sich wieder auf der Gewinnerstraße.

»Daher frage ich mich, ob wir der Versuchung nachgeben

könnten, ohne dass ich mein Versprechen brechen muss.« Sie strich mit der Fingerspitze auf dem Glasrand entlang und leckte sie ab, wobei sie unter halb gesenkten Lidern zu ihm hochsah. »Ob wir auf andere Art Zeit miteinander verbringen können.«

»Ich bin nicht der Typ für eine feste Beziehung«, sagte er sofort.

»Die will ich auch nicht.«

Er rieb sich die Stelle zwischen den Brauen. Was konnte sie meinen? »Was schwebt dir vor?«, fragte er.

Sie holte tief Luft. »Vielleicht können wir miteinander Spaß haben ohne richtigen Sex?«

Er merkte, dass ihm das Kinn herabsank. »Definiere richtigen Sex«, sagte er ruhig.

»Penetration«, antwortete sie. »Du in mir.«

Drei Worte, die eine Flut von Bildern in ihm auslöste: er auf ihr auf dem Boden, auf dem Bett, auf der Theke und dabei sehen, wie ihre Augen größer wurden, während sie ihn ganz in sich aufnahm.

Er trank einen Schluck. Sie auch und hielt Blickkontakt über den Glasrand hinweg.

»Also, um Klarheit zu haben: Anfassen wäre okay?«

»Hmhm.« Sie nickte.

»Und mit dem Mund?«

Sie kniff die Lippen zusammen und nickte wieder. »Jep.«

»Und mit der Zunge?«

Sie rollte grinsend die Augen. »Definitiv ja.«

»Um einander zu befriedigen«, er sah sie rot werden, »aber ohne Eindringen.«

Sie nickte. »Genau.«

»Ist dir dein Versprechen so wichtig?«

»Ja«, erwiderte sie mit einem leichten Lachen über sich

selbst. »Absolut. Aber mir ist wohl klar geworden, dass ich auch Bedürfnisse habe.« Die hatte er gerade so stark, dass er hart war. Und schon zum zweiten Mal heute ihretwegen.

Er lachte leise und betrachtete ihr Gesicht, ließ seinen Blick hinunter zu ihrem Top und über ihre Brust huschen. Sie war zum Anbeißen. Und sobald sie auf der Speisekarte stand, bekam er Hunger. Wenn das Hauptgericht noch nicht anstand, dann gut. Er konnte sich erst mal mit Häppchen begnügen. Er malte es sich schon aus: Er würde ihr die Träger von den Schultern streifen und ihre Brüste in die Hände nehmen, ihre Jeans die langen Beine hinunterziehen und sehen, was dazwischen war.

Sie legte einen Finger unter sein Kinn und brachte seinen Blick wieder auf Augenhöhe. »Was denkst du, Etienne? Kann ich mich auf dich verlassen?«

»Wobei?«

»Dabei, *keinen* Sex zu haben.« Sie war ganz ernst, und er spürte die Tragweite ihrer Frage.

»Natürlich.« Er ging nie weiter als erwünscht.

»Wollen wir dann ein bisschen Spaß haben?«

»Wann fangen wir an?«, fragte er begierig, und sie lachte und legte den Finger an seine Lippen.

Sie trank ihren Whisky aus und ließ sich vom Barhocker gleiten. »Bald.«

GIRL GANG

Isabella: **Er hat sich darauf eingelassen.**

Amber: **Na klar. Aber kannst du dich an die Abmachung halten?**

Isabella: **Jep.** 👍

Wren: **Wann geht's los?**

Rosie: **Oder habt ihr schon?**

Isabella: **Noch nicht. Muss eine Waxing-Behandlung buchen!**

31

Isabella

Die Mitarbeiterschulung war in vollem Gange. Da Amber jetzt nicht mehr im Ruderclub arbeitete, widmete sie ihre ganze Energie dem *Tutto Mio* und gab ihren ersten Kellner-Lehrgang.

Als Isabella von einem Termin bei einem Lieferanten zurückkehrte, demonstrierte Amber gerade, wie man drei Teller auf einmal trug, und schlenderte dabei im Gastraum hin und her. Bei ihr sah es ganz einfach aus, aber Isabella war froh, dass sie mit Plastiktellern übten, als Sinead, Paul und Harry ihren ersten Versuch machten.

Sinead ging immer schneller, je näher sie dem Tisch kam, und rannte schließlich. Paul setzte sehr langsam einen Schritt vor den anderen und schaute konzentriert auf seine Hände, als nähme er an einem Eierlauf teil. Harry summte ununterbrochen vor sich hin. Es landeten mehr Teller auf dem Boden als auf dem Tisch. Und wenn es einer dorthin schaffte, dann nur durch pures Glück.

»Keine Sorge, ihr lernt das noch«, sagte Amber, hob die Teller auf und stapelte sie erneut. »Seht her, wir machen das noch mal zusammen.«

Alle scharten sich um sie. Paul zog ein Notizbuch aus der Hosentasche und leckte einen Bleistift an.

»Man legt den ersten Teller auf die drei mittleren Finger.

So.« Sie machte es vor. »Dann stützt man ihn mit Daumen und kleinem Finger.« Paul schrieb sich das auf.

»Nun legt man den zweiten Teller hier ab.« Amber platzierte ihn auf dem Handgelenk und balancierte ihn mit dem fleischigen unteren Daumen. Paul seufzte und schrieb mit. Denzil nickte.

»Den dritten trägt man in der anderen Hand.« Amber hob den dritten Teller gekonnt an und schlenderte wieder den Gang hinunter, wo sie am Ende alle drei sorgfältig auf dem Tisch absetzte.

»Astrein«, lobte Angie ehrfürchtig.

»Wer will als Nächster?«, fragte Amber, und einer blickte hoffnungsvoll den anderen an, bis Sinead noch mal vortrat und mit ihr Naomi und Harry. Sie luden sich die Teller auf wie von Amber gezeigt und gingen zu dem Tisch. Sinead rannte diesmal nur die letzten paar Schritte und konnte alle drei Teller absetzen. Allerdings hätte im wirklichen Leben einer der Gäste jetzt das Essen auf dem Schoß. Naomi schaffte zwei der drei Teller und Harry alle drei, aber auf dem Weg zu dem Tisch klang sie wie eine Background-Sängerin.

»Schon besser!«, rief Amber und bedeutete den übrigen vier anzutreten. Paul steckte sich den Bleistift hinters Ohr und lud sich ruhig und entspannt die Teller auf. Meryl, Angie und Denzil folgten seinem Beispiel, und bald standen alle am Ende des Ganges und klopften einander auf die Schulter, nachdem sie ihre Teller sicher abgestellt hatten.

»Das sieht gut aus!«, rief Amber freudestrahlend, und dann bemerkte sie Isabella, die in der Tür stand und sie beobachtete.

»Was hältst du davon, Boss?«, fragte sie, und alle drehten sich um. »Nicht schlecht für die erste Unterrichtsstunde, oder?«

»Fantastisch.«

»Nicht jeder von uns«, meinte Naomi seufzend. »Mir ist einer hingefallen.« Die Gruppe scharte sich um sie, und Sinead legte einen Arm um sie. Die Gruppensolidarität war stark.

»Wir haben noch viel Zeit zum Üben«, sagte Paul.

»Und du hattest erst einen Versuch«, erklärte Denzil.

»Beim nächsten Mal packst du das«, versicherte Amber.

Naomi schaute mutlos.

»Aber es ist nicht nur das. Das Servieren ist bloß eine von vielen Aufgaben. Ich muss noch so viel anderes lernen. Welche Getränke es gibt, wie man Cocktails mixt, wie man das Kartengerät bedient!« Sie steigerte sich in ihre Versagensangst hinein und wedelte mit den Händen.

»Wir nehmen uns eine nach der anderen vor«, sagte Amber. »Versuch, dich nicht nervös zu machen.«

»Und von der Speisekarte ganz zu schweigen«, flüsterte Naomi. »Wie soll ich mir all die Gerichte merken? Verschiedene empfehlen, im Kopf behalten, was auf der Tafel steht? Und welche Soße zu welchem Fleisch gehört?«

Isabella sah ihr die aufsteigende Panik an und fand, dass es Zeit war einzuschreiten. »Da kann ich helfen, Naomi«, erklärte sie. »Denn ja, Sie müssen die Getränke auswendig lernen und sich mit dem Kartengerät vertraut machen und an den Tischen bedienen, aber ich garantiere Ihnen, dass die Speisekarte die leichteste Aufgabe sein wird.«

Sie bedeutete allen, sich einen Stuhl zu nehmen, und so wurde schnell ein Kreis gebildet. Sie sah nach, ob die Handwerker die Küchentür geschlossen hatten, und begann.

»Was ich jetzt sage, ist streng vertraulich. Bis zur Eröffnung darf niemand wissen, was wir im *Tutto Mio* anbieten. Ich will nicht, dass ein anderer Restaurantbesitzer etwas erfährt.«

Sie erntete Nicken und große Blicke.

»Ich habe Ihnen ja schon gesagt, dass wir italienisches Essen anbieten. Aber es ist nicht ›irgendwie‹ italienisch. Unsere Gerichte werden nach alten Rezepten meiner Familie zubereitet, die über Generationen vererbt wurden. Die sind niemals an jemanden außerhalb der Familie gelangt.«

Paul nahm Bleistift und Notizbuch, besann sich aber eines Besseren. Er zwinkerte Isabella zu und tippte sich an die Nase.

»Sie werden sich die Speisekarte leicht einprägen können, weil immer nur ein Gericht an der Tafel steht.« Angie zog die Brauen hoch. Isabella schaute nochmals hinter sich. »Fleischbällchen«, sagte sie und lächelte, als Harry sich grinsend die Lippen leckte.

»Nur Fleischbällchen?« Amber lehnte sich verblüfft zurück.

»In Variationen …«, fuhr Isabella fort.

Sinead sagte leise: »Oh.«

»Also sind wir ein Fleischbällchen-Restaurant?« Naomi blickte sie verständnislos an.

»Ich war noch nie in einem Fleischbällchen-Restaurant«, sagte Paul.

»Und ich habe noch nie von einem Fleischbällchen-Restaurant gehört«, fügte Angie hinzu.

»Wir sind nicht bloß ein langweiliges Fleischbällchen-Restaurant!«, erwiderte Isabella lachend. »Wir sind das beste und authentischste Fleischbällchen-Restaurant diesseits von London.«

Im Team wurden Blicke gewechselt.

Isabella versuchte es weiter. »Eine Frage: Mögen Sie Fleischbällchen?«

Alle nickten.

»Essen Sie sie gern mit Spaghetti oder lieber mit Reis?«

Jeder antwortete, die Geschworenen kamen zu keinem einstimmigen Urteil.

»Und zum Lunch in einem Baguette?«

»Oh ja.« Meryl leckte sich die Lippen.

»Oder fleischfrei für Vegetarier?«

»Da bin ich dabei!«, sagte Naomi.

»Was halten Sie von Mini-Fleischbällchen für die Kinder?«

»Das ist süß«, fand Angie.

»Und Maxi-Fleischbällchen für die sehr Hungrigen?«

»Das wäre meine Sorte«, antwortete Denzil.

»Und dazu die besten Weine Italiens?« Isabella sah Paul fragend an, der daraufhin an seine Mütze tippte.

»Und hinterher die besten italienischen Desserts, Gebäcke und Eiscremes, die ich derzeit noch perfektioniere …?«

Alle wirkten angetan.

Isabella grinste. Nach Gabi und Jesse war dies das dritte Mal, dass sie jemanden einweihte, und die Reaktion war gut. Sie war sogar mehr als gut.

»Ich muss mich also nur mit den verschiedenen Fleischbällchen auskennen?«, fragte Naomi lachend.

»Jep.«

»Fleisch, fleischlos, mini oder maxi?«

»Sie haben es schon gemeistert«, sagte Isabella, und Naomi verneigte sich. Isabella sah auf ihre Uhr und stand auf. Es war Zeit für die nächste wichtige Ankündigung.

»Also, geheim halten bitte, bis wir eröffnen.«

Alle nickten ernst.

»Damit kommen wir zu dem Elefanten im Raum«, sagte Amber und atmete langsam aus. »Wer wird die Fleischbällchen zubereiten? Wo bleibt der Koch?«

Die Vierundzwanzig-Millionen-Dollar-Frage. Die stellte

Isabella sich schon seit dem Tag, an dem ihr die Idee für das Restaurant gekommen war. Die Rezepte waren für sie kostbar. Sie mussten mit der Sorgfalt und dem Respekt behandelt werden, den sie verdienten. Sie wollte jemanden, der die Familienrezepte weiterführte und sie geheim hielt. Auf keinen Fall wollte sie einen Koch, der das Bedürfnis hatte, dem Speisenangebot seinen Stempel aufzudrücken. Der eine Prise Kurkuma zugab, weil das das neue »Wundergewürz« war. Sie hatte mit dem Gedanken gespielt, selbst zu kochen, aber ihr war klar, dass sie weder die Zeit noch die Fähigkeiten dazu hatte. Was sie brauchte, war ein Profi.

In der Haltezone auf dem Platz hupte ein Auto, und Isabella eilte ans Fenster. Sie klatschte vor Freude in die Hände, als sie ein Taxi wegfahren sah. »Genau zur rechten Zeit«, sagte sie und zog die Tür weit auf.

Eine kleine Frau, die gerade einmal eins zweiundfünfzig groß war, stand in einem leuchtend roten Wollcape auf dem Pflaster. Ihre langen weißen Haare waren zum Zopf geflochten und zu einem Kranz auf dem Kopf festgesteckt. Ihr Gesicht war runzlig, aber in ihren hellblauen Augen funkelte ein überraschender Humor. Sie war weit über siebzig. Isabella trug ihr den Koffer über die Schwelle, dann beugte sie sich zu einer herzlichen Umarmung zu ihr hinunter. Die alte Frau drückte sie kräftig an sich und führte Isabella vor Augen, was ein guter Yogakurs bewirken konnte. Als sie sich zu ihrem Team umdrehte, glänzten ihre Augen von Tränen.

»Liebe Mitarbeiter, das ist unsere Köchin. Sie bereitet die besten Fleischbällchen der Welt zu. Hütet die Familienrezepte seit den Fünfzigerjahren.« Isabella legte ihr einen Arm um die Schultern und zog sie an ihre Seite. »Die Geheimwaffe des *Tutto Mio*. Auch bekannt als meine Großmutter.«

Die Frau nahm sich schwungvoll das Cape ab und zog

eine weiße Schürze aus der Tasche, die neben ihren Füßen stand. Sie band sie sich um, richtete sich zu ihrer vollen Größe auf und rieb sich in freudiger Erwartung die Hände, dass ihre vielen Armreifen klirrten. »Nennt mich Nonna«, sagte sie.

Nach ein paar Minuten kannte ihre Großmutter bereits jeden Mitarbeiter mit Namen. Sie sagte, dass Amber eine schöne, starke Frau sei, als sie hörte, dass sie Jayden allein großzog. Sie lobte besonders, wie Denzil sich die Hände wusch, und bewunderte Harrys Manieren. Sie beeindruckte das Team, indem sie fragte, ob jemand von einem Pilates-Kurs in der Nähe wisse, und als sie nach dem nächsten Escape Room fragte, fand Angie sie sagenhaft.

Sinead versprach, sie mit ihrer Makramee-Gruppe bekannt zu machen, und Harrys Gesicht hellte sich auf, als Nonna sagte, sie habe noch nie Geocaching gemacht, aber das stehe »auf ihrer Liste«.

Nachdem das Team gegangen war, zeigte Isabella ihr das renovierte Restaurant. Als sie die Tür zur Küche öffnete und Nonna die neuen Edelstahlflächen und die weißen Fliesen an den Wänden sah, drehte sie sich um und verschränkte zufrieden die Arme.

»Das ist eine Küche, in der man Fleischbällchen machen kann«, sagte sie.

»Du glaubst nicht, dass das zu viel für dich wird, oder?«, fragte Isabella zum hundertsten Mal. Seit ihre Eltern die ausgedehnte Reise unternahmen, bat sie ihre Großmutter schon, zu kommen und einige Monate bei ihr zu bleiben. Es ging ihr gegen den Strich, dass Nonna allein lebte, und sie wollte sie in der Nähe haben, um sich mehr um sie kümmern zu können.

Sie hatte sie nur dazu bewegen können, indem sie ihr vorgeschlagen hatte, für das Restaurant zu kochen.

Nonna hatte die Chance so schnell ergriffen, dass Isabella zweifelte, wessen Idee das eigentlich gewesen war, hatte sich aber riesig gefreut, ihre Großmutter bald bei sich zu haben – auch weil es für das *Tutto Mio* keine bessere Köchin geben könnte.

»Ich hab es doch schon gesagt, *mia cara*: Kochen und Familie sind die zwei besten Dinge in meinem Leben. Also nein, das wird nicht zu viel für mich.«

»Aber wenn es anfängt, dir zu …«

»Dann werde ich jemanden ausbilden«, sagte Nonna schulterzuckend und deutete mit dem Kopf zur Tür. »Diese Sinead gefällt mir schon jetzt.«

»Ich möchte dich nicht überbeanspruchen.«

»Das kannst du gar nicht.«

Isabella lachte.

Nonna packte schließlich oben im Gästezimmer ihre Sachen aus und summte vor sich hin. Es war ein altes italienisches Volkslied. Isabella fühlte sich an die Zeit erinnert, als sie noch klein war und die Schulferien bei Nonno und Nonna verbracht hatte. Der Quilt, der Zitronenduft. Die Geräusche und Stimmen aus der Küche nebenan, wenn sie schlafen ging. Sie war jeden Sommer drei Wochen bei ihnen gewesen, hatte unter Pinien gespielt, war im See geschwommen, hatte sich mit Gabriella und den anderen Cousins und Cousinen zum Spielen getroffen, wann immer sie Lust hatten.

Als sie die Augen schloss, um konzentrierter zuzuhören, bekam sie eine Textnachricht, die ihren letzten erinnerungsseligen Gedanken in die Gegenwart katapultierte.

Etienne: **Hast du heute Abend Lust?**

Isabella durchlief ein Schwall der Erregung. Aber sie konnte Nonna nicht am ersten Abend allein lassen. Das gehörte sich nicht.

Isabella: **Tut mir leid, ich kann nicht. Meine Nonna ist hier.**

Die Versuchung war groß, aber sie hatte ihre Großmutter fast ein Jahr lang nicht gesehen, und es gab viel zu erzählen.

Etienne: **Schade. Ohne deine Großmutter verärgern zu wollen: Ich habe mir schon überlegt, was ich als Erstes mit dir machen könnte ...**

Isabella kicherte, während sie die Oberschenkel zusammendrückte.

Nonna summte in ihrem Zimmer ein anderes Lied.

Isabella: **Womit willst du anfangen?**

Sie grinste vor sich hin und hoffte, dass der Chat auf ihn dieselbe Wirkung hatte wie auf sie. Seine Vorfreude steigerte. Sie schaute wartend auf das Display. Er tippte.

Etienne: **Deine Bluse aufknöpfen, ganz langsam ...**

Isabella griff sich unwillkürlich an den Knopf zwischen ihren Brüsten. Sie atmete tiefer.

Isabella: **Und dann?**

Sie warf einen Blick zur Tür des Gästezimmers, das am anderen Ende ihrer Wohnung lag.

Etienne: **Deinen BH herunterziehen ...**

Isabellas Brustwarzen gingen in Habachtstellung, als wüssten sie, dass von ihnen die Rede war.

Isabella: **Und dann?**

Etienne: **Dann streiche ich über deine Brüste ...**

Isabella: **Oh mein Gott, du musst aufhören. Meine Großmutter ist nebenan!**

Etienne: **Wir können leise sein ...**

Isabella lachte laut und schlug sich die Hand vor den Mund. Sie rutschte tiefer ins Sofa, mit heißer Sehnsucht im Unterleib. Es hatte keinen Sinn, das länger aufzuschieben.

Isabella: **Morgen?**

Schon während sie das schrieb, erschien ihr der morgige Abend weit weg. Mindestens vierundzwanzig Stunden zu weit weg, wenn sie ganz ehrlich war.

Etienne: **Da habe ich Geburtstag. Alle kommen ins Bolthole. Komm doch auch.**

Ihre Finger flogen über die Tasten.

Isabella: **Ich werde da sein – oh, zusammen mit meinen Freunden! Gabi und Jesse kommen mich besuchen. Da könnte es ein bisschen schwierig werden mit dem Alleinsein ...**

Etienne: **Wir finden eine Lösung. Erinnerst du dich an den Garderobenschrank bei Fox?**

Isabella: **Ja?**

Etienne: **Behalte das im Hinterkopf.**

32

Etienne

Der Lärm von den Marktständen draußen weckte ihn. Sie wurden gerade aufgebaut und die Waren herangekarrt. Die Leute grüßten einander lautstark, schrien quer über den Platz, als wäre es nicht gerade mal sieben Uhr. Sein Handy summte.

BROTHERS FROM ANOTHER MOTHER

Walker: **Herzlichen Glückwunsch, Bro! Komme gerade von meiner Schicht.**

Etienne: **Danke, Bro.**

Fox: **Fange gerade mit der Arbeit an. Alles Gute zum 40.**

Etienne: **Ha, ha. 39. Arschloch.**

Fox: **Wir sehen uns im Bolthole. Abbie passt auf die Jungs auf.**

Walker: **Ich werde solange schlafen. Das war vielleicht eine Woche. Zwei Hausbrände in zwei Tagen.**

Etienne: **Liebe euch, Jungs.**

Walker: **Gleichfalls.**

Fox: **Auch so.**

Etienne legte die Hände hinter den Kopf und starrte an die Decke. Sein Geburtstag war immer ein seltsamer Tag. Der Schmerz über das Fehlen seiner Eltern überrollte ihn wie eine Dampfwalze, und in den letzten fünf Jahren hatte er den Geburtstag hinter sich gebracht, ohne zu wissen, wo sein Bruder war. Fox und Walker hatten ihm jeweils durch den Tag geholfen. Nicht, dass er ihnen von Alex überhaupt erzählt hatte. Sie wussten erst seit Kurzem, dass er einen Bruder hatte. Er hatte sich zu sehr dafür geschämt, keinen Kontakt zu ihm zu haben. Doch sie wussten vom Tod seiner Eltern. Und sie ersetzten sie, so gut sie es vermochten. Sie hatten seinen Geburtstag schon stocknüchtern und sturzbetrunken und in jedem Zustand dazwischen zugebracht.

Doch dieses Jahr sah er einem schöneren Tag entgegen. Weil Alex nach Hause kommen und er die Dinge bereinigen würde, die zwischen ihnen standen. Er drehte sich im Bett um, nahm sein Handy noch mal und tippte hastig.

Etienne: **Herzlichen Glückwunsch, Al, du alter Knacker.**

Alex betonte immer gern, dass er der ältere Zwilling war. Bei jeder Geburtstagsparty hatte er früher den Leuten erzählt, er sei der Erstgeborene. Als wäre er dadurch wichtiger. Bis Etienne den Spruch gehört hatte: »Der Erste der Schlimmste, der Zweite der Beste, der Dritte der Haarigste«, und komischerweise hatte Alex danach aufgehört, es zu erwähnen. Sein Handy summte.

Alex: **Herzlichen Glückwunsch, Et. Hoffe, wir können den nächsten Geburtstag zusammen feiern.**

Etienne grinste.

Etienne: **Irgendwas Neues?**

Alex: **Nichts.**

Etienne: **Melde dich, sobald du was hörst.**

Auf der Türmatte lagen eine Handvoll Glückwunschkarten von Katie und einigen Mitarbeitern, vom alten Fred Barrow und anderen. Mile End Mickey winkte ihm aus der Küche gut gelaunt zu und rief: »Herzlichen Glückwunsch, alter Kumpel.« Etienne wollte gerade die ersten Handgriffe im Restaurant erledigen, als sein Handy erneut summte.

Isabella: **Herzlichen Glückwunsch.**

Etienne: **Danke.**

Isabella: **Ich kann es kaum erwarten, dir dein Geschenk zu geben.**

Er grinste. Das würde definitiv ein schöner Tag werden.

33

Isabella

Wären Gabi und Jesse nicht zu Besuch gekommen und hätten sie abgelenkt, wäre Isabella vor sexueller Überhitzung womöglich in Flammen aufgegangen. Zu wissen, dass sie endlich dem Drang nachgeben und Etienne unter die Finger bekommen würde, löste an all den richtigen Stellen ein Kribbeln aus.

Jesses erster Besuch in Honeybridge verlangte natürlich eine Stadtführung. Gabi schloss sich sehr gern an, gab unterwegs mit neuen Stunts an und machte Parcours-Sprünge über die Poller am Rand des Platzes.

»Glaub mir, man weiß nie, wann man das in meinem Beruf brauchen wird …«

Nonna kniff ihrer anderen Enkelin in die Wangen, bis sie rot waren, und behandelte Jesse wie einen adoptierten Enkel, machte ihm Komplimente zu seinem akkurat geschnittenen Bart und seinem teuer duftenden Rasierwasser.

Er beugte sich demonstrativ an Nonnas Ohr. »Ich sprühe das auf meine Laken, bevor ich sie in den Trockner stecke!« Damit verriet er ihr seinen Trick, der ihn zu dem wohlriechendsten Mann machte, dem Isabella je begegnet war. Jedenfalls bis Etienne aufgekreuzt war. Dessen holziger Duft war geradezu berauschend.

Als sie sich am Abend zurechtmachte, zog sie eine seidene durchgeknöpfte Bluse an und dachte an Etiennes WhatsApp.

Sie schlüpfte in einen hüftig sitzenden, sehr kurzen Minirock und in Riemchensandaletten mit hohen Absätzen.

Bei ihrem Anblick machte Gabi große Augen. »Du siehst toll aus«, sagte sie. »Bin ich underdressed?«

Ganz sicher nicht – mit ihren Hotpants, den kniehohen Stiefeln und dem Pixie Cut, der ihre Wangenknochen betonte, sah sie aus wie eine Elfe.

»Gibst du dir für jemand Bestimmtes solche Mühe, Issy?«, fragte Gabi. »Etienne zum Beispiel? Mit dessen Bein du gerade rummachen wolltest, als ich an euren Tisch kam?«

»Lasst uns vorglühen und quatschen!«, sagte Jesse, der mit einer Flasche zu ihnen kam.

Ein Glas Prosecco später hatte Isabella von ihrer Sexpause erzählt. Jesse zog einen imaginären Hut vor ihr.

»Wenn es eine Frau gibt, die weiß, was sie will, dann bist du es, Isabella …« Er zwinkerte Gabi zu. »Und du natürlich auch, Darling.«

Gabriella pflichtete ihm bei und nickte bewundernd. »Gut machst du das, Mädchen. Du hältst dein Versprechen und kriegst trotzdem deinen Kuchen!«

»Ich bin total gespannt auf ihn!« Jesse rieb sich die Hände, und Isabella ließ ihn schwören, diskret zu sein oder bei ihrem ersten Zusammentreffen wenigstens keinen Bohei um sie zu machen.

Als sie im *Bolthole* ankamen, war Isabella wie eine Zündschnur, die auf die Flamme wartete. Kaum hatte sie sich aus ihrem Mantel geschält, stieß Rosie einen Pfiff aus.

»Er ist geliefert«, meinte sie kopfschüttelnd.

Wren zog nickend die Brauen hoch. »Er kann einem fast leidtun.«

Gabi küsste die beiden auf die Wangen, und Jesse begrüßte sie überraschend mit einer Umarmung, auf die sie sich nur zu gerne einließen, sobald sie seinen Duft in die Nase bekamen.

An der Theke standen die Leute schon in zwei Reihen, aber Amber war mit einem der Barkeeper befreundet, und daher waren sie in ihrer Sitznische bald mit Getränken versorgt. Isabella versuchte, nicht allzu auffällig über die Tanzfläche zu schauen.

»Er ist noch nicht da«, sagte Rosie. »Walker hat geschrieben, sie kommen um neun.«

Isabella widerstand dem Drang, auf die Uhr zu sehen, und wandte sich der Unterhaltung zu. Amber erzählte gerade den anderen von Nonnas Ankunft.

»Also wohnt sie jetzt bei dir? Wie süß!« Rosie klatschte in die Hände.

»Fürs Erste«, antwortete Isabella. »Ich konnte sie endlich überreden. Aber sie will nicht für immer bleiben. Sie ist eine sehr unabhängige Frau. Es wäre ideal für sie, allein zu wohnen, damit sie einen Freund nach Hause mitnehmen kann, wenn sie Lust hat.«

Amber prustete Weintropfen. »Freund?«

Isabella lachte. »Meine Nonna hat sehr lange getrauert. Vermutlich fehlt ihr jetzt etwas.«

»Ist bestimmt schön, Familie bei sich zu haben, wenn deine Eltern so lange verreist sind.«

»Es ist wunderbar. Und bei meinem Restaurant dreht sich alles um Familie, also erscheint es mir passend, dass sie zu Anfang dabei ist. Wie lange sie bleibt, entscheidet sie selbst. Ich denke, das hängt sehr davon ab, wie lange meine Eltern noch reisen und wie lange sie für mich kochen will. Wenn sie davon genug hat, wird sie jemandem die Familienrezepte beibringen. Das haben wir vereinbart.«

»Hat sie sich schon eingelebt? Hatte sie vielleicht Lust, heute Abend mitzukommen?«, fragte Rosie.

»Du hast sie offensichtlich noch nicht kennengelernt!« Gabi lachte. »Sie ist auch unterwegs. Wollte sich dem Schachclub anschließen.«

»Schön für sie. Das beantwortet meine Frage wohl.«

»Erzähl uns von dir, Jesse.«

Er rutschte aufgeregt auf seinem Stuhl hin und her, weil er im Mittelpunkt der Aufmerksamkeit stand. »Was wollt ihr wissen?«

»Alles!«, sagte Rosie. »Zum Beispiel, warum du so gut riechst!«

Gabi und Isabella rollten die Augen, während Jesse die anderen mit dem Finger heranwinkte, um ihnen den Trick mit dem Rasierwasser im Wäschetrockner zuzuflüstern.

»Apropos Wäsche: Wisst ihr schon, wie ich Isabella kennengelernt habe?« Darauf schilderte er ihnen bis ins kleinste Detail ihre Begegnung in der ersten Woche an der Uni, als sie so betrunken gewesen war, dass sie aus Versehen in den Wäschekorb ihres Wohnheims gepinkelt hatte. »Seitdem sind wir Freunde fürs Leben!«

Sie stießen miteinander an, Isabella jedoch abgelenkt, weil die Tür aufging und Fox, Walker und Etienne (endlich) hereinkamen und die Theke ansteuerten.

Nun saßen sie zu neunt eingezwängt in der Nische, Isabella ganz hinten zwischen Gabi und Amber. Etwas stieß gegen ihren Fuß, und sie begegnete Etiennes Blick, der sie über den Tisch hinweg schief anlächelte. In ihrem Bauch kribbelte es.

Die Geburtstagsdrinks standen vor ihnen, sie hatten auf Etienne angestoßen.

»Spielt heute Abend eine Band?«, fragte Isabella, die an den Throwback Thursday dachte und eine Chance sah, mit Etienne auf der Tanzfläche auf Tuchfühlung zu gehen.

Wren blickte überrascht auf. Rosie schnaubte.

»Habt ihr sie nicht informiert?«, fragte Wren.

Amber biss sich auf die Lippe, um nicht zu lachen. »Wir haben eine Tradition – an Geburtstagen«, erklärte sie. »Egal, wer Geburtstag hat«, Amber zeigte auf Etienne, »der muss zuerst Karaoke singen. Später legt ein DJ auf.«

Etienne nickte ein bisschen verlegen.

»So läuft es im *Bolthole* schon seit Ewigkeiten. Deshalb steht auch Etiennes Name da oben.« Amber zeigte auf eine Kreidetafel über der Bar, auf der in Großbuchstaben zwei Namen prangten, SYLVIA und ETIENNE.

»Anscheinend werden heute zwei Leute gefeiert.«

»Deshalb sind die Jungs schon um neun gekommen, weil dann immer die Karaoke-Party anfängt.«

Wie aufs Stichwort verließ der Barchef die Theke und sprang auf die Bühne. Sein langer Hipster-Bart war tadellos gepflegt. Er musste ein Vermögen für Bartöl ausgegeben haben, damit er im Scheinwerferlicht derart glänzte.

»Willkommen im *Bolthole.*« Er breitete die Arme aus, mit Dutzenden Lederbändern an den Handgelenken, und drehte sich einmal um die eigene Achse. Die Gäste johlten.

»Die Erste auf der Bühne beim heutigen Geburtstagskaraoke ist die schöne Sylvia!«

Eine Sitznische auf der anderen Seite der Bar brach in Jubel aus und pfiff, als eine zierliche blonde Frau aufstand und winkte, aber zuerst kippte sie noch ihren Drink hinunter. Ein Scheinwerfer folgte ihr auf die Bühne, wo sie sich die Haare aus dem Gesicht strich und die Schultern zurücknahm.

»Hast du schon schön gefeiert, Sylvia?«, fragte der Barchef.

Sie nickte und bekam einen Schluckauf. »Und was wirst du gleich für uns singen?«

Sylvia nahm das angebotene Mikrofon. »*It's Not Unusual!*«

»Die Bühne gehört dir!« Der Barchef drehte sich noch einmal auf der Stelle und verließ die Bühne. Die Musik setzte ein, und Sylvia war sofort im Rhythmus und tanzte dazu.

Der ganze Club sang mit, Sylvia strahlte. Am Ende des Songs schmetterte sie ihn geradezu. Nachdem sie sich unter tosendem Applaus verbeugt hatte, übernahm der Barchef wieder das Mikrofon.

»Bist du jetzt dran, Etienne?«, fragte Isabella.

Er grinste. »Noch nicht.«

»Wie immer kommt jetzt der Tisch des Geburtstagskinds an die Reihe!«

Drei junge Frauen in Sylvias Nische sprangen auf und rannten nach vorn.

Amber stieß Isabella an. »Tut mir leid, dass wir dir nicht die ganze Geschichte erzählt haben!«

»Du meinst, ich muss da auch singen?« Isabella schluckte. Ihre kribbelnde Erregung war wie weggefegt, und Entsetzen machte sich in ihr breit.

»Etienne hat seinen Auftritt mit den Jungs«, sagte Wren.

»Das heißt, wir Mädels können zu viert auf die Bühne!« Rosie war sichtlich entzückt, doch Isabella zog ein langes Gesicht.

»Moment, was ist mit Jesse und Gabi?«

»Ich sehe sehr gern zu!« Gabriella lachte. »Das wird genial.« Sie warf ihrer Cousine einen vielsagenden Blick zu.

»Wir heizen von hier aus das Publikum an!«, sagte Jesse. »Verlass dich auf uns.«

»In Ordnung«, antwortete Amber.

Isabella fasste sie am Arm. »Aber ich kann nicht singen!«

»Das geht schon!«, meinte Amber. Musik tönte aus den Lautsprechern, und die drei auf der Bühne sangen *Mamma Mia* mitsamt den Posen und der Choreografie. Isabella trank einen großen Schluck und füllte ihr Glas auf. Der Song ging zu Ende, die Sängerinnen verließen die Bühne und kehrten zu ihrer Nische zurück.

Fox, Etienne und Walker standen auf.

»Wünscht uns Glück!«, sagte Fox, dann gingen sie nach vorn.

»Als Nächstes kommt der alterslose Frauenschwarm von Honeybridge … Etienne!«, verkündete der Barchef, und Isabella sah etliche Frauen zum Bühnenrand drängen. Der Barchef drückte Etienne die Hand. »Hast du auch einen schönen Geburtstag?«

Etienne blickte gegen das Scheinwerferlicht zu ihrem Tisch hinüber. »Es war ein toller Tag, danke. Aber ich glaube, das Beste kommt noch«, lächelte er maliziös.

Isabella schlug die nackten Beine übereinander und drückte die Schenkel zusammen.

»Und was singt ihr heute Abend?«

Etienne hielt sich die Hand über die Augen und schaute zu ihrer Nische. »Einen Song von den Rolling Stones, *Satisfaction*.«

»Da kann ich helfen!«, rief jemand vom dunklen Rand der Tanzfläche, was große Heiterkeit auslöste.

Wren steckte sich zwei Finger in den Mund und pfiff. Frauen fingen an zu trampeln. Isabella kam ein tiefes Knurren aus der Kehle, als sie ihn im Scheinwerferlicht betrachtete: das Hemd oben offen, die Ärmel hochgeschoben, die Jeans, die wie angegossen saß.

»Heilige Maria, Muttergottes«, murmelte Jesse und bekreuzigte sich dabei.

Das berühmte Gitarrenintro erklang, und Fox und Walker stellten sich schräg hinter Etienne auf, ein hinreißendes Trio.

Etienne schob die Lippen vor und schüttelte seine welligen Haare zu dem vertrauten Beat, offenbar ließ er seinen inneren Mick Jagger raus. Er wandte sich dem Publikum zu und sang. »I can't get no satisfaction ...”

Beim Singen schritt er die Bühne entlang als perfekte Imitation des Rockstars. Fox und Walker spielten Luftgitarre hinter ihm und wippten mit dem Oberkörper im Takt. Entweder hatten sie das einstudiert, oder sie waren schon häufiger damit aufgetreten. Gabi klatschte, Amber jubelte, und Wren pfiff. Isabella und Jesse waren sprachlos.

Gab es irgendetwas, was Etienne nicht konnte?

Die Tanzfläche tobte. Die Leute drehten sich, sprangen auf der Stelle und schrien mit. Isabella hielt es auch nicht mehr auf ihrem Platz. Sie stellte sich zu Amber vor die Sitznische, wo sie die Arme in die Luft reckte. Jesse und Gabi stampften mit den Füßen, dass die Gläser auf dem Tisch klirrten.

Beim letzten Akkord brüllte das Publikum. Etienne wischte sich über die Stirn und grinste. Walker salutierte, und Fox griff sich ans Herz und tat, als taumelte er von der Bühne.

Isabella blickte panisch zu ihren Freundinnen, weil klar war, was das bedeutete. Sie waren an der Reihe.

»Hilf mir«, sagte sie lautlos zu Gabi, doch Amber zog sie am Handgelenk mit, bevor sie sich verkrümeln konnte. Wren und Rosie sprangen von ihrer Bank und schoben Isabella mit zur Bühne. Auf halbem Weg trafen sie die Männer, die zum Tisch zurückgingen.

»Ihr wart der Hammer!«, sagte Rosie zu Walker.

»Das ist schwer zu toppen«, bekräftigte Wren.

»Vor allem mit einer Karaoke-Jungfrau.« Amber deutete auf Isabella.

»Und ich kann gar nicht singen«, rief sie verzweifelt und wunderte sich, wieso niemand darauf hörte.

»Du machst das schon«, antworteten alle im Chor. Und im nächsten Moment stolperte sie ins Rampenlicht. Ein Mikrofon wurde ihr in die Hand gedrückt, und der Barchef verließ die Bühne. Gerade als sie erwog, ihm hinterherzulaufen, erschien der Songtitel auf der Leinwand vor ihr, und die unverwechselbaren Synthesizer-Töne des Intros erklangen. Na wenigstens kannte sie den Text auswendig: *Don't you want me, baby?*

Amber sprang im richtigen Moment in die Mitte der Bühne, sodass Isabella erleichtert aufatmete. Natürlich übernahm Amber die Führung, sie war frech und selbstbewusst und stand offensichtlich auf Karaoke. Isabella guckte sich ab, was Wren und Rosie im Hintergrund taten, bewegte sich mit ihnen im Takt und schnippte mit den Fingern bis zum Refrain, den sie alle in ein gemeinsames Mikrofon sangen. Das war gar nicht so übel.

Während Wren und Rosie sangen, achtete Isabella darauf, mit dem Mund möglichst großen Abstand zum Mikrofon zu halten. Die Zuschauer grölten mit, und plötzlich fühlte sie sich besser dabei. Es machte ihr sogar Spaß. Beim Background-Chor mitzumachen, das ging noch, kein Problem. Grinsend nahm sie bei der nächsten Zeile eine Pose ein und fühlte sich mit jedem Augenblick sicherer.

Rosie und Wren schnappten sich jede ein Mikro, stellten sich einander gegenüber und sangen die nächsten Zeilen allein. Isabella war froh, dass die beiden das übernahmen, und tanzte ein bisschen im Hintergrund. Sie hatte einen Riesenspaß.

Doch nur bis die nächste Strophe anfing und Amber sich zu ihr umdrehte und ihr das Mikrofon in die Hand drückte.

»Du bist dran«, rief sie und trat von ihr weg, sodass Isabella allein im Scheinwerferlicht stand, vor einer feiernden Menschenmenge.

Sie schüttelte verzweifelt den Kopf, doch die anderen winkten ihr zu, sie solle weitermachen. Sie verstanden es einfach nicht, und jetzt war es zu spät für Erklärungen. Es hatte seinen Grund, warum sie sich bei Karaoke weigerte. Einen absolut triftigen. Sie konnte nicht singen. Überhaupt nicht. Sie war, und das hatte ihre Musiklehrerin sachlich festgestellt, »völlig unmusikalisch«.

Amber schob sie erneut nach vorn, und nun blieb ihr nichts anderes übrig, als es anzupacken.

»Tut mir leid, Leute!«, rief sie ins Mikrofon, dann grinste sie und fing an zu singen.

In der vordersten Reihe sah sie immer mehr geschockte Gesichter. Sie zuckte mit den Schultern und sang weiter, es half ja nichts. Sie durfte die Mädels nicht hängen lassen. Sie nahm die nächste Zeile in Angriff, und es kam ein bisschen lauter, worauf sich jemand in der seitlichsten Sitznische die Ohren zuhielt. Leute wechselten ungläubige Blicke. Ein paar lachten schallend. Die übrigen schauten erschrocken. Das kannte sie noch aus der Schule. Damals hatte sie das gekränkt, aber heute Abend fand sie es lustig.

»Yay, Isabella!«, schrie Gabi aus dem Publikum.

»Super, Mädchen!«, rief Amber hinter ihr, und sie hörte Wrens Pfiff.

Sie spürte den wachsenden Drang, zu kichern, als die Mädels sie anfeuerten. Auf einmal machte es ihr nichts mehr aus. Sie hatte Spaß. Und ihr letztes Glas Wein fing wahrscheinlich an zu wirken.

Sie tanzte zur Seite und rückwärts, dann wackelte sie mit den Hüften, was ihr Lacher einbrachte. Je mehr sie sich ins

Zeug legte, desto mehr ging das Publikum mit, und am Ende der Strophe war sie so begeistert bei der Sache, dass sie alle mitriss.

Der Song ging zu Ende. Das Publikum jubelte und stieß die Fäuste in die Luft. Alle vier fielen sich verschwitzt um den Hals.

»Mädchen, du hättest uns warnen können!«, sagte Amber, und Rosie gackerte los.

Sie gingen zurück zu ihrem Tisch. Fox und Walker hoben zum Gruß ihre Biergläser.

»Eine denkwürdige Performance, Ladys!«, meinte Walker und bekam von Rosie einen Schlag gegen den Arm.

»So was habe ich wirklich noch nie gehört«, sagte Fox zwinkernd.

»Ihr könnt mir glauben, diese Stimme ist unvergesslich«, meinte Jesse lachend.

Isabella wartete darauf, dass sich alle wieder setzten, als jemand von hinten die Hand an ihre Taille legte. Sie schaute zwar über die Schulter, aber ihr Körper verriet ihr schon vorher, dass es Etienne war.

»Ich will dich immer noch«, raunte er neben ihrem Ohr mit dem Kinn auf ihrer Schulter. Die Worte verwandelten ihr Inneres in heiß schmelzende Butter. »Obwohl du beim Singen wie eine sterbende Katze klingst.« Er zog sie an sich, und plötzlich hatte sie noch weichere Knie als eben auf der Bühne. »Komm mit.« Er nahm ihren Mantel von der Rückenlehne der Bank.

Sie drehte den Kopf zu ihm. »Wohin gehen wir?«

»Wir bringen deinen Mantel in die Garderobe«, antwortete er, und beim Anblick seines halben Lächelns wollte sie ihn am liebsten beißen.

»Aber der Abend ist fast vorbei«, erwiderte sie verwirrt.

»Noch nicht ganz.« Er nahm sie bei der Hand und führte sie durch das Gedränge.

Der Garderobenraum war voller Mäntel, aber menschenleer. Etienne öffnete selbstbewusst die Tür und zog Isabella mit sich hinein, lehnte die Tür jedoch nur an, damit ein bisschen Licht hereinkam.

»Wieso zieht es dich immer in Schränke?«, flüsterte Isabella.

»Weil das aufregend ist«, raunte er.

»Was, wenn jemand hereinkommt?«

»Das passiert vorerst nicht. Erst, wenn sie Feierabend machen.«

Ihr war egal, woher er das wusste. Ihr war alles egal, außer dass er direkt vor ihr stand.

Er blickte sie an. Ein langer Blick, der über ihren ganzen Körper schweifte. Sie sah das Zucken seiner Lippen, als er ihre langen glatten Beine bewunderte. Jeder Nerv in ihrem Körper war hellwach. Sie war noch nie in ihrem Leben so erwartungsvoll gewesen.

Sie legten im selben Augenblick los und drängten sich aneinander. Er drückte seinen Mund auf ihren, hart und fordernd, sie kam ihm genauso begierig entgegen. Er drängte sie rücklings gegen die Wand aus Mänteln, wo sie ihn an sich zog und die Arme um seinen Hals legte, ohne seinen Mund für eine Sekunde loszulassen. Seine Zunge schnellte in ihren, und sie hatte das Gefühl, zu versinken.

Die drehten sich miteinander, sodass Isabella ihn gegen die Mäntel drückte. Sie presste sich von oben bis unten an ihn, seine Hände strichen ihren Rücken hinunter und griffen um ihren Hintern. Als er sie herumdrehte und den Mund zu ihrer Halsbeuge senkte, beugte sie stöhnend den Kopf zurück. Seine Lippen glitten an ihrem Hals abwärts, dabei zwickte er sie mit den Zähnen und leckte, bis sie aufkeuchte. Er drängte ein Knie zwischen ihre, sodass sie die kühle Luft an ihrem schon feuchten Slip spürte.

Sie spürte seine Hand an ihrem Hals, die sich abwärtsbewegte, bis zum obersten Knopf ihrer Bluse. Es gab keinen Widerstand, und so ließ er seinen Mund folgen. Sie war froh, dass sie sich an die Wand lehnen konnte, als er den zweiten Knopf durch das Knopfloch schob und dann ihren BH freilegte. Sie hörte seinen rauen Atem, als er den Kopf zurückzog, um ihre Kurven zu betrachten. Mit den Fingerspitzen strich er über den Spitzenrand des Körbchens, und ihre Brustwarzen zogen sich zu Knospen zusammen. Sie griff in seine Haare und ermutigte ihn, als er den dünnen Stoff wegzog und seine Hände mit ihren Brüsten füllte. Er senkte den Kopf und nahm eine Brustwarze zwischen die Lippen, und sie stöhnte auf, als er sanft hineinbiss. Die Arme um seinen Kopf gelegt, drückte sie ihn an sich. Gott, sie wollte das.

Er bewegte sich schnell und drehte sie noch mal um, diesmal auf der Stelle, sodass sie mit dem Gesicht zur Wand stand und ihre nackte Brust an dem weichen Leder einer Jacke rieb, er von hinten fest an ihren Körper gedrückt. Sie spürte, wie hart er war. Seine Hände und sein Mund schienen überall zu sein. Sie presste sich an seine Erektion, und er knurrte in ihr Haar.

Seine Hand glitt über ihren Bauch und an der Front des Minirocks hinunter, bis er die glatte Haut ihres Oberschenkels streifte. Sie schloss die Augen, als er den Saum hochzog, und keuchte, als er mit dem Handballen über ihren Hügel und zwischen ihre Beine strich, einmal, zweimal, dreimal. Geschickt schob er die Finger unter das Gummiband. Endlich spürte sie ihn da, wo sie ihn haben wollte, als er ihre heiße, pulsierende Mitte rieb. Sie ließ den Kopf an seine Schulter sinken, und aus ihrer Kehle kam ein vibrierender Laut.

»Ist das schön?«, fragte er an ihren Haaren, und zur Antwort stöhnte sie nur.

»Nein, du musst es sagen«, verlangte er. Dabei umkreiste er mit dem Daumen ihre Klitoris. Sie hörte ihre kurzen Atemstöße. »Ist das schön?«

»Ja«, hauchte sie mit rauer Stimme. »Das ist schön. Wahnsinnig schön.« Sie biss die Zähne zusammen, als die Erregung anschwoll.

Er stieß den Unterleib gegen sie, hielt sie an seiner Hand in Position und ließ den Daumen schneller kreisen. Ihre Beine fingen zu zittern an. Mit der anderen Hand hielt er noch ihre Brust umfangen und bewegte die Brustwarze zwischen Daumen und Zeigefinger. Sie musste sich an der Wand abstützen und fasste um einen Mantelhaken, als sie sich dem Höhepunkt näherte.

Er schnippte mit beiden Daumen gleichzeitig gegen Brustwarze und Klitoris, und sie ging über die Schwelle. Er allein hielt sie aufrecht, als ihre Knie nachgaben und sie mit geschlossenen Augen in den schönsten Orgasmus ihres Lebens fiel. »Ja, ja, ja«, raunte er in ihre Haare.

Sie brauchten einen Moment, um runterzukommen. Keuchend sank sie gegen ihn, bis sie die Kraft fand, sich aufzurichten. Sie strich sich die Haare von den feuchten Wangen und drehte sich zu ihm um. Er trat nicht von ihr weg, sodass sie die Hitze seines Geschlechts an ihrer Hüfte spürte.

Seine grünen Augen funkelten, und halb lächelnd leckte er sich über die Unterlippe.

»Wir haben das falsch gemacht«, flüsterte sie heiser.

Er zog eine Braue hoch. »Meinst du? Inwiefern?«

»Du hast Geburtstag, also solltest du das Geschenk bekommen …«

»Hab ich schon.« Er deutete lächelnd mit dem Kinn auf ihre Brüste, die noch entblößt waren.

»Ich dachte mehr daran …« Isabella langte zwischen sie nach unten und sah ihn die Lippen öffnen, als sie an dem enormen Umriss seines Penis entlangstrich, der steinhart gegen den Jeansstoff drückte. Sie griff an den Zipper, konnte es kaum erwarten, ihn in die Hand zu bekommen.

Die Tür ging auf, Licht strömte herein. Isabella kreischte erschrocken, und Etienne stellte sich vor sie, während sie ihren BH hochzog und die Bluse zuknöpfte.

Die Garderobenfrau runzelte seufzend die Stirn, als hätte sie das alles schon gesehen.

»Entschuldigen Sie!«, stammelte Isabella und schob sich an Etienne vorbei zur Tür.

»Wir haben nur etwas gesucht …«, sagte er und lief ihr nach.

»Ja«, murmelte die Frau nickend. »Satisfaction.«

Zurück in ihrer Sitznische waren die Dinge in puncto Trunkenheit weiter vorangeschritten. Walker und Rosie tanzten auf der Tanzfläche eine Art Walzer, und Wren gab Jesse einen Anfängerkurs in Sachen Stangentanz. Sein halb aufgeknöpftes Hemd ließ viel künstlich gebräunte Brust sehen. Amber machte Breakdance-Moves, die sie vielleicht von Jayden gelernt hatte, und Gabi ging auf den Händen an der Theke entlang und ließ sich von ein paar Leuten bejubeln.

Fox, der gerade einer Mutter aus der Grundschule Fotos von seinen Jungs zeigte, blickte auf. »Da seid ihr ja!«, lallte er. »Wo seid ihr gewesen?«

»Hab Isabella ein bisschen herumgeführt.« Etienne rutschte auf die Bank neben sie und nahm ein Bier aus dem Kübel. Er neigte den Kopf nach hinten und trank in langen Schlucken, bis die Flasche halb leer war. Sie schaute über den Tisch nach etwas, womit sie ihren Durst löschen könnte, aber der Wasserkrug war leer, und die Weinflasche steckte mit dem Hals nach unten im Eis. Er reichte ihr sein Bier. Sie nickte dankend und trank die andere Hälfte.

»Herzlichen Glückwunsch«, sagte sie und wischte sich mit dem Handrücken über den Mund. »Ich bin dir noch ein Geschenk schuldig.«

Er nickte.

»Ich freue mich schon darauf«, sagte er, und dann ließ sie sich von ihm auf die Tanzfläche führen, um auf wackligen Beinen zu tanzen.

34

Etienne

Irgendwann wurde das Wummern in seinem Schädel stärker als sein Wunsch, zu schlafen. Er taumelte zum Badezimmerschrank, nahm eine Schmerztablette und trank Wasser direkt aus dem Hahn. Was für eine Nacht! Alkohol in Strömen und alte und neue Freunde. Karaoke und Isabellas Körper. Er klatschte sich Wasser ins Gesicht und dachte beim Abtrocknen daran, wie ihr Kopf beim Orgasmus gegen seine Schulter gefallen war. Diese Art von »kein Sex« machte doch Spaß. Zurück im Schlafzimmer rief er seine Nachrichten ab, um danach in den Tag zu starten.

Fox: **Bin verdammt froh, dass du nur einmal im Jahr Geburtstag hast.**

Walker: **Auf dem Weg zur Arbeit hat mir jemand erzählt, ich könnte gut Walzer tanzen.**

Mile End Mickey: **Du hast die Tür von innen verriegelt, du Dussel. Wir können nicht rein.**

In Boxershorts taumelte er die Treppe hinunter und schloss die Bistrotür auf. Auf dem Platz herrschte dichter Nebel. Mickey kam leise lachend hereingeschlendert.

»Ein schöner Zustand, um sein neues Lebensjahr zu beginnen«, meinte er, hielt die Tür für Katie auf und steuerte auf die Küche zu. Jetzt war es Katie, die ihn von oben bis unten ansah und seufzte.

»Ich fange hier schon mal an. Sieh zu, dass du wieder in die Spur kommst.«

Er wollte nicken, aber das tat zu weh. Er war schon halb die Treppe hinauf, da rief sie hinter ihm her: »Oh, ich hab's dir vielleicht noch nicht gesagt, aber meine Cousine arbeitet im *Bolthole* an der Garderobe.«

Etienne ignorierte sie und stieg weiter die Stufen hoch. Ihr Lachen schallte hinter ihm her. »Es ist erstaunlich, was für Dinge die Leute da drinnen liegen lassen, sagt sie!«

Eine Stunde später war er geduscht, rasiert, und das Leben hatte ihn wieder. Gerade als er nach unten gehen wollte, um etwas zu essen, pingte sein Handy.

Alex: **Kannst du reden?**

Etienne rief ihn sofort an, und bevor er es nur einmal klingeln hörte, nahm Alex ab.

»Alles okay bei dir?«, fragte Etienne hastig und entspannte sich, als Alex antwortete:

»Mir geht's gut.«

»Schon was gehört?«

»Ich habe eine Nachricht vom Wirt des Pubs bekommen. Die Dougalls haben sich gefreut, von mir zu hören.«

»Das ist gut, oder?«

»Offenbar haben sie gesagt, ich müsste ein paar Dinge begreifen.«

Etienne sank auf das Sofa. »Du musst vorsichtig sein, Alex«, mahnte er.

»Ich weiß. Aber was, wenn sie an mir ein Exempel statuieren wollen? Ich bin ihnen entwischt – jahrelang …« Etienne konnte sich sein Gesicht dabei vorstellen. Die Sorgenfalte zwischen seinen Brauen. Und wie er die Zähne zusammenbiss.

»Denk nicht daran«, sagte Etienne. »Konzentrier dich auf den nächsten Schritt.«

»Welchen?« Alex klang panisch.

»Du klärst, wie sie das Geld bekommen wollen.« Etienne redete ruhig und ließ sich nicht anmerken, dass er auch Angst hatte. Ihm fehlten noch immer zehntausend Pfund. »Dann gebe ich es dir.«

»Was, wenn sie mich vorher finden?« Alex flüsterte so leise, dass er kaum noch zu hören war.

Etienne stand auf und schlug einen kräftigen, direktiven Ton an. »Keiner weiß, wo du bist. Das wird schon gut gehen.«

Schweigen.

»Alex, verlass dich auf mich. Du musst die Nerven behalten. Wie werden sie dich kontaktieren?«

»Der Wirt hat ihnen meine Nummer gegeben. Das war offenbar vor zwei Tagen. Bisher Funkstille.«

»Sie spielen mit dir. Wollen dich ins Schwitzen bringen.«

Alex stieß ein zittriges Lachen aus. »Das gelingt ihnen.«

»Melde dich, sobald du von ihnen hörst. Ich bin Tag und Nacht für dich erreichbar.« Etienne schloss die Augen, als er das sagte, weil ihm die Ironie bewusst war. Wäre er damals Tag und Nacht für ihn erreichbar gewesen, säße Alex jetzt nicht in der Klemme.

»Mach ich, Bro. Danke.«

Als Etienne auflegen wollte, hielt Alex ihn hastig auf.

»Aber du hast das Geld für mich parat?«

Etienne rieb sich übers Gesicht. »So gut wie, Kumpel. So gut wie.«

35

Isabella

GIRL GANG
Rosie: **Heute Abend jemand Lust auf Story Stars?**
Wren: **Fox liest vor, also werden die Yummy Mummys da sein.**
Amber: **Kann nicht. Ich arbeite die Truppe am Kartengerät ein.**
Isabella: **Ich kann auch nicht. Ich mache mit Nonna meinen Lebensmittelhygieneschein.**
Rosie: **Ist Jesse weg?**
Isabella: **Nach Paris geflogen zu einem Meeting.**
Rosie: **Gabi ist auch weg?**
Isabella: **Ist nach Amerika geflogen, um für einen Werbespot mit Promis durch eine Höhle zu tauchen, in der die Promis nicht schwimmen können.**
Rosie: **Schade. Etienne und Walker kommen vielleicht … Bist du sicher, dass du es nicht schaffst?**
Wren: **Wir wissen doch: Wer zu viel arbeitet und nicht spielt, der …**
Isabella: **Der hat am Ende ein erfolgreiches Restaurant.** 😊
Amber: **Gute Antwort, Schwester.**

Mit einem Anflug von Bedauern legte Isabella das Handy weg und seufzte. Sie hatte Etienne nicht mehr gesehen, seit sie im Garderobenraum eine ganze Menge von ihm gesehen hatte. Und das war ihr recht, denn seit ihrem atemberaubenden

Nicht-Sex war sie konzentrierter, hatte viel mehr Elan und schlief besser als in den Wochen, vielleicht sogar in den Monaten zuvor.

Er war der Erste seit Daniel, der sie hatte anfassen dürfen. Ihr eheliches Sexleben war ihr nie langweilig erschienen. Sie hatten regelmäßig Sex gehabt, zwei- oder dreimal die Woche. Natürlich wusste sie jetzt, dass Daniel zu der Zeit wesentlich häufiger Sex gehabt hatte. Aber sie war zufrieden gewesen, der Sex gut. Vielleicht ein bisschen eintönig, aber gut. Jetzt jedoch, nachdem Etienne sie angefasst und gedreht und gezwickt hatte, fand sie ihren Ehesex ein bisschen … schwunglos. Gewöhnlich. Ein wenig – wie sollte sie es ausdrücken? – zu viel Missionarsstellung. Daniel war es nie in den Sinn gekommen, sie in einem Garderobenraum an die Wand zu drücken. Er hätte gewartet, bis sie zu Hause gewesen wären, hätte die Tür abgeschlossen und wäre mit ihr nach oben ins Bett gegangen. Das ist bequemer, hörte sie ihn sagen.

Seit jenem Abend – der war fast eine Woche her – hatte sie Etienne auch nicht mehr geschrieben. Sie wollte vernünftig sein. Ihrem sexuellen Appetit nur nachgeben, wenn sie wirklich Befriedigung brauchte. So konnte sie sich auf das konzentrieren, was jetzt wirklich wichtig war: das Restaurant.

Es war eine produktive Woche gewesen. Sie hatte ihre Schanklizenz beantragt, damit sie Alkohol verkaufen durfte. Sie hatte einen Termin für die Inspektion des Gesundheitsamtes vereinbart. Sie hatte ihren Gastronomiebetrieb angemeldet und lächelte, als sie es schwarz auf weiß sah: *Tutto Mio Restaurant, Eigentümerin Ms Isabella Tucci.*

Aber der damit verbundene Papierkram schien kein Ende zu nehmen, und sie musste sich zusammenreißen, um sich durch die vielen Abschnitte über Hygiene, Allergene und Lebensmittellagerung zu arbeiten. Schließlich versetzte Nonna ihr einen harten Rippenstoß, und sie merkte, dass sie eingenickt war.

Als sie nach dem Mittagessen mit dem Lehrgang begonnen hatten, hatte sie Amber unten ab und zu jubeln hören können, wenn wieder einer des Teams erfolgreich eine Transaktion mit dem Kartengerät durchgeführt hatte. Sie wünschte, sie hätte bei sich oben auch etwas Aufregendes zu tun, was sie wach halten würde. Eines beziehungsweise einer würde sie auf jeden Fall wach halten, aber sie durfte nicht an ihn denken.

Sie richtete den Blick wieder auf den Bildschirm und ihre vorliegende Aufgabe, und eine halbe Stunde später stieß sie die Faust in die Luft und klappte den Laptop zu.

»Geschafft!«

»Habe mich schon gewundert, wieso du so lange brauchst«, sagte Nonna, die längst fertig war und online Poker spielte, wie Isabella jetzt sah.

Isabella stand auf und reckte sich. Es war wie damals an der Uni, wenn sie eine Nacht durchgelernt hatte. Sie wollte raus und Dampf ablassen.

»Möchtest du essen gehen, Nonna? Die Konkurrenz ausspionieren?«

Nonna klappte auch ihren Laptop zu und tätschelte ihr den Arm. »Tut mir leid. Ich habe mich für acht Uhr beim Tai-Chi angemeldet.« Sie nahm eine Ausgangsstellung ein, schaute geradeaus ins Leere und hob ein Bein. Isabella fragte sich, woher sie die Energie nahm.

Beim Blick auf die Uhr fiel ihr Wrens Einladung ein, doch es war schon kurz vor sieben. Story Stars würde vorbei sein. Sie würden gerade schließen und mit Riley nach Hause gehen, um sie ins Bett zu bringen. Und Amber war mit Jayden zu Hause.

Sie trommelte mit den Fingern auf der Theke herum und dachte über ihre Möglichkeiten nach. Sie könnte nach unten gehen und ein Fensterbrett streichen. Sie könnte sich mit einer Gesichtspackung und einer Haarmaske im Badewasser aalen. Sie könnte Gabi und Jesse anrufen und quatschen. Und sie könnte tun, was sie wirklich wollte, und Etienne schreiben, um zu sehen, ob er für eine Fortsetzung zu haben war.

Vielleicht lag es daran, dass sie den ganzen Tag gesessen hatte, jedenfalls drängte es sie, etwas Wildes zu tun. Oder es lag daran, dass sie seit einer Woche seine Haut nicht mehr gefühlt hatte, und das war lange genug. Eigentlich war es ja gar kein Sex. Es war körperliches Vergnügen. Und nach all der Arbeit, die sie diese Woche geleistet hatte, sollte sie das verdient haben.

Nonna kam die Treppe herunter und trug glitzernde lila Leggings und ein Schweißband um den Kopf. Sie tupfte sich einen Hauch fuchsiafarbenes Lipgloss auf, nahm ihren Hausschlüssel und winkte ihr über die Schulter zu. Isabella hörte die Tür ins Schloss fallen und griff nach dem Handy.

Isabella: **Hi.**

Keine Reaktion. Sie ging ans Fenster und schaute über den Platz. Aber das Bistro lag zu weit weg, als dass sie ihn drinnen erkennen konnte. Sie sah nur, dass dort Licht brannte. Vielleicht hatte er zu tun. Und dann:

Etienne: **Hi.** 😊

Sie lächelte breit, und dann packte sie den Stier bei den Hörnern. Sie hatte sich noch nie derart vorgewagt, aber sie dachte, wer nichts wagt, der nicht gewinnt.

Isabella: **Hast du heute Abend frei? Dachte, ich könnte dir das ausstehende Geburtstagsgeschenk geben.**

Es kribbelte ihr im Unterleib, sowie sie daran dachte, seine Hände an sich zu spüren. Oder herauszufinden, was in jener gut sitzenden Jeans steckte. Sie wollte ihn sehen, daran lutschen, ihn schmecken. Sie kniff die Oberschenkel zusammen und wartete auf Antwort.

Etienne: **Schöne Idee, aber ich denke nicht, dass ich dein Geburtstagsgeschenk heute Abend brauche.**

Isabella ließ geschockt die Schultern hängen. Was für eine Antwort war das denn? Er *brauchte* es nicht? Hieß das, er hatte seine Bedürfnisse woanders befriedigt? Ja klar, so musste es sein. Schließlich war er ein stadtbekannter Aufreißer. Sie war drauf und dran, das Handy aufs Sofa zu werfen, als eine neue Nachricht einging.

Etienne: **Stattdessen brauche ich Hilfe!**

Das ließ sie aufhorchen. Sie schaute durch ihr leeres Wohnzimmer, sie hatte heute Abend nichts zu tun.

Isabella: **Was ist los?**

Etienne: **Kannst du zu Fox kommen?**

Isabella: **Bin in zehn Minuten da.**

Etienne öffnete ihr mit George auf dem Arm. Der kleine Kerl hatte ein tränennasses Gesicht und weigerte sich, sie anzusehen. Reggie rannte mit einer Unterhose auf dem Kopf im Hintergrund hin und her und jagte Dingbat.

»Willkommen im Tollhaus.« Etiennes normalerweise gut sitzende Haare waren mit etwas verklebt, das wie Erdnussbutter aussah. »Komm rein.«

Die Küche sah aus, als wäre ein Trupp Vandalen zu Besuch gewesen: Wasserpfützen auf dem Boden, auf dem Tisch lauter Teller mit Essensresten und Kinderbücher, in der Spüle ein Berg schmutziges Geschirr. Und in der Luft hing ein seltsamer Geruch wie im Krankenhaus.

Dingbat hielt etwas im Maul und flitzte damit vorbei, Reggie Lasso schwingend hinter ihm her.

»Um diese Uhrzeit ist er noch so munter?«, sagte Isabella.

»Vielleicht habe ich ihn zu viel Süßes essen lassen …« Etienne zog sie mit der freien Hand aus dem Gefahrenbereich des Lassos, das prompt an ihrem Ohr vorbeizischte.

»Tee?«, fragte Etienne, während er George über den Kopf strich, der in sein Oberhemd schniefte.

»Ich setze das Wasser auf.« Sie zog sich den Mantel aus und krempelte sich die Ärmel hoch. Etienne ließ sich auf einen Küchenstuhl plumpsen und rückte George auf seinem Schoß zurecht. Der Kleine weigerte sich noch immer, jemanden anzusehen, und drückte das Gesicht an Etiennes Achselhöhle.

Nachdem der Tee aufgebrüht war, setzte sich Isabella auf den Stuhl gegenüber. Etienne trank in durstigen kleinen Schlucken.

»Danke. Ich glaube, ich habe den ganzen Tag nichts getrunken. Zuletzt einen Kaffee mit Fox, bevor er gegangen ist.«

»Wo ist er denn?«

»Er hat eine Besprechung mit den Investoren, die sein Spiel kaufen wollen. Sie sind wegen einer Spielemesse in London und wollen den neuesten Stand seiner Erweiterung sehen, die er für sie entwickelt.«

»Das kam wohl sehr kurzfristig, hm?«

Etienne nickte. »Abbie von nebenan sollte eigentlich auf die Jungen aufpassen, aber sie liegt mit einer Infektion flach. Deshalb bekam ich heute früh einen Anruf, ob ich einspringen kann.« Er rieb George mechanisch über den Rücken, und die Unterlippe des Jungen zitterte.

»Alles war bestens, bis George angefangen hat zu brechen. Ich glaube, er hat sich das Gleiche eingefangen wie Abbie.« Er wollte Georges Gesicht sehen, aber der drehte den Kopf weg und kuschelte sich enger an ihn. »Du fühlst dich gar nicht gut, stimmt's?« George machte die Augen zu und schob den Daumen in den Mund.

Reggie stürmte durch die Küche, nun in einem Tutu und mit dem Hund an der Leine.

»Wann kommt Fox zurück?«, fragte Isabella.

»Gar nicht. Sie haben ihn gebeten, zum Dinner zu bleiben, damit sie ihn mit den anderen Investoren bekannt machen können. Deshalb bleibt er über Nacht. Ich habe ihm nicht von Georges Infekt erzählt, sonst würde er sich nur Sorgen machen, und er muss bei dem Meeting konzentriert bleiben. Da winkt ein großes Geschäft.«

Er schaute über das Chaos in der Küche und seufzte ahnungsvoll. George hob nun doch mal den Kopf und gähnte laut.

»Du könntest mir helfen, die beiden ins Bett zu bringen.« Er sah Isabella hoffnungsvoll an. »Bei Walker habe ich es schon versucht, aber er hat Dienst. Ich denke, dem kleinen Kerl wird es besser gehen, wenn er sich richtig ausschläft.« Er deutete mit dem Kinn auf George. »Und dann kann ich mich ans Aufräumen machen.«

Isabella nickte.

»Ich habe keinerlei Erfahrung mit Kindern, aber hey«, sagte sie optimistisch, »wie schwer kann das schon sein?«

Eine Stunde später – George hatte sich noch zweimal übergeben (einmal auf Etiennes Hemd), Reggie hatte vier Gutenachtgeschichten verlangt, der Hund hatte die Reste von den Tellern gefressen, und Etienne war barfuß auf einen Legostein getreten, worüber er sich definitiv nicht kindgerecht äußerte – lagen die Jungen im Bett. George waren die Augen zugefallen, aber er nuckelte noch an seinem Daumen. Reggie hielt sich die Hand vors Gesicht und zählte laut die Schäfchen.

Isabella und Etienne trafen sich am Küchentisch, Etienne humpelnd und in einem von Fox' karierten Hemden, Isabella leicht benommen.

»Dürfen wir jetzt Alkohol trinken?«, fragte sie. Etienne humpelte zum Kühlschrank und hielt ein Bier hoch. Sie nickte. Sie stießen mit dem Flaschenboden an und sanken jeder auf einen Stuhl. Etienne warf einen Blick auf die Unordnung.

»Darum kümmere ich mich gleich«, murmelte er erschöpft.

»Wie schafft er das jeden Tag?«, fragte sie.

»Und noch dazu ganz allein«, sagte er. »Er ist ein Superheld.«

»Was ist mit seiner Frau? Es gab noch keinen passenden Moment, ihn darauf anzusprechen.«

Etienne zeigte auf ein Foto an der Pinnwand, das Isabella noch nicht aufgefallen war. Sie stand auf, um es sich näher anzusehen. Man sah sie im Profil, wie sie Fox auf die Wange küsste. Und die glücklichen Lachfältchen im Augenwinkel.

»Das ist Meg«, sagte er. »Sie ist an einem Samstagmorgen zum Laden gefahren, um Milch zu kaufen, da war George gerade zwei Wochen auf der Welt. Unterwegs ist ein Hirnaneurysma geplatzt. Sie kam von der Straße ab und ist gegen einen Baum geprallt.«

»Wie furchtbar.« Isabella kehrte zu ihrem Stuhl zurück. Ihre Augen schwammen in Tränen, als sie noch mal zur Pinnwand schaute. All die glücklichen Aufnahmen von Fox und seinen Söhnen. Lauter Szenen, die Meg nicht mehr erleben durfte.

»Walkers Mannschaft wurde an den Unfallort gerufen. Er war es, der sie aus dem Wagen geschnitten hat, aber sie ist gestorben, bevor sie sie in den Rettungswagen hieven konnten. Walker hat Fox erzählt, er sei mit ihr so behutsam umgegangen wie mit neugeborenen Babys.«

Isabella schloss die Augen, als sie begriff. »Das erklärt, warum sie sich so nahestehen.«

»Ich habe Fox eine Woche nach ihrem Tod kennengelernt. Er war zutiefst niedergeschlagen. Was nicht verwunderlich ist.«

»Und seitdem steht ihr ihm zur Seite«, sagte Isabella.

»Immer.«

Isabella blickte ihm ins Gesicht. »Glaubst du, er wird je wieder eine andere ansehen?«

»Eine Tages vielleicht. Wenn er so weit ist.«

Isabella tat es in der Seele weh. Dass Fox die Jungen nun allein großzog.

»Er hat Glück, euch als Freunde zu haben«, erklärte sie mit schwankender Stimme.

»Ich bin hier der Glückliche.« Etienne fluchte, und sein Blick wurde leidenschaftlich.

Der Moment dehnte sich. Sie hielt seinen Blick fest, und ihr Magen schlug einen Purzelbaum, als sie an ihre Nachricht von vorhin dachte. Er leckte sich über die Unterlippe, und sie fragte sich, ob er dasselbe dachte wie sie. Selbst mit Erdnussbutter in den Haaren und Ringen unter den Augen war er der anziehendste Mann, dem sie je begegnet war. Im Haus war es still. Er zog eine Braue hoch. War das der Moment? Für die Fortsetzung?

»Onkel Et …« George stand in der Tür, im Dinosaurierpyjama, mit nackten Füßen und kalkweißem Gesicht. »Ich fühl mich nicht gut.«

Etienne stand auf und war auf halbem Weg zur Tür, als George sich schwallartig erbrach. Etienne wich gekonnt aus und hob den Jungen auf die Arme. Georges Kinn zitterte, und er fing an zu weinen. Etienne barg ihn an seiner Brust.

»Bin gleich wieder da«, sagte er zu Isabella und trug den Jungen die Treppe hoch, um ihn sauber zu machen und zu beruhigen. Sie hörte ihn sanft auf George einreden und dann Wasser in die Wanne laufen. Sie wollte nicht einfach nur herumsitzen. Deshalb suchte sie sich unter der Spüle Eimer und Putzmittel heraus und wischte das Erbrochene auf.

Eine Stunde später war die Küche blitzblank. Das Wohnzimmer war aufgeräumt, die Legosteine lagen in der Spielzeugkiste. Dingbat hatte sein Futter bekommen und lag ausgestreckt vor dem Kamin. Sogar die Pflanzen hatte sie gegossen. Etienne war noch nicht wieder aufgetaucht. Sie sah eine halbe Stunde lang fern und war auch dann noch allein.

»Etienne!«, rief sie leise vom Fuß der Treppe. Nichts. Sie schlich nach oben auf den Treppenabsatz und sah, dass in Georges Zimmer nach wie vor das Nachtlicht brannte. Vielleicht war der Junge noch wach. Sie schob den Kopf durch den Türspalt.

Etienne lag neben George auf dem Bett. George trug einen sauberen Schlafanzug und hatte wieder ein bisschen Farbe in den Wangen. Etienne hatte sich offenbar erneut an Fox' Hemden bedient und schnarchte leise vor sich hin, mit einem Kinderbuch auf der Brust. Isabella ging auf Zehenspitzen zum Nachttisch und löschte das Licht. Sollten die beiden schlafen. Sie würde still das Haus verlassen und heimfahren.

Sie schloss die Tür hinter sich und gelangte bis zur Treppe, als die andere Kinderzimmertür aufging und Reggie erschien, weiß wie ein Gespenst und mit dunklen Schatten unter den Augen.

»Isabella«, stöhnte er und hielt sich den Bauch. »Wann kommt Daddy? Mir ist ein bisschen schlecht.«

Sie trug ihn so schnell, wie sie konnte, ins Badezimmer. Aber nicht schnell genug.

36

Etienne

Etienne wurde wach, weil George ihm einen Finger in die Nase schob. Er schnaubte und nieste, und George bekam einen Kicheranfall. Er saß praktisch auf Etiennes Kopf.

»Was machst du in meinem Bett, Onkel Et?«

Etienne setzte sich auf und lehnte sich an das Betthaupt, strich sich die Haare aus der Stirn und blieb an etwas Klebrigen hängen, das nach Erdnüssen roch.

»Ich muss wohl eingeschlafen sein«, antwortete er.

»Und wieso hast du Daddys Hemd an?« George strich mit Fingerspitzen über den Stoff.

»Weil du – DU …« Etienne schnappte sich den Jungen und kitzelte ihn durch, »auf mein Hemd gebrochen hast!«

George quiekte und wand sich zappelnd aus seinen Händen. Er ließ sich aus dem Bett fallen. »Ups, das tut mir leid!« Als er große reumütige Augen machte, sah er Fox so ähnlich, dass Etienne lachte.

Er strich sich übers Gesicht, kratzte sich die Bartstoppeln und sah auf die Uhr, weil er wissen wollte, wie lange er geschlafen hatte. Gestern war ein verrückter Tag gewesen. Dem Himmel sei Dank für Isabella, sie war großartig gewesen. Er konnte sich nicht erinnern, um wie viel Uhr sie nach Hause … Moment mal. Er setzte sich blitzartig auf. War sie überhaupt gegangen?

Das Letzte, woran er sich erinnern konnte, war, dass er sich zu George aufs Bett gelegt hatte, um ihm noch schnell eine Gutenachtgeschichte vorzulesen. Er hatte geglaubt, das würde nur zwei Minuten dauern, und dann könnte er sich hinausschleichen, nach unten in die Küche gehen und aufräumen. Und dann vielleicht Isabella vernaschen, falls sie noch dafür zu haben war. Er wusste noch, wie sie ihn angesehen hatte. Wie verheißungsvoll. Doch er war offenbar eingeschlafen. Er warf die Power-Rangers-Bettdecke zurück, sprang aus dem Bett und lief die Treppe hinunter. George setzte sich auf den Hosenboden und rutschte darauf hinter ihm her.

Dingbat wedelte sich fast den Schwanz ab, als er ihn in der Küche empfing, und stellte sich demonstrativ vor seinen Fressnapf. Etienne warf ihm eine Handvoll Hundekuchen hinein und drehte sich verwundert um die eigene Achse. Die Küche war nicht wiederzuerkennen. Alles glänzte. Das Geschirr war abgewaschen und stand auf dem Trockengestell. Der Tisch war abgewischt. Der Fußboden makellos sauber. Keine Legosteine, kein verkleckertes Essen oder Übleres. Er sollte Isabella schreiben und ihr danken. Damit hatte er nicht gerechnet.

»Kann ich meine Tablet-Zeit jetzt haben, bitte?« George zeigte auf das iPad, und Etienne nickte, froh, dass der Junge schon viel besser aussah.

»Geh und mach es dir gemütlich, und ich bereite uns ein Frühstück zu«, sagte Etienne und hob den Deckel der Brotbox an, um zu sehen, was da war. George tappte davon und navigierte bereits auf dem Bildschirm zu seinen Zeichentrickfilmen.

Als Etienne seinem winzigen Gebieter einen Teller mit warmen Bagels und Marmelade gebracht hatte, bemerkte er, dass die Legos in die Kiste und die Kinderbücher ins Regal geräumt waren. Er griff zum Handy, um Isabella eine WhatsApp zu schicken. Sie hatte ihm sehr geholfen. Es war ihm unangenehm, dass er geschlafen und sie alles aufgeräumt hatte. Sicher war sie deswegen verärgert. Er hörte über sich in Reggies Zimmer etwas knarren und steckte das Handy weg. Das würde warten müssen. Außerdem musste er die richtigen Worte finden. Er würde ihr schreiben, sobald er zu Hause war.

Er nahm zwei Stufen auf einmal und ging den Treppenabsatz entlang zu Reggies Zimmer, drückte die Tür auf und blieb abrupt stehen. Reggie saß aufrecht im Bett, rief sich mit den Fäusten den Schlaf aus den Augen, die Haare verwuschelt und an einer Seite platt gedrückt. Und Isabella schlief auf einem Haufen Kissen auf dem Fußboden und trug ebenfalls eines von Fox' karierten Hemden.

Reggie öffnete blinzelnd die Augen, blickte Etienne stirnrunzelnd an und zeigte auf Isabella.

»Wieso liegt sie da?«, fragte er laut, und Isabella richtete sich verschlafen auf und schaute sofort zu seinem Bett.

»Geht es dir besser, Reggie?«, fragte sie, und er nickte glücklich. »Das ist gut.«

Sie setzte sich in den Schneidersitz und reckte die Arme, und dann erst bemerkte sie Etienne. Sie lachte verlegen. Ihre Haare waren zerzaust, ihre Lippen prall vom Schlafen, und ihre nackten Beine guckten unter Fox' Hemd hervor. Etienne atmete ganz langsam aus. Was er jetzt mit ihr machen wollte!

»Frühstück?«, fragte er stattdessen. Reggie purzelte aus dem Bett und rannte johlend nach unten.

Eine Stunde später steckte Reggie in frischer Kleidung und war satt und zufrieden. George war ebenfalls angezogen, bis auf seine Jogginghose, die er dem Hund übergestreift hatte.

Alle drei spielten gut gelaunt im Wohnzimmer. Isabella saß am Frühstückstisch mit untergeschlagenen Beinen und knabberte an einem Toast.

»Das war vielleicht eine Nacht, was?«, sagte Etienne, um das Thema anzuschneiden.

»Als ich hörte, alle Frauen seien scharf darauf, mit dir die Nacht zu verbringen, habe ich mir etwas ganz anderes vorgestellt.«

Er breitete die Arme aus, um auf den Zustand der Küche zu verweisen. »Ich möchte dir danken. Du hast hier klar Schiff gemacht, das ist unglaublich. Und dass du bei Reggie geblieben bist, weil ihm schlecht war, übertrifft alles.«

»Wäre nicht fair gewesen, dich mit zwei Kranken allein zu lassen.« Sie schob ihren Teller weg. »Aber das hat wohl meinen Appetit gedämpft.« Er nickte. Das verstand er gut. Mehr als Kaffee war ihm auch nicht möglich gewesen.

»Also müssen wir neu überlegen, wann du mir das Geburtstagsgeschenk gibst«, sagte er, und sie hob überrascht den Kopf.

»Du kannst unmöglich daran denken, wenn ich hier so sitze, verschlafen und zerzaust, und womöglich klebt noch irgendwo Erbrochenes an mir.« Sie lachte verlegen.

»Oh, glaub mir, ich kann.« Er sah sie rot werden, und prompt wurde er hart. Heute mochte nichts mehr daraus werden, aber viel länger konnte er nicht mehr warten.

Ein Schlüssel wurde ins Schloss geschoben, und die Haustür ging auf. Fox taumelte herein, zerzauster als jeder andere von ihnen. Sein Hemd war schief geknöpft, und er sah definitiv verkatert aus.

»Daddy!« Die Jungen prallten gegen seine Beine wie Minitornados und warfen ihn fast um.

»Sachte, Jungs, ich bin ein gebrochener Mann«, krächzte

er und bewirkte das genaue Gegenteil, denn sie kletterten an ihm hoch. Er kapitulierte und ging in die Hocke, um sie zu umarmen. Dann schleppte er sich in die Küche. Die Jungs folgten ihm. In der Tür hielt er inne und beäugte zuerst Etienne und dann Isabella, die beide eins seiner Hemden trugen.

»Was hat das zu bedeuten? Spielt ihr Verkleiden? Lasst mich raten, ihr geht als Fox?«

Isabella zog ihr Hemd über die Knie. Etienne schob seine Ärmel hoch.

»Ich habe auf Onkel Et gebrochen!«, erklärte George stolz.

»Und ich auf Isabella!«, sagte Reggie und reckte seine schale Brust. »Zweimal!«

Fox sah von einem Sohn zum andern.

»Onkel Et hat in meinem Bett geschlafen«, erzählte George. »Er schnarcht so LAUT!« Er machte es eindrücklich vor.

»Isabella hat nicht geschnarcht«, verkündete Reggie. »Vielleicht weil sie auf dem Fußboden geschlafen hat.«

Fox schaute Etienne mit großen Augen an, die eine Erklärung verlangten. Etienne und Isabella nickten beide.

»Oh Gott. Du hättest mich anrufen sollen!«

»Auf keinen Fall«, sagte Etienne. »Ich habe Verstärkung gerufen.« Er deutete mit dem Kopf auf Isabella, die Fox mit ihrer Kaffeetasse zuwinkte. »Wie war das Meeting?«, fragte Etienne. Dingbat bellte im Garten, und die Jungen rannten raus zum Spielen.

Fox ließ sich auf einen Stuhl plumpsen und rieb sich das Gesicht. »Das war gut. Sogar fantastisch. Den Investoren gefällt meine Erweiterung, und sie glauben, das wird was ganz Großes. Hoffen wir, dass sie richtigliegen.« In der Gaming-Branche bedeutete das viel Geld. Das könnte sein Leben verändern. Und das der Jungen.

»Und wofür musstest du dort bleiben?«

»Abendessen und Reden«, antwortete Fox und wandte den Blick ab. »Gutes Essen, viele Drinks. Wahrscheinlich zu viele.«

»Ist das auch gut gelaufen?« Isabella drückte ihm eine Tasse Kaffee in die Hand.

Fox dachte kurz nach. Er räusperte sich. »Es lief erstaunlich gut.« Er rührte Zucker in seinen Kaffee, ohne jemanden anzusehen. »Ganz unerwartet.«

Nach einem kurzen Blick durchs Küchenfenster in den Garten, wo die Jungen um die Wette rannten, klopfte er mit dem Teelöffel an den Rand seiner Tasse, als wollte er etwas ankündigen. Etienne zog eine Braue hoch, Isabella neigte sich nach vorn.

»Ich hatte einen One-Night-Stand«, flüsterte Fox. Etienne verschluckte sich fast an seinem Kaffee, und Fox langte über den Tisch, um ihm auf den Rücken zu klopfen. »Ich weiß, Mann. Ich bin genauso geschockt.«

Man sah es ihm an. Er war verkatert und übermüdet und glücklich und … besorgt?

»Tja, wir wussten alle, dass der Tag mal kommt.«

»Aber ich fühle mich seltsam damit, wisst ihr? Wie am Ende einer Ära.« Er sah zu dem Foto von Meg an der Pinnwand.

»Meg würde wollen, dass du dein Leben lebst, Fox«, erwiderte Etienne leise.

Fox zuckte mit den Schultern und wirkte nicht überzeugt.

»Wirst du der Frau noch mal über den Weg laufen? Gehörte sie zu den Investoren?«

»Nein.« Er lachte. »Sie war eine Vorführerin. Sie bringen Gamer mit, um den Investoren zu zeigen, wie es funktioniert. Sie hat mein Spiel gespielt.« Er zog eine Braue hoch. »Sie war ziemlich gut.« Fox trank von seinem Kaffee und warf einen viertes Stück Zucker hinein.

Etienne lachte. Er hatte das Können eines Gamers bisher nie für sich als erstrebenswert erachtet. Aber Fox schätzte es offenbar hoch ein.

»Wie war sie denn so?«, wollte Isabella wissen. Sie stützte die Ellbogen auf den Tisch und das Kinn in die Hände. Etienne lachte wieder – eine typische Frauenfrage. Das war ein One-Night-Stand gewesen, was brauchte man da mehr zu wissen? Doch Fox antwortete.

»Lustig. Kurvenreich. Lange rote Haare. Und ein Zungenpiercing.«

Isabella lächelte, als gefiele es ihr, dass er Details nennen konnte. »Also mochtest du sie?«

Fox stutzte, als ginge ihm gerade ein Licht auf. »Ja. Sie hat mich zum Lachen gebracht.«

Isabella hob freudig erregt den Kopf. »Also wirst du sie wiedersehen? Hast du ihre Nummer?«

Fox kratzte sich am Kopf und verzog das Gesicht. »Um ehrlich zu sein, bin ich heute Morgen in Panik geraten, als ich aufgewacht bin. Ich habe sie weiterschlafen lassen und den Frühzug nach Honeybridge genommen.«

»Aber es hat Spaß gemacht, solange es dauerte«, sagte Etienne ermutigend, und Fox stimmte zu.

»Das war der beste Spaß, den ich seit Jahren hatte.« Bei dem Wort »Spaß« deutete er Anführungszeichen an und lachte über sich selbst.

Isabella schaute ernst und wandte dann den Blick ab. Etienne beobachtete sie. Sie konnte doch nicht beleidigt sein, weil sie über den Sex redeten? Nicht nach dem, was sie ihm angeboten hatte. Sie schien genau zu wissen, was sie wollte und wie sie es bekommen würde.

Sie schob ihren Stuhl zurück und stand auf. Etienne sah, dass sie blass geworden war. Ihr Magen machte ein lautes Geräusch. Fox blickte erschrocken auf, als sie stöhnte. Und plötzlich hielt sie sich den Mund zu und rannte durch den Flur zum Gästebad. Und war seit vierundzwanzig Stunden die Erste im Haus, die es rechtzeitig zur Toilette schaffte.

Am selben Abend:

Etienne: **Geht es dir besser?**

Isabella: **Mir ist, als würde ich sterben.**

Etienne: **Ich habe ein schlechtes Gewissen.**

Isabella: **Solltest du auch.**

Etienne: **Wenn es dich tröstet: Ich kotze auch.**

Isabella: **Komisch, das ist tatsächlich tröstlich.**

Etienne: **Gute Besserung.**

Isabella: **Dir auch.**

37

Isabella

Etienne: **Kannst du heute Abend? Ich würde dir gern einen ausgeben zum Dank dafür, dass du mir mit George und Reggie geholfen hast.**

Isabella: **Das wäre schön, aber es geht nicht. Heute Abend findet im** Tutto Mio **der Cocktail-Lehrgang statt.**

Etienne: **Schade, ich hatte mich darauf gefreut, dir zu danken. Ganz persönlich.**

Isabella: **Du könntest kommen und mitmachen. Die GIRL GANG wird auch da sein. Bring deine Jungs mit.**

Etienne: **Das sind mir zu viele Leute.**

Isabella: **Dann bleib länger als die.**

Etienne: **Das klingt besser.**

Isabella: **Ich will sehen, wie schön du dich bedanken kannst.**

Isabella machte sich chic. Sie trug die Haare offen und zog sich eine Seidenbluse an, steckte sie in die Jeans und ließ die obersten drei Knöpfe offen. Sie strahlte eine nervöse Energie aus, fast wie das Team, das hinter der neuen Bar herumschwirrte und Flaschen und Gläser bereitstellte. Amber zog Hocker und Stühle um einen provisorischen Vierertisch in der Mitte des Restaurants. Naomi stellte eine handgeschriebene Getränkekarte an jeden Platz. Isabella wartete darauf, dass Amber ihr zunickte und dann die Restauranttür aufschloss, um die anderen zum ersten Mal hereinzulassen.

Wren und Rosie waren die Ersten. Rosie trug einen Zopfkranz, Wren hatte sich ihre roten Haare wie immer zu einem hohen Knoten gedreht. Sie schauten sich um und bewunderten den neuen Anstrich und die alten Holzdielen. Walker befand die nigelnagelneue Sprinkleranlage und die Rauchmelder für gut. Fox kam mit dem Handy am Ohr herein, er telefonierte mit seinem Babysitter. Etienne schlenderte als Letzter durch die Tür und sah zum Anbeißen aus. Seit dem Babysitter-Abend bei Fox hatten sie sich nicht mehr gesehen, nur gechattet, und jetzt überkam sie das Verlangen. Er wirkte frisch geduscht, seine feuchten Haare kräuselten sich im Nacken, und seine schwarze Jeans betonte seine langen, muskulösen Oberschenkel. Es war definitiv Zeit für die Fortsetzung, oder?

Isabella warf ihre Haare über die Schultern und sah angespannt zu, wie er ihr Restaurant betrachtete. Das *Tutto Mio* war ganz anders als das Bistro, mehr weiße Wände und die Ästhetik bloßgelegter Maserungen und Oberflächenstrukturen als schummriges Licht und behagliche Sitzecken. Allerdings hätte sie nichts dagegen, ihn jetzt in so eine Ecke zu zerren.

Rosie fasste sie am Arm und holte sie in die Wirklichkeit. »Du hast etwas Tolles daraus gemacht! Ich erkenne den Raum kaum wieder.«

»Ja, es sieht viel besser aus als vorher«, sagte Fox lachend und erntete allgemeines zustimmendes Gemurmel.

»Setzt euch«, bat Amber, »und lasst mich die Getränkekarte erklären.« Isabella strebte den Platz neben Etienne an, sah aber überrascht, dass er den Stuhl zwischen Fox und Walker nahm.

Amber ging die aufgelisteten Cocktails durch und ermutigte jeden, etwas anderes zu bestellen, damit das Team möglichst viel Übung bekam.

»Also, was nehmen wir zuerst?«

Fox bestellte einen Black Russian und Etienne einen Old Fashioned, Walker einen Gin Tonic, und alle machten »Oooooh«.

Rosie und Wren wandten sich den alkoholfreien Cocktails zu und entschieden sich für Orange Sunrise und Berry Burst.

Isabella nahm einen Kir Royal. Wenn sie zu Etienne schaute, wollte sie eigentlich Sex on the beach. Oder Sex auf der Theke. Oder auf dem Fußboden. Und gar keinen Cocktail. Etienne nahm ihren Blick nicht wahr, sondern hörte Walker konzentriert zu und rieb sich seine Bartstoppeln.

»So einen Ansturm haben wir noch nicht erlebt«, erzählte Walker. »Ich frage mich, ob es für die nächste Schicht ruhiger läuft.«

»Was ist passiert?« Rosie beugte sich vor.

»Wir hatten in letzter Zeit einige Hausbrände, mehr als gewöhnlich. Zwei in den letzten vier Tagen, und jetzt schon wieder einen. Das ist viel für diese Gegend. Wenn wir in einer belebten Großstadt wären, fände ich das nicht ungewöhnlich.«

Die erste Runde Getränke kam, die Bedienungen stellten jedes vor der richtigen Person ab und traten zurück, um die erste Reaktion zu beobachten.

»Auf das *Tutto Mio!*« Isabella hob ihren Kir Royal und bewunderte die Brombeere, die am Glasrand steckte. Hübsche Note.

»Aufs *Tutto Mio*«, sagten alle, bevor sie tranken. Das Team hielt den Atem an, bis lobende »Ahs« und »Ohs« zu hören waren. Isabella sah zu Etienne, doch der genoss konzentriert seinen Cocktail.

»Wie viele Brände habt ihr normalerweise in einer Woche zu löschen, Walker?«, fragte Rosie.

»Manchmal gar keinen.« Er zuckte mit den Schultern. »Normalerweise haben wir mit Verkehrsunfällen zu tun oder müssen Katzen von Bäumen runterholen. Aber zurzeit häufen sich die Brände. Das Seltsame ist, dass in der benachbarten Grafschaft das Gleiche passiert.«

»Sonderbarer Zufall«, meinte Etienne.

»Ist das Brandstiftung? Oder Pech?«, fragte Wren. Sie trank ihren Orange Sunrise mit Strohhalm.

»Das versuchen wir herauszufinden. Wir haben die Brandermittler hingeschickt.«

»Beunruhigend.« Fox runzelte die Stirn. »Ich muss meine Rauchmelder überprüfen.«

»Das habe ich vorige Woche getan, als du mit George im Garten warst. Die im Erdgeschoss brauchten neue Batterien«, sagte Walker, und Fox und er gaben sich über den Tisch hinweg einen Fist Bump.

»Mein Lebensretter.«

Der Kir Royal war Isabellas erster Alkohol seit dem Bier an dem Abend bei Fox. In den vergangenen zwei Tagen hatte sie kaum etwas gegessen, und erst jetzt hatte sie das Gefühl, wieder halbwegs gesund zu sein. Sie nippte an dem Drink und ließ den Alkohol seine entspannende Wirkung entfalten. Allerdings erhöhte er ihre sexuelle Anspannung eher, anstatt sie zu lösen. Sie warf einen Blick zu Etienne, doch der studierte gerade die Karte.

»Wer möchte bestellen?«, rief Amber, und man wählte aus. Rosie und Wren entschieden sich wieder für einen Mocktail.

»Müsst ihr beide morgen früh raus?«, fragte Fox.

Wren schüttelte den Kopf. »Nicht besonders.«

»Wir wollen die Karte durchprobieren«, meinte Rosie.

Die nächste Runde wurde gebracht, und diesmal nannten die Teammitglieder den Namen der Drinks, bevor sie ihn servierten. Auch eine nette Geste. Amber hatte bei ihrer Einarbeitung ganze Arbeit geleistet. Das Einzige, was sich bemängeln ließe, war Angies australischer Akzent, denn bei ihr klang der Caipirinha mehr nach einem Cup Piranha. Aber davon abgesehen lief alles gut. Nach dem zweiten Cocktail unterhielt man sich lebhaft. Isabella griff nach dem Wasserkrug, gerade als Etienne dasselbe tat, und streifte dabei seine Hand, nur ganz leicht. Ihre Blicke trafen sich über den Tisch hinweg. Sie zog die Hand zurück, als hätte sie sich verbrannt, und fühlte die Berührung bis ins Innerste. Er erzählte derweil, wieso er und Isabella jetzt jeder eins von Fox' karierten Hemden in ihrer Wäsche hatten.

»Gott sei Dank hatte ich Dienst«, sagte Walker, und alle lachten.

Fox gestand der Gruppe seinen One-Night-Stand und wurde rot, als Rosie eigens um den Tisch herumkam und ihn umarmte.

»Ach, Fox«, sagte sie leise. »Ich wette, das hat einen Haufen Gefühle hochgespült.« Er nickte und überließ ihr seinen Stuhl, damit sie sich neben ihn setzen konnte, vertrieb dafür Etienne von seinem, sodass der auf Rosies ursprünglichen Platz rutschte. So kam er nun neben Isabella zu sitzen.

Sie schob den Ellbogen auf dem Tisch an seinen, weil sie ihn spüren wollte. Er zog seinen ruckartig weg. Verwirrt drehte sie den Kopf zu ihm, doch er war in das Gespräch über den One-Night-Stand vertieft.

»Aber sie war nett?«, wollte Wren wissen.

Fox überlegte kurz. »Sie war großartig.«

»Überlegt euch schon mal, was ihr als Nächstes trinken wollt!«, sagte Amber und tippte auf die Getränkekarte.

»Ich werde ein paar Snacks holen, die den Alkohol aufsaugen.« Isabella stand auf und blickte Etienne auffordernd an.

»Ich helfe dir«, meinte er, was einen schnellen Seitenblick von Rosie und eine hochgezogene Braue bei Wren bewirkte, aber zum Glück fiel keine Bemerkung, als er Isabella in die Küche folgte.

Er ließ die Schwingtür hinter sich zufallen. Sie öffnete den nagelneuen Kühlschrank und trug Schüsseln und Krüge und Saucen zu einem Arbeitstisch.

»Willst du mein Snack sein?«, fragte er leise, und sie lachte erleichtert, als sie das Funkeln in seinen Augen sah.

»Das nicht, aber vielleicht das Dessert.« Sie deutete mit dem Kopf zum Restaurant. »Eben dachte ich noch, du meidest den Kontakt mit mir.«

»Nur weil ich fürchte, dass ich die Finger nicht bei mir behalten kann.«

Genauso ging es ihr auch. Sie schaute ihn unter halb gesenkten Lidern an. »Geduld ist eine Tugend, Etienne«, neckte sie ihn und reichte ihm eine Schüssel. »Kannst du dich um die Oliven kümmern?«

»Hmhm.« Lachend gab er nach und wusch sich die Hände, bevor er die verschiedenen Sorten Oliven abgoss und mit Grissini anrichtete. Sie nahm die anderen Snacks, die sie schon vorbereitet hatte. Große rote Erdbeeren mit einer glatten Schokoladensoße zum Dippen. Hausgemachtes Eis zu Kugeln portioniert, schimmernd weiß mit violetter Marmorierung. Sie drehte sich um und sah, dass er sie beobachtete.

»Bereit?«, fragte sie.

»Immer.«

»Es ist nur fair, dir eine Kostprobe zu geben«, sagte sie. »Eine Kleinigkeit, um dich zu motivieren.«

Seine Augen schimmerten gespannt.

Sie nahm eine Erdbeere von der Platte, tauchte sie in die Schokolade, drehte sie am Stängel zwischen den Fingern und hob sie zu seinem Mund. Zunächst nur die Spitze, damit er die Sauce kosten konnte. Dann schob sie ihm die ganze Frucht in den Mund zum Abbeißen. Er schloss die Augen und kaute, und sein genießerisches Stöhnen klang so erotisch, dass ihr der Atem stockte.

»Genug jetzt«, entschied sie, weil ihr plötzlich der Stimmenlärm von nebenan bewusst wurde. »Der Rest ist für später.«

Die dritte Runde wurde bestellt, und Rosie und Wren wählten wieder einen Drink von der alkoholfreien Seite.

»Ich kann doch nächstes Mal einen Mocktail bestellen, wenn ihr Lust auf einen mit Promille habt«, sagte Fox. »Ich muss sowieso früh raus.«

Rosie schoss Wren einen Blick zu, die daraufhin grinste und die Unterlippe zwischen die Zähne zog.

»Was ist hier los?«, fragte Isabella.

Die beiden Frauen sahen einander an, ein zaghaftes Lächeln hellte ihre Gesichter auf, und Isabella bemerkte, dass Wren unter dem Tisch nach Rosies Hand griff.

»Wir dachten, wir sollten noch mal ein Baby bekommen«, platzte Rosie heraus und wackelte aufgeregt mit dem Kopf.

Amber johlte von der Bar, sie hatte offenbar mitgehört.

»Wie aufregend!« Isabella klatschte in die Hände. Dabei versuchte sie zu ignorieren, dass Etienne unter der Tischplatte den Daumen an ihrem Oberschenkel entlangzog.

»Riley ist bald vier und wird nächsten September in die Schule kommen. Also haben wir Zeit für das Baby«, sagte Wren.

»Wir haben also mit Toby gesprochen, und er war ganz erpicht …«

»Aber wieso verzichtest du auch auf Alkohol?«, fragte Fox.

»Wir wollen es diesmal anders machen. Bei Riley war es Wrens Ei und meine Gebärmutter«, erklärte Rosie.

»Diesmal nehmen wir Rosies Ei und meine Gebärmutter.« Wren und Rosie hatten nur Augen füreinander. Wren biss sich hoffnungsvoll auf die Lippe, und Rosie kreuzte die Finger. Alle stießen miteinander an.

Während der letzten Runde hatte jeder einen Mocktail außer Walker, der seinen vierten freien Tag hatte und das nach Kräften ausnutzen wollte. Jeder andere würde am nächsten Morgen früh rausmüssen oder wollte den Babysitter nicht allzu spät ablösen. Als alle ihren Cocktail probierten, fing Etienne an, Isabellas Oberschenkel zu streicheln, und sie hatte Mühe, ein neutrales Gesicht zu wahren.

Gegen elf Uhr verbeugte sich das Team, bekam Applaus und machte sich auf den Heimweg, wobei sie einander mit High Fives und Umarmungen beglückwünschten. Ihnen war nichts vom Tablett gefallen, und sie hatten alles richtig gemacht. Amber seufzte vor Erleichterung.

Fox lud Walker zu sich nach Hause ein, um mit ihm die letzte Stufe seines Computerspiels zu spielen, und Rosie und Wren boten Amber an, sie nach Hause zu fahren, was die dankbar annahm. Sie sah abgekämpft aus. Etienne deutete mit dem Kopf zu dem Durcheinander hinter der Theke, wo ausgepresste Zitrusfrüchte, leere Flaschen und schmutzige Gläser standen.

»Ich helfe dir beim Aufräumen«, sagte er zu Isabella.

Sie kaute auf der Unterlippe, als sie die Tür abschloss und das Hauptlicht ausschaltete. Ihr Magen flatterte vor Vorfreude. Jetzt war sie mit Etienne allein.

Er hatte sich bereits die Ärmel aufgekrempelt und räumte mit erstaunlichem Tempo Gläser in die Spülmaschine. Sie ging zu ihm hinter die Theke und begann, die Flächen freizuräumen. So nah bei ihm konnte sie seinen Duft riechen.

»Ich denke, dein Restaurant wird mir Konkurrenz machen«, sagte er, schloss die Tür der Spülmaschine und stellte das Programm ein.

»Meinst du, du packst das?« Sie wünschte sich, er würde sie packen.

»Ich mag Wettbewerb.« Etienne drehte sich zu ihr. Er stand nur einen halben Schritt entfernt, und sie spürte seinen Atem. Seine Augen wurden dunkler. Ihre Brustwarzen reckten sich.

»Das ist auch nur ein Spiel«, sagte er leise und ließ den Blick über ihren Körper gleiten. »Und du weißt, ich spiele gern.« Seine Augen schimmerten, die Atmosphäre war aufgeladen.

Plötzlich war er bei ihr, verschlang ihren Mund, schob die Zunge zwischen ihre Lippen, fasste um ihren Hintern und drückte sie an seinen Unterleib. Sie spürte die Wärme seiner Erektion, die durch seine Jeans gegen ihren Bauch drückte, und wusste, er war genauso erregt wie sie.

Etienne löste sich von ihr, sodass sie heftig atmend voreinander standen. Sie sah ihn groß an, weil sie nicht wusste, warum er aufgehört hatte. Er zog eine Braue hoch und nahm aus dem Kübel neben ihm einen Eiswürfel. Der schimmerte im Halbdunkel, als er ihn zwischen Daumen und Zeigefinger hochhielt, und ein Tropfen rann an seiner Hand hinunter. Langsam, ganz langsam streckte er die Hand zu ihrem Gesicht und hielt ihn an ihren Mund, ließ ihn leicht an der Unterlippe haften, sodass sie ein wenig mitgezogen wurde, als er ihn davon weg nach unten bewegte. Er schob ihn über ihr Kinn und weiter am Hals hinab. Sie schauderte. Das Eis hinterließ einen Streifen Gänsehaut, aber es fühlte sich an wie Feuer.

Mit der anderen Hand knöpfte er ihre Bluse auf, und der Eiswürfel folgte der Öffnung, glitt zwischen ihre Brüste und dann über die Spitze des BHs, um ihr Verlangen anzufachen.

Sie holte scharf Luft und drängte sich an ihn, was ein träges Lächeln auf sein Gesicht brachte – aber er hatte keine Eile. Er lehnte sie mit dem Rücken gegen die Bar und schob das Eis an ihrer Taille entlang und dann in ihren Nabel. Sie keuchte auf. Etienne öffnete ihren Gürtel und den Reißverschluss, und sie streckte die Arme auf der Theke neben sich aus, während er die Hand mit dem Eiswürfel in ihren Slip schob. Sie stöhnte, und er küsste sie, bewegte Zunge und Finger im selben Rhythmus, während er den Rest des Eiswürfels an der heißesten Stelle ihres Körpers rieb. Es war exquisit. Und dann kam sie und kam und kam, und Etienne hielt sie aufrecht, bis sie kraftlos gegen ihn sank.

Sobald sie die Augen öffnete, übernahm sie die Regie und griff unter sein Hemd, strich über seinen muskulösen Rücken und über seine Brust. Er massierte ihre Brüste, aber sie ließ sich dadurch nicht ablenken, sondern zerrte an seinem Gürtel, öffnete seine Jeans und legte endlich die Hände an ihn. Sie strich über seine Länge und genoss es, wie er unter ihren Fingern zuckte. Sie nahm sich einen frischen Eiswürfel und ging auf die Knie. Dabei fühlte sie, wie seine Finger in ihr Haar glitten.

Zentimeter um Zentimeter legte sie ihn frei. Der Kopf glänzte schon, der Schaft schwoll noch etwas weiter an. Sie konnte ihn mit den Fingern kaum umfassen, und ihr Mund wurde wässrig vor Erwartung, als sie die Lippen öffnete, um ihn aufzunehmen. Bei einem Blick nach oben sah sie Etienne die Augen schließen, den Mund geöffnet, einen Ausdruck völliger Konzentration im Gesicht. Sie steckte sich das Stück Eis in den Mund, eine köstliche Kälte, und nahm ihn in sich auf, tief. Dabei hörte sie sein überraschtes Keuchen und stöhnte auf seinen Penis. Etienne lehnte den Kopf zurück. Eine Hand an seinem Oberschenkel, schob sie die andere gleichmäßig schnell an seinem Schaft rauf und runter und spürte, welche Macht sie über ihn hatte. Etienne griff fester in ihre Haare und bewegte sich ebenfalls, steigerte das Tempo, schob sich tiefer in ihren Mund, und sie schloss die Augen und ging mit, bis er aufstöhnte und kam und sie ihn tief im Rachen schmeckte.

In dem Moment klopfte es an der Tür. Sie erstarrten. Isabella, noch auf Knien, schob ihre Brüste in die Bluse und zog sich den Reißverschluss zu. Gedeckt von der Theke, schloss Etienne Hose und Gürtel. Es klopfte erneut, diesmal am Fenster.

»Siehst du jemanden?«, fragte Isabella von unten.

Etienne nickte.

»Eine Frau mit einem rosa Stirnband. Sie winkt mir.« Er winkte zögernd zurück.

»Oh mein Gott!«, rief Isabella. »Das ist Nonna!« Sie sprang auf und sah ihre Großmutter draußen die Hände und das Gesicht an die Fensterscheibe drücken. Sie rannte, um ihr aufzuschließen.

»*Ciao, bella*«, sagte Nonna und kniff ihr in die Wange. »Ich muss meine Schlüssel oben vergessen haben.« Sie richtete den Blick auf Etienne. »Sind Sie der neue Barkeeper?«

Etienne lachte. »Nein, obwohl ich hinter der Bar ziemlich gut bin.« Ein wahres Wort. Isabella spürte, dass sie rot wurde, als sie ihn als den Besitzer des Bistros vorstellte.

»Freut mich, Sie kennenzulernen, Etienne«, sagte Nonna. »Aber jetzt muss ich nach oben. Ich habe morgen einen Termin mit einem Fleischlieferanten. Danach gehe ich ins Fitnessstudio.«

Sie wandte sich der Treppe zu, die nach oben in die Wohnung führte. Als sie an Etienne vorbei war und er sie nicht mehr sehen konnte, warf sie Isabella einen großen Blick zu und küsste lautlos ihre Fingerspitzen.

38

Etienne

Etienne lächelte noch, als er sich ein paar Tage später auf den Weg zur Honeybridge Primary School machte, um seine versprochene Kochstunde abzuhalten. Seit dem Abend im *Tutto Mio* grinste er wie die Cheshire Cat und freute sich schon auf die nächste Kein-Sex-Session mit Isabella. Es machte mehr Spaß, als er sich hätte träumen lassen. Das war kein One-Night-Stand mehr, aber definitiv keine Beziehung. Vielleicht eine Freundschaft Plus? Was auch immer, er genoss es. Nicht einmal der nasse, windige Herbstmorgen machte ihm etwas aus. Er warf sich einen Schal um, nahm seine Tüten mit den Zutaten und machte sich auf den Weg.

Doch seine gute Stimmung fand ein abruptes Ende, als unterwegs der Geschäftsführer seiner Bank anrief und ihm höflich mitteilte, dass sein Darlehensantrag abgelehnt worden sei. Er ließ die Schultern hängen unter dem Gewicht der Neuigkeit. Also musste er noch immer die fehlenden zehntausend Pfund irgendwo auftreiben. Und zwar schnell. Er seufzte, und dann besann er sich. Es war Zeit, für Reggies Klasse ein fröhliches Gesicht aufzusetzen.

Die Empfangsdame im Schulsekretariat strich sich eine imaginäre Strähne hinters Ohr und leckte sich über die Lippen, bevor sie ihn ansprach. »Was kann ich für Sie tun?«, fragte sie hoffnungsvoll.

»Ich bin Etienne Martin«, sagte er, obwohl sie offensichtlich wusste, wer er war. »Ich komme, um mit der zweiten Klasse zu kochen.« Er hob die beiden Einkaufstüten hoch und ließ sie einen Blick hineinwerfen. Er freute sich darauf, Reggie unter den anderen Schülern zu sehen.

»Oh.« Die Frau wirkte nervös und schaute in das vor ihr liegende Anmeldebuch. »Das ist seltsam …« Sie fuhr mit dem Finger über das Blatt und hielt bei einem Eintrag inne. »Anscheinend ist noch jemand zu demselben Zweck hier.« Sie deutete mit dem Kinn zum Wartebereich.

Etienne drehte sich um und erblickte Isabella dort, umgeben von Einkaufstüten. Sie scrollte im Handy, und ihre Wangen waren rosig vom Herbstwind. Sie spürte offenbar, dass jemand sie ansah, und hob den Kopf. Überrascht fasste sie sich an die Lippen, und er dachte daran, wie es sich angefühlt hatte, als sich diese Lippen um ihn geschlossen hatten. Er lächelte. Sie errötete. Die Rezeptionistin machte eine Durchsage in den Klassenraum, und kurz darauf kam der Klassenlehrer, Mr Brady, und entschuldigte sich für das Versehen.

»Anscheinend habe ich Sie beide zur selben Unterrichtsstunde hergebeten«, sagte er in panischer Verlegenheit. »Zwischen Ihren Kochstunden sollte eigentlich eine Woche Abstand liegen.« Er drehte an seinem Schlips und dachte nach. »Wir könnten einen von Ihnen auf die kommende Woche legen, wenn Sie nichts dagegen haben? Bitte entschuldigen Sie das Malheur.«

Etienne sah Isabella fragend an. Sie wirkte hin- und hergerissen.

»Ich werde es nächste Woche nicht schaffen – wir stehen kurz vor der Eröffnung, da gibt es besonders viel zu tun.«

Der Lehrer wandte sich hoffnungsvoll Etienne zu.

»Ich könnte dann wiederkommen, aber ich habe gerade

sehr viel vorbereitet …« Er öffnete eine der großen Tupperdosen und zeigte ihm den rohen Brotteig. »Sie haben mich um etwas Französisches gebeten, und da dachte ich, Baguette wäre das Richtige.«

»Ich habe auch viele frische Zutaten dabei«, sagte Isabella. »Für Pizzabelag. Sie wollten etwas Italienisches.« Die drei blickten einander an, unsicher, wie sie das lösen sollten.

Etienne schaute von dem Lehrer zu Isabella, der aufregendsten Kochlehrerin, die ihm je begegnet war. Sie hatte sich einen dieser unordentlichen Haarknoten frisiert, mit dem sie aussah, als käme sie gerade aus dem Bett. So würde sie aussehen, wenn sie endlich mit ihm im Bett gewesen war. Dieses Bild brachte ihn auf eine Idee.

»Wir wär's, wenn wir die Stunde zusammen geben?«, fragte er sie. »Wir backen französische Baguette-Pizza.«

»Dein Brot mit meinem Belag?«, sagte sie mit einem leisen Lächeln. Er sah ihr an, dass sie lachen wollte. Er war fasziniert von ihrem Mund. Bei ihrer letzten Begegnung … Er schüttelte den Gedanken ab. *Reiß dich zusammen, Mann.*

»Das ist eine kulturelle Fusion«, erwiderte er.

»Das ist ein Fusionsfiasko«, konterte sie.

»Das ist ein Zeugnis der französisch-italienischen Freundschaft«, erklärte der Lehrer und ging voraus den Flur hinunter. »Machen Sie sich auf etwas gefasst«, warnte er und zog die Tür auf, hinter der dreißig Kinder lärmten.

Mr Brady führte Etienne und Isabella vor die Klasse, und zum ersten Mal wurde Etienne leicht nervös, als dreißig neugierige Schüler ihn anblickten.

»Also, Kinder, ich bitte um einen herzlichen Empfang für Mr Martin und Ms Tucci, die euch etwas über Frankreich und Italien beibringen werden.«

Als die Kinder höflich klatschten, entspannte sich Etienne

ein wenig. Wie schwer konnte das schon werden? Er schaute suchend durch die Reihen und entdeckte Reggie, der gerade mit seinem Sitznachbarn tauschte, damit er Isabella gegenübersaß. Offenbar hatte sie das kranke Kind sehr gut umsorgt und ein Band zwischen ihnen geknüpft. Für eine Sekunde sah er Isabella im Schwesternkittel vor sich.

»Bevor wir anfangen und Chefkoch Etienne schon mal alles bereitlegt, müssen sich alle meine Köche die Hände waschen und ihre Mützen aufsetzen.« Isabella zog einen Stoß weißes Papier aus einer ihrer Taschen. Sie demonstrierte, wie sich aus einem Blatt eine Kochmütze falten ließ. Dafür band sie es zu einer Röhre zusammen, die breit genug war, um sie auf den Kopf zu setzen. Ihm gefiel, wie ihre Zungenspitze aus dem Mundwinkel lugte, wenn sie sich konzentrierte. »Und schreibt euren Namen auf die Vorderseite, damit wir wissen, wie ihr heißt.« Dreißig Kinder machten sich ans Werk, und nach fünf Minuten saßen alle mit der Mütze auf dem Kopf an ihren Tischen.

Etienne verteilte Teigklumpen und erklärte, dass er sie im Voraus hergestellt hatte, damit der Teig hatte gehen können.

»Wohin gehen?«, rief jemand.

»In den Backofen?«, fragte ein anderer.

Etienne beschrieb, was es bedeutete, wenn man sagte: »den Teig gehen lassen«. »Nun müsst ihr den Teigklumpen zu einem langen französischen Brot formen.«

Klebrige Finger zogen und rollten das Teigstück, das dabei länger und dünner wurde. Etienne ging an den Tischen entlang und lächelte, als er sah, dass sich Isabella in die Hocke niederließ, um dem einzigen Mädchen zu helfen, das keinen Partner hatte.

»Solange die Brote backen, werdet ihr ein bisschen Französisch lernen.« Etienne schloss die Backofentür. Er sah Isabella aufblicken. Als ihm die brillante Idee gekommen war, hatte er nicht damit gerechnet, das in ihrem Beisein tun zu müssen. Er holte tief Luft und fing an.

»*Bonjour!*«, rief er in einem fröhlichen Singsang und ging auf die Klasse zu, und alle wiederholten es in dem gleichen Tonfall. Dann kehrte er ihnen den Rücken und wandte sich in Richtung Tür. »*Au revoir!*«, rief er und winkte über die Schulter. »*Au revoir!*«, antworteten die Kinder im Chor.

Er wiederholte das, und die Schüler sprangen auf und sagten es noch einmal. Isabella ebenfalls, an der Hand die Schülerin, der sie geholfen hatte, und Etienne sah Reggie auch nach ihrer anderen Hand greifen. Der arme Junge, es hatte ihn offenbar schwer erwischt. Als die Brote gebacken waren und Etienne sie der Länge nach halbierte, sodass jedes Kind einen Pizzaboden hatte, stellten sich alle bei ihm an, auch Mr Brady.

»Nun kommt die Hauptsache – die italienische Pizza!« Isabella stellte sich vor die Klasse. »Ihr könnt euch euren Belag aussuchen.« Sie zeigte den Kindern die Auswahl: Tomaten, Käse, Schinken, Oliven, Peperoni. »Überlegt euch, wie ihr sie schmackhaft und zugleich schön belegen könnt.«

Etienne stutzte. Hatte sie ihm gerade zugezwinkert? Vor der Klasse? Um ihn zu erinnern, dass sie ihn geschmeckt hatte? Er schüttelte den Kopf. Sicher nicht.

Zehn Minuten später wurden die Pizza-Baguettes in den Backofen geschoben.

Isabella bat um Ruhe, und die Klasse sah sie aufmerksam an. Wieso waren die Kinder bei ihr so leicht zu handeln?

»Also, was wisst ihr über Italien?«, fragte sie, und ein Dutzend Hände zeigten auf. Sie schaute ein Mädchen an einem der vorderen Tische an. »Möchtest du anfangen?«

»Ihr mögt gern Eiscreme!«, sagte die Kleine.

Isabella nickte. »Das stimmt. Wir nennen es ›*gelato*‹.«

»Ihr habt einen umgekippten Turm«, fügte ein Junge mit dem Finger in der Nase hinzu.

»Das ist der Schiefe Turm von Pisa«, stimmte sie lachend zu. »Und er ist noch nicht umgekippt!« Die halbe Klasse stand auf und neigte sich zu einer Seite, bis sie sich am Tisch abfangen mussten.

»Ihr mögt Pizza.«

»Wir haben sie erfunden«, korrigierte sie.

Die Backofenuhr klingelte, und sie nahmen die Bleche heraus. Etienne taten die Eltern jetzt schon leid, die diese keimbelasteten Kreationen am Abend serviert bekämen. Aber die Kinder waren stolz darauf und überdreht und zeigten einander ihren Belag. Als Mr Brady aufstand und sich bei Etienne und Isabella bedankte, atmete Etienne auf. Er fühlte sich wie nach einem Marathon. Isabella dagegen strahlte, als hätte sie gerade ihr Weihnachtsgeschenk ausgepackt.

Als sie zusammengepackt hatten und die Klasse sich die Jacken anzog, um in die Pause zu gehen, sah Etienne Reggie hinauslaufen.

»*Au revoir*, Reggie«, rief er.

»*Ciao,* Onkel Et«, antwortete er und winkte über die Schulter.

Isabella prustete.

»Verräter«, brummte Etienne.

39

Isabella

Isabella war bewusst, dass sie an diesem ungemütlichen Herbstabend, an dem der Wind um die Häuser strich und die Fensterläden zum Klappern brachte, unter einem Vorwand zu der Gemeindeversammlung ging. Ja, natürlich wollte sie die Brandschutzunterweisung der Feuerwehr unterstützen, aber eigentlich wollte sie Etienne sehen. Und ihn anfassen, wenn irgend möglich.

Als sie ankam, war der Saal des Gemeindezentrums bis auf den letzten Platz besetzt. Ein kurzer Blick brachte Enttäuschung. Etienne war nicht da. Aber sie entdeckte Wren und Rosie und drängte sich zwischen den stehenden Leuten hindurch zu ihnen. Dabei musste sie überraschend viele grüßen. Honeybridge wurde tatsächlich zu ihrer neuen Heimat.

Die Feuerwehrleute standen auf der mit Kürbissen geschmückten Bühne, Walker an der Seite. Als die Kirchenglocken draußen siebenmal schlugen, wurden die Saaltüren geschlossen, und Walker nahm das Mikrofon.

»Guten Abend, Honeybridge, und vielen Dank, dass Sie alle zur Gemeindeversammlung gekommen sind.«

Es wurde ruhig im Saal. Isabella knöpfte sich den Mantel auf und sah Etienne durch die Tür hereinschlüpfen und sie leise hinter sich schließen. Seine Haare waren vom Herbstwind zerzaust und seine Wangen rot von der Eile. Alles in allem sehr ablenkend. Sie rief sich zur Ordnung und konzentrierte sich auf Walker, der mit seinem Vortrag anfing.

»Wir arbeiten zurzeit mit den benachbarten Behörden und der Polizei zusammen, um eine Reihe von Bränden in Wohn- und Geschäftsgebäuden zu untersuchen, auf die wir Sie aufmerksam machen möchten.«

Bei dem Wort »Geschäftsgebäude« horchte sie auf. Walker hatte zwar die Hausbrände am gestrigen Abend erwähnt, aber nicht, dass auch Geschäfte betroffen waren. Sie dachte an das *Tutto Mio* und stellte sich vor, wie verheerend es wäre, es zu verlieren. Sie wollte sich das gar nicht ausmalen.

»Unsere Ermittlungen haben ergeben, dass die Feuer mit Absicht gelegt wurden, daher unterstützen wir die Polizei mit allem, was helfen könnte, um die Brandstifter zu fassen.«

Ein Raunen ging durch den Saal. Rosie verschränkte mit Wren die Finger. Isabella schaute zu Etienne, doch der war mit seinem Handy beschäftigt.

»Wir möchten Sie nun ebenfalls um Hilfe bitten. Bitte achten Sie auf alles, was Ihnen verdächtig erscheint, und melden Sie es sofort. Feuer greift schnell um sich. Ein Gebäude kann innerhalb von Minuten in Flammen stehen. Je schneller wir dort sind, desto besser stehen die Chancen, es zu retten.«

Ängstliches Geflüster und besorgte Blicke unter den Leuten. Isabella spielte nervös mit einer Locke.

»Und schließlich: Wenn jemand von Ihnen einen Gebäudecheck vereinbaren möchte, kommen wir gern zu Ihnen und beraten Sie in Sachen ›Brandschutz und Sicherheit‹. Wir können Rauchmelder, Überwachungsgeräte und Sprinkleranlagen empfehlen, die Ihnen buchstäblich den Arsch retten können. Gibt es dazu Fragen?«

Ein paar Hände schossen in die Höhe.

Walker zeigte auf jemanden. »Ja?«

»Sind die Fälle miteinander verbunden? Oder ist die Häufung ein Zufall?«

»Ich fürchte, darauf können wir noch keine Antwort geben. Die Polizei ermittelt noch.« Er wies auf die nächste Hand. »Ja, bitte?«

»Wie bekommen wir einen Termin für den genannten Gebäudecheck?«

»Sprechen Sie einen unserer Leute an.« Walker zeigte auf seine Kollegen. »Sie werden sich Ihre Adresse notieren und sich bei Ihnen melden.«

»Haben Sie auch Rauchmelder umsonst abzugeben?«

»Wir haben einen bescheidenen Hilfsfonds für Leute, die sich die Geräte nicht leisten können«, sagte er. »Natürlich vergewissern wir uns, dass nur jemand unterstützt wird, der wirklich darauf angewiesen ist.«

Viele Leute nickten.

»Ich danke Ihnen.« Nachdem er das Mikrofon wieder in die Halterung am Ständer gelegt hatte, verließen er und seine Kollegen die Bühne.

Wren schaute besorgt, und Rosie zog sie in den Arm.

»Walker war erst letzte Woche bei uns und hat alles gecheckt«, sagte sie.

»Ich weiß. Aber diese vielen Bücher! Die *Lit Lounge* würde in Sekunden lichterloh brennen.« Die Angst war ihr anzuhören.

Rosie versuchte, sie mit einem zuversichtlichen Lächeln zu beruhigen. »Wir haben keinen Grund zu glauben, dass es jemand auf uns abgesehen hat.«

»Aber wenn sich so ein Brandstifter, der Lust am Feuer hat, erst mal ausmalt, wie schnell die Buchhandlung in Flammen stünde …« Wren rang die Hände. »Denk nur mal an die Katzen!«

»Versuch, dir keine Sorgen zu machen« Rosie nahm sie an der Hand und ging mit ihr Richtung Tür. »Wir müssen ruhig bleiben.« Alle drei winkten sie Walker zu, der von Leuten umringt war, und verließen den Saal.

Am Ausgang trafen sie mit dem alten Fred Barrow zusammen. Er grüßte sie mit einer zusammengerollten Zeitung, bei der die Rennergebnisse nach außen geschlagen waren.

»Haben Sie heute Glück gehabt, Fred?«, fragte Isabella mit Blick auf seine Zeitung. Er hatte seine Tipps rot eingekringelt. Es schienen recht viele zu sein. Mit enttäuschter Miene leckte er über seine falschen Zähne, und zuckte mit den Schultern.

»Morgen ist ein neuer Tag«, sagte er und klemmte sich die Zeitung unter den Arm.

»Ich habe noch einige Landkarten für Sie«, rief Isabella hinter ihm her, als er den Weg zum Seniorenheim einschlug. »Meine Großmutter hat sie aus Italien für Sie mitgebracht.«

Sein Gesicht hellte sich auf. »Dann freue ich mich, sie mir anzusehen und Ihre Großmutter kennenzulernen.«

Die Leute strömten aus dem Gebäude auf den Parkplatz, und einige standen noch plaudernd beisammen, andere hielten direkt auf die Hauptstraße zu. Isabella entdeckte Etienne ein Stück voraus, der noch immer auf sein Handy konzentriert war.

Er blickte in dem Moment auf, und sie winkte, weil sie glaubte, er hätte sie entdeckt, doch er zog die Brauen zusammen und schaute wieder auf das Display.

Sie fühlte sich seltsam enttäuscht. »Hm«, sagte sie zu ihren Freundinnen. »Er hat mich wohl nicht gesehen.« Rosie warf Wren einen sonderbaren Blick zu. Isabella blieb stehen und hielt Rosie am Arm auf. »Was ist los?«, fragte sie.

Rosie überlegte einen Moment lang. »Läuft es gut bei deinem Plan, mit Etienne keinen Sex zu haben?«

Isabella grinste. »Sogar mehr als gut. Ich kann offiziell bestätigen, dass Etienne Martin beim Keinen-Sex-Haben fantastisch ist.« Sie rechnete mit einem Lächeln oder Lachen, doch wieder wechselten Rosie und Wren einen besorgten Blick.

»Es ist nur … du weißt schon. Es ist nicht mehr als das, okay?«, sagte Rosie nervös.

Isabella zuckte zusammen, als die beiden sie forschend anblickten, aber sie versuchte, das lachend abzutun.

»Das ist mir klar«, antwortete sie. *Sonnenklar, oder?*

»Denn Etienne lässt sich auf keine Beziehung ein«, erklärte Wren.

»Wir lieben ihn und alles, aber er ist nicht der Typ für was Festes«, fügte Rosie hinzu.

»In all der Zeit, die wir ihn schon kennen, hat er sich nie gebunden.«

»Ich glaube wirklich nicht, dass er das kann.«

Sie redeten nachdrücklich und schnell, ließen einander kaum ausreden.

Isabella hob die Hände, damit die zwei aufhörten. »Das ist kein Problem, denn ich will ihn nicht als festen Freund.«

Ihre Freundinnen sahen ihr aufmerksam ins Gesicht und versuchten zu ergründen, ob es ihr damit ernst war.

»Will ich nicht!«, wiederholte Isabella und lachte. »Alles, was ich von Etienne Martin will, sind Orgasmen.«

Die beiden schauten sie noch immer prüfend an, und Isabella wagte kaum, das Gesicht zu verziehen.

»Na, Gott sei Dank«, seufzte Rosie schließlich.

»Wir haben uns schon ein bisschen Sorgen um dich gemacht. Wir wollen nicht, dass dir wehgetan wird.«

»Wir dachten, wir hätten Gefühle gesehen …«

»Oder so einen gewissen Blick in deinen Augen …«

»Als könntest du dich in ihn verlieben.«

»Zum Glück ist es nicht so.« Wren legte einen Arm um Isabellas Schultern, und sie gingen weiter. »Na ja, sieh ihn dir an: ist mit seinem Handy beschäftigt. Wahrscheinlich auf Tinder.«

Isabella hakte sich bei Rosie unter und ließ sich von ihnen mitziehen. Dabei versuchte sie zu ignorieren, dass ihre Stimmung im Keller war.

Am späten Abend schlug sie auf dem Fenstersitz, den sie sich im Schlafzimmer eingerichtet hatte, die Beine unter. Umgeben von Kissen und brennenden Duftkerzen, trank sie gemütlich ihren Kamillentee und ging in Gedanken ihre Pläne und Termine für den nächsten Tag durch, überlegte sich, was sie mitnehmen und was sie anziehen würde. Das war zu einer Gewohnheit geworden. Zum allabendlichen Ritual.

Aber als sie über den Platz zum Bistro schaute, gestand sie sich endlich ein, dass es mehr war. Wenn Etienne das Restaurant zuschloss, war das ihre letzte Gelegenheit für heute, ihn zu sehen. An manchen Abenden bekam sie ihn gar nicht zu Gesicht, nur Katie oder Mile End Mickey, wenn sie den Heimweg antraten. An anderen wurde ihre Geduld belohnt, und er trat vors Haus, um für ein paar Minuten Luft zu schnappen oder die Sterne zu betrachten. Und danach ging sie ins Bett mit ihrem Handy und jenem Foto.

Sie gab das wirklich ungern zu, aber Rosie und Wren hatten recht. Sie mochte an ihm nicht nur seine Sex-Skills. Sie mochte ihn. Den ganzen Etienne.

Drüben ging das Licht aus, aber von ihm war nichts zu entdecken. An diesem Abend hatte sie kein Glück. Sie seufzte über das, was sie tief im Innern wusste: Sie mochte ihn sehr.

Die Gefühle hatten sich schleichend entwickelt. Er hatte

sie beim Karaoke zum Lachen gebracht. Sie hatte seine weiche Seite beim Umgang mit den Kindern erlebt. Er hatte zugehört, als sie ihm von Daniel erzählt hatte. Es beeindruckte sie, wie viel er für seine Freunde tat. Damit schien er viel, viel mehr zu sein als ein Schürzenjäger. Er war eine positive Überraschung.

Doch das war eine dumme Verliebtheit. Und die würde zu nichts führen. Das war ihr klar. Es war ja nicht so, als wären ernsthafte Gefühle im Spiel, oder?

Sie stand auf, um ihre Tasse in die Spüle zu stellen, und wandte sich dem Kalender zu, um den Tag mit Rotstift durchzustreichen. Noch zehn Tage bis zur Eröffnung. Zehn Tage, bis ihre Sexpause vorbei wäre.

Zehn Tage bis zum Ende ihres Keinen-Sex-Deals mit Etienne. Und was dann? Ein One-Night-Stand und es wäre vorbei?

Sie versetzte sich einen mentalen Rippenstoß. Zwang sich, das Positive zu sehen. Noch zehn Tage, bis ihr Ziel erreicht war: Single und erfolgreich sein.

Plötzlich hatte das nicht mehr den mitreißenden Klang wie zuvor.

40

Etienne

Nachdem Etienne das Licht gelöscht hatte, konnte er im Fenster gegenüber Isabellas Silhouette sehen. Sie saß oft spätabends da. Er überlegte, ihr zuzuwinken, aber sie sollte nicht denken, dass er sie beobachtete. Er schnaubte. Über den Platz winken, was sollte das denn?

Während er in seine Wohnung hinaufstieg, kehrten seine Gedanken zurück zu seiner aktuellen Sorge. Seit der Gemeindeversammlung wartete er darauf, dass sich Alex wieder bei ihm meldete. Doch sooft er aufs Handy schaute, war da nichts. Nicht mehr seit seiner Sprachnachricht, wonach man ihm gesagt hatte, er könne mit einem Anruf der Dougalls rechnen. Etienne hatte Alex' Angst herausgehört.

Sein Handy klingelte in seiner Hand und ließ ihn zusammenschrecken. Der Name seines Bruders leuchtete auf dem Display auf. Endlich.

»Alles okay?«, fragte er, sowie er abnahm.

Erst nach einer Sekunde antwortete Alex mit Ja.

»Ganz sicher?«

Wieder das Zögern. »Ganz sicher. Aber ich glaube nicht, dass das so glattläuft, wie ich dachte.«

Etienne rieb sich die Bartstoppeln und wartete.

»Sie wollen das Geld bei einem persönlichen Treffen. Ich darf keinen Vertreter schicken.«

»Ich komme mit.«

»Das darfst du nicht. Ich muss allein erscheinen.«

Etienne schossen tausend Gedanken gleichzeitig durch den Kopf. Würden die einfach das Geld nehmen und gehen? Das konnte er sich nicht vorstellen. Dass die Dougalls eine Tasche voll Geld aufhoben und wegfuhren? Das war nicht ihr Stil. Er sah dunkle Gassen vor sich. Sackgassen. Autoscheinwerfer im dunklen Wald. Jedes Gangsterfilmklischee lief vor seinem inneren Auge ab. Würden sie seinen Bruder zusammenschlagen? Ihm lief es eiskalt den Rücken hinunter. Würden sie ihn brandmarken? Ihn umbringen? Das Schweigen war so tief, er wusste, da würde noch etwas kommen.

»Ich bin trotzdem am Arsch, Et.« Alex schluckte vor Angst und klang tausend Kilometer weit entfernt. Etienne sah es vor sich, wie er sich durch die blonden Haare fuhr wie schon als Kind, wenn er ein Ziel nicht erreicht hatte oder in der Schule erwischt worden war, dass er seinen Namen mit dem Taschenmesser ins Pult ritzte. Er wartete.

»Zuerst haben sie gedrängt, dass ich es morgen liefere. Drohten, der Preis würde steigen, wenn ich das nicht tue. Und ich bin in Panik geraten und habe gesagt, dass das nicht geht, weil ich es erst holen muss.« Er seufzte. »Bei meinem Bruder.«

Etienne erstarrte. »Also wissen sie jetzt von mir.«

»Es tut mir leid, Bro. Ich wollte dich ja da raushalten«, erwiderte Alex barsch. »Es ist mir rausgerutscht.«

Etienne zog es den Magen zusammen, doch seine Stimme klang kräftig. »Es spielt keine Rolle. Sie wissen nicht, wer ich bin oder wo ich wohne. Das ist nicht das Problem. Mir macht Sorge, dass du dich mit ihnen allein triffst.«

Das Schweigen am anderen Ende sagte alles.

»Habt ihr schon etwas abgemacht? Wann und wo ihr euch trefft?«

»In zehn Tagen. Ort und Uhrzeit erfahre ich noch.«

»Wir werden das hinkriegen. Das wird bald vorbei sein.«

»Eher wäre mir lieber«, entgegnete Alex. »Es wäre schön, den Jahrestag zusammen zu verbringen.«

Etienne hatte das Gefühl, als läge etwas Schweres auf seiner Brust.

»Geht mir genauso, Al.«

41

Isabella

Isabella schaute auf ihren leeren Kalender. Den hatte sie sich mit Absicht freigehalten, um sich bis zur Eröffnung voll und ganz auf das *Tutto Mio* zu konzentrieren. Dann wandte sie sich seufzend ab. Das hieß, es gab keine Gelegenheit, Etienne über den Weg zu laufen, und obwohl ihr das wahrscheinlich nützte, waren ihre Brustwarzen anderer Meinung.

Sie warf einen Blick auf ihre irrwitzig lange To-do-Liste. Je näher der große Tag rückte, desto länger wurde sie. Es gab immer mehr hinzuschreiben als durchzustreichen.

Sie begann mit ihren Posts in den sozialen Medien, gewann stetig mehr Likes und Follower und bewarb die Eröffnung auf TikTok. Das Wichtigste war, dass die Leute das Restaurant ausprobierten. Denn dann würden sie auch wiederkommen. Hoffentlich.

Mittlerweile hatte sie mit allen Lieferanten gesprochen und musste nun die letzten Bestellungen für Fleisch, Gemüse, Nudeln und Gewürze aufgeben. Außerdem musste sie ihre Mitgliedschaft im örtlichen Cash-and-Carry-Großhandel erwerben und Spirituosen kaufen, um die Bar aufzufüllen.

Die bestellten alten Tische und Stühle würden in den nächsten Tagen eintreffen, und sie freute sich schon darauf, sie mit Kerzen und Blumen zu schmücken.

Die Speisekarten waren in der Druckerei. Schürzen, Servietten und Geschirrtücher waren noch nicht gekommen, sie musste da nachhaken.

Die Liste setzte sich fort. Immer weiter.

Na, wenigstens lenkte sie das von einem gewissen Franzosen mit geschickten Händen ab.

Nonna backte blechweise Rumplätzchen. Sie war immer guter Laune, wenn sie den Teig dafür hergestellt hatte, wahrscheinlich weil sie den Rum kostete.

»Du kommst genau richtig«, sagte sie und schob das noch heiße Blech ein Stückchen zu Isabella hin.

»Für mich nicht.« Isabella schüttelte den Kopf.

»Aber die sind sehr gut.« Nonna nahm sich eins, biss ab und schloss die Augen. »*Bellissima!* Warum gönnst du dir den Leckerbissen nicht?« Sie fing an, die Plätzchen auf ein Kühlgitter zu legen, und trank dabei noch ein Gläschen Rum.

Isabella sah ihr nachdenklich zu. Vielleicht hatte Nonna recht. Warum sollte sie sich den Leckerbissen verwehren? Und sie dachte dabei nicht an das Plätzchen. Auch wenn sie sich in Etienne verguckt hatte, änderte das nichts an der Abmachung. Sie durften ihren Keinen-Sex-Spaß genießen, bis ihre Sexpause abgelaufen war. Danach, falls sie Sex hätten und das sein gewohnter One-Night-Stand wäre, würde es für sie das letzte Mal sein, dass sie sich den Leckerbissen gönnte. Also sollte sie ihn bis dahin nicht genießen, sooft es möglich war?

Sie verließ die Küche und ging nach oben ans Fenster. Das Bistro war geschlossen, es war noch zu früh für einen Lunch. Aber es war nicht zu früh für einen Snack, wie er ihr vorschwebte.

Ihre To-do-Liste konnte warten. Sie betrachtete sich im Spiegel, ihre glänzenden Augen und vollen Lippen lächelten sie an. Sie löste den Haarknoten und ließ die Wellen über den Rücken fallen.

»Bis später, Nonna«, rief sie zur Küche hinüber, zog sich den Mantel an und warf sich einen Schal um den Hals. »Muss dringend was erledigen.« Und dringend war es, als sie mit schnellen Schritten den laubbedeckten Platz überquerte, im Kopf nur das eine.

Erst als sie direkt vor der Tür stand, sah sie den handgeschriebenen Zettel und stutzte.

Heute geschlossen. Aufgrund persönlicher Umstände.

Sie kaute auf der Unterlippe. Das machte ihr einen Strich durch die Rechnung. Was nun? Sie legte die Hände an die Fensterscheibe und spähte ins Bistro. Da brannte kein Licht. Aber Tische waren eingedeckt. Sie schaute durch den ganzen Gastraum. Das Restaurant war leer. Aber da saß jemand in einer Ecke, den Kopf in die Hände gestützt, vor einer Flasche Rotwein. Etienne.

Aus ihrem Verlangen wurde Besorgnis. Seine gebeugte Haltung, der Wein um diese Tageszeit. Er sah aus wie die Traurigkeit selbst. Sie überlegte nicht, ob sie es tun sollte, sie tat es einfach. Sie klopfte laut an die Tür.

Er blickte auf und drehte den Kopf. Zögerte. Dann stand er auf und öffnete, die Faust um den Flaschenhals. »Wir haben geschlossen«, sagte er tonlos.

»Ich kann lesen.« Sie deutete auf den Zettel. »Ich wollte mal nachhören, wie es dir geht.«

»Gut, danke.« Er wollte die Tür wieder schließen, aber sie lehnte sich dagegen und drückte sie auf.

»Das sieht dir nicht ähnlich«, sagte sie mit Blick auf die Weinflasche.

»Nur ein Schluck zum Gedenken«, verteidigte er sich. Aber die Flasche war mehr als halb leer.

»Ist etwas passiert?«, fragte sie. »Auf dem Zettel steht:

›aufgrund persönlicher Umstände‹ …« Ihr war bewusst, dass sie sich aufdringlich verhielt, aber sie glaubte, dass er Hilfe brauchte.

Etienne sah sie stumm an, dann trank er aus der Flasche. Plötzlich wirkte er ausgelaugt. Er fuhr sich mit der freien Hand durch die Haare. »Meine Eltern sind tot«, sagte er.

Isabella trat an ihm vorbei und nahm ihn bei den Armen. Er blickte sie mit großen Augen an.

»Wie schrecklich«, keuchte sie. »Was? Wann?«

Er machte sich los und trat weg. »Heute vor fünf Jahren.« Etienne seufzte und kniff die Lippen zusammen, als müsste er sich davon abhalten, mehr zu sagen.

»Gott, das muss schwer sein.« Sie stellte sich vor, wie es für sie wäre, wenn ihre Eltern sie nicht zu jeder Tageszeit per FaceTime anriefen und sich zeigen ließen, wie weit sie mit dem Restaurant gekommen war. Am vergangenen Tag erst hatte Mamma verlangt, dass sie ihr die neuen Waschbecken in der Damentoilette zeigte. Obwohl sie sich am anderen Ende der Welt aufhielten, waren sie ihr eine große Stütze, nahmen täglich an ihrem Leben teil. Ihr tat die Brust weh, wenn sie nur daran dachte, ohne sie zu leben. Wieder griff sie nach Etiennes Arm. »Das tut mir sehr leid.«

Er nickte und fuhr sich erneut durch die Haare.

»Hast du nicht geschlafen?«, fragte sie, als er auf den nächstbesten Stuhl sank. Sein Hemd war verknittert, und seine Bartstoppeln waren länger als sonst.

»Ich habe gerade viel um die Ohren.«

»Möchtest du darüber reden?« Sie stand abwartend bei ihm, unsicher, was sie für ihn tun könnte.

»Ich kann nicht«, murmelte er, und sie hörte ihm an, dass er zutiefst beunruhigt war.

»Du hast mir zugehört, als ich wegen Daniel aufgebracht

war. Jetzt kann ich dir zuhören.« Sie zog sich einen Stuhl vom Tisch und setzte sich ihm gegenüber, doch er schüttelte den Kopf und sah sie nicht an. Sie kaute auf der Unterlippe. Offenbar wollte er ihr nicht erzählen, was ihn bedrückte, aber sie fände es auch nicht richtig, ihn allein zu lassen.

»Hast du vor, den ganzen Tag hier zu sitzen und dich zu betrinken?«, fragte sie, und er hob überrascht den Kopf.

»Wahrscheinlich ja. Das tue ich jedes Jahr an ihrem Todestag.« Sarkasmus schwang in seinem Ton mit.

»Warum gehst du nicht zu ihrem Grab? Ist das in Frankreich?«

»Nein, in London. Auf dem Kensington-Friedhof.«

»Warum besuchst du nicht ihr Grab, um ihrer zu gedenken?«

Er ließ den Kopf in den Nacken sinken und schloss die Augen, bevor er antwortete. »An ihrem ersten Todestag habe ich das getan«, sagte er. »Ich bin immer mit jemandem hingegangen. Aber derjenige ist nicht da, und ich kann das nicht allein.« Er stieß den Atem aus und trank noch einen Schluck aus der Flasche. Isabella überlegte, von wem wohl die Rede war. Jemand in seiner Vergangenheit, auf den er sich verlassen hatte. Dem er vertraut hatte. Sie verspürte einen ärgerlichen Anflug von Eifersucht. Sie wehrte das Gefühl ab und tat, was sie für das Richtige hielt.

Sie rief im Handy die Öffnungszeiten des Friedhofs und die Wegbeschreibung ab. Dabei sah sie auch, was sie heute noch zu erledigen hatte, und entschied, dass das warten musste. Manches war noch wichtiger. Sie könnten in anderthalb Stunden dort sein. Sie könnte fahren, und Etienne hätte Zeit, um nüchtern zu werden. Unterwegs könnten sie irgendwo Blumen kaufen.

»Komm.« Sie zog ihn hoch. »Ich bringe dich hin.«

Man gelangte durch einen imposanten grauen Mauerbogen auf den Friedhof. Sie gingen eine Allee hinunter. Herbstlaub raschelte unter ihren Schritten, und noch immer fielen rotgoldene Blätter von den Zweigen. Ringsherum erblickte Isabella Reihen von Grabsteinen und Denkmälern, als Etienne sie zur linken Seite führte. Er hatte sich vor der Abfahrt ein frisches Hemd angezogen und im Auto einen großen Kaffee getrunken. Während der Fahrt hatte er kein Wort gesprochen, nur still aus dem Fenster gesehen, während sie aus der ländlichen Gegend in die Vororte gelangten und schließlich von Großstadt umgeben waren. Einmal hatte Isabella in einer Geschäftsstraße angehalten, und Etienne hatte einen großen Strauß Sonnenblumen gekauft. Nach Auskunft des Floristen die allerletzten der Saison.

»Wo meine Mutter aufgewachsen ist, gibt es ganze Felder von Sonnenblumen«, sagte er, als sie vom Bordstein wegfuhr.

Jetzt blieb er stehen und zögerte. Ein alter Mann mit zurückgekämmten weißen Haaren, der in seiner alten schwarzen Lederjacke sichtlich fror, warf einen Blick in ihre Richtung, offenbar auch zu einem Besuch unterwegs.

»Meine Eltern liegen da drüben.« Etienne deutete auf einen Grabstein.

Isabella setzte sich trotz der herbstlich kühlen Temperaturen auf eine Bank. Weiter sollte sie ihn nicht begleiten. Sie wickelte sich den Schal enger um den Hals und schob das Kinn in die warmen Falten.

»Ich warte hier auf dich«, sagte sie, und er nickte und schien all seinen Mut zusammenzunehmen, dann ging er an das Grab.

Er war weit genug entfernt, dass sie nicht hörte, was er zu ihnen sagte. Aber sie konnte sehen, wie liebevoll er die Blumen ablegte. Er berührte den Stein mit den Fingerspitzen und zupfte winzige Moospolster ab. Nahm eine kleine Hacke hinter dem Grabstein hervor und lockerte damit den Boden. Tat, was er konnte, um es ihnen schön zu machen, auch nach ihrem Tod.

Isabella schrieb eine Nachricht an ihre Eltern. Sie brauchte dringend den Kontakt, nachdem sie jemanden um seinen Vater und seine Mutter trauern sah.

Isabella: **Ciao, Mamma und Papà. Ich wollte nur sagen, dass ich euch liebe.**

Sekunden später kam eine Antwort.

Wir lieben dich auch.

Ihr ging das Herz auf, und sie steckte das Handy weg und bemerkte in dem Moment, wie Etienne die Lippen an den Grabstein drückte, zuerst rechts, dann links, wie man in Frankreich Menschen auf beide Wangen küsste. Der Anblick tat ihr weh, und sie blinzelte Tränen weg. Im nächsten Moment entdeckte sie ein Rotkehlchen, das auf dem benachbarten Grabstein saß. Sie kannte die rührseligen Geschichten, wonach der Besuch eines Rotkehlchens ein Zeichen dafür sein sollte, dass ein geliebter Mensch aus dem Jenseits herüberschaute.

»Etienne«, rief sie, und als er den Kopf hob, deutete sie auf den Vogel. Der neigte das Köpfchen zur Seite, und Etienne tat dasselbe. Das Rotkehlchen zwitscherte. Etienne lächelte. Es berührte Isabella, ihn so verletzlich zu erleben. Als der Vogel wegflog, fiel ihr der alte Mann auf, der die Szene beobachtet hatte.

»Danke«, sagte Etienne, als er zur Bank kam. »Mir ist nicht bewusst gewesen, wie sehr ich das gebraucht habe.« Seine Augen erschienen heiterer, seine Haltung aufrechter.

»Manchmal muss man sich einfach helfen lassen«, sagte sie.

»Schon möglich.« Er wirkte nicht überzeugt.

»Du würdest doch für deine Freunde alles tun«, entgegnete sie. »Und sie alles für dich. Du musst nicht mit allem allein fertigwerden.«

»Das musst gerade du sagen«, erwiderte er und ließ ein echtes Lächeln sehen. »Ms Erfolgreich und Single.« Sie machten sich auf den Rückweg. »Aber wie auch immer, ich danke dir.« Er zog sie in die Arme. Ihr Herz schlug schneller, als er sie kurz an seine Brust drückte, wo sie es warm hatte und vor dem feuchtkalten Wind geschützt war. Der alte Mann in der Lederjacke schaute ihnen von seinem Grab aus nach wie vor zu. Vielleicht wünschte er sich, er könnte den betrauerten Menschen auch noch in die Arme schließen.

»Du bist eine wahre Freundin«, sagte Etienne, als er sie losließ, und sie musste sich daran erinnern, dass er recht hatte. Der Wind schlug ihr ins Gesicht, und ihr sank der Mut, aber sie schaffte es, ihre Enttäuschung hinter einem Lächeln zu verbergen.

MIA FAMIGLIA

Mamma: **Uns wurde eine Off-Road-Campingtour mit einem einheimischen Führer angeboten!**

Papà: **Und wir werden auf Elefanten reiten und einem Dschungelpfad folgen.**

Mamma: **Das geht nur jetzt wegen des Wetters.**

Papà: **Aber die Tour liegt in der Woche deiner Eröffnung ...**

Isabella: **Folgt eurem Traum! Das sagt ihr immer zu mir!**

Mamma: **Aber wir haben das Gefühl, dich im Stich zu lassen.**

Isabella: **Überhaupt nicht. Ihr bekommt immer einen Tisch im** Tutto Mio.

Papà: **Danke, mein Schatz.**

42

Etienne

Einige Stunden später kamen sie wieder in Honeybridge an, und Etienne schaute Isabella nach, als sie über den Platz ging. Selbst heute konnte er nicht anders, als ihren Hintern zu bewundern. Der Gedanke ließ ihn unwillkürlich grinsen. Mal wieder. Tatsächlich hatte nur sie ihn an diesem Tag zum Lächeln gebracht. Nicht, dass er ständig gelächelt hätte, aber sie hatten während der Rückfahrt immerhin geplaudert, und sie hatte ihm von anderen langen Autofahrten erzählt und ihn damit aufgemuntert.

Zum Beispiel wusste er jetzt, dass sie und Gabi mal einen Campingurlaub in Frankreich gemacht hatten. Keine von beiden hatte je zuvor ein Zelt aufgebaut oder ein Wort Französisch gesprochen. Und dass sie Gabi gezwungen hatte, die Füße aus dem Fenster zu strecken, weil sie gestunken hatten.

»Das ist lange her«, hatte Isabella ihm versichert. »Inzwischen stinken sie gar nicht mehr.« Das brachte ihn wieder zum Lächeln. Wie unbeschwert sie über Gabriella plauderte und wie gern sie ihre Cousine hatte! So war es früher auch zwischen Alex und ihm gewesen.

Der Gedanke brachte die Anspannung zurück. Die angstvolle Unruhe. Erinnerte ihn an das Geld – das noch fehlte. Und er musste zugeben, es gefiel ihm kein bisschen, dass die Dougalls jetzt von ihm wussten. Das waren Leute, auf deren

Radar man gar nicht erst auftauchen wollte. Und erst recht wollte man nicht ihren Weg kreuzen. Doch er durfte Alex nicht allein hingehen lassen. Er musste es irgendwie möglich machen, dabei zu sein. Aber vorher musste er noch etwas erledigen. Er sah Isabella die Tür hinter sich schließen und stellte sich vor, wie sie hüftenschwingend die Treppe hochstieg. Dann zog er sein Handy aus der Hosentasche.

Fox trug einen Dreitagebart zu seinem karierten Hemd und sah aus, als bräuchte er dringend eine Mütze voll Schlaf. Walker war gerade von seiner Schicht gekommen und schien ein Bier zu brauchen. Etienne brauchte beides.

»Harter Tag heute, Mann.« Walker stieß Etienne mit der Schulter an, als er in Fox' Küche kam. Das war keine Frage, sondern eine Feststellung. Er und Fox wussten, dass sich heute der Todestag seiner Eltern jährte. Fox stand am Kühlschrank, an dem jetzt lauter Kürbisbilder hingen, und sah ihn fragend an.

Etienne nickte. »Das Übliche«, sagte er. Er nahm von Fox ein Bier entgegen, aber dann besann er sich. Es war anders gewesen als in den Jahren zuvor. Er war nicht allein gewesen, nicht in einem Meer von Trauer versunken, oder zumindest nicht lange. Und er hatte nicht so viel aus dem eigenen Weinkeller getrunken wie sonst. Ihm wurde klar, dass er mit dem Tag etwas Sinnvolleres angefangen hatte. Er hatte seine Eltern mehr gefeiert als betrauert.

»Sind die Jungs im Bett?«, fragte Walker.

Fox nickte. »Sie haben kaum drin gelegen, da haben sie schon geschlafen. Reggie war bei den River Rats und George im Gemeindezentrum beim Ballettunterricht. Sie waren beide todmüde.«

Etienne grinste. »Wird mein Patensohn der nächste Billy Elliot?«

Fox lachte. »Er kann sich nicht zwischen Ballett und dem Meccano Club entscheiden. Beides ist mittwochs, also probiert er beides aus.«

»Siehst du deshalb so müde aus?«

Fox rieb sich sein stoppliges Gesicht. »Nein, das ist wegen der Spielerweiterung. Die schlaucht. Aber wenn ich das hinkriege, wird es sich lohnen.«

Etienne wartete, bis alle mit einem Bier am Tisch saßen. Ihre Gesichter waren ihm so vertraut wie sein eigenes. Oder Alex'. Walker und Fox waren zu seiner Familie geworden, und er hatte sich immer wieder geschworen, sie niemals hängen zu lassen oder eine Frau zwischen sie kommen zu lassen. Damit sich die Geschichte nicht wiederholte. Doch er bat sie selten mal um etwas. Er gab ihnen nie Gelegenheit, ihn zu unterstützen. Ihm genügte das Gefühl, dass sie ihn unterstützen würden. Bis jetzt.

Mit ihrer Bemerkung, er müsse nicht alles allein bewältigen, er habe schließlich Freunde, hatte Isabella den Nagel auf den Kopf getroffen. Als er jetzt in die Runde schaute, war er sich sicher, dass er ihnen alles anvertrauen konnte, und sie würden für ihn da sein. Sie würden ihn nicht für das verurteilen, was er getan hatte oder nicht getan hatte, als Alex ihn gebraucht hatte. Er musste sich jemandem anvertrauen, er konnte nicht mehr alles in sich hineinfressen.

»Ich will mit euch reden«, begann er, und bei seinem ernsten Ton hatte er sofort ihre volle Aufmerksamkeit. »Es geht um meinen Bruder. Ich hatte gesagt, wir würden uns nicht mehr nahestehen. Das ist nicht so ganz wahr.«

Er ließ nichts aus. Er erzählte, dass Alex jahrelang dem Glücksspiel verfallen war, zunächst mit den Spielautomaten in der Spielhalle angefangen hatte und schließlich bei den Buchmachern an der Ecke gelandet war. Aber erst der Tod seiner Eltern habe ihn auf die schiefe Bahn gebracht, als er nämlich mit Online-Wetten und Hinterzimmer-Poker begann, jedes Mal höhere Einsätze tätigte und sein Erbe und mehr Geld verbrannte. Er verkaufte sein Auto, verlor seine Hausanzahlung und hatte am Ende so hohe Schulden, dass er buchstäblich um sein Leben rennen musste.

Etienne beschönigte nicht, welche Rolle er dabei gespielt hatte. Dass er ihm damals Geld lieh, um ihm herauszuhelfen, und Alex es immer verspielte. Als also in jener Nacht der Anruf kam, habe er das Handy umgedreht und ignoriert, damit er weiter mit Kira rummachen konnte. Er sei nicht für Alex da gewesen, als er ihn am meisten gebraucht hatte, und das verfolge ihn seitdem.

In den letzten vier Wochen habe er sich oft gefragt, wo Alex sei, und sich Vorwürfe gemacht, weil sein Bruder irgendwo in Angst lebte. Schlimmer noch, er habe sich gefragt, ob die Dougalls ihn gefunden hatten und er nie wieder nach Hause kommen würde. Er erzählte, dass Alex vor einigen Wochen angerufen habe und er jetzt an nichts anderes mehr denken könne als daran, seinen Bruder nach Hause zu holen.

Als er aufhörte zu reden, hatten seine Freunde ihr Bier ausgetrunken. In der anschließenden Stille nahm er einen großen Schluck aus seiner Flasche, und Fox stand auf, um neue zu holen.

»Und nun willst du ihm das Geld geben, damit er die Dougalls auszahlen kann?« Fox reichte ihm sein Bier.

Etienne nickte und atmete langsam aus. »Muss ich.«

Fox und Walker wechselten einen Blick, den er nicht deuten konnte.

»Was?«

Die beiden schauten sich noch einen Moment an, bevor Fox auf seine Frage einging. »Du willst einem Spieler fünfzigtausend Pfund geben?« Er und Walker sahen ihm fragend ins Gesicht und warteten auf seine Antwort.

»Ja.« Etienne zuckte mit den Schultern.

»Woher weißt du, dass er es nicht sofort verspielt, anstatt seine Schulden zu begleichen?«

Etienne erinnerte sich, wie Alex am Telefon geklungen hatte, dass er beteuert hatte, nicht mehr zu spielen, und dass seine Stimme geschwankt hatte, als er gesagt hatte, er wolle nach Hause kommen.

»Ich bin mir sicher«, antwortete er. »Er wird das nicht tun. Diesmal nicht.«

Fox und Etienne wechselten wieder einen Blick.

»Wird er es dir zurückzahlen?«, fragte Walker. »Das ist höllisch viel Geld. Das war für die Erweiterung deines Restaurants gedacht.«

»Wird er. Nach und nach.« Etienne führte sich vor Augen, dass all die Fragen einen guten Grund hatten. Ihrem Wunsch entsprangen, für ihn da zu sein, wie Isabella es ausgedrückt hatte. »Wie gesagt, ich stehe in seiner Schuld.«

»Das scheint mir weit darüber hinauszugehen.« Walker lehnte sich zurück.

»Es sind nicht deine Schulden, die du da begleichst«, meinte Fox.

»Wohl wahr, aber er ist mein Bruder, und ich habe ihn schon einmal im Stich gelassen. Deswegen habe ich ihn über vier Jahre nicht gesehen. Ich darf ihn nicht noch mal im Stich lassen.« Fox und Walker tranken ihr Bier und ließen das unkommentiert. »Ich muss nur das fehlende Geld irgendwie auftreiben. Ich habe mich an die Bank gewandt, doch die haben meinen Antrag abgelehnt. Ich finde schon eine Möglichkeit.«

»Wo wird das Geld übergeben?«

Etienne berichtete, was er wusste, also nicht gerade viel, und fügte am Ende hinzu, was für ihn feststand. »Ich werde ihn begleiten.«

Fox neigte sich nach vorn. »Die wollen, dass er allein kommt.«

»Ich werde in der Nähe sein, für den Fall, dass Alex mich braucht. Aber ich werde dort sein, irgendwo.«

»Willst du nicht lieber die Polizei einschalten?«, fragte Walker wohl aufgrund seines beruflichen Hintergrunds.

»Nein. Das ist zu riskant«, erwiderte Etienne. Wenn die Dougalls den Braten rochen, würden sie abhauen. Und Alex musste die Übergabe durchziehen, sonst würde er nicht nach Hause kommen können.

»Aber so riskierst du dein Leben«, mahnte Fox.

Etienne trank von seinem Bier und schluckte schwer. »Ich wollte euch nur erzählen, was gerade los ist. Damit es jemand weiß.«

Über dem Tisch hing Schweigen, solange das verarbeitet wurde. Etienne sah den winzigen Blickaustausch zwischen seinen Freunden. Eine stille Verständigung.

»Wir leihen dir das Geld«, sagte Fox. »Ich habe noch etwas von Megs Lebensversicherung greifbar.«

»Und ich habe Erspartes«, erklärte Walker.

»Kommt nicht infrage.« Etienne schüttelte den Kopf.

»Und ob«, erwiderte Walker.

»Und wenn du hingehst, gehe ich auch mit.« Walker neigte sich ebenfalls zum Tisch.

»Und ich«, stimmte Fox zu. »Du musst das nicht allein tun. Aber wir behalten das für uns. Diese Typen scheinen gefährlich zu sein. Außer uns muss niemand involviert werden.«

»Ich kann das nicht zulassen«, protestierte Etienne.

»Wir tun das für deinen Bruder«, sagte Fox. »Wir tun das für uns.«

Fox nahm sein Handy vom Tisch und öffnete ihren Gruppen-Chat. Er scrollte und zeigte den anderen seitenweise tagtägliche Posts. Der Chat lief seit vielen Jahren und bedeutete plötzlich viel mehr als irgendein alter Gruppen-Chat.

Die drei neigten sich über den Tisch und ließen die Flaschenböden gegeneinander klirren.

BROTHERS FROM ANOTHER MOTHER, in derselben Nacht

Fox: **Et, ich frage mich, warum du uns das gerade heute erzählt hast. Das mit Alex.**

Etienne: **Aufgrund einer Bemerkung von Isabella, als sie mit mir zum Friedhof gefahren ist.**

Walker: **Sie war mit dir am Grab deiner Eltern? Das ist nett.**

Fox: **Was hat sie gesagt?**

Etienne: **Dass ich nicht alles allein bewältigen muss. Dass ich Freunde habe, auf die ich mich verlassen kann.**

Fox: **Kluge Frau, diese Isabella.**

Walker: **Apropos, Rosie hat erzählt, dass ihr ein Sex-Abkommen habt.**

Etienne: **Bei dir klingt es schräg. Wir haben keinen richtigen Sex, weil sie sich für ein Jahr eine Sexpause auferlegt hat, bis sie eine erfolgreiche Single-Frau geworden ist.**

Walker: **Und du findest, bei mir klingt das schräg?**

Fox: **Dann ist es also was Sexuelles?**

Etienne: **Jep.**

Walker: **Was Unverbindliches?**

Etienne: **Jep.**

Fox: **Schade. Sie ist nett. Es war toll, dass sie dir geholfen hat, als die Jungs krank waren.**

Walker: **Stimme absolut zu. Nach dem Brand bei den Malones**

hat sie Millie ohne Zögern Nachhilfe in Italienisch angeboten.

Etienne: **Nur weiter so, Jungs. Der Beziehungsalarm schrillt schon.**

Fox: **Manches ändert sich nie.**

Walker: 😆

43

Isabella

Anscheinend kannte Nonna in Honeybridge schon genauso viele Leute wie Isabella. Während sie die Hauptstraße entlangspazierten und die Kürbisse vor den Haustüren bewunderten, winkte Nonna immer wieder jemandem, rief ihm etwas zu und versprach ihm Plätzchen.

»Wie vielen Clubs bist du beigetreten, Nonna?«, fragte Isabella, zumal die alte Dame fast jeden Abend weg war.

»Fünf«, antwortete sie. »Tai-Chi, Schach, Leseclub, Frauenverein und DJ-Kurs. Warte hier.«

Isabella blieb stehen, und Nonna verschwand in eine Bäckerei. Sie selbst hatte sich keinem Club angeschlossen, außer man würde das *Bolthole* und die *Lit Lounge* als solche betrachten – aber sie fühlte sich in Honeybridge vollkommen heimisch. Ihr altes Leben mit Daniel war in weite Ferne gerückt. Tatsächlich fiel ihr gerade auf, dass sie seit Wochen nicht mehr an ihn gedacht hatte. Vielleicht nicht mehr, seit sie von seiner Verlobung erfahren hatte. Der Himmel stehe ihr bei, seiner Neuen. Doch nicht nur die Zeit mit Daniel kam ihr weit weg vor. Auch ihr Angestelltendasein bei der Werbeagentur schien zu einem anderen Leben zu gehören. Sie hatte sich daran gewöhnt, ihr eigener Boss zu sein, ihrem eigenen Terminplan zu folgen, über ihren beruflichen Aufstieg selbst zu bestimmen. Sie liebte es, ihr Restaurant zu gestalten, und die Art, wie Amber und das Team Leben hineinbrachten. Und nun hatte sie mit Nonna ihrer Kreation das Sahnehäubchen aufgesetzt. Oder die Rumkirsche auf das Plätzchen.

Nonna kam aus der Bäckerei mit einer Papiertüte in der Hand. Sie öffnete sie und zeigte Isabella, was sie gekauft hatte: helle Plätzchen mit Hagelzucker.

»Wie du spähe ich die Konkurrenz aus«, flüsterte sie. Sie zog sich einen Fäustling aus, nahm ein Plätzchen aus der Tüte und hielt es zwischen ihre Gesichter. »Für die Größe zu teuer, finde ich.« Sie biss ab und kaute nachdenklich. »Schmeckt aber gut, das muss ich ihm lassen.« Sie aß es auf und wischte sich die Krümel aus den Mundwinkeln, während sie dem Bäcker zufrieden durchs Fenster winkte.

Sie fuhren erschrocken zusammen, weil plötzlich ein Martinshorn ertönte. Ein Löschfahrzeug bog um die Ecke, kam in ihre Richtung und fuhr mit ohrenbetäubendem Geheul vorbei. Isabella sah Walker auf dem Beifahrersitz, winkte aber nicht. Das hätte sie unangemessen gefunden. Nonna bekreuzigte sich murmelnd. Sie sahen den Feuerwehrwagen zum Park fahren. Isabella bis sich auf die Lippen. Dass der Brandstifter wieder zugeschlagen haben könnte, machte ihr Angst.

»Ich meine, Sinead würde eine gute Köchin abgeben«, sagte Nonna, während sie sich den Handschuh wieder anzog, um weiterzugehen. Inzwischen war es frisch geworden, manchmal meinte man, den nahenden Winter schon in der Luft zu riechen. »Meine anfänglichen Vermutungen waren richtig.«

»Wir haben noch nicht mal eröffnet«, protestierte Isabella. »Erzähl mir nicht, du denkst schon an den Rückflug. Mamma und Papà verlängern ihre Reise, also brauchst du dich mit der Heimkehr nicht zu beeilen.«

»Keine Sorge«, erwiderte Nonna. »Ich plane nur meine Nachfolge. Das ist für ein Unternehmen existenziell wichtig.«

Isabella grinste. »Hast du mit ihr darüber gesprochen?«

»Noch nicht, aber ich habe sie unter die Lupe genommen. Es schreckt sie nicht, große Mengen zu kochen, das ist sie durch ihre Jungs gewöhnt. Und sie hält sich immer ans Rezept und sagt, dass sie nicht gern von dem abweicht, was sich als gut erwiesen hat. Ich weiß also, dass sie unsere Familienrezepte beibehalten würde.«

»Das können wir jederzeit vertraglich festlegen«, erwiderte Isabella.

»Besser, wenn wir das nicht müssen. Wenn sie die Rezepte aus Überzeugung bewahrt.«

Da hatte sie recht. Isabella nickte.

Wieder heulte ein Martinshorn. Diesmal raste ein Polizeiwagen mit Blaulicht vorbei. Einen Augenblick später ein zweites Löschfahrzeug. Da musste etwas Schlimmes passiert sein.

Auf dem Bürgersteig blieben immer mehr Passanten stehen und sahen einem Rettungswagen und einem weiteren Streifenwagen hinterher. Ein Ladenbesitzer kam heraus und schaute die Hauptstraße entlang. Isabella erkannte ihn von der Gemeindeversammlung wieder.

»Nicht schon wieder einer«, sagte er, und andere griffen die Bemerkung auf.

Nonna fasste einer jungen Frau an den Arm, die mit einem Kind im Buggy neben ihr stand. »Was ist los?«, fragte sie.

»Wie es aussieht, brennt das *Heart of Honeybridge.*« Sie zeigte zum Park, wo von einem Dach schwarzer Rauch aufstieg.

Nonna bekreuzigte sich. »Ist das nicht das Seniorenheim?«, flüsterte sie erschrocken, und Isabella nickte.

»Brigitta aus dem Schachclub lebt da. Sie ist die Schicke, von der ich dir erzählt habe.«

»Und Fred Barrow wohnt dort auch.« Isabella dachte an ihre letzte Begegnung mit ihm. Er hatte sie zu sich eingeladen und ihr einen Kaffee gekocht. Sie hatten eine Stunde zusammengesessen und sich die Landkarten angeschaut, während er in Erinnerungen schwelgte. Er war so ein netter Mann. »Lass uns hingehen. Vielleicht können wir helfen.«

Nonna musste nicht erst überredet werden. Sie schenkte die Tüte Plätzchen dem Kind in dem Buggy, hakte sich bei Isabella unter und zog mit ihr los.

Am Park hatte sich bereits eine Mengenmenge gebildet, zurückgehalten durch eine hastig aufgebaute Polizeiabsperrung. Manche Leute telefonierten, andere standen in engen Grüppchen mit Freunden oder Verwandten zusammen und beobachteten das Geschehen. Tatsächlich war es das Seniorenheim, das brannte. Isabella und Nonna fädelten sich zwischen Leuten hindurch, bis sie an das Absperrband gelangten, wo trotz der Oktoberkälte die Hitze der Flammen zu spüren war.

Die Feuerwehr war schon mit drei Löschwagen und einer Mannschaft im Einsatz. Aus drei Schläuchen strömte Wasser im hohen Bogen auf das Gebäude. Isabella stockte der Atem, als sie erkannte, dass die am stärksten betroffene Wohnung die von Fred Barrow war, und die Flammen schlugen bereits aus dem Dach. Das Feuer breitete sich rasch aus und griff auf die anderen Wohnungen über. Der Rauch, der durch den Park zog, war bitter und kratzte ihr im Hals. Sie presste sich den Ärmel vor Mund und Nase und hielt hektisch nach Fred Ausschau, als die Feuerwehrleute Bewohnern in einen Wartebereich halfen, wo die Sanitäter bereitstanden. Nonna hustete und spähte in die Menschenmenge.

Etienne tauchte atemlos neben ihr auf. »Ich habe es gerade erfahren. Hast du Fred schon gesehen?«

Sie schüttelte stumm den Kopf, und Etienne hob eine Hand über die Augen und schaute blinzelnd zu dem Brand.

»Seine Wohnung hat es übel erwischt«, sagte er.

»Bestimmt haben sie ihn rechtzeitig herausgeholt«, erwiderte Isabella so zuversichtlich, wie sie konnte, aber sie keuchte entsetzt, als das Dach plötzlich einbrach und die Flammen hochschlugen. Die Leute duckten sich gegen den ankommenden Hitzeschwall.

»Treten Sie bitte weiter zurück.« Polizisten versetzten die Absperrung um ein paar Meter, um den Rettungskräften mehr Platz zu verschaffen. Etienne wollte nicht sofort weichen, weil er den Kopf reckte, um besser zu sehen, und Isabella zog ihn am Ellbogen weg, bis er nachgab und zurücktrat.

Die Feuerwehrleute brachten einige Bewohner in Rollstühlen heraus, einige bettlägerige Senioren trugen noch ihren Schlafanzug.

»Unvorstellbar, welche Angst sie ausgestanden haben«, murmelte Nonna. »Dort im Bett liegen und warten zu müssen, bis man sie rettet.« Und dann schlug sie erleichtert die Hände zusammen. »Da ist Brigitta, anscheinend unverletzt.« Sie zeigte auf eine alte Dame, die einen Burberry-Schal über Mund und Nase gebunden hatte, um sich gegen den Rauch zu schützen. »Ich gehe mal zu ihr.« Sie verschwand zwischen den Umstehenden. Ein lauter Knall erschreckte Isabella so sehr, dass sie an Etiennes Schulter Schutz suchte und sich die Ohren zuhielt.

»Warum ist er noch nicht draußen?«, fragte er. »Wenn das Feuer doch in seinem Haus ausgebrochen ist?«

»Du glaubst aber nicht, dass er noch drinnen ist, oder?« Isabella rief sich das Innere seines Zuhauses vor Augen. Es war kompakt, eine Ein-Zimmer-Wohnung mit der Vordertür zum Park und einer Hintertür zum Gemeinschaftsgarten auf der Rückseite des Komplexes. »Vielleicht ist er durch die Hintertür nach draußen gelaufen? Als es anfing zu brennen?«, sagte sie.

In dem Moment sah sie Walker. Er trug zwar eine Atemschutzmaske, aber sie erkannte ihn an seinen rotblonden Haaren und den breiten Schultern. Anscheinend war ihm derselbe Gedanke gekommen, denn er und ein Kollege liefen zwischen zwei Gebäuden hindurch zu den dahinterliegenden Gärten.

»Treten Sie zurück.« Ein Polizist drängte die Menschen, mehr Platz zu machen. Es kamen immer neue besorgte Verwandte und Freunde an die Absperrung. Das war der größte Brand, den die Gemeinde bisher erlebt hatte.

»Du glaubst auch nicht, dass das Brandstiftung war, oder?«, fragte Isabella. »Niemand würde doch hilflosen alten Menschen das Dach über dem Kopf anzünden.«

Er kniff die Lippen zusammen. »Gott, hoffentlich nicht«, murmelte er.

Beide Flügel des Gebäudes standen nun in Flammen. Der Lärm war unglaublich. Das Feuer toste, es knallte und knackte. Isabella kamen die Tränen, und sie wischte sie weg. Die nach draußen gebrachten Bewohner bekamen nun Sauerstoff und ärztliche Hilfe. Sie sahen erschrocken aus, schauten wie verängstigte Kinder trotz ihres hohen Alters. Und noch immer war Fred nicht zu sehen.

Einige Sanitäter richteten auf dem Rasen eine Triage-Station ein. Der Rauch war jetzt dichter und quoll aus allen offenen Fenstern.

»Da drüben!«, rief Etienne und zeigte auf den Durchgang

zwischen den Gebäuden. Walker stützte Fred und führte ihn durch den Rauch, gefolgt von einem Kollegen und einem weiteren Bewohner.

Etienne packte Isabellas Hand und zog sie mit sich zwischen den Leuten hindurch, bis sie auf Höhe der Rettungswagen standen.

»Walker!« Etienne winkte ihm. »Ist er unverletzt?«

Walker nickte grimmig.

»Könnt ihr euch um ihn kümmern? Ich muss zurück.«

Etienne hob das Absperrband hoch und duckte sich mit Isabella darunter durch. Er hielt sie weiter an seiner starken warmen Hand.

»Da sind Sie ja!«, sagte sie zu Fred, der sie blinzelnd ansah. Seine Augen waren gerötet, und er hielt ein Buch und etwas Gefaltetes unter dem Arm.

»Wir waren ganz schön in Sorge, Fred.« Etienne ließ Isabella los und zog den alten Mann in eine herzliche Umarmung. Isabella spürte die kalte Luft an der Hand, die er eben noch gewärmt hatte.

»Ich war im Garten, als das Feuer ausgebrochen ist«, krächzte Fred, als Etienne ihn losließ. »Habe einem Bekannten meine Karten gezeigt. Ich kam nicht nach vorne durch.« Sein Gesicht war rußig, seine Falten hoben sich weiß davon ab.

Etienne umarmte ihn von Neuem, und Isabella sah bestürzt die Tränen in seinen Augen.

»Die Leute sagen, es hat in meinem Haus angefangen?« Er kniff weinend die Augen zu, dass ihm die Tränen übers Gesicht rannen. »Ich kann nicht klar denken, Etienne, aber ich bin mir sicher, dass ich den Herd nicht angelassen habe. Ganz sicher.« Er sah aus, als trüge er die Last der Welt auf den Schultern.

Ein Sanitäter näherte sich und nahm ihn sanft beim Arm, um ihn zu den wartenden Bewohnern zu bringen. »Ich denke, wir sollten Sie untersuchen, Mr Barrow«, erklärte er, als sie weggingen. »Sie können da drüben warten«, sagte er zu Etienne und Isabella und zeigte zu dem Bereich, der sich allmählich mit Angehörigen und Freunden füllte. Nonna war schon mit Brigitta dort.

»Woher kennst du Fred so gut?«, fragte Isabella. Sie dachte an ihren ersten Abend im Bistro zurück.

»Ich habe ihn und Jeannie, seine Frau, kennengelernt, als ich gerade erst hergezogen war. Sie haben eines Abends im Bistro gegessen, und wir sind ins Gespräch gekommen. Ich glaube, sie haben mir angemerkt, dass ich einsam war. Das war kurz nach dem Tod meiner Eltern ...« Er hielt inne und schüttelte den Kopf. »Das war eine schlimme Zeit für mich. Jedenfalls haben sie mich zu einem Sonntagsessen eingeladen. Sie waren ein liebevolles Paar. Durch sie habe ich mich nicht mehr so einsam gefühlt, als hätte ich noch eine Familie.«

Isabella nickte mitfühlend. Nachdem sie ihn am Grab seiner Eltern gesehen hatte, wusste sie, wie sehr ihm seine Angehörigen fehlten. Fred saß jetzt auf einem Stuhl, und ein Sanitäter leuchtete ihm mit einer kleinen Stablampe in die Augen.

»Jeannie muss ihm furchtbar fehlen«, sagte sie.

Etienne nickte. »Nachdem sie gestorben war, haben wir die Rollen getauscht. Er isst nun einmal die Woche kostenlos bei mir im Bistro. Wenn es irgend geht, setze ich mich beim Nachtisch zu ihm.«

»Das ist eine nette Idee«, bemerkte Isabella. »Dadurch kommt er aus dem Haus, und er spart Geld.« Sie sahen, dass der Sanitäter ihn an Brust und Rücken abhörte.

»Er hat nicht viel.« Etienne zuckte mit den Schultern. »Und ab und zu wettet er auf ein Pferd.«

Fred ließ sich vom Stuhl aufhelfen und steuerte auf sie zu. »Bei mir ist alles in Ordnung«, sagte er. »Meine Pumpe liegt gut in der Zeit.« Er deutete auf sein Herz.

Etienne half ihm unter dem Absperrband durch, und Fred schaute zum ersten Mal zu der Brandruine, die mal das *Heart of Honeybridge* gewesen war. Das Feuer schien erloschen zu sein. Die Löschwasserstrahlen waren noch immer auf die Häuser gerichtet, aber man sah nur noch Rauch, keine Flammen. Auf dem Gelände wimmelte es von Einsatzkräften in verschiedenen Uniformen, die ihren Aufgaben nachgingen. Walker kam, zog seinen Helm ab und strich sich durch die Haare.

»Weiß man schon, was das Feuer ausgelöst hat?«, fragte Etienne, als er bis auf ein paar Schritte herangekommen war.

»Das finden wir noch heraus«, antwortete Walker. »Das hätte in einer Tragödie enden können. Tatsächlich gibt es nur geringfügige Verletzungen.«

Etienne klopfte ihm anerkennend auf den Rücken.

»Aber das Heim muss zumindest für ein paar Tage geschlossen bleiben. In einigen Wohnungen müssen die Rauchschäden beseitigt werden, andere werden für lange Zeit unbewohnbar sein.«

»Ich schätze, Freds gehört auch dazu?«, fragte Etienne.

Walker nickte. Das Kinn des alten Mannes zitterte.

»Gut, dann gehen wir besser und bringen Sie ins Warme«, sagte Etienne. »Sie wohnen bei mir, bis alles geregelt ist.«

Fred wollte schon den Kopf schütteln, doch ein Blick von Etienne, und er besann sich eines Besseren. Er ließ die Schultern hängen und dankte ihm leise.

»Dasselbe habe ich Brigitta angeboten«, erklärte Nonna, die gerade zu ihnen getreten war. »Sie kann doch bei uns bleiben, Isabella?« Die Frau mit dem Burberry-Schal hatte sich gerade die Lippen mit ihrem Dior-Lippenstift nachgezogen. »Es wird nur für ein paar Tage sein. Ihre Wohnung hat keinen Schaden genommen.«

»Natürlich«, antwortete Isabella. Sie fand, dass Brigitta schicker aussah als sie, wenn sie abends ausging. »Freut mich, Sie kennenzulernen, Brigitta.«

»Das müssen wir als Nächstes tun«, sagte Walker, »für all die Leute eine Bleibe finden. Nicht jeder hat hier Freunde oder Verwandte. Und die Gemeinde wird sie nicht sofort alle unterbringen können. Das heißt, manche müssen ein paar Nächte auf dem Fußboden im Gemeindezentrum verbringen.«

Isabella sank das Kinn herab. Das Gemeindezentrum war ein schöner Neubau, gut ausgestattet und gepflegt, aber ohne Teppichboden und nicht gerade wohnlich. Und um diese Jahreszeit kalt. Da gab es kein warmes Bett mit bequemen Kissen, in dem man den Schock über das Erlebte wegschlafen konnte. Keine Sessel mit Fußschemel, in denen man sich ausruhen konnte, nicht mal einen Fernseher, der die alten Leute von der Katastrophe ablenken würde.

»Sie brauchen jetzt eine heimelige Umgebung«, sagte Isabella, und Walker nickte, zuckte aber auch mit den Schultern.

»Da stimme ich dir zu.« Er blickte sie traurig an und setzte seinen Helm auf, um an die Arbeit zurückzukehren.

Isabella fasste ihn am Unterarm. »Walker, ich habe eine Idee. Kann ich mit dem Leiter der Feuerwache sprechen? Ich kann nämlich helfen, da bin ich mir sicher.«

»Klar«, meinte er. »Wir können jede Hilfe gebrauchen. Komm mit.«

»Wir sehen uns zu Hause«, sagte Isabella über die Schulter zu Nonna und Brigitta. »Und, Nonna …«, rief sie noch, als sie hinter Walker herlief, »kannst du meinen Laptop aufladen? Ich werde ihn brauchen.«

44

Etienne

Etienne erfuhr erst von Isabellas Aktion, als die später in seinen sozialen Netzwerken auftauchte. Er war mit Fred nach Hause gefahren und hatte ihn im Gästezimmer einquartiert. Dann war er losgezogen, um ihm eine Zahnbürste, einen Schlafanzug und ein paar andere Dinge zu besorgen, die Fred für seine Bequemlichkeit brauchte, Kleidung zum Wechseln und eine Ausgabe der Zeitung, die er immer bei sich trug. Als Fred geduscht und umgezogen war und in dem Sessel vor dem Fernseher döste, griff Etienne endlich zum Handy und schaute nach neuen Textnachrichten.

Nichts von Alex. Nichts von Isabella.

Er zuckte zusammen. Moment mal. Nichts von Isabella? Warum sollte er etwas von ihr hören? Wieso erwartete er, auf dem Display ihren Namen zu sehen?

Wahrscheinlich weil sie sich am Vormittag gesehen hatten. Vielleicht weil sie ihm berichten wollte, wie sie mit ihrer neuen Mitbewohnerin zurechtkam? Er schlug mit dem Gerät auf seine Handfläche. Sollte er sich bei ihr danach erkundigen? Vermutlich hatte sie gerade viel zu tun. Stattdessen klickte er sich gedankenlos in seinen Social-Media-Feed.

Überall in dem Feed waren Tags der »Gästezimmer-Übernachtungsaktion« zu sehen, einer intelligenten, mutigen Kampagne, die die Aufmerksamkeit sofort auf sich zog. Darin rief Isabella die Menschen vor Ort direkt auf, sich großherzig zu zeigen und ihre Häuser eine Zeit lang für einen besonderen Gast zu öffnen. Sie hatte Fotos mit einigen lächelnden Bewohnern des Seniorenheims und Aufnahmen von dem Brand gepostet.

Die Kampagne war überall, und soweit er sehen konnte, war sie erfolgreich. Die Kommentare, die jede Minute mehr wurden, stammten alle von Leuten, die sich für die Aktion anmeldeten und ihre freien Zimmer zur Verfügung stellten. Auch die lokale Nachrichtenseite hatte die Kampagne aufgegriffen. Alle unterstützten sie. Unglaublich, dass Isabella die Situation so schnell gedreht hatte.

Fred Barrow wachte aus seinem Nickerchen auf und kam angeschlurft, um Etienne über die Schulter zu sehen. »Eine tolle Frau«, sagte er nickend und begab sich wieder in seinen Sessel, um im Fernsehen das Pferderennen zu verfolgen.

Etienne verspürte ein seltsames Gefühl, etwa wie bei einer Magenverstimmung. Er schluckte und rieb sich die Brust.

Er wandte sich wieder seinem Feed zu und sah die Anzahl der Kommentare stetig wachsen. Sie hatte etwas Bewundernswertes geschafft, und das in so kurzer Zeit. Das haute ihn um. Sicher hatte sie genug zu tun, auch ohne nebenher eine Nachbarschaftsaktion zu organisieren? Jetzt musste er ihr eine Nachricht schicken. Das war nicht mehr als gutnachbarliches Verhalten.

Etienne: **Die Kampagne ist fantastisch!**

Keine Antwort. Wahrscheinlich war sie schwer beschäftigt.

Er bereitete sich einen Kaffee zu – Fred wollte keinen – und ließ sein Handy absichtlich auf dem Tisch liegen, aber als er dahin zurückkehrte, hatte sie noch nicht reagiert.

Er schaute zum *Tutto Mio* hinüber. Die Tür stand offen.

Da wurden gerade Tische und Stühle aus einem Lkw geladen und ins Restaurant getragen. Aha. Das erklärte ihr Schweigen. Vielleicht brauchte sie einen Helfer? Es wäre eine ziemliche Plackerei, die alle an ihren Platz zu stellen. Sie würde das auch für ihn tun, wenn er im Bistro Hilfe bräuchte, das stand fest. Er zögerte nicht länger und lief über den Platz. Er würde einfach nur helfen.

Er traf auf zwei Auslieferer mit zu tief sitzenden Hosen und stellte fest, dass Isabella nicht da war und die beiden definitiv keine Hilfe brauchten. Ein Blick aufs Handy zeigte ihm, dass sie seine Nachricht noch nicht gelesen hatte.

Vielleicht sollte er zum Seniorenheim laufen und sich erkundigen, wie es voranging. Da würde er Walker sicher über den Weg laufen. Und es wäre gut, Isabella persönlich zu ihrer Aktion zu gratulieren. Er hatte lediglich das Bedürfnis, ihre Leistung zu würdigen. Das war alles.

45

Isabella

Die örtlichen Mitglieder der Heilsarmee waren zum Park gekommen, sobald sie von dem Brand gehört hatten. Als Isabella ihre Social-Media-Kampagne kreierte, bauten sie ein großes Zelt auf, um den ausgebrannten Heimbewohnern Schutz vor Wind und Wetter und neugierigen Blicken zu verschaffen. Als sie sie ins Netz stellte, standen im Zelt Klappstühle und Klapptische, und die Heimbewohner tranken Tee. Einer hatte sogar ein Solarradio aufgetrieben.

Isabella hatte auf ihre Marketingerfahrung zurückgegriffen, um die Kampagne möglichst schnell bekannt zu machen. Sie rief bei der Stadtverwaltung an und schilderte ihre Idee, und dort war man von der Hilfe sehr angetan. Walker hatte ihr bestätigt, dass sie etwas Geld aus dem Härtefallfonds für die Anzeigen auf Facebook bekommen könne, und sie hatte die TikTok-Inhalte selbst gefilmt und live gepostet. Sie hatte keine Zeit zum Essen gehabt und musste dringend auf die Toilette, aber zu sehen, wie die ersten Hundert und dann tausend und zehntausend Likes erreicht wurden, war das schönste Gefühl der Welt. Na ja, fast das schönste Gefühl der Welt – doch daran oder an ihn dachte sie heute nicht. Sie lief von ihrem Arbeitsplatz im hinteren Teil eines Feuerwehrwagens hinüber zum Zelt, um einen Blick hineinzuwerfen und zu sehen, wie es allen ging.

Als Erstes entdeckte sie Nonna und Brigitta, die zurückgekommen waren und Tabletts mit Rumkeksen an die müden Leute verteilten. Brigitta mochte auch mit Nonna zusammen den Rum gekostet haben, denn ihr Burberry-Schal hatte jetzt ordentlich Schlagseite.

Eine alte Dame mit weißem Bob rief erfreut »Oh!« und erhob sich von ihrem Stuhl, um das Radio lauter zu drehen. Die ersten Töne eines Songs waren zu hören, als sie sich einem Mann mit Schnurrbart zuwandte und ihn in die Zeltmitte führte. Er nahm ihre Hand und legte die andere um ihre Taille, zog sie an sich und tanzte mit ihr. Der Rasen unter ihren Füßen war holprig, und sie trug ihre Pantoffeln, aber sie kamen keinmal aus dem Takt. Als der Song vorbei war, drehte er sie noch einmal um ihre Achse und führte sie zurück zu ihrem Platz. Alle klatschten. Isabellas Augen brannten von aufsteigenden Tränen, aber sie blinzelte sie weg.

Draußen vor dem Zelteingang sah sie Walker mit seinen Kollegen stehen. Sie besprachen ihre nächsten Schritte und tauschten Erkenntnisse der bisherigen Brandermittlung aus.

Sie musste von Neuem blinzeln, denn ihre Augen flossen fast über. Die Leute gaben sich alle große Mühe. Es war erstaunlich, wie alle in dieser schrecklichen Lage die Fassung wahrten. Honeybridge war eine gute Gemeinschaft, und es hatte ihr gutgetan, hierher zu ziehen. Die Leute hier würden alles füreinander tun.

Rosie, Wren und Amber hatten sie mit offenen Armen aufgenommen mit dem einzigen Gedanken, sich mit ihr anzufreunden. Sie waren bewundernswerte, fleißige, warmherzige Frauen. Durch sie war Isabella wieder aufgeschlossen für Kontakt.

Außerdem war sie Männern gegenüber nicht mehr ablehnend und misstrauisch eingestellt wie vor ihrem Umzug.

Denn sie hatte drei kennengelernt, die ihr jeden Tag bewiesen, dass sie gute Männer waren. Walker, der Alltagsheld, Fox, der wunderbare Vater, und Etienne … Etienne.

Kaum dachte sie an ihn, verspürte sie wie jedes Mal diese spannungsvolle Erregung. Es hatte keinen Zweck mehr, es zu leugnen. Sie hatte sich in ihn verliebt. Ihr war klar, dass das unter keinem guten Stern stand, aber so war es.

Und da war er. Kam auf sie zu mit einem strahlenden Lächeln. Und allein schon dabei hatte sie das Gefühl, vor Freude gleich zu platzen.

46

Etienne

Da war sie mit ihrem lässigen Haarknoten und dem Laptop unter dem Arm. Etienne winkte ihr und sah sie lächeln. Nein, sie lächelte nicht, sie *strahlte ihn an.*

»Sieh nur, was du geschafft hast!« Er zeigte mit dem Daumen über die Schulter auf die vielen Leute, die gekommen waren, um ein Gästezimmer anzubieten. Die Schlange war lang und reichte bis um den Musikpavillon, wo das Schulorchester zur Unterhaltung der Menschenmenge spielte. Isabella riss die Augen auf, als immer mehr Leute von der Hauptstraße herbeiströmten, die sich mit einem Becher Kaffee oder Kakao ans Ende der Schlange stellten. Etienne öffnete sein Handy und hielt ihr das Display hin.

»Fast hunderttausend Likes!«

Sie fasste an das Gerät und sperrte vor Staunen den Mund auf.

»Das ist dein Werk! Du hast das erreicht!«, betonte er noch mal und zog den Arm zurück, um alle aufzunehmen, die darauf warteten ihren Teil für die Gemeinschaft beizutragen. Sie wirkte gerührt, und dann fing sie an zu lachen, zuerst zögernd und dann schallend, dass sie schließlich den Kopf zurückwarf, sodass ihr Haarknoten sich löste und ihre Haare über den Rücken fielen.

Ohne nachzudenken zog er sie in eine Umarmung. Sie

fühlte sich zugleich klein und weich und stark an. Isabella erstarrte für einen Moment, dann lehnte sie sich gelöst an ihn. Ihr Haar roch nach Zitrone. Sie legte die Arme um seinen Hals und drückte ihn auch. Sie passten perfekt aneinander.

»Das ist die Frau, die Sie wollen«, sagte jemand, und Isabella trat einen Schritt zurück. Etienne spürte die Leere, wo sie eben noch gewesen war, bis hinunter zu den Knien.

Einer der Feuerwehrmänner führte eine Frau mit Kopfhörern um den Hals auf sie zu, gefolgt von einem Kameramann.

»Das ist Isabella Tucci. Sie hat die Kampagne ins Leben gerufen.«

»Michelle Carter«, sagte die Frau mit den Kopfhörern und gab Isabella die Hand. »Regionale Fernsehnachrichten.« Der Kameramann holte sie ein und hielt sich die Hände neben die Augen, um eine gute Perspektive zu wählen.

»Mir gefällt, was Sie auf die Beine gestellt haben«, erklärte Michelle. »Wir würden gern für die Abendnachrichten einen Beitrag darüber aufnehmen.«

Isabella errötete und fasste sich an die Haare. Als müsste sie sich über ihr Aussehen Gedanken machen! Sie dürfte bereits schön aussehen, wenn sie morgens aus dem Bett kam. Ganz besonders morgens, wenn sie aus dem Bett kam. Moment, wo kam dieser Gedanke jetzt her?

»Wenn wir von hier aus filmen«, überlegte der Kameramann laut, »bekommen wir die Warteschlange mit ins Bild, und dann schwenken wir herum und zeigen, was im Zelt läuft.«

»Perfekt«, stimmte Michelle zu. »Danach machen wir ein paar Aufnahmen von den Leuten, die ein Zimmer frei haben, und von denen, die bei ihnen übernachten müssen.«

Isabella griff um Etiennes Arm, und er sah die Panik in ihren Augen.

»Du kannst das«, sagte er leise.

Sie ging ein paar Schritte von den Fernsehleuten weg, die den Dreh vorbereiteten, und zog ihn mit sich. »Wir mussten an der Uni im Rahmen des Marketingstudiums Interviews üben, und ich ...«

Ihre Hand an seinem Arm zitterte. Etienne hatte den seltsamen Drang, sie in die Arme zu nehmen. »Was ist passiert?«

»Ich bin erstarrt, als sie mir eine Frage gestellt haben. Nicht nur einmal, sondern zweimal. Sie hielten mir das Mikrofon hin, und ich machte den Mund auf, bekam aber kein Wort heraus. Ich sah aus wie ein Goldfisch auf dem Trockenen.« Sie schloss die Augen, als sie daran zurückdachte.

»Worum ging es bei dem Interview?«

»Welche Rolle spielt das noch? Es war furchtbar.«

Er wartete, und nach einem Moment schnaubte sie und antwortete.

»Es war ein erfundenes Szenario, in dem wir unser Unternehmen verteidigen mussten, das man beschuldigte, gegen das Arbeitsrecht zu verstoßen.«

Er nahm ihre Hand und war überrascht, wie gut sie in seine passte, ihre kleine zarte Hand in seiner.

»Das hier ist anders«, erwiderte er. »Völlig anders. Du wirst ihnen sagen, wie froh du bist, dass du deiner Gemeinde helfen kannst. Wie sehr es dir hier gefällt. Wie großartig es ist, die Bewohner aus dem *Heart of Honeybridge* bei anderen Bürgern unterzubringen, bis alles geregelt ist.«

Sie sagte nichts. Sie schaute nur auf seine Hand.

»Außerdem bist du fantastisch. Du kannst alles, was du dir vornimmst. Du hast das schon mit dem *Tutto Mio* bewiesen.« Noch immer keine Wirkung. Sie war wie hypnotisiert.

»Isabella?«

Sie schaute zu ihm auf, und in ihrem Gesicht sah er eine

neue Art von Nervosität. Hoffnung. Wenn die Kamera diesen Gesichtsausdruck einfinge, würden die das beste Interview überhaupt bekommen.

»Würdest du das mit mir zusammen machen?«, flüsterte sie und drückte seine Hand. »Du warst immerhin der Erste, der einen Bewohner bei sich aufgenommen hat.«

Etienne verzog das Gesicht, und sie lachte.

»Du kannst das«, zitierte sie ihn. »Du brauchst nicht mal etwas zu sagen, wenn du nicht willst. Steh einfach neben mir.« Sie drückte noch mal seine Hand, und diesmal sah er hinunter. »Bitte.«

»Also gut«, antwortete er, und sie strahlte.

»Dann darf ich dir später vielleicht einen ausgeben?«, fragte sie überraschend. Sie öffnete den Mund, als wollte sie noch etwas hinzufügen, schloss ihn aber wieder. Sie begründete oder erklärte es nicht. Die Einladung war ausgesprochen, und das war's.

Sie sah ihm in die Augen, und er bemerkte, dass sie noch immer seine Hand hielt. Und er strich mit dem Daumen über ihre Knöchel.

Er dachte an den bevorstehenden Abend und erkannte, dass er nichts lieber täte, als ihn mit ihr zu verbringen.

»Dann gebe ich die zweite Runde aus«, sagte er, und ihre Lippen krümmten sich zu einem Lächeln. Etienne kam eine Erkenntnis, die für ihn wie ein Schlag ins Gesicht war. Er hatte Gefühle für sie. Gefühle, über die er keine Kontrolle hatte. Die in seiner Brust kribbelten. Die das Verlangen auslösten, sie zu sehen, auch ohne irgendwelchen Nicht-Sex. Durch die er in diesem Moment ihre Hand nicht loslassen wollte.

»Wir sind so weit«, rief Michelle Carter, und Isabella nickte ihr zu. Sie gingen beide zusammen hinüber, Hand in Hand.

Isabella informierte Michelle rasch, welche Rolle Etienne

bei der Entwicklung gespielt hatte, und die freute sich, »mehr Farbe« in die Geschichte zu bringen. Der Kameramann stellte sie dort auf, wo er sie haben wollte, und Etienne hielt weiter ihre Hand.

47

Isabella

Isabellas Herz flatterte wie ein gefangener Schmetterling. Aber das hatte nichts damit zu tun, dass eine Kamera auf sie gerichtet war oder dass Michelle gleich ihre erste Frage stellen würde. Es kam allein daher, dass Etienne ihre Hand hielt. Ab und zu streichelte er sie mit dem Daumen oder drückte sie kurz, doch er ließ sie nicht los.

Sie hatte etwas in seinem Gesicht gesehen, das wusste sie genau. Zwischen ihnen hatte sich ein lebensechter, wahrer romantischer Augenblick ereignet. Er hatte sie nicht bloß ermutigen, ihr Selbstvertrauen einflößen wollen. Und er hielt noch immer ihre Hand. Wenn sie nur Freunde wären, hätte er sie doch losgelassen, als sie sich zu dem Interview bereitfand, oder?

Und sie würden zusammen etwas trinken gehen. Okay, vielleicht nur als Freunde. Auf ein Gläschen, um den Tag zu feiern. Um nach dem Interview runterzukommen. Sie waren schon vorher miteinander etwas trinken gegangen, aber immer mit anderen und einmal zum Karaoke. Diesmal jedoch hatte sie ihn dazu eingeladen, weil sie nicht gewollt hatte, dass er wieder ging. Sie wollte den Abend mit ihm verbringen, und er hatte Ja gesagt. Und er hielt noch immer ihre Hand.

Michelle Carter ging in Position und leitete den Aufnahmestart ein. Etienne rückte ein paar Zentimeter näher an Isabella heran, und sie spürte seinen Ellbogen.

»Das ist Isabella Tucci«, sagte Michelle in ihrem Interviewer-Tonfall, »die Person, die hinter der Kampagne für die Gästezimmer-Übernachtungsaktion steckt, die ins Leben gerufen wurde, um die Senioren des *Heart of Honeybridge* zu retten, die heute Morgen einen vernichtenden Brand überlebt haben. Wie sind Sie auf die Idee gekommen, Isabella?«

Sie hielt ihr das flauschige Mikrofon hin. Etienne drückte ermutigend ihre Hand, worauf sie unwillkürlich lächelte. Diesmal war sie nicht wie gelähmt und auch nicht schüchtern. Sie war so glücklich wie seit Monaten nicht – vielleicht so glücklich wie noch nie.

»Das kam mir plötzlich in den Sinn«, sagte sie. »Ich bin glücklich darüber, dass meine Großmutter bei mir wohnt, und dachte, dass viele Leute das auch schön fänden – eine Großmutter oder einen Großvater bei sich zu haben, wenn auch nur für ein paar Tage.«

»Der Stadtrat gibt an, dass neunundfünfzig Heimbewohner schon jemanden gefunden haben, bei dem sie übernachten können«, sagte Michelle. »Wie finden Sie das?«

»Das ist eine tolle Nachricht«, sagte Isabella. »Denn jeder Bewohner, den wir vermitteln, wird sich in einer behaglichen Umgebung erholen können und kann Teil einer Familie sein, was sehr wichtig ist.«

»Und das ist Etienne Martin.« Michelle wandte sich ihm zu. »Der Erste, der einen Heimbewohner bei sich aufgenommen hat. Wie kam es dazu, Mr Martin?«

»Das war für mich ganz naheliegend«, antwortete Etienne. »Ich zähle Fred Barrow zu meinen Freunden, daher erschien es mir nur natürlich, ihn zu fragen, ob er bei mir übernachten möchte, bis die Situation überstanden ist.«

Isabella sah ihm während des Interviews zu und war sich sicher, dass die Zuschauerinnen ihn zu Hause von ihrem Sofa aus anschmachteten. Und außerhalb des Sichtbereichs der Kamera hielt er noch immer ihre Hand.

»Ist das normal für Honeybridge?«, fragte Michelle und deutete auf die Schlange von Leuten, die ein freies Zimmer anbieten wollten. »Dieser ausgeprägte Gemeinschaftssinn?«

Isabella sah noch einmal vor sich, wie sie diese Gemeinschaft in den letzten drei Monaten erlebt hatte, vom Karaoke-Abend im *Bolthole* und den Story Stars in der Buchhandlung über die Spendenaktion für den Feuerwehrfonds und die Italienisch-Nachhilfe bis zu den Marktständen auf dem Platz.

»Definitiv«, sagte sie und schaute Etienne an, der zustimmend nickte. »Wir möchten nirgendwo anders leben, stimmt's?«

»Dann wohnen Sie also schon lange hier?«, hakte Michelle nach. Isabella erkannte eine sich bietende Gelegenheit auf Anhieb. Schließlich hatte sie einen Marketingabschluss.

»Eigentlich nicht, nur lange genug, um ein neues Restaurant einzurichten. Das *Tutto Mio*. Es ist spezialisiert auf die alten Rezepte meiner Familie – wir bieten italienische Fleischbällchen an –, und dieses Wochenende ist die Eröffnung.« Sie wandte sich von Michelle ab und blickte in die Kamera. »Alle sind herzlich willkommen!«

»Und aus«, erklärte Michelle, nahm ihre Kopfhörer ab und erkundigte sich beim Kameramann, ob er zufrieden war. Er sah die Aufnahme durch und reckte den Daumen.

»Das war perfekt, danke.« Michelle wickelte ihr Mikrofonkabel auf. »Das wird wahrscheinlich heute Abend gesendet, es sei denn, es gibt ein nationales Ereignis, das Vorrang hat. Aber wenn nicht heute Abend, dann morgen Abend.«

»Tut mir leid, dass ich am Schluss für mich geworben

habe.« Isabella lachte, denn es tat ihr überhaupt nicht leid. »Ich konnte nicht anders.«

»Kein Problem«, erwiderte Michelle. »Normalerweise wird so etwas rausgeschnitten, aber ich sehe mal, was ich tun kann.« Sie zwinkerte ihr zu.

»Isabella, darf ich ein paar Aufnahmen von Ihnen machen, wenn Sie an der Warteschlange vorbeigehen? Und dann einige im Zelt?«, fragte der Kameramann.

Sie drückte Etiennes Hand noch einmal. »Wir sehen uns nachher.«

Er nickte und drückte zurück. »Ich sagte doch, du kannst das. Du bist fantastisch.«

Das trieb ihr fast die Tränen in die Augen. Widerstrebend ließ sie seine Hand los und folgte dem Kameramann. Dabei musste sie sich zusammenreißen, um nicht lachend zu hüpfen wie eine Fünfjährige. An der Warteschlange angekommen, gab sie ihrem Drang nach und blickte über die Schulter zu Etienne. Der hob gerade sein Handy ans Ohr und wandte sich ab, um zu telefonieren.

48

Etienne

Etienne schaute Isabella nach und bewunderte wie immer ihren Hintern, doch dabei klingelte sein Handy. Alex' Name auf dem Display verlangte seine Aufmerksamkeit.

»Alles okay?«, fragte er reflexhaft, sowie er den Anruf annahm.

»Mir geht's gut«, antwortete Alex.

Wann würden sie sich endlich entspannt mit Hallo begrüßen können?, dachte Etienne. »Gibt es was Neues?«

»Ich habe den Übergabeort. Ein alter Bauernhof in Shentford. Habe ich mir auf Google Maps angesehen. Ziemlich abgelegen.«

Angst durchströmte Etienne. »Ich komme mit«, sagte er. »Und Fox und Walker auch. Wir werden in der Nähe …«

»Das dürft ihr nicht.«

»Die werden nicht wissen, dass wir da sind. Aber so können wir notfalls helfen, wenn …«

»Nein. Du darfst mir nur mit dem Geld helfen. Weiter nichts. Besonders jetzt.«

»Wie meinst du das?«

Alex wurde still. Etienne sah den Kameramann mit Isabella an der Warteschlange entlanggehen. Die Leute lächelten und winkten in die Kamera. Isabella lachte.

»Was heißt das, Al?«, fragte er noch mal.

»Sie wissen, wer du bist, Et«, antwortete Alex leise, und Etienne hielt sich das andere Ohr zu, um ihn besser zu verstehen. »Nicht nur, dass ich einen Bruder habe. Sie wissen, wer du bist.«

»Was? Woher?«

»Der alte Dougall hat dich auf dem Friedhof gesehen, am Grab. Er dachte, ich wäre es und hätte mir die Haare gefärbt, um nicht so leicht erkannt zu werden.«

Etienne bemerkte, wie verkrampft er das Handy hielt, und versuchte, seine Finger zu lockern. Es stimmte, Alex und er ähnelten einander sehr, aber wenn man sie nebeneinander sah, fielen einem die Unterschiede auf. Die Haarfarbe war der auffälligste. Alex hatte blaue Augen, Etienne grüne. Kinn und Nase waren leicht verschieden. Alex wirkte weicher als Etienne. Aber Statur und Größe waren gleich – zumindest als er ihn zuletzt gesehen hatte. Wenn man sie einzeln und von Weitem sah, konnte man sie leicht verwechseln.

»Er war verblüfft. Dachte, ich wäre ihm direkt vor die Füße gelaufen. Dann hörte er, dass dich jemand Etienne nannte, wer immer da bei dir war. Und als du weg warst, hat er sich den Grabstein angesehen, und du weißt, dass unsere Namen auch darauf stehen. Da hat er zwei und zwei zusammengezählt. Die kennen jetzt deinen Namen, Et.«

Etienne erinnerte sich, dass Isabella ihn gerufen und auf das Rotkehlchen gezeigt hatte und dass ein alter Mann in der Nähe vorbeigegangen war.

»Er war zur selben Zeit da wie du. Offenbar hockt er entweder vor dem Fernseher oder besucht seine Frau auf dem Friedhof. Und das ausgerechnet …«

Etiennes Gedanken überschlugen sich. Sie wussten, wie er hieß. Etienne Martin war ein ungewöhnlicher Name. Den man sich leicht merken konnte. Sie würden ihn mühelos finden, wenn sie wollten. Er schüttelte den Kopf, versuchte, ruhig nachzudenken.

Was sollten die Dougalls von ihm wollen? Es war Alex, mit dem sie ein Problem hatten. Wenn die Schulden beglichen waren – was in einigen Tagen der Fall sein würde –, hatten sie keinen Grund mehr, Etienne einen Besuch abzustatten. Nur wenn Alex das Geld aus irgendeinem Grund nicht zurückzahlte, würden sie nach ihm suchen. Er schluckte schwer. Fox erschien vor seinem inneren Auge, wie er besorgt fragte: *Du willst einem Spieler fünfzigtausend Pfund geben?* Er fegte das hastig beiseite. Er vertraute Alex hundertprozentig.

»Aber das ändert nichts, nicht wahr? Wir halten uns an den Plan. Ich gebe dir das Geld, du zahlst sie aus. Du kommst nach Hause.«

»Sie meinten zu mir, ich hätte nichts zu melden, und das soll ich mir merken.« Seine Stimme zitterte wieder. »Und dann, dass sie über dich Bescheid wissen. Das kam mir vor wie eine direkte Drohung.«

Etienne lief es kalt den Rücken hinunter.

»Mit wem warst du da, Et? Auf dem Friedhof?«

»Mit Isabella. Einer … Freundin.« Er stockte bei dem Wort. Es passte irgendwie nicht. Er war sich nicht sicher, wie er sie nennen wollte, aber jedenfalls nicht »eine Freundin«. Er sah sie durch den Park auf das Zelt zukommen. Als sie seinen Blick bemerkte, hellte sich ihr Gesicht auf. »Warum fragst du?«

»Weil die dazu eine Bemerkung gemacht haben. Nachdem von dir die Rede war, sagte er: Er hat eine schöne Frau.«

Etienne stockte der Atem. Isabella wurde gerade zwischen die Zuschauer am Musikpavillon gezogen, wo Jayden seinen Breakdance aufführte.

»Das gefällt mir nicht, Et«, sagte Alex.

»Mir auch nicht.« Etienne sah Isabella klatschen, als Jayden sich auf dem Kopf drehte. *Gefällt mir nicht?* Das war die Untertreibung des Jahrhunderts. Dass die Dougalls auch Isabella bedrohten, war wie ein Schlag in den Magen. Das änderte alles. »Ruf mich an, wenn du etwas hörst.«

Als er auflegte, taten ihm die Kiefergelenke weh, und ihm wurde bewusst, dass er ständig die Zähne zusammengebissen hatte. Er beobachtete Isabella, die lachend zur Musik klatschte, und da stand für ihn fest, dass er sie auf keinen Fall in Gefahr bringen würde. Dass er bedroht wurde, war eins, aber sie würde er nicht in die Sache reinziehen. Und das ließ sich nur vermeiden, indem er sie von sich fernhielt. Kompromisslos. Er wollte mit ihr zusammen sein, doch er musste sich von ihr fernhalten – um sie zu beschützen. Damit ihr nichts passierte.

Isabella machte mit Jayden einen Faustcheck und winkte den anderen. Er hörte »*Ciao*«-Rufe, als sie sich zum Gehen wandte, und im nächsten Moment blickte sie suchend zum Zelt. Sie suchte ihn. Als sie ihn entdeckt hatte, hob sie eine Hand und lächelte, aber sie musste ihm etwas angesehen haben, denn sie stutzte sichtlich. Sie ging langsamer und wirkte unsicher, als sie vor ihm stand.

»Gehen wir jetzt was trinken?«, fragte sie, doch ihr Ton war anders, hoffnungsvoll, aber zaghaft.

Er machte ein abweisendes Gesicht und hasste sich dafür. »Ich kann nicht«, antwortete er, und es klang unfreundlicher als beabsichtigt.

Sie blinzelte überrascht. »Oh«, sagte sie nur und suchte offensichtlich nach Worten, ein Bild der Verwirrung. »Ist etwas dazwischengekommen? Ich habe dich telefonieren sehen.«

»Ja.« Er wollte sie bei der Hand nehmen, sie an sich ziehen, ihr erträglicher machen, was er gleich sagen würde. Stattdessen blickte er ihr in die Augen und sprach es aus: »Hab was Besseres vor.«

Sie war wie vor den Kopf gestoßen. Das Erröten begann am Hals und stieg bis in die Wangen. Ihre Augen weiteten sich. Dann blinzelte sie, und er fürchtete einen schrecklichen Moment lang, sie würde weinen.

»Ach, komm, Isabella, das war doch nur Sex. Und nach deiner Definition nicht mal das.« Das triefte vor Sarkasmus, als wäre die ganze Idee lächerlich gewesen. »Es wäre nie mehr als das.«

Sie drehte den Kopf weg und schluckte heftig. Er ahnte, dass sie ein Schluchzen unterdrückte. Aber sie hielt sich gut. Er hätte sie am liebsten an sich gedrückt und sich entschuldigt. Stattdessen dachte er an die Dougalls und hörten den Alten sagen: *Er hat eine schöne Frau.* Er stählte sich und wusste, er tat das Richtige. Obwohl es sich nicht so anfühlte. Sie musste sich von ihm fernhalten.

»Damit ist es sonnenklar, danke«, erwiderte sie mit fester Stimme. Dass sie kein bisschen schwankte, konnte er nur bewundern. Sie blickte ihm in die Augen und wurde von Neuem rot. »Mein Fehler. Bis dann mal, Etienne.« Sie versuchte sogar zu lächeln, und er fühlte, wie in ihm etwas zerbrach.

Während sie sich den Mantel überzog und ging, musste er seinen ganzen Willen aufbieten, um ihr nicht nachzulaufen.

49

Isabella

Isabella wusste nicht, wie sie es geschafft hatte, auf dem Rückweg nach Hause nicht zusammenzubrechen. Sie taumelte tränenblind durch den Park und rannte schließlich auf die rettende Haustür zu. Als sie sie hinter sich schloss, war sie so erleichtert, dass sie fast zu Boden gesunken wäre.

Nonna glaubte ihr, als sie sagte, ihr sei übel. Isabella ließ sie in dem Glauben, sie habe etwas Schlechtes gegessen. Amber sagte, wenn sie eine Lebensmittelvergiftung habe, dürfe sie nicht ins Restaurant kommen und müsse sich auskurieren. Das gab ihr den passenden Vorwand, sich ins Schlafzimmer zurückzuziehen und die Welt draußen zu lassen. Als sie auf dem Bett lag, konnte sie sich nicht vorstellen, jemals wieder aufzustehen.

Wie hatte sie sich so täuschen können?

Etienne und sie *hatten* einen Moment gehabt. Sie würde ihr Restaurant darauf wetten, dass zwischen ihnen etwas passiert war. Sie wusste, er hatte das auch empfunden.

Und sie hatte sich darauf eingelassen. Sie hatte so sehr geglaubt, dass sich da etwas entwickelte, hatte unbedingt glauben wollen, dass er das Gleiche empfand wie sie. Dass er sich in sie verliebte genauso wie sie in ihn. Denn das war ihr jetzt klar. Das war Liebe. Vorbehaltlose, lebensverändernde, tief beglückende Liebe. Sie liebte Etienne Martin. Und ein paar herrliche, aufregende Minuten lang hatte sie sich vorgemacht, er empfände für sie das Gleiche. Wie dumm von ihr. Wirklich dumm.

Sie hätte wissen müssen, dass er ihre Gefühle niemals erwidern würde.

Auch Daniel hatte sie geliebt und geglaubt, er liebe sie ebenfalls. Sie war ihm treu gewesen und hatte sich darauf verlassen, dass er das auch war. Und da hatte sie falschgelegen. Ganz falsch.

Sie hätte auf die warnenden Stimmen hören sollen.

Denn Etienne lässt sich auf keine Beziehung ein ... Er ist nicht der Typ für was Festes ...

Tja, das hatte er heute Nachmittag klargemacht. Er wollte seinem Ruf treu bleiben, und sie hatte dummerweise angenommen, es könnte auch anders sein. Sie schlug mit der Faust in ihr Kissen und erlaubte sich endlich, hemmungslos zu weinen.

Sie wollte ihn hassen. Sie wollte denselben heißen Zorn fühlen wie damals, nachdem sie Daniels Affäre entdeckt hatte. Sie wollte alle Männer hassen, weil sie sich bei keinem darauf verlassen konnte, dass er ehrlich und treu war. Denn wenn sie wütend und selbstgerecht wäre, ginge es ihr immer noch besser als jetzt. Als das Schluchzen nachließ, fühlte sie sich leer und traurig.

Kraftlos richtete sie sich auf und ging zur Frisierkommode. Im Spiegel sah sie ihre fahlen Wangen, ihren trüben Blick. Sie drückte Make-up-Entferner auf ein Wattepad und wischte sich damit durchs Gesicht, entfernte die Spuren des Tages. Eines Tages, den sie nie vergessen würde.

Am Wochenende musste sie ihr Restaurant eröffnen. Der Tag war so nah. Der Tag, den sie sich schon vorstellte, seit sie die Scheidungspapiere unterschrieben hatte, zum letzten Mal mit *Isabella Simmons.* Sie hatte gedacht, die Eröffnung des *Tutto Mio* würde für sie als erfolgreiche, unabhängige Frau ein Höhepunkt in ihrem Leben werden.

Und nun war sie am Boden zerstört. Sie hatte sich auf einen Mann eingelassen – schon wieder. Auf einen, der sie nicht so lieben konnte, wie sie es sich wünschte – schon wieder. Und dafür hasste sie sich. Denn wenn Etienne jetzt an ihre Tür klopfte, würde sie ihm öffnen. Wenn er sie in die Arme nähme, würde sie an seine Brust sinken. Und wenn er sie küssen würde, würde sie nichts lieber tun, als den Kuss zu erwidern. Für den Rest ihres Lebens.

Sie flocht sich am Hinterkopf einen Zopf, rieb sich die Lippen mit dem Fettstift ein, zog sich den Schlafanzug an. Ja, es mochte erst sechs Uhr sein, aber für sie war der Tag zu Ende. Sie ließ die Jalousien herunter, ohne zum Bistro hinüberzusehen. Selbst wenn sich der Mann, nach dem sie sich sehnte, vor der Tür blicken ließe, es würde ihr nicht helfen.

Sie konnte jetzt nur noch eines tun: sich auf das konzentrieren, weshalb sie hierher gezogen war. Erledigen, was für die Eröffnung noch zu tun war, und sie zu einem Riesenerfolg machen

Ihre Handy pingte, und ihr Herz setzte aus. Mit zitternden Fingern griff sie nach dem Gerät.

Da stand nicht sein Namen. Vor Schmerz kniff sie die Augen zu.

Die Nachricht war von Michelle Carter: **Die Ankündigung des Premierministers hat unseren kleinen Bericht aus dem Programm verdrängt. Er wird nun morgen Abend gesendet. Danke noch mal. Sie waren super.**

Isabella seufzte. Ihr war egal, ob das heute oder morgen ins Fernsehen käme, sie würde die Sendung nicht einschalten. Sie hoffte nur, dass die Fernsehleute ihre Sätze über das *Tutto*

Mio drinließen, denn das wäre weitreichende und kostenlose Werbung. Sie würde sich das nie ansehen, denn während andere auf ihr lächelndes Gesicht und auf die vielen Menschen vor dem Zelt achteten, würde sie selbst nur daran denken können, dass Etienne ihre Hand gehalten hatte.

Als sie ins Bett ging, stellte sie ihr Handy stumm und legte es auf den Nachttisch. Sie wüsste gar nicht, was sie zu irgendwem sagen sollte, und sie wollte ganz sicher nicht ihre Mamma über FaceTime sehen, denn die würde ihr falsches Lächeln sofort durchschauen und sich Sorgen machen. Sie schrieb ihr nur ganz kurz, sie hätte sich den Magen verdorben und ginge jetzt schlafen, weil sie das bis morgen vor einem Anruf bewahrte.

Sie trank wie immer ein paar Schlucke Wasser. Schüttelte sich das Kissen auf, bevor sie sich hinlegte. Sie drehte sich auf die Seite in ihre gewohnte Schlafposition, als wäre das ein Tag wie jeder andere. Als hätte er ihr nicht das Herz gebrochen.

Isabella schloss die Augen und ließ die Tränen aufsteigen. Sie tropften zwischen den Lidern hervor aufs Kopfkissen. Das war der einzige Abend, an dem sie sich das gestattete. Morgen würde sie aufstehen, nach vorn blicken und ihr Restaurant in den Mittelpunkt stellen. Und sich Etienne Martin ein für alle Mal aus dem Kopf schlagen.

50

Etienne

Am nächsten Tag versuchte Etienne, sich abzulenken, indem er mit Fox und Walker im Park Kaffee trank. Er sah Reggie und George zu, die mit den Füßen trockenes Laub aufwirbelten, um einander damit zu treffen, und um die inzwischen fast kahlen Bäume herumtobten.

»Du arbeitest heute nicht, Walker?«, fragte er.

Walker reckte sich. »Erst später. Wir schieben wegen des Brandstifters Exraschichten. Alle sind in höchster Alarmbereitschaft. Und wir müssen uns auch um das kümmern, was normalerweise anfällt.« Er ließ die Arme kreisen. Er hatte fünf Tage durchgearbeitet und sah müde aus. Etienne gähnte ebenfalls.

»Du hast auch schwer geschuftet?«, wollte Fox wissen. »Oder ein heißes Date gehabt?«

»Weder noch. Ich habe nur schlecht geschlafen.« Er war sich nicht mal sicher, dass er überhaupt geschlafen hatte. Sobald er die Augen schloss, sah er Isabella, die sich aufrichtete und ihm erhobenen Hauptes in die Augen blickte. Der die Röte in die Wangen kroch, die ihre wahren Gefühle verriet. Dass sie seinetwegen beschämt und gekränkt war.

Einmal war er in der Nacht durch seine Wohnung gewandert, barfuß, um Fred nicht aufzustören, der im Gästezimmer schnarchte. Der Platz war still und verlassen gewesen, auf dem Pflaster die goldenen Lichtkreise der Straßenlampen, gegenüber das dunkle *Tutto Mio*. Der Gedanke, dass Isabella da drüben schlief, hatte ihm schwer auf der Brust gelegen.

»Denkst du gerade an deinen Bruder?«, fragte Fox, und Etienne nickte.

»Inzwischen ist es ernster.« Er erzählte, dass die Dougalls jetzt wussten, wer er war, und glaubten, Isabella sei seine Frau. Fox rieb sich die Stirn, als ihr Name fiel, und Walker stieß einen leisen Pfiff aus.

»Weiß sie etwas davon?«

»Nein. Nur wir drei.«

»Aber sie haben keinen Grund, zu dir zu kommen, wenn Alex ihnen wie geplant das Geld gibt.«

»Genau. Und bis dahin sind es nur noch ein paar Tage.« Etienne überlegte kurz. »Und selbst wenn sie mir einen Besuch abstatten, wird Isabella nicht mal in meiner Nähe sein.«

»Nicht?« Walker blickte auf. »Ich dachte, ihr hättet euch gestern bei der Hilfsaktion so gut verstanden. Man konnte euch fast für ein Paar halten …«

»Sagen wir einfach, ich bin nicht mehr ihr Lieblingsmensch.« Das gab ihm einen Stich, aber er ignorierte es. »Sie wird also in Sicherheit sein, egal, wie sich die Sache mit den Dougalls entwickelt.«

Walker hakte nach. »Was heißt das? Willst du denn ihr Lieblingsmensch sein?«

»Hat sich da schon etwas entwickelt?«, fragte Fox.

»Vergesst es. Das wird nicht passieren.« Etienne biss die Zähne zusammen.

»Wir sind immer da, Et«, sagte Fox. »Falls du uns brauchst.« Er klopfte ihm auf die Schulter und stand auf, um nach den Jungen zu sehen. Er freute sich, als er sie bei den Schaukeln entdeckte, wo Reggie in einer seltenen Anwandlung brüderlicher Fürsorge den kleinen George anschubste.

Walker reckte sich wieder und sah auf die Uhr. »Ich muss los«, sagte er und stand auf. »Personalbesprechung. Da kommt jemand von der Polizei und bringt uns auf den neuesten Stand.«

»Wie steht es mit dem Seniorenheim?«, fragte Fox. »Wie lange wird es geschlossen bleiben?«

»Ein Flügel noch eine Woche lang, der andere noch über einen Monat. Wie es aussieht, wirst du Fred Barrow noch eine Weile bei dir haben, Et. Seine Wohnung hat es am schlimmsten getroffen.«

Etienne nickte. Fred abends in seiner Wohnung zu wissen fand er irgendwie beruhigend, zumal er in absehbarer Zeit keine Frau nach Hause mitnehmen wollte.

»Die Gästezimmer-Übernachtungsaktion war ein Riesenerfolg«, sagte Walker. »Nur zehn Senioren mussten in einer städtischen Notunterkunft untergebracht werden, weil sie besondere medizinische Versorgung brauchen. Isabella hat fantastische Arbeit geleistet.«

Da hatte er recht. Denn *sie* war fantastisch.

Walker nahm seinen Rucksack. »Anscheinend ist das Feuer in Freds Wohnung ausgebrochen. Zum Glück war er draußen im Garten.«

Etienne runzelte die Stirn. »Warum sollte jemand ein Seniorenheim niederbrennen wollen? Ich verstehe das nicht.«

»Und vor allem Fred Barrow? Warum sollte ihm jemand schaden wollen?«

Walker setzte sich den Rucksack auf.

»Die Polizei versucht, eine Verbindung zu finden zwischen den einzelnen Bränden. Zuerst der Brand bei den Malones. Dann eine neue Vermietungsgesellschaft, die während der Nacht abgefackelt wurde. In Shalford ist ein Mann von der Arbeit heimgekommen und hat sein Haus brennen sehen. Bei einem Büro in der Stadt wurde ein Brandsatz durch den Briefschlitz geworfen. Das sind sehr viele Fälle und alle verschieden.«

»Und es gibt keine Überwachungsaufnahmen, die etwas hergeben?«, fragte Etienne.

Walker schüttelte den Kopf. »Der Brandstifter weiß anscheinend, was er tut.«

»Was spielen die Jungs denn jetzt?« Fox stand auf, um zu beobachten, wie sie über den Rasen rannten und sich auf …

»*Ciao*, Isabella!«, schrie Reggie entzückt und schlang die Arme um ihre Beine. Sie bückte sich und wuschelte ihm durchs Haar, dann kitzelte sie George in den Achselhöhlen. Bei dem Anblick verspürte Etienne einen freudigen Ruck.

Beide Jungen hängten sich an sie, während sie zu den nahen Bänken schaute, weil sie Fox dort vermutete. Etienne sah ihren Gesichtsausdruck umschlagen, sowie sie ihn neben dem Vater der Kinder entdeckte. Kurz war eine Regung zu sehen, dann fand sie sich stoisch damit ab, dass sie auch mit ihm ein paar Worte wechseln musste.

»Hi«, sagte sie, an jedem Arm einen der Jungen.

»Hi«, gab Etienne zurück, augenblicklich mutlos.

»Großartige Leistung gestern«, sagte Walker zu ihr, schon im Gehen begriffen, aber er drückte den Jungen eine Pfundmünze in die Hand, für einen Lutscher auf dem Heimweg.

»Du warst toll«, sagte Fox, und sie achtete darauf, ihre ganz Aufmerksamkeit auf Fox zu richten, solange er redete, sodass sie Etienne kaum ansah. Sie wirkte blass, fand er, als hätte sie vielleicht auch nicht gut geschlafen.

»Alles fertig für den Eröffnungsabend?«, wollte Fox wissen, und sie redete eine Weile über das *Tutto Mio*, die letzten

Vorbereitungen und Werbemaßnahmen. Dass sie optimistisch sei, weil sie Tischbestellungen für mehrere Wochen im Voraus hatten. Sie hatte nur Gutes zu berichten, aber enthusiastisch wie sonst klang sie nicht.

»Wir kommen alle, um das zu feiern«, versprach Fox. Dabei versuchte er, seine Jungs von ihren Beinen wegzuziehen. »Die beiden lieben Fleischbällchen.«

»Super.« Sie ging vor den Jungen in die Hocke. »Ich werde euch eine Megaportion reservieren.«

Als sie sich aufrichtete, sah sie endlich auch Etienne an. Ihr Blick fand seinen.

»Du wirst sicher woanders beschäftigt sein, bei so vielen besseren Angeboten«, sagte sie und ohne Frageton am Ende. »Wie auch immer«, sie küsste Fox auf die Wange. »Bis dann.« Unter vielen Ciaos und Pusteküssen von Reggie und George ging sie weiter.

»Wow, du hast das richtig erkannt«, sagte Fox. »Sie hasst dich wirklich.«

51

Isabella

Als Isabella in der *Lit Lounge* ankam, war es dort vorübergehend ruhig. Der Kalligrafie-Club war gerade gegangen, die mittägliche Strick- und Plauderrunde noch nicht gekommen. Rosie und Wren standen hinter dem Ladentisch. Wren nippte an einem Kaffee, Rosie nutzte ihre wohlverdiente Zehn-Minuten-Pause zum Lesen. Barney lag schnurrend auf dem Rücken. Als Isabella eintrat, fing Amber die zufallende Tür hinter ihr ab und hakte sich bei ihr unter.

Wren stellte zwei Tassen unter die Düsen der Kaffeemaschine, und als Isabella und Amber an der zentralen Lesebar Platz genommen hatten, wurde der einen ein Espresso, der anderen ein Cappuccino serviert.

»Geize nicht mit dem guten Zeug, Schwester«, sagte Amber, als Wren den Kakao auf die Milchhaube streute. »Dafür lebe ich.«

Isabella sah, dass Amber die blaue Bluse des *Tutto Mio* trug, und wusste, sie war vom Restaurant herüberkommen, um Pause zu machen. Die hatte sie sich wahrlich verdient.

»Was macht deine Magenverstimmung?«, fragte sie. »Geht es dir besser?«

Wren und Rosie schauten herüber. Isabella setzte zu einem Lächeln und einer Antwort an, aber nichts davon brachte sie zustande. Sie hatte plötzlich Angst, in Tränen auszubrechen.

»Ist dir noch übel?«, fragte Wren.

»Du siehst wirklich blass aus.« Rosie fühlte an ihrer Stirn.

Isabella ließ die Schultern hängen und stützte den Kopf in die Hände.

»Irgendetwas sagt mir, dass es keine Magenverstimmung war.« Rosie rückte mit ihrem Hocker näher heran und strich Isabella über den Kopf. Die wollte am liebsten die Augen schließen und schlafen. Um alles zu vergessen.

»Ich wurde ge-Etiennet.« Sie hob den Kopf. »Und das, ohne richtig ge-Etiennet zu werden.«

Sie entdeckte bei ihren Freundinnen nur Mitgefühl, in ihren Gesichtern und ihren Gesten.

»Ihr hattet keinen Sex?«, hakte Rosie nach, und Isabella schüttelte den Kopf. Nicht wirklich. Es war nicht mal der Sex, was sie vermisste.

»Du hast dich in ihn verliebt?«, fragte Wren.

Isabella nickte, und Tränen quollen hervor. Sie wischte sie frustriert weg. Nach dem gestrigen Abend hatte sie sich geschworen, nicht zu weinen. Aber ihm heute Morgen schon im Park zu begegnen war zu viel für sie gewesen. Damit hatte sie nicht gerechnet, und ihr war die Luft weggeblieben, als sie ihn dort gesehen hatte. Sie hatte kaum gewagt, ihn anzublicken, aus Angst wieder den abweisenden Gesichtsausdruck bei ihm wahrzunehmen. Als sie sich dann doch getraut hatte, war er ihr traurig, resigniert vorgekommen. Und das machte es schlimmer und verwirrender, und jetzt weinte sie doch noch. Schon wieder.

Keine sagte: Ich hab dich ja gewarnt. Stattdessen scharten sie sich um sie und hielten sie im Arm.

Schließlich wischte sie sich die Tränen weg, putzte sich die Nase und trank ihren Espresso in einem Schluck.

»Ehrlich, dieser Mann!«, schnaubte Wren.

»Zum Glück stehen wir nicht auf Kerle«, fügte Rosie hinzu.

Isabella lachte und bekam Schluckauf nach all den Tränen. »Ich dachte wirklich, da wäre was zwischen uns. Was für ein Irrtum!«

»Pech für ihn, Liebes«, antwortete Amber. »Daran musst du immer denken.«

Isabella rang sich ein Lächeln ab und wünschte, es würde ihr leichterfallen.

Wren schlug einen aufmunternden Ton an. »Lasst uns über was Schöneres reden. Über die Eröffnung.«

»Und über Gabis Besuch«, fügte Rosie hinzu.

»Und über Fleischbällchen …«

Isabella sah auf die Uhr und schnäuzte sich noch mal. Die drei hatten recht. Es war Zeit, loszulegen. Blieb zu hoffen, dass sie Etienne Martin erst mal nicht mehr zu begegnen brauchte.

MIA FAMIGLIA

Mamma: **Alles in Ordnung, Schatz?**

Isabella: **Alles bestens, Mamma. Hab nur viel zu tun.**

Mamma: **Ich finde bloß, du warst ein bisschen still in letzter Zeit.**

Isabella: **War eine anstrengende Woche. Mach dir keine Sorgen.**

Mamma: **Du bist nicht enttäuscht, weil wir am Eröffnungstag nicht da sein werden?**

Isabella: **Nein, Mamma. Das ist es nicht.**

Mamma: **Gut. Ich wollte mich nur vergewissern. Du weißt, wir lieben dich.**

Isabella: **Ich euch auch, Mamma.**

52

Etienne

Etiennes Handy klingelte. Er wünschte, es könnte es Isabella sein, obwohl das völlig unmöglich war. Stattdessen war es Walker, und er klang außer Atem. Anscheinend telefonierte er beim Gehen.

»Etienne, ich komme gerade von dem Briefing mit der Polizei, und kann dir sagen, dass sie eine Verbindung zwischen den Opfern der Brandanschläge gefunden haben.« Seine Schritte hallten auf den Bürgersteig.

Etienne begab sich möglichst weit von dem zu lauten Fernseher weg, vor dem Fred die Abendnachrichten verfolgte, und stellte sich an ein Fenster. »Sprich weiter.«

»Alle sind wegen Geldschwierigkeiten aufs Korn genommen worden. Sie haben sich Geld geborgt und konnten es nicht zurückzahlen. Suzie Malone hat Kurzzeitkredite aufgenommen, nachdem ihr Mann sie ohne einen Penny sitzen gelassen hat. Die Verleihfirma nahm Kredite auf, um die Leihgeräte zu kaufen, und als das Geschäft nicht florierte, konnten sie nicht zurückzahlen. Der Mann in Shalford hat sich Geld für ein neues Auto geliehen. Eine Familie für einen Urlaub. Fred Barrow hat sich wohl mit Wetten verschuldet …«

»Pferdewetten.« Etienne schaute zu Fred hinüber, der mit einigen Unterbrechungen schon den ganzen Nachmittag Pferderennen guckte und seine Füße in den neuen Pantoffeln auf dem Polsterschemel ausgestreckt hatte.

»Genau«, antwortete Walker. »All die Leute haben Schulden angehäuft, und weil sie nicht schnell genug zurückgezahlt haben, hat man ihnen das Haus angezündet. Und ich denke, dein Problem ist gerade noch viel, viel schlimmer geworden.« Etienne hörte ihn tief Luft holen. »Sie haben alle Schulden bei den Dougalls.«

Etienne stockte das Blut in den Adern. Die Welt stand für eine Sekunde still, als ihm die Bedeutung aufging.

»Wie viel schulden sie denen? Weißt du das?«

»Keine fünfzigtausend, also weniger als Alex.«

Etienne fuhr sich durch die Haare. »Wie weit sind sie mit den Zahlungen im Rückstand?«

»Zwischen einer Woche und zwei Monaten«, sagte Walker und musste das gar nicht weiter ausführen.

Etienne rieb sich die Bartstoppeln.

»Ich denke, du musst die Augen offen halten«, fügte Walker leise hinzu. »Ruf mich an, wenn du mich brauchst.«

»Danke.«

Etienne legte auf. Er schaute aus dem Fenster auf den beleuchteten Platz und versuchte, seine Gedanken zu ordnen. Die Dougalls bestraften Leute, die ihnen Geld schuldeten und nicht schnell genug zurückzahlten. Die Dougalls hatten also bei Familien, Geschäften und Senioren die Brände gelegt. Die Dougalls hielten bei Alex die Fäden in der Hand. Aber der war nicht Wochen oder Monate im Rückstand, sondern vier Jahre. Wie viel Zinsen würden sie draufschlagen?

Gegenüber hielt ein Taxi, und Gabriella stieg vom Rücksitz aus und zog eine große Reisetasche mit heraus. Isabella kam aus dem *Tutto Mio* gelaufen und drückte sie zu einer langen Umarmung an sich. Die Intensität spürte er beinahe selbst und wünschte, er wäre an Gabriellas Stelle. Nonna erschien in der Tür, wischte sich die Hände an ihrer Schürze ab und wartete, dass sie an die Reihe kam und ihre Enkelin umarmen durfte.

Wenigstens hatte er für Isabella das Richtige getan. Anders als er war sie in Sicherheit. Dafür hatte er gesorgt.

»Ooh, schauen Sie mal, Sie sind in der Glotze!« Fred zeigte zum Bildschirm, und Etienne wandte sich von Isabella ab. Doch tatsächlich sah er ihr Gesicht nun im Fernsehen, und sie strahlte und redete mit Händen und Füßen und lachte. Er wusste noch, wie warm sich ihre Hand angefühlt hatte und wie sie ihren Daumen an seinen Handrücken gedrückt hatte. Er drehte sich weg, konnte sich das nicht mehr ansehen.

»Ich gehe jetzt mit Walker und Fox etwas trinken«, rief er Fred zu, und der reckte beide Daumen.

53

Isabella

Eine Stunde später, nach einem ausgiebigen Plausch mit Gabi und Nonna in ihrer Wohnung, bot Isabella ihrer Cousine eine Führung durch das Restaurant an. Stolz beobachtete sie Gabi, die sich in der Mitte des Gastraums drehte und alles in sich aufnahm.

Gabriella schlug sich die Hände an die Wangen. »Unglaublich, wie schön es geworden ist!« Sie ging langsam umher und strich über die alten Holztische. »Völlig verwandelt. Umwerfend.«

Das stimmte. Die harte Arbeit hatte sich gelohnt. Das Restaurant war fertig und bereit für die Gäste. Auf den Tischen standen Glasgefäße und Vasen verschiedener Größe bereit für die Blumen am Eröffnungstag. Die alten Spiegel an den frisch gestrichenen Wänden warfen das Licht schön zurück, und alles wirkte ruhig, warm und einladend. In ein paar Tagen würden es die ersten Gäste sehen, und Isabella war ungeheuer gespannt.

»Ich hole uns einen Kaffee und ein paar Kekse«, sagte Nonna. Und wie Isabella inzwischen wusste, hieß das, sie würde den Rum mitbringen.

»Ist Brigitta auch hier?«, fragte Isabella. »Soll ich sie rufen?«

»Nein, sie ist heute Abend bei ihrem Kunstkurs«, antwortete Nonna, bevor sie in die Küche verschwand.

»Ehrlich, Issy, das ist fantastisch.« Gabriella umarmte sie. Als sie sie losließ, sah sie ihr aufmerksam ins Gesicht. »Aber du wirkst gar nicht begeistert. Ist alles in Ordnung?«

Isabella seufzte unwillkürlich. Es hatte keinen Sinn, Gabi etwas vormachen zu wollen. Sie legte den Finger an die Lippen und flüsterte: »Erzähl ich dir später.« Sie hörten in der Küche Schranktüren schlagen.

»Daniel?«, flüsterte Gabi stirnrunzelnd, und Isabella brauchte tatsächlich eine Sekunde, um sich zu erinnern, wer Daniel war. Sie lachte und stellte Gabriella vor noch größere Rätsel.

»Nein. Ich weiß schon kaum noch, wer das ist.«

Jetzt war Gabis Neugier geweckt, und sie wollte gerade nachhaken, als die Vordertür aufflog und ein großer Mann in schwarzer Lederjacke hereinkam. Seine schütteren Haare waren mit Öl nach hinten gekämmt. Hinter ihm in der Tür stand ein zweiter Mann. Der sah ein wenig jünger aus, hatte aber die gleichen Geheimratsecken.

»Geht es um eine Lieferung?«, rief Isabella und spähte an ihnen vorbei, um draußen den Lieferwagen zu sehen.

Der Mann antwortete nicht, sondern trat einen Schritt näher und betrachtete den Raum. Der andere folgte ihm.

»Tut mir leid, wir haben noch geschlossen …«, sagte Isabella verwirrt.

»Hab ich gehört.« Der Mann nahm eine Glasvase von dem nächsten Tisch in seine große Pranke. Seine Knöchel waren dick, und er trug einen goldenen Siegelring. Er drehte die Vase und inspizierte sie sorgfältig.

»Hier ist der Kaffee«, verkündete Nonna, die durch die Schwingtür kam, das Tablett beladen mit Tassen, Keksen und einer Flasche Rum. Sie blieb stehen, sowie sie die beiden Besucher erblickte, und schaute von Isabella zu Gabi und zurück.

»Das ist mal eine gute Idee«, sagte der Mann mit Blick auf die Rumflasche. Er ließ die Vase los, sodass sie auf dem Holzboden in Scherben ging. Nonna fuhr zurück, als er die Flasche am Hals ergriff und auf den nächsten Tisch knallte. Er zog einen Stuhl hervor und setzte sich. Dabei blickte er Isabella unter schweren Lidern an. »Mach die Tür zu«, befahl er über die Schulter, worauf sein Begleiter die Vordertür zuzog. Dann schloss er sie ab.

54

Etienne

Die Jungs waren noch nicht im Bett, als Walker und Etienne eintrafen, und nun wollte Fox, dass sie sich noch ein bisschen austobten, bevor er es noch mal versuchte. Zu sagen, dass Reggie und George sich über die Gnadenfrist freuten, wäre untertrieben gewesen. Sie stellten sich sofort ans Fenster und drückten die Nase an die Scheibe, in der Hoffnung, ein paar frühe Feuerwerksraketen zu sehen.

Fox wischte sich übers Gesicht. »Wer weiß, vielleicht gehen sie irgendwann mal freiwillig ins Bett«, sagte er und hob seine Bierflasche. Sie setzten sich auf ihre gewohnten Plätze am Küchentisch.

»Erst, wenn sie älter sind und eine Freundin haben, die sie mit reinlocken können«, erwiderte Walker trocken. Die beiden Jungen führten gerade ein ernstes Gespräch im Flüsterton. Das sah nach Ärger aus. Reggie flitzte in die Küche und sprang auf Etiennes Schoß.

»Ist Isabella deine Freundin?«, wollte er wissen und stach ihn mit einem überraschend spitzen Finger in die Brust.

Etienne bekam sein Bier in den falschen Hals und verschluckte sich schmerzhaft. »Nein«, seufzte er. »Wir sind nur Freunde.« Ihm entging nicht, dass Walker und Fox einen Blick wechselten.

Tatsächlich waren sie nicht mal mehr befreundet. Es

würde ihn überraschen, wenn sie überhaupt noch mit ihm spräche, nachdem er sie so behandelt hatte. Vielleicht könnte er versuchen, es ihr zu erklären, sobald Alex wieder zu Hause war. Wenn nichts mehr zu befürchten war. Doch bis dahin musste er damit leben. Und ohne sie.

»Gut.« Reggie nickte zufrieden. »Denn ich werde sie heiraten.«

Etienne verschluckte sich an seinem Bier. Walker klopfte ihm auf den Rücken.

»Meinst du nicht, sie ist ein bisschen zu alt für dich?«, fragte Fox lächelnd.

»Ich bin ja auch bald so alt wie sie.« Von seiner kindlichen Logik überzeugt, zuckte Reggie die Schultern und wandte sich ab, um wieder ins Wohnzimmer zu laufen. George rannte hinter ihm her.

»So ist er, seit ihr beide neulich in seiner Klasse wart«, sagte Fox kopfschüttelnd. »Total verschossen.«

»Ist das wahr?« Walker sah ihn neugierig an. »Dass ihr nur Freunde seid?«

Jetzt blickten beide Etienne neugierig an.

Etienne strich sich durch die Haare. »Ich glaube, wir sind nicht mal mehr das«, brummte er. »Wir waren Freunde. Anfangs. Dann hatten wir diesen Keinen-Sex-Sex, und das war der Hammer.« Er schloss für einen Moment die Augen. »Besser als der meiste richtige Sex, den ich je hatte.« Er seufzte.

Walker und Fox warteten ab.

»Und schließlich waren wir häufiger zusammen. Beim Karaoke, beim Throwback Thursday, bei der Kochstunde in der Schule. Und es ist schön mit ihr, wisst ihr?«

Seine Freunde nickten, als hätten sie das schon die ganze Zeit gewusst und Etienne würde es jetzt erst kapieren.

»Und dann habe ich gemerkt, dass ich nach ihr Ausschau

halte. Für Gelegenheiten sorge, sie zu treffen. Ich habe viel zum Fenster geschaut, um sie kurz zu sehen.« Er warf einen verlegenen Blick zu Walker, der einen langen Schluck Bier trank, aber schwieg. »Und sie ist freundlich. Sie hilft jedem.« Wieder suchte er Bestätigung bei den beiden, die er eigentlich nicht brauchte. Sie nickten. »Obwohl sie vollauf mit der Renovierung beschäftigt war, hat sie sich die Zeit genommen, mit mir auf den Friedhof ans Grab meiner Eltern zu gehen. Sie hat die Gästezimmer-Übernachtungsaktion organisiert.«

Er rieb sich das Kinn. »Und dann dachte ich, ich hätte eine Magenverstimmung, aber immer nur wenn ich mit ihr zusammen war. Und mir wurde klar, dass das flaue Gefühl nicht vom Essen kommt. Es hatte mit meinen Gefühlen für sie zu tun.« Er legte die Hand an die Brust. »Und dann habe ich ihre Hand gehalten.« Etienne stützte den Kopf in die Hände, volle zehn Sekunden lang, und blickte wieder auf. »Und wollte sie nie wieder loslassen.«

Fox zog eine Braue hoch. Walker rückte auf seinem Stuhl nach vorn.

»Aber ich musste dafür sorgen, dass sie sich von mir fernhält, für den Fall, dass die Dougalls mich angreifen. Deshalb habe ich gesagt, ich hätte was Besseres vor, als mit ihr was trinken zu gehen. Ich habe sie schwer gekränkt. Und ich kann an nichts anderes mehr denken als daran, dass ich mit ihr zusammen sein will.«

Darauf war es still in der Küche, und dadurch fiel ihnen auf, dass die Jungs nicht mehr im Wohnzimmer spielten, sondern im Durchgang zur Küche standen und jedes Wort gehört hatten, Reggie mit großen Augen und George mit dem Daumen im Mund.

»Ich liebe sie, stimmt's?«, fragte Etienne langsam, und

empfand Ehrfurcht und Erleichterung, als er das zum ersten Mal aussprach.

Walker und Fox wechselten einen Blick und stießen miteinander an.

»Das denken wir auch«, antwortete Fox.

»Ihr wusstet das?« Etienne blickte sie ungläubig an.

»Schon lange«, bestätigte Walker und machte mit Fox über dem Tisch einen High Five.

»Nein!« Reggie trat gegen ein Tischbein. »Das ist unfair.«

»Oh mein Gott«, murmelte Etienne. »Ich bin verliebt in Isabella Tucci.«

Reggie schnaubte und nahm den nichts ahnenden George in den Schwitzkasten, um ihn aus der Küche zu schieben. »Wir gehen ins Bett«, sagte er, und dann trampelten sie die Treppe hoch.

»Zwei Wunder an einem Tag«, brummte Fox, der ihnen hastig folgte, um die Ankündigung wahr zu machen.

Walker grinste und stieß mit Etienne an, der sich zurücklehnte, erschöpft von emotionaler Erkenntnis.

Isabella hatte ihn derart beeindruckt, dass sie jetzt einen Platz in seinem Herzen hatte. Er gestand sich endlich ein, dass er immer am *Tutto Mio* vorbeigegangen war, in der Hoffnung, ihr zu begegnen. Er begriff, dass er sich auf ihren Keinen-Sex-Deal vor allem eingelassen hatte, weil er mehr Zeit mit ihr verbringen wollte. Sobald sie ihn anlächelte, hatte er gute Laune. Und wenn er sie an der Hand oder im Arm hielt, wollte er am liebsten nicht mehr loslassen.

Sein Handy klingelte. Alex' Name auf dem Display holte ihn mit einem Schreck in die Gegenwart zurück. Er legte das Gerät zwischen sich und Walker auf den Tisch, nahm den Anruf an und schaltete auf Lautsprecher.

Diesmal wartete Alex nicht, bis Etienne etwas sagte.

»Et, du bist in Gefahr! Es ist total schiefgelaufen!«

Etienne stand auf, mit den Fäusten auf den Tisch gestützt, und ließ das Handy liegen. »Was ist passiert?«

»Die Dougalls haben angerufen und wollten das Geld plötzlich sofort haben.«

»Ich dachte, wir hätten noch sechs Tage Zeit …« Etienne stockte. »Aber ich kann das …«

Alex fiel ihm ins Wort. »Ich wusste, dass du das sagen würdest, deshalb habe ich ihnen erklärt, dass ich es nicht habe, aber ich würde es bei dir holen und ihnen sofort geben.«

Etienne brummte zustimmend.

»Und daraufhin wurden sie richtig sauer und meinten, sie hätten schon zu lange gewartet. Vier Jahre lang.«

Walker riss die Augen auf, blieb weiter auf das Display konzentriert.

»Und sie haben gesagt, sie holen es sich jetzt selbst.«

Walker und Etienne blickten sich an. Das war übel. So viel war klar.

»Kennen sie denn meine Adresse?« Etienne versuchte einen ruhigen Ton zu wahren, obwohl er an den alten Fred Barrow dachte, der in Pantoffeln vor dem Fernseher saß.

»Der alte Dougall hat dich in den Nachrichten gesehen. Die wissen jetzt, wie dein Restaurant heißt.«

Fox kam in die Küche zurück, da er die Jungs im Bett hatte, und blickte zwischen Walker und Etienne hin und her, weil er die angespannte Atmosphäre wahrnahm.

Etienne griff sich an den Kopf und dachte fieberhaft nach, was sie bei dem TV-Interview gesprochen hatten. Hatten sie ihn nach dem Bistro gefragt?

»Habt ihr das gesehen?«, sagte er lautlos zu Walker und Fox, aber die schüttelten den Kopf.

Er rief es sich vor Augen. Isabella erklärte, wie sie die Aktion organisiert hatte. Die Interviewerin wollte wissen, ob sie gern in Honeybridge lebten. Und Isabella warb dann glücklich für ihr *Tutto Mio*.

Die Dougalls hielten sie beide für ein Paar. Und jetzt glaubten sie, ihnen gehörte das Restaurant zusammen.

»Die gehen zum *Tutto Mio*«, keuchte Etienne über dem Handy. »Isabella …«, murmelte er hilflos, und Walker stand jetzt auch auf, alle drei instinktiv sprungbereit. »Haben sie noch etwas gesagt?«, wollte Etienne ungeduldig wissen. Er wollte los. Er dachte nur noch an eins, nämlich daran, dass er vor den Dougalls dort sein musste. Um sie von Isabella fernzuhalten.

Alex' Stimme zitterte. »Nur eins: Wer mit dem Feuer spielt, verbrennt sich.«

Etiennes Verstand arbeitete schnell und präzise. Er konzentrierte sich allein darauf, welche Schritte er unternehmen musste, um Isabella zu schützen. Er warf einen Blick auf seine Freunde. Fox und Walker hatten bereits ihre Handys gezückt und loggten sich in ihr Bankkonto ein.

»Ist an dich überwiesen«, sagte Fox.

»Mein Anteil auch.« Walker tippte auf die Schaltfläche.

Etienne hörte das zweimalige Pingen, das ihn auf einen Geldeingang aufmerksam machte. Er prüfte seinen Kontostand. Fünfzigtausend Pfund. Alles da.

»Ich überweise dir das Geld jetzt, Al. Leite es an die Dougalls weiter und sag ihnen, dass es erledigt ist.« Er legte auf und öffnete sofort seine Banking-App. Die Überweisung war innerhalb von Sekunden raus, aber bis sie auf Alex' Konto zu sehen sein würde, könnte länger dauern. Er zog sich die Jacke an und lief zur Haustür.

»Die sind gefährlich, Etienne«, sagte Walker dicht hinter ihm mit dem Handy in der Hand. »Ich verständige die Polizei, und ich kann meine Kollegen wegen der erheblichen Brandgefahr alarmieren.« Etienne zog sich entschlossen den Reißverschluss zu.

Fox hielt ihnen die Tür auf und stoppte Etienne mit einem festen Griff an die Schulter.

»Wenn das ein von mir entwickeltes Spiel wäre, würde ich sagen, das Überraschungsmoment ist deine Chance zum Sieg.«

Etienne wechselte einen Blick mit ihm und nickte zustimmend, bevor sie losrannten.

55

Isabella

Isabella trat näher zu Nonna, die mit dem Tablett wie erstarrt im Durchgang vor der Küche stand. Gabi sah sie eindringlich an, und Isabella konnte nur den Blick erwidern und kurz den Kopf schütteln. Sie räusperte sich.

»Tut mir leid«, sagte sie erneut. »Das kann nur eine Verwechslung sein. Ich muss Sie jetzt bitten zu gehen.«

Der ältere der Männer lachte, und ein paar Speicheltropfen flogen aus seinem Mund.

»Sie geben uns keine Befehle.« Er steckte sich einen Zahnstocher in den Mundwinkel.

Nonna stellte ihr Tablett auf dem nächsten Tisch ab, und Isabella rückte vor sie.

»Nur Dougalls geben hier Befehle.«

Der jüngere der beiden, der eine Brust wie ein Bierfass hatte, sah auf sein Handy. »Sie haben das Geld noch nicht gekriegt«, gab er mit kräftigem Südlondoner Akzent bekannt.

»Das ist okay«, erwiderte Zahnstocher. »Wir haben alle Zeit der Welt.«

Das ergab keinen Sinn. Isabella sah von einem zum andern und versuchte es noch mal.

»Hören Sie, ich kenne keine Dougalls. Und ich schulde niemandem Geld.«

»Aber Ihr Mann, Liebes«, sagte Zahnstocher.

»Ich bin nicht verheiratet.« Sie tat ihr Bestes, um ruhig zu klingen, doch sie hörte ihre Stimme zittern. »Das muss ein Missverständnis sein. Ich muss Sie bitten zu gehen. Sonst muss ich die Polizei rufen, um das zu klären.«

Zahnstocher machte einen Satz auf sie zu, verblüffend schnell für einen so kräftigen Mann, und schlug ihr das Handy mit Wucht aus der Hand, sodass es auf dem Boden in Stücke brach. Nonna keuchte auf. Isabella hielt sich die schmerzende Hand an der Brust und sah hastig durchs Fenster auf den Platz, aber der war dunkel und verlassen.

»Offenbar hat Ihr Mann Sie in seine Familiengeheimnisse nicht eingeweiht«, fuhr Zahnstocher fort. »Er und sein Bruder schulden den Dougalls eine Menge Geld. Und wir sind hier, um dafür zu sorgen, dass er zahlt.«

Bierfass trat den Stuhl neben ihm an die Wand. Der zerbrach, und Gabi zog reflexhaft den Kopf ein.

»Bitte nicht«, hörte Isabella sich sagen und wünschte sofort, sie hätte den Mund gehalten, denn das spornte den Kerl nur an. Er kippte den Tisch um, trat gegen Stühle und stampfte darauf, bis sie nur noch Kleinholz waren.

In der anschließenden Stille hörte sie ihn von der Anstrengung schnaufen.

»Noch was?«, fragte Zahnstocher.

Bierfass sah wieder aufs Handy und reckte spöttisch einen Daumen.

»Tja«, meinte Zahnstocher. »Ich schätze, wir sollten anfangen, Zinsen zu kassieren.«

Sie schauten durch das Restaurant wie über einen Spielplatz, als wollten sie entscheiden, welchen Spaß sie sich zuerst gönnen sollten.

Zahnstocher schlenderte zu dem größten Spiegel, der hinter der Bar hing, packte ihn mit seinen Pranken, hob ihn brüllend von der Wand und warf ihn auf den Boden. Das Glas zersplitterte, Scherben glitten über die Dielen, der Rahmen brach entzwei.

Nonna kreischte, Gabi rannte zu ihr, und Isabella schlug sich beide Hände vors Gesicht. Doch die Männer hörten nicht auf. Sie zerrissen Speisekarten und warfen die Fetzen in die Luft wie Konfetti, ließen Gläser nacheinander auf den Boden fallen. Isabellas Herz hämmerte. Ihr war heiß vor Wut, während ihre harte Arbeit zerstört wurde, doch Angst hielt sie zurück. Wenn die das mit dem Eigentum anderer Leute taten, dann waren sie auch imstande, die Eigentümer der Dinge anzugreifen. Sie schaute zu Nonna, die sehr blass war. Sie musste die beiden rausschaffen.

Die Männer hielten keuchend inne, und Bierfass sah wieder auf sein Handy. Er schüttelte den Kopf, und Zahnstocher wandte sich einem Tisch zu.

»Warten Sie, warten Sie!« Isabella hastete darauf zu, ohne zu überlegen. Sie konnte nicht tatenlos zusehen, wie ihr Traum zerstört wurde.

»Sie bleiben da drüben.« Zahnstocher stieß sie an der Schulter weg und knipste sie mit dem Handy. »Damit werden Sie die Zahlung beschleunigen«, sagte er. »Sie sind unsere Versicherung.« Mit einem humorlosen Lächeln schnippte er seinen angekauten Zahnstocher auf den Boden und zog einen frischen aus der Brusttasche. Dabei sah sie, dass das gar keine Zahnstocher waren, sondern Streichhölzer.

Er nickte Bierfass zu, und sie legten wieder los, zertraten Stühle, zerwarfen Schnapsgläser und Spiegel. Der Lärm war entsetzlich. Zahnstocher riss die Regale von der Wand, und Gläser fielen wie ein Wasserfall zu Boden. Hinten im Durchgang beugte Gabi Nonna an ihre Brust, um sie zu schützen. Isabella stand still, allein und schutzlos in der Mitte des Gastraumes. Sie schaute hastig suchend nach einer Waffe oder einem Fluchtweg oder irgendetwas, das helfen könnte.

Was sie entdeckte, waren Etiennes Augen in dem Spalt der Schwingtür. Die Hoffnung raubte ihr den Atem, und er legte den Finger an die Lippen. Sie blinzelte nur, zu verängstigt, um ihm zuzunicken. Aus Angst, Aufmerksamkeit auf ihn zu lenken. Aus Angst, jemand könnte ernsthaft verletzt werden.

Bierfass verschnaufte. Er hatte einhändig die meisten Tische zerstört.

Zahnstocher hatte sich auf die Accessoires konzentriert. Der Boden war mit zerbrochenen Gläsern übersät, dazwischen lagen Bilder, in die er ein Loch getreten hatte. Der Raum sah aus wie nach einem Bombenanschlag. Isabella schluckte einen Schluchzer hinunter und sah wieder zu Etienne.

Bierfass schaute auf sein Handy und grinste so breit, dass ein goldener Schneidezahn hervorblitzte.

»Das Geld ist da«, sagte er mit großer Befriedigung. »Da habt ihr Glück.«

Er zog seine Jeans an den Gürtelschlaufen hoch und reckte sich, während er die Zerstörung betrachtete.

»Erstklassige Arbeit«, lobte er. »Jetzt können wir die restlichen Zinsen einfordern.«

Er öffnete die Sporttasche, die er an der Tür abgestellt hatte, und holte ein paar Lumpen und einen Kanister Benzin heraus. Nachdem er den Verschluss abgeschraubt hatte, nahm er eine kräftige Nase voll Benzindampf und schloss die Augen. Der Geruch breitete sich bis zu Isabella aus, und ihre Augen füllten sich mit Tränen.

»Bitte«, hauchte sie. »Sie haben selbst gesagt, dass sie das Geld bekommen haben.«

»Ihr Mann und sein Bruder haben die Dougalls verarscht«, erklärte Bierfass. »Das darf keiner.«

»Ich sage doch, ich habe keinen Mann.«

»Dann eben Ihr Freund«, fuhr Zahnstocher sie an. »Etienne Martin.«

Isabella widerstand dem Impuls, zur Schwingtür zu blicken, als der Name fiel. Sie musste ihren ganzen Willen aufbieten, um weiter die fremden Männer anzusehen.

»Er und sein Bruder können die Dougalls nicht warten lassen und glauben, das bleibt ungestraft …«

Bierfass hob den Kanister an und neigte ihn mit grausamer Langsamkeit, bis das Benzin herausfloss und auf den Holzboden klatschte. Dann riss er den Arm zur Seite, sodass es in hohem Bogen auf zertrümmerte Stühle spritzte. Isabella sauste auf ihn zu, doch Zahnstocher stoppte sie erneut und schob sie zu den anderen Frauen. Sie sah Gabis Wut und dass sie sprungbereit dastand. Isabella wusste, Gabi wäre sofort an ihrer Seite, sobald sie irgendwie handelte.

»Warte kurz«, sagte Zahnstocher zu Bierfass und bewegte sich auf Isabella zu. Sein Gesichtsausdruck war völlig verändert, als er den Blick auf ihren Körper richtete. »Der alte Dougall meinte, sie ist eine Schönheit.« Er bewegte sein Streichholz von einem Mundwinkel in den anderen. »Das hat er richtig gesehen.«

Bierfass grinste wieder, sodass sein Goldzahn aufblitzte, und schraubte den Verschluss auf den Benzinkanister. »Sie haben das Geld«, sagte Zahnstocher nachdenklich. »Und sie kriegen ihre Zinsen in Asche.« Er deutete mit dem Kopf auf die Benzinlachen. Langsam zog er die Streichholzschachtel aus seiner Jackentasche. Er schüttelte sie in stiller Betrachtung und warf sie Bierfass zu, der sie mit einer Hand auffing. »Aber ich denke, ich verschaffe mir eine Belohnung.« Mit der Zunge drehte er das Streichholz um und musterte Isabella. »Und die bist du.«

56

Etienne

Der starke Benzingeruch und die letzten vier Worte, die in der Luft hingen, änderten alles. Etienne hatte sich still verhalten, weil die Polizei und die Feuerwehr jeden Moment eintreffen mussten, aber auf dem Platz draußen war noch alles ruhig, und das Restaurant war bereits zerstört. Als die Zahlung bestätigt wurde, hatte er für einen Moment geglaubt, die Angelegenheit wäre nun vorbei. Aber jetzt, da der Zahnstocher-Typ Isabella lüstern begaffte und sich über die Lippen leckte, konnte er sich nicht mehr zurückhalten. Er würde nicht zulassen, dass der Typ sie anrührte. Solange er atmete, würde der Kerl keinen Finger an sie legen. Er schloss die Faust um den glänzenden Griff des Feuerlöschers.

Etienne sah sie durch den Türspalt, das Herz schlug ihm bis zum Hals. Sie straffte die Schultern und wappnete sich.

»Nein«, sagte sie.

Der Typ mit dem Zahnstocher zog lächelnd die Brauen hoch. Seine Zähne waren so gelb und spitz wie die einer Ratte. Er zog einen Revolver aus seiner Jacke und richtete ihn auf ihre Brust. »Niemand sagt zu mir Nein.«

Der Dicke lachte, dass sein Bauch wackelte, so als guckte er den lustigsten Film aller Zeiten. »Vielleicht nehme ich die gleiche Belohnung.« Er wandte sein verschwitztes Gesicht Gabi zu und zwinkerte.

Isabella blickte kurz zur Schwingtür, worauf Etienne hektisch auf Zahnstocher zeigte und den Finger kreisen ließ. Sie drehte den Kopf sofort wieder nach vorn. Gott, hoffentlich hatte sie verstanden! Dreh ihn um, hatte er signalisiert. Er brauchte den Kerl mit dem Rücken zur Küchentür. Er packte fester um den Feuerlöschergriff und machte sich sprungbereit.

Isabella wich nach links zurück, und der Kerl tat es ihr gleich, sodass er Etienne einen Schritt näher kam.

»Wird nicht lange dauern«, sagte der. »Keine Angst, ich kann nett sein …« Seine Zungenspitze schnellte hervor wie die einer Schlange und balancierte das Streichholz, um es zurück in seinen Mund zu werfen.

Isabella ging noch einen Schritt nach links.

Zahnstocher wedelte mit dem Revolver und lächelte sie an, als tanzten sie. Als wäre das alles ein Spaß. Als hätte er alle Zeit der Welt. Es war wie ein Katz-und-Maus-Spiel, bei dem man wusste, dass es nur auf eine Art enden konnte.

Isabella machte noch einen Schritt, und der Mann ebenfalls und verringerte dabei den Abstand zu ihr. Er war jetzt nur noch eine Armlänge von ihr entfernt, könnte sie jeder Zeit packen.

Sie huschte ein großes Stück nach links, sodass sich der Mann zu ihr hindrehte, und im nächsten Moment griff er nach ihr. Etienne sah seine Chance gekommen und stürmte durch die Schwingtür, dass die beiden Flügel gegen die Wand knallten. Er schlug dem Kerl den Feuerlöscher auf den Kopf, mit solcher Wucht, dass sie beide taumelten und stürzten. Als sie auf dem Boden aufschlugen, fiel ein Schuss.

57

Isabella

Der Knall schallte durch den zerstörten Raum, und Isabella klangen die Ohren. Es roch jetzt nach dem Schmauch und dem Benzin und dem Rum, der aus der zerbrochenen Flasche verdunstete.

Isabella war unverletzt, aber jemand stöhnte. Sie rannte zu Nonna, die am Boden kauerte und ihren Kopf mit den Armen schützte. Gabi stand kampfbereit vor ihr wie eine Löwin. Sie hatte ebenfalls keine Verletzungen davongetragen.

Gott, nein, nicht Etienne! Ihr Herz schlug wild. War Etienne getroffen? Er lag auf Zahnstocher, und einer von ihnen blutete. Das Blut breitete sich unter ihnen zu einer Lache aus.

»Etienne«, keuchte sie und warf sich neben ihm auf die Knie.

Er hob den Kopf. Sie sah die Platzwunde. Er schob sich rückwärts von dem Mann herunter und richtete sich auf. Isabella tastete über seine Brust nach einer Wunde, aber da war keine. Der Schuss hatte ihn verfehlt. Er zog sie zu sich und weg von dem Mann, der sich vor Schmerzen am Boden wand, und sie fühlte seinen Arm an ihrer Taille wie eine Rettungsleine.

Zahnstocher stöhnte und hielt sich das Bein, wo das Blut aus seiner Jeans quoll. Er entdeckte den Revolver, der vergessen am Boden lag, und wollte danach greifen, doch Isabella kam ihm zuvor und trat das Ding von ihm weg, dass es in die nächste Ecke glitt.

»Mach schon!«, ächzte Zahnstocher dem anderen Kerl zu. »Und dann bring mich hier raus.«

Bierfass riss ein Streichholz an, das sich fauchend entzündete. Er hielt es einen Moment lang hoch, damit sich die Flamme entwickelte.

Dann passierte alles wie in Zeitlupe. Das Grauen spielte sich geradezu filmisch ab. Isabella hörte ihren eigenen Schrei und sah Etienne nach dem Feuerlöscher greifen. Die Flamme wurde flackernd größer, und Bierfass warf das Streichholz lässig zu der Benzinlache. Es flog durch die Luft, und Isabellas Schrei steigerte sich zu zornigem Kreischen. So durfte ihr Traum nicht enden.

Gabi sah ihren Moment gekommen. Sie ging in die Hocke, sprang hoch und griff um einen der frei liegenden Holzbalken unter der Decke. Mit ihrer Kraft und ihrem akrobatischen Geschick schwang sie die Beine nach hinten und dann nach vorn und traf das Streichholz mit der Fußspitze, sodass es verlosch, bevor es in die Benzinlache fallen konnte. Etienne setzte dem Ganzen die Krone auf, indem er im selben Moment Löschschaum auf dieselbe Stelle spritzte.

Bierfass hatte Zahnstocher inzwischen auf die Beine gehievt. Gemeinsam taumelten sie zum Ausgang, hinter sich eine Blutspur. Jetzt hörte man Sirenengeheul, das immer näher kam, und als die beiden Männer die Restauranttür öffneten, war draußen alles von wirbelndem Blaulicht erleuchtet. Polizisten eilten herbei, um die beiden festzunehmen. Walker stand mit seiner Mannschaft in der Mitte des Platzes und richtete einen Löschschlauch auf die Fassade. Anscheinend hatte Etienne sie verständigen können.

Etienne ging nach draußen, um mit ihnen zu reden, und

ließ sie allein. Während Isabella ihm nachsah, schlossen Nonna und Gabi sie in die Arme.

Eng umschlungen beobachteten sie, was draußen vor sich ging. Walker rief seine Mannschaft zurück. Zwei Polizisten waren nötig, um Bierfass Handschellen anzulegen und in einen Streifenwagen zu verfrachten, und Zahnstocher wurde, ebenfalls in Handschellen, auf eine Trage gelegt und in den wartenden Rettungswagen geschoben.

Etienne stand allein auf dem Platz. Er zog sein Handy aus der Tasche, hielt es ans Ohr und schaute mit angespannter Miene zum Himmel auf. Im nächsten Moment kniff er die Augen fest zu und ließ erleichtert den Kopf in den Nacken sinken. Dabei rann ihm Blut an der Schläfe hinab und tropfte auf seine Schulter, aber er schien das nicht wahrzunehmen. Er steckte das Handy wieder weg, dann ging er entschlossen auf das *Tutto Mio* zu. Eine einzelne Feuerwerksrakete explodierte am Himmel zu einem weißen Sternenregen.

Die Frauen zogen sich von Isabella zurück, als Etienne hereinkam. Aber das nahm sie nicht wahr. Sie registrierte nur das Knirschen der Glassplitter unter seinen Sohlen, während er auf sie zuging.

Er blieb einen Schritt entfernt vor ihr stehen, sah sie hoffend, reumütig, leidenschaftlich und erschrocken zugleich an. Sie fühlte Tränen an ihren Wimpern zittern. Sie sagten beide kein Wort, aber als er sie an sich zog, warf sie die Arme um seinen Hals und hielt ihn fest.

»Es tut mir leid«, flüsterte er und drückte sie an sich, dass sich eins ans andere schmiegte. »Es tut mir so leid, Bella.«

58

Etienne

Es ging auf Mitternacht zu. Etienne hatte Isabella erst aus den Armen gelassen, als er an der Reihe gewesen war, bei der Polizei auszusagen.

Seine Befragung hatte am längsten gedauert, da er die ganze Geschichte von Alex' Schulden und der Verbindung zu den Dougalls erzählt hatte. Am Ende hatten die beiden Ermittler einen Blick gewechselt.

»Das könnte reichen, um sie festzunageln«, hatte der eine gesagt, aber der andere war nicht überzeugt gewesen. Etienne wusste, warum der Kollege skeptisch war, nämlich weil die Dougalls sich nicht selbst am Tatort aufgehalten hatten.

Die Sanitäter hatten seine Stirnwunde verbunden, und Isabella hatte ihm dabei die Hand gehalten. Gabi hatte mit Isabellas Handy die GIRL GANG auf den neuesten Stand gebracht, und Wren, Rosie und Amber hatten alles stehen und liegen lassen und waren gekommen, um die Scherben zusammenzufegen und Tee zu kochen. Walker hatte für den nächsten Tag einen Container organisiert, mit dem die zerbrochenen Möbel abgefahren werden konnten. Nonna hatte mehrere Runden Rum ausgeschenkt und war dann schlafen gegangen.

Seit Etienne von den Formalien bei der Polizei zurückgekehrt war, hatte er Isabellas Hand nicht mehr losgelassen.

Es schien ihm das Natürlichste von der Welt zu sein, und er würde sie weiter festhalten.

Inzwischen waren alle fort, und Gabi war auch ins Bett gegangen, um sich zur Recherche einen Actionfilm anzusehen. Er saß mit Isabella auf dem Sofa und erzählte ihr alles. Wie es vor fünf Jahren angefangen hatte – nein, schon vorher, korrigierte er sich –, nämlich als Alex das Glücksspiel für sich entdeckt hatte. Wie es nach dem Tod der Eltern immer übler geworden war und wie er seinem Bruder im entscheidenden Moment Hilfe versagt hatte, weil ihm eine Frau wichtiger gewesen war. An der Stelle ließ er den Kopf hängen, nicht aus Scham, sondern weil ihm in dem Moment klar wurde, dass seine Gefühle für Kira nichts, wirklich *nichts* waren im Vergleich zu dem, was er für Isabella empfand.

»Also *das* steckt hinter der ganzen Bindungsangst«, sagte sie sanft, da sie endlich verstand.

Er erzählte ihr von Alex' SMS nach all den Jahren und dass er sofort bereit gewesen war, alles zu tun, um seinen Fehler wiedergutzumachen und seinen Bruder zurückzubekommen.

»Du hättest es mir anvertrauen können«, erwiderte sie. »Ich hätte euch geholfen.« Das war so typisch Isabella, dass er sich verblüfft fragte, wieso er das nicht selbst erkannt hatte.

Er schob die Finger zwischen ihre. »Ich habe das nur getan, um dich vor den Dougalls zu bewahren.« Er drückte sanft ihre Hand, um das zu unterstreichen. »Ich habe noch nie so für jemanden empfunden, und ich verspreche, ich werde dich niemals wieder kränken.«

Etienne reichte ihr ein Kissen, damit sie es behaglicher hatte, und erzählte ihr, wie er zu der Entscheidung gelangt war. Mit Walkers Sorge, die Dougalls könnten hinter den Brandanschlägen stecken, habe es angefangen, dann sei seine plötzliche Angst dazugekommen, als er von Alex erfahren hatte, dass die Dougalls von ihm wussten, und schließlich habe die alles überlagernde Furcht, dass er sie in Gefahr brachte, den Ausschlag gegeben.

Als er fertig war, saß sie mit untergezogenen Beinen in der Sofaecke, sodass sie ihn ansehen und gleichzeitig seine Hand halten konnte. In der Stille hörte er die Uhr auf dem Platz Mitternacht schlagen.

»Ich empfinde das Gleiche, weißt du«, sagte sie leise. »Für dich.«

Ihre Blicke trafen sich und hielten einander fest, und ihm brannte ein so starkes Gefühl in der Brust, dass es wehtat.

»Seit ich dich zum ersten Mal gesehen habe, habe ich dich nicht mehr aus dem Kopf bekommen. Ich fühlte mich immer wieder zu dir hingezogen, wollte einfach mit dir zusammen sein«, sagte sie.

Er strich ihr die Haare aus dem Gesicht. »Das ist gut, denn ich lasse dich nicht mehr gehen. Nie wieder.«

Etienne konnte sich nicht länger zurückhalten. Er zog sie in die Arme und küsste sie, sanft, wegen der überstandenen Strapazen. Ihre Lippen berührten seine, und sein Herz ging auf angesichts der Zärtlichkeit des Kusses.

Er zog den Kopf zurück, um sie anzusehen, und bemerkte da erst die Schatten unter ihren Augen und ihre Blässe. Isabella lächelte, doch das Lächeln ging in ein Gähnen über, und er wünschte sich, sie in eine Decke zu wickeln und ihr beim Schlafen zuzusehen. Sie reckte sich und ließ deshalb seine Hand los, und er kam sich plötzlich seltsam verlassen vor. Sie stemmte sich vom Sofa hoch, und er ließ die Schultern hängen. Offenbar war es Zeit für ihn zu gehen. Sie reckte sich erneut und sah ihn dann fragend an.

»Musst du nach Hause?« Sie neigte den Kopf zur Seite.

Er atmete langsam aus. »Nein. Ich muss hierbleiben.«

»Ich hatte gehofft, dass du das sagst.«

Sie streckte ihm die Hand hin, und er stand auf und zog sie an sich, und sie gab einen langen tiefen Seufzer von sich.

»Ich muss morgen früh aufstehen, um alles zu regeln«, murmelte sie an seiner Schulter. »Die Tischreservierungen und die Eröffnungsarrangements absagen, die Werbung im Internet ändern … den Container füllen.« Sie seufzte wieder, und er spürte körperlich, wie enttäuscht sie war. Isabella hatte ihr Herzblut in das Restaurant gesteckt, und nun lag es in Scherben. Die Früchte ihrer Arbeit zerstört, als sie zum Greifen nah gewesen waren.

»Sag nichts ab. Überlass das alles mir.«

Sie löste sich von ihm und blickte ihn an. Der Schock war ihr noch anzusehen, und sie wirkte erschöpft. »Das kann ich nicht tun …« Sie schüttelte den Kopf. »Das ist meine Sache.«

Er fasste sie bei den Oberarmen und gab ihr einen sanften Ruck, damit sie zuhörte. »Ich weiß, du möchtest gern alles selbst tun. Ich weiß, du bist eine unabhängige, erfolgreiche Frau. Aber lass mich helfen. Du hast auch mir geholfen. Du hast allen geholfen. Ich will dich nicht hängen lassen.« Es war ihm plötzlich immens wichtig, ihr das zu beweisen. Zu zeigen, dass auf sein Wort Verlass war.

Sie zog eine Braue hoch und überlegte.

»Du wirst wie geplant am Samstag eröffnen«, beharrte er und bemerkte einen Hoffnungsschimmer in ihren Augen.

»Aber das ist schon übermorgen.« Sie warf verzweifelt die Hände hoch. »Und von der Einrichtung ist praktisch nichts übrig.«

»Verlass dich auf mich.« Er zog sie wieder an sich. »Ich habe eine Idee.«

MIA FAMIGLIA

Mamma: **Ist alles fertig für die Eröffnung?**

Isabella: **Hm. Nicht ganz. Wir hatten in letzter Minute einen Rückschlag.**

Papà: **Du wirst das sicher hinkriegen. Wie immer.**

Isabella: **Hoffentlich!**

Mamma: **Es tut mir schrecklich leid, dass wir nicht dabei sein können.**

Papà: **Aber wir werden an dich denken.**

Mamma: **Und wir sind stolz auf dich, Schatz.**

Papà: **Ungeheuer stolz.**

59

Isabella

Sie konnte nicht aufhören, Etienne zu betrachten, wie er auf ihrem Sofa saß, die Hände mit ihren verschränkt. Sie hatte ihn beobachtet, als er Nonna in den Mantel geholfen hatte, bevor sie ausgegangen war, als er Gabi geholfen hatte, die schweren Barschränke zu heben, und als er Besen und Schrubber für Amber, Wren und Rosie herausgesucht hatte. Seit sie seine Geschichte nun kannte, verstand sie den Mann hinter dem stadtbekannten Schürzenjäger. Sah in ihm den loyalen, leidenschaftlichen Familienmenschen, der er war. Außerdem war er ein absoluter Sexgott. Und nun wollte er über Nacht bleiben. Oder den kurzen Rest dieser Nacht.

»Und keine Sorge«, sagte er halb lachend. »Ich weiß, welcher Tag heute ist.« Sie hatten beide auf den Kalender an der Küchenwand geschaut, den mit den vielen roten Kreuzen, mit denen sie das Jahr markiert hatte. Übermorgen sollte der Tag der Eröffnung sein und damit der Tag, an dem sie ihren Vorsatz verwirklicht sehen wollte. »Ich bin nur hier, um dich zu halten.«

Sie überlegte für einen winzigen Moment. Bei der Vorstellung, dass Etienne sich von hinten an sie schmiegte und sie umfing wie eine Decke, schmolz sie dahin. Ihre Brustwarzen schienen nicht zu begreifen, dass sie gerade knapp dem Tod entronnen waren, und schrien nach Aufmerksamkeit.

»Vielleicht könnten wir die Regeln für heute Nacht lockern …« Unbewusst zog sie die Unterlippe zwischen die Zähne, und seine Augen funkelten, als er den Blick vom Kalender abwandte und sie ansah. Er fasste ihr unters Kinn und hob ihr Gesicht an.

Sie spürte seinen Atem, als er flüsterte: »Wir haben nur noch zwei Nächte, bis du dein Versprechen an dich selbst eingelöst hast.«

»Also keinen Sex?«, fragte sie fast schmollend, und er lachte.

»Keinen Sex«, bestätigte er. »Ich werde nicht derjenige sein, der deine eiserne Regel bricht, sondern der, der dir hilft, sie einzuhalten.«

Unwillkürlich neigte sie sich ihm entgegen, weil sie sich nach seiner Berührung sehnte. Er strich mit einem Finger über ihre Stirn und die Nase hinunter zu ihrem Mund. Sie öffnete die Lippen, sog ihn hinein und lutschte gierig daran.

»Aber alles andere geht doch, oder?«

Er benutzte ihre Ersatzzahnbürste, und sie putzten sich die Zähne. Dabei betrachteten sie einander im Badezimmerspiegel. Die Seltsamkeit der Situation zauberte ein halbes Lächeln auf sein Gesicht, und sie fand seinen Mund unwiderstehlich mit all dem Zahnpastaschaum. Verdammt.

»Darf ich duschen?«, fragte er, und sie nickte seinem Spiegelbild zu, weil es ihr plötzlich die Sprache verschlug. Er griff in die Duschkabine und drehte das Wasser voll auf. Als sie sich die Haare hochband, um sich das Gesicht zu waschen, zog sich Etienne hinter ihr aus. Er knöpfte sein Hemd auf, entblößte seine muskulöse, glatte Brust, den Haarstreifen, der vom Bauchnabel nach unten verlief. An seiner Schulter war ein Bluterguss entstanden, von dem Aufprall auf dem Boden, der sich als blaugrüner Fleck zeigte.

Wie auf Autopilot strich sie sich die Reinigungslotion ins Gesicht, während ihr Blick an ihm klebte. Er schnallte den Gürtel auf, dann öffnete er die Knöpfe der Jeans, streifte sie von den Hüften und ließ sie fallen, stieg aus den Hosenbeinen und stand in gut sitzenden Boxershorts vor ihr. Sie drückte sich den heißen Waschlappen an die Wangen und begann, die Lotion sanft kreisend abzuwaschen. Dabei dachte sie einzig daran, was unter den Boxershorts war.

Er sah sie im Spiegel an, zog eine Braue hoch und drehte sich dann weg. Sie ließ ihren Blick über die Linien seines Rückens schweifen, seinen runden Hintern, die langen, kräftigen Beine. Mit den Daumen zog er die Shorts herunter. Sie merkte, dass sie aufgehört hatte, sich das Gesicht zu waschen, und ließ den Lappen ins Waschbecken fallen. Er schaute über die Schulter und lächelte sie an, dann stieg er in die Dusche. Sie hielt sich mit beiden Händen am Waschbecken fest.

Sie hatte ihn bisher nie nackt gesehen. Und er sie auch nicht. Nicht komplett nackt. Sie wollte ihn ganz sehen, ganz fühlen.

Mit einer fließenden Bewegung zog sie sich das Oberteil über den Kopf. Ihre Schulter tat weh, wo Zahnstocher sie gestoßen hatte, aber sie dachte nicht weiter daran. Sie schob ihre Jeans nach unten und ließ sie auf dem Boden liegen, öffnete ihren BH, ließ ihn fallen und kickte ihren Tanga zu seinem Kleiderhaufen.

Er stand noch immer mit dem Rücken zu ihr, als er sich unter dem Brausestrahl durch die Haare fuhr und das Wasser in Kaskaden an ihm hinunterlief. Sie zog die Duschtür auf und schmiegte sich von hinten an ihn, hörte sein Keuchen durch das Prasseln der Tropfen, als sie die Arme um ihn legte.

»Bella«, sagte er leise, und sie lächelte in sich hinein, die

Stirn an seiner Schulter, die Brüste an seinen Rippen. Er war der einzige Mensch auf der Welt, der sie so nannte, und sie liebte den Klang. Sie strich neugierig über seine Brust und betastete die Brustwarzen, die sich unter ihren Fingerspitzen wie ihre eigenen anfühlten. Sie ließ die Finger nach unten gleiten über die straffen Bauchmuskeln, die leicht unter der Berührung zuckten, und strich an dem schmalen Haarstreifen entlang abwärts. Er drehte sich in ihren Armen, glitschig vom Duschgel, bevor sie sein Glied erreichte, und zog sie unter die Brause, sodass das Wasser in Rinnsalen von ihren Brüsten lief und hinunter zwischen ihre Beine. Sie stellte sich breiter hin und ließ es dahin laufen, wo sie seine Finger, seinen Atem, seinen Penis haben wollte.

»Ich will dich«, sagte sie mit rauchiger Stimme. Sie nahm seinen Kopf in beide Hände und zog sein Gesicht an ihres. Die erste Berührung seiner Lippen war sanft. Der Kuss wurde länger und tiefer, und schließlich hielt er sie so fest und küsste sie so gründlich, als sollte es nie enden. Gott, sie liebte ihn. Seine Hände wanderten umher wie ihre, erfühlten den Rücken und die Schultern des anderen, während sie sich fester aneinanderschmiegten. Sie drehten sich unter dem Wasser hin und her. Einmal drückte er sie an die kalten Fliesen und seine heiße Erektion ihren Bauch.

Langsam, ohne dass sie es zuerst merkte, hielt er sie lockerer und wich ein wenig zurück, sodass ein paar Zentimeter Abstand zwischen ihnen lagen. Er legte den Hebel um, sodass kein Wasser mehr lief. Ihr Atem bebte vor Erwartung.

»Ich will dich, Etienne«, sagte sie wieder. »Ich will dich voll und ganz.«

Er führte sie an der Hand aus der Dusche, und sie sah seinen Blick über ihren Körper gleiten, sah ihn die Zähne zusammenbeißen.

»Ich will dich auch«, erwiderte er mit rauer Stimme. »Aber nicht heute Nacht, Bella.«

Sie knurrte tief in der Kehle, und er lachte. Er nahm das flauschige weiße Handtuch von der Stange, wickelte sie darin ein und rieb ihr die Schultern, Arme und Brüste trocken. Sie merkte, dass ihr Körper sich ihm entgegenreckte, aber er lächelte schief und trocknete sie weiter ab.

»Nur noch zwei Tage«, sagte er. »Wir können warten. Und ich werde es dir nicht noch schwerer machen.«

Sie stieß wieder vor Frustration ein Knurren aus.

»Obwohl das auch für mich hart ist.« Er legte das Handtuch um sie. »Wirklich sehr hart.« Er nahm ihre Hand und legte sie um seinen Penis, ließ sie einen Moment lang das Pochen und die Hitze spüren. Sie keuchte. Er nahm ihre Hand weg, und sie stöhnte.

»Ich mache es dir sogar leicht …« Er führte sie aus dem Bad ins Schlafzimmer und setzte sie auf das Fußende des Bettes. Sie wollte ihn auf sich ziehen, die Beine um seine Taille legen, doch er kniete sich vor sie.

»Ich mache es dir leicht, das Warten zu genießen.«

Er zog das Handtuch weg und ließ es auf den Boden fallen. Er leckte über ihre Unterlippe, dann ließ er seinen Blick über ihre Brüste und den Bauch nach unten wandern. Seine Hände glitten über sie und schoben sie weiter auf das Bett, sodass sie auf dem Rücken lag und die Kniekehlen an der Bettkante. Sie streckte die Arme über dem Kopf aus und griff in die Bettdecke.

»Ich mache es dir leicht zu kommen …« Er legte die Hände auf ihre Knie. Ihr Herz vollführte einen Satz. »Und dann findest du auch Ruhe …«

Behutsam drückte er ihre Knie auseinander, und sie wusste, er betrachtete ihre intimste Stelle.

»Und dann wirst du schlafen.«

Sie hörte nicht mehr zu. Ihr Atem ging schon rasend schnell, und sie fühlte seine Finger über die Innenseiten ihrer Schenkel streichen und nach oben gleiten, wo sie sie haben wollte. Er spreizte ihre Beine weit auseinander, sodass sich die Lippen öffneten, und sie merkte, wie nass sie war. Seine Finger streichelten die feuchte Glätte, tauchten in sie hinein, zuerst mit einem Finger, dann mit zweien. Und sie wölbte den Rücken und wollte mehr.

Es passierte nichts.

Er zog die Finger heraus.

Isabellas Körper brannte vor Verlangen. Sie wollte angefasst, geküsst, ausgefüllt werden. Sie wand sich auf dem Laken und krallte sich hinein.

Etienne hielt sie an den Oberschenkeln fest, bis sie still lag. Sie schaute ihn an, sein Gesicht zwischen ihren Beinen, das leise Lächeln in seinen Mundwinkeln. Sie ließ den Kopf wieder aufs Kissen sinken und wusste, er wollte sie warten lassen.

Er rieb mit den Bartstoppeln an ihrem linken Innenschenkel entlang, und sie stöhnte auf, weil er immer näher kam. Er drückte die Lippen auf ihren Hügel, sein Bart kratzte an den weichen Lippen und ließ sie kribbeln. Und dann schob er die Zungenspitze heraus, so weich, so sanft, als wäre sie fast nicht da. Doch beim nächsten Mal drückte er sie fest gegen ihre Klitoris, und sie keuchte, als es sie durchströmte. Sie bog den Rücken durch, reckte die Brüste in die Höhe, schloss die Augen, um alles intensiver zu fühlen, sich in seiner Berührung zu verlieren. Im Moment.

Wieder und wieder schnellte die Zunge hervor, leckte sanft, neugierig, tastete, probierte aus. Dann längere Zungenschläge, die sie ganz bedeckten, sein Stöhnen vibrierte an ihr. Sie füllte ihre Hände mit ihren Brüsten und legte die Finger an die Brustwarzen, zog sie lang. Seine Hand kam zwischen ihre Beine, zwei Finger tauchten in sie ein, wieder und wieder und wieder, während er den Mund auf ihre Klitoris setzte und sie einsaugte. Eine Sekunde lang hielt er sie zwischen den Zähnen, um dann mit den Lippen daran zu ziehen. Dabei griff er über ihren Bauch zu ihren Brüsten und legte seine Hand auf ihre, und plötzlich gierte und gierte und gierte sie nach etwas, das in solchen Wellen über sie hereinbrach, dass hinter ihren Lidern Funken sprühten, und dann sah sie Sterne und fiel tausend Kilometer tief in ein warmes, schwarzes Nichts.

60

Etienne

Beim Aufwachen sah Etienne eine Masse kastanienbrauner Wellen auf dem Kopfkissen. Isabella schlief noch. Ihre Brust hob und senkte sich, ihr Atem ging fast, aber nicht völlig lautlos, etwa wie bei einer Katze in der Sekunde, in der sie zu Schnurren beginnt. Sein Arm war um ihre Taille gelegt, und sie lag mit dem Rücken an ihm. Ihr Po, in seine Leistengegend gedrückt, hatte eine unmittelbare Wirkung, jetzt da er wach war. Oder vielleicht hatte ihn genau das geweckt.

Er atmete sie ein, den zitronigen Duft ihres Shampoos, ihrer Hautcreme, und atmete langsam aus. Das Tageslicht schien schon durch die Ritzen der Jalousien. Zeit aufzustehen. So schön das war – und schöner konnte man gar nicht aufwachen –, er musste aus dem Bett. Er hatte viel zu erledigen, wenn sein Plan aufgehen sollte.

Sowie er sich bewegte, wurde sie wach, drehte sich zu ihm um und legte einen Arm um ihn, noch bevor sie die Augen öffnete. Mit dem verschlafenen nackten Gesicht sah sie wunderschön aus. Er könnte sie den ganzen Tag so ansehen, sie streicheln …

Doch jetzt war keine Zeit für Ablenkungen. Der Gedanke brachte ihn zum Lachen. Er klang schon wie Isabella.

Er hatte sie gestern Abend zum Kommen gebracht und dann zu ihrem Kissen hochgeschoben und das Licht gelöscht.

Er hatte sie im Arm gehalten, ihr über den Kopf gestrichen, und sie war sofort eingeschlafen, erschöpft von dem verstörenden Vorfall.

Eine Weile lag er da und wagte nicht, sich zu rühren, weil er ihren Schlaf nicht stören wollte. Aber auch, weil er sie betrachten wollte, mit ihrem Geschmack noch auf der Zunge. Ihre Nase zuckte, als eine Strähne ins Gesicht rutschte. Ihre Lippen waren leicht geöffnet. Ab und zu bewegten sich die Augen unter den Lidern. Er spürte seine Liebe warm in der Brust.

Endlich wurde sie wach. Sie blinzelte ins Halbdunkel, sah ihn neben sich und lächelte.

»Ich muss aufstehen.« Er drückte ihr einen Kuss auf den Mund. Sie brummte zum Protest und zog ihn an sich. Er lachte und küsste sie noch mal, dann verließ er schleunigst das Bett.

»Du füllst den Container, ich erledige alles andere.« Er zog sich die Boxershorts an und bemerkte, dass sie seinen Anblick bewunderte. Seine Jeans kamen als Nächstes dran. »Ich laufe rüber, schaue nach Fred, stell mich unter die Dusche und mache mich an die Arbeit.«

»Bist du sicher, dass ich die Eröffnung nicht verschieben soll? Die Tischreservierungen canceln?« Sie setzte sich auf und reckte sich, sodass ihr das Laken von der Brust in den Schoß rutschte. Den Fuß schon halb in der Socke, hielt er inne und starrte sie an, während er versuchte, auf das Wesentliche konzentriert zu bleiben. Als er den Fuß in den Turnschuh schob, war ihm klar, dass er schnell verschwinden musste, sonst würde er über sie herfallen. Er holte sein Hemd aus dem Bad, warf ihr einen Kuss zu und rannte.

Nachdem er geduscht hatte – mit einer Erektion wie ein Fahnenmast eine Meisterleistung, denn er hatte immerzu das Duschen mit Isabella vor Augen – und an seinem Küchentisch saß, listete er auf, an wen er sich wenden musste. Er würde jeden seiner Kontakte brauchen, um den Plan in die Tat umzusetzen, aber er war wild entschlossen. Isabella verließ sich auf ihn, und er würde sie nicht enttäuschen.

Als Erstes rief er Rosie und Wren an. Sie versprachen sofort, die Nachricht an alle Gruppen weiterzuleiten, die sich in der *Lit Lounge* trafen. Walker sagte zu, eine E-Mail an alle zu verschicken, die einen der Senioren zum Übernachten aufgenommen hatten, und auch die Malones zu kontaktieren, damit Millie die Nachricht an ihre Social-Media-Freunde weitergab. Fox würde es in der WhatsApp-Gruppe von Reggies Klasse verbreiten. Das waren bereits mehr als hundert Personen, die Isabella kannten und bei denen er sicher war, dass sie helfen würden. Nach allem, was sie für Honeybridge getan hatte, war nun der Zeitpunkt gekommen, sich zu revanchieren.

Nachdem er telefoniert hatte, schrieb er eine weitere Liste:

- *Holzstühle 60*
- *Tische 12, möglichst aus Holz*
- *Spiegel, so viele wie möglich, verschiedene Formen und Größen wären gut*
- *Gläser jede Menge*

Zum Glück brauchte man das Geschirr und Besteck nur in die Spülmaschine zu stecken, und in der Küche war nichts zerstört worden.

Er brauchte sich also nur um den Gastraum zu kümmern. Und um die Werbung. Aber dafür hatte er auch schon eine Idee.

»Alles okay, Boss?« Mile End Mickey band sich die Schürze um. »Wie ich höre, warst du gestern der Held des Tages, drüben im *Tutto Mio*.«

»Verblüfft dich das?« Etienne setzte noch *Bilder/Kunst* auf seine To-do-Liste.

»Du hast also endlich gemerkt, dass du auf sie stehst?« Mile End Mickey machte eine Geste mit dem Nudelholz. »Na, Gott sei Dank.«

61

Isabella

Am Nachmittag gegen vier geriet Isabella in Panik. Das Restaurant war zwar sauber, Trümmer und Scherben weggefegt, aber noch immer nicht ausgestattet, und am nächsten Tag sollte sie eröffnen. Auf dem alten Dielenboden prangte an einer Stelle ein brauner Fleck, weil da Blut eingesickert war und nicht herausgeschrubbt werden konnte. Aber der war gar nicht so fehl am Platz, denn die Dielen trugen ohnehin die Spuren ihrer früheren Verwendung. Nun war ein weiteres Stück Geschichte hinzugekommen, und eines, auf das sie seltsamerweise stolz war. Ganz gleich, was die Leute über sie reden würden, sie würde es überstehen.

Sie schickte Etienne noch eine Nachricht, diesmal nur ein einzelnes Fragezeichen. Sie sah einfach nicht, dass das noch klappen konnte. Je näher der Abend rückte, desto weniger glaubte sie, morgen Mittag mit einem voll funktionierenden Restaurant zu eröffnen. Den ganzen Tag hatte er ihr geantwortet, sie solle sich keine Sorgen machen und sich auf die Küche und ihr Personal konzentrieren.

Nonna bereitete schon seit Stunden Fleischbällchen zu. Wann immer Isabella ihr gegenüber bezweifelte, ob die Eröffnung wirklich stattfinden würde, zuckte Nonna mit den Schultern, tätschelte ihr den Arm und sagte, dass Etienne das schon schaffen werde.

Doch gegen vier Uhr nahmen ihre Befürchtungen überhand. Ihre Nachricht an ihn ging raus, und sie wartete auf seine Antwort. Doch die kam persönlich. Er kam herangestürmt, rosig von der spätherbstlichen Kälte und freudig erregt.

»Komm nach draußen«, sagte er. »Wir sind so weit.«

Sie runzelte verwundert die Stirn. Wen hatte er mitgebracht, und was machte er, und wie sollte das dazu beitragen, dass sie am nächsten Tag eröffnen konnte? Was sollte die ganze Geheimniskrämerei? Sie schlüpfte in den Mantel, den er ihr aufhielt, und ließ sich von ihm den Schal um den Hals wickeln. Er küsste sie kurz auf die Nase und winkte ihr mitzukommen.

Sie wurde von lautem Jubel überrascht. Die auf sie gerichtete Fernsehkamera war ein kleiner Schock. Aber die lange Schlange von Leuten, die vor dem Restaurant warteten, erstaunte sie am meisten. Die Schlange reichte um den ganzen Platz. Leute jeden Alters, ein paar davon erkannte sie wieder, alle in Mänteln und Mützen, hielten verschiedene Dinge oder Tragetaschen in der Hand.

Sie erkannte den Kameramann von dem Interview im Zelt wieder. Und neben ihm stand auch Michelle Carter. Die Kamera war allein auf Isabella gerichtet und zeichnete ihr überraschtes, verwundertes Gesicht auf.

Etienne nahm sie in die Arme, und obwohl sie ihn erst seit dem Morgen vermisste, war ihr das schon zu lange vorgekommen.

»Was ist hier los?«, flüsterte sie an seiner Schulter.

»Das wirst du gleich sehen.« Er gab ihr einen Kuss auf den Mund.

Michelle Carter räusperte sich und lockerte mit einer Hand ihre Haare auf.

»Bereit?«, fragte sie Isabella, die sich absolut nicht denken konnte, was sie erwartete. Ohne auf ihre Antwort zu warten, strahlte Michelle in die Kamera und legte los.

»Hier sind wir wieder in Honeybridge, dem Städtchen am Fluss, das nicht oft die Aufmerksamkeit der Medien auf sich zieht. Aber in der letzten Woche hat sich zweimal gezeigt, dass dies der richtige Ort ist, wenn man Gemeinschaftssinn und Freundschaft liebt.«

Michelle gab mit dem Arm ein Zeichen, und der Kameramann schwenkte zu Isabella und Etienne und dann langsam an der Reihe wartender Honeybridge-Einwohner entlang. Sobald sie die Kamera auf sich gerichtet sahen, machten sie eine La-Ola-Welle mit den mitgebrachten Dingen in der Hand.

»Vor einigen Tagen haben wir über die Gästezimmer-Übernachtungsaktion berichtet. Eine geniale Kampagne, die sich Isabella Tucci ausgedacht hatte, zusammen mit ihrem Freund, Etienne Martin.« Michelle stellte sich neben die beiden. Etienne ließ den Arm um Isabella gelegt und hielt sie fest. Die Kamera schwenkte zu ihnen, und Isabella war froh, dass sie sich schon die Schürze abgebunden hatte.

»Ihre Kampagne hat die Einwohner mobilisiert und dafür gesorgt, dass die von einem Brand betroffenen Senioren des Seniorenheims eine komfortable private Unterkunft erhalten haben. Isabella Tucci hat das organisiert, obwohl sie erst seit einigen Monaten hier lebt, und hat die Menschen an die erste Stelle gesetzt und geholfen, wo sie konnte.«

Isabella spürte, dass sie rot wurde.

»Nun wurden Isabella Tuccis Familie und ihr neues Restaurant Opfer eines brutalen Angriffs, der ihre harte Arbeit zunichtegemacht hat, und jetzt ist die Gemeinschaft mehr als bereit, sich für sie einzusetzen.«

Michelle deutete mit dem Arm auf die lange Menschenschlange auf dem Platz.

»Also«, rief sie den Leuten zu, »lassen Sie uns anfangen!«

Der Kameramann trat zur Seite, Michelle winkte die Ersten nach vorn. Isabella und Etienne standen an der Tür des *Tutto Mio*, während sich die Wartenden langsam darauf zubewegten. Zuerst kamen die Mitglieder ihres Teams, die ihre Dienstkleidung unter den Mänteln trugen. Sie gingen an den beiden vorbei ins Restaurant und sprachen über das »Einnehmen von Positionen«. Wren und Rosie folgten als Nächste und trugen einen weiß gestrichenen Holztisch zwischen sich, an dem vier Personen Platz fanden. Isabella kannte ihn aus der *Lit Lounge*.

»Von uns für dich«, sagte Wren und hielt kurz an, um ihr den Arm zu drücken. Die Kamera nahm alles auf, auch Isabellas Tränen, die ihr in die Augen schossen, sobald sie begriff, was Etienne organisiert hatte. Er zwinkerte ihr zu und folgte Wren nach drinnen, um jedem zu sagen, wo er sein Mitbringsel hinstellen sollte.

Der nächste Tisch war für sechs Personen, ein alter aus Kiefernholz, von einer Familie mit einer Sechsjährigen mit Brille, die schüchtern lächelnd »*Ciao*« sagte.

Nach ihnen kamen Ambers Nachbarn, die Isabella nicht kannte, die ihr aber versicherten, schon viel von ihr gehört zu haben. Sie war gerührt von so viel Freundlichkeit.

Nachdem fünfzehn Tische verschiedener Größe hineingetragen worden waren von Bekannten und anderen, die ihr unbekannt waren, kamen die ersten Stühle. Sie griff sich staunend an den Kopf.

Braune und weiße Holzstühle, Korbstühle und ein paar Bänke gingen durch die Tür. Ein gut aussehender dunkelhaariger Mann stellte sich vor als Toby, Rileys Vater, und schenkte ihr einen Kinderhochstuhl. »Jedes Restaurant braucht einen«, sagte er und umarmte sie.

Nach und nach trug jeder sein Geschenk ins Restaurant und trat kurz darauf wieder heraus, winkte glücklich lächelnd in die Kamera.

Als Nächstes folgten die Gläser. Isabella erkannte ein paar Leute aus dem Seniorenheim. Brigitta erschien mit einem Satz Sherry-Gläser, schönen, stilvollen, wie Isabella es von ihr erwartet hätte.

»Wir konnten einige Wohnungen betreten und ein paar Dinge herausholen«, sagte Brigitta und tippte sich an die Nase. Isabella bedachte sie mit einem tränenreichen Lächeln.

Nach ihr war ein Pärchen an der Reihe. Der Mann kam ihr vage bekannt vor, aber die Frau konnte sie nicht zuordnen, als sie einen schönen, antik aussehenden Satz Sektschalen in einer gealterten Schachtel zeigte.

»Die sind wunderschön!«, rief Isabella aus. »Verzeihung, sind wir uns schon mal begegnet?«

»Wir beide nicht, aber vielleicht erkennen Sie meinen Freund …«, sagte die Frau. Der Mann neigte sich verschwörerisch nach vorn, und plötzlich fiel es Isabella ein. Andy, der betrunkene Schürzenjäger aus dem *Bolthole*.

»Sie haben ihm eine App empfohlen, die Tipps gibt, wie man Frauen anspricht. Nun, sie hat gewirkt. Er hat mich um ein Date gebeten. Und wir möchten uns bei Ihnen bedanken.«

Isabella war ziemlich überwältigt, und noch mehr, als Jesse vor sie trat. Sein Bart war so gleichmäßig gestutzt, dass er wie angemalt aussah, und er zog sie in eine Umarmung, die beruhigend teuer roch.

»Gabi hat mich angerufen!«, sagte er. »Und du weißt, wie wichtig du mir bist, also habe ich dir meine Emma-Bridgewater-Tassensammlung für den Kaffee mitgebracht.«

Sie schnappte überrascht nach Luft, da sie wusste, wie sehr er sein Geschirr liebte, doch er winkte lässig ab und flüsterte:

»Der Besuch hat sich mehr als gelohnt, denn ich habe diesen hinreißenden Mann da drüben kennengelernt.« Er lächelte und winkte, als Toby wieder aus dem Restaurant herauskam, nun mit leeren Händen.

Toby murmelte: »Ruf mich an«, und hielt den Daumen und den kleinen Finger an Ohr und Mund.

Jesse tanzte auf der Stelle, und Isabella lachte. »Ich kann heute nicht bleiben, Liebes, aber ich komme dich bald besuchen!« Und damit warf er einen letzten Blick zu Toby, der bereits über den Platz ging. »Verlass dich darauf!«

Millie Malone war mit Freundinnen aus ihrer Kunstklasse gekommen, sie trugen eine drei Meter lange gerahmte Leinwand, auf der in schöner Schreibschrift *Tutto Mio* stand und in den Ecken Blumenranken gemalt waren.

»*Grazie mille*«, sagte Millie strahlend. »Weißt du was?«

»Was?« Isabella schwirrte der Kopf, sie war nicht mehr imstande, irgendetwas zu erraten.

»Ich werde in Italienisch ein A plus bekommen«, platzte Millie aufgeregt heraus und verhaspelte sich fast.

»*Auguri!*«, sagte Isabella, und Millie hielt ihr schüchtern die geballte Hand zu einem Faustcheck hin.

Ihre Freundinnen brachten Terrakottatöpfe für die Tische und Fensterbänke, die sie individuell bemalt und mit Muscheln und anderem verziert hatten.

Zuletzt wurden Spiegel, Bilder und anderer Raumschmuck gebracht. Die Kalligrafiegruppe aus der *Lit Lounge* kam mit handgeschriebenen Speisekarten. Das Gartencenter brachte ein Tablett mit Pflänzchen für die Tische und Fensterbänke.

Der Letzte aus der Schlange war Fred Barrow. Der Kameramann zoomte herab. Michelle Carter machte sich bereit, zum Ende zu kommen.

»Das ist für Sie«, sagte Fred und überreichte ein rechteckiges Paket in braunem Packpapier, das mit Kordel verschnürt war.

Darin befand sich eine gerahmte Landkarte. Aber nicht irgendeine Landkarte. Es war eine von Nonna, die sie ihm geliehen hatte und die vom Feuer verschont geblieben war, weil er sie draußen im Garten jemandem gezeigt hatte, als der Brand ausgebrochen war. Darauf war Nonnas Heimat dargestellt, das Gebirge, in dem ihr Dorf lag, der Fluss, an dem sie als Kind gespielt hatte. Das passte ausgezeichnet ins *Tutto Mio*. Isabella liefen die Tränen übers Gesicht, als sie ihn umarmte.

»Also ist der Gemeinschaftsgeist in Honeybridge lebendig«, sagte Michelle Carter in die Kamera. »Und deshalb kann das *Tutto Mio* morgen wie geplant eröffnen. Möchten Sie noch etwas loswerden, Isabella?«

Das flauschige Mikrofon war auf sie gerichtet. Sie wischte sich die Augen, und vom vielen Lächeln taten ihr schon die Wangen weh.

»Ein riesiges Dankeschön an Honeybridge, das mich so herzlich aufgenommen hat. Es ist wirklich ein herrlicher Platz zum Leben. Und ich kann es kaum erwarten, morgen die ersten Gäste zu empfangen.« Sie warf Michelle einen Blick zu, die die Augen rollte und kurz nickte. Isabella schaute noch einmal direkt in die Kamera und strahlte. »Alle sind willkommen!«

62

Etienne

Etienne hörte von draußen, wie sich Isabella bei Michelle und dem Kameramann bedankte, und wusste, sie würde jeden Moment hereinkommen.

»Alle auf Position!«, zischte er. Jeder huschte an seinen Tisch und hielt den Atem an. Die Tür ging auf.

Isabella stoppte abrupt und schlug sich die Hände vor den Mund. Etienne beobachtete ihr Gesicht, während sie die Szene in sich aufnahm.

Die zusammengewürfelten Tische und Stühle aus den privaten Haushalten. Das *Tutto-Mio*-Bild an seinem Ehrenplatz. Die Blumen und Topfpflanzen auf den Tischen, die verschiedenen Kerzenständer mit den brennenden Kerzen. Die Spiegel, die das Licht bis in alle Winkel reflektierten. Die bunten Kissen auf den Bänken, die gestrickten und gehäkelten Decken, die über manchen Stuhllehnen lagen. Die aufgereihten Gläser, die auf künftige Trinksprüche und Verlobungsfeiern, Geburtstage oder Jubiläen warteten. Oder auf ein schönes Familienessen ohne Anlass.

Und ihre Mitarbeiter, die stolz an ihren Plätzen standen.

Isabella drehte langsam eine Runde durch den Gastraum, nahm sämtliche Details in sich auf, strich mit den Fingern an einem Stuhlrücken entlang. Schließlich breitete sie die Arme aus.

»Es ist wunderbar«, sagte sie mit schwankender Stimme. »Absolut wunderbar. Ich danke euch.«

Amber war als Erste bei ihr und schloss sie mit einem »Jep!« in die Arme, dass Isabella bei aller Rührung lachen musste. Dann legte Angie die Arme um sie beide. Naomi und Paul und die übrigen Kollegen folgten ihrem Beispiel und vollendeten das höchst emotionale Teamknuddeln. »Wir sind so weit!«, sagten sie. »Wir können morgen eröffnen!«

Damit redeten sie freudig durcheinander, und Isabella löste sich aus dem Pulk, und endlich, endlich kam sie zu Etienne. Sie legte die Arme um seinen Nacken und drückte sich an ihn.

»Danke«, sagte sie leise und drängend.

»Du musst nicht mit allem allein fertigwerden«, erwiderte er und gab ihr damit den Rat, den sie ihm gegeben hatte. »Du hast jetzt mich.«

Sie grinste und schaute durch das neu ausgestattete Restaurant. »Und Honeybridge«, sagte sie. »Und das tut so gut.«

63

Isabella

Beim Aufwachen glaubte Isabella, Etienne läge hinter ihr, und drehte sich zu ihm um, noch bevor sie ganz wach war und bevor sie bemerkte, dass die andere Hälfte des Bettes leer war. Und in dem Moment, als sie noch angenommen hatte, er läge neben ihr, war sie so glücklich wie … wie noch nie.

Sie drehte sich auf den Rücken. Sie liebte ihn, das wusste sie. Es war nicht bloß Schwärmerei oder Verlangen. Sie hatte es ihm noch nicht gesagt, aber das würde sie noch tun. Sie war bis über beide Ohren, leidenschaftlich, von ganzem Herzen und auf wunderbare Weise in ihn verliebt, und sie glaubte und hoffte, dass er sie auch liebte. Er hatte es ihr auch noch nicht eingestanden, dennoch sah sie es in seinen Augen.

Am vergangenen Abend, nachdem Nonna und Gabi schlafen gegangen waren, hatte sie mit ihm noch lange auf dem Sofa gesessen und geplaudert. Arm in Arm hatten sie sich über ihr früheres Leben ausgetauscht. Da war wieder etwas Neues zwischen ihnen, ein Wiedererkennen und tieferes Verständnis. Dabei wurde es immer später. Die Uhr auf dem Platz schlug zehn, dann elf, aber sie wollte sich der Zeit nicht beugen, den Abend nicht enden lassen. Sie musste gähnen und wollte das hinter vorgehaltener Hand verheimlichen, doch Etienne sah es und strich ihr lachend die Haare aus dem Gesicht.

So müde sie war, sie sehnte sich schmerzlich nach ihm, wollte ihn an sich ziehen, seine Brust streicheln, sich rittlings auf seinen Schoß setzen und ihn reiten und reiten. Doch das war der letzte Tag jenes Jahres. Der allerletzte Tag, an dem das Versprechen galt, das sie sich selbst gegeben hatte. Sie öffnete den Mund, um etwas zu sagen, um zu erklären, warum sie noch warten müsse, doch er legte einen Finger an ihre Lippen.

»Ich gehe jetzt rüber zu mir«, erklärte er. »Du musst schlafen. Du hast morgen einen großen Tag.« Er sog zischend die Luft durch die Zähne. »Und du darfst nicht bei der letzten Hürde ins Straucheln geraten. Du musst das Ziel ohne Fehlerpunkt erreichen«, er kicherte, »selbst wenn es mich umbringt.«

Sie küsste seine Fingerspitze und lächelte. Er verstand es.

»Es bringt mich auch um, falls dich das tröstet«, erwiderte sie und ließ den Blick über seine Brust schweifen und zu seinem Schoß hinabgleiten. Sie war schon bei dem Gedanken erregt gewesen. War er es auch? Es drängte sie, an seinen Schoß zu fassen, ihn zu reizen, doch sie ließ sie die Arme sinken und stöhnte.

Etienne stand auf und zog sie mit hoch, nahm ihr Gesicht in die Hände und senkte langsam den Mund auf ihren. Er küsste sie langsam und zärtlich. Sie griff in die Locken an seinem Hinterkopf und ließ sich gegen ihn sinken, wünschte sich, ewig so weiterzumachen.

»Viel Glück morgen«, sagte er an der Tür. »Schreib mir, wenn ich rüberkommen soll.« Und beim Rausgehen rief er über die Schulter: »Nacht, Bella«, und sie schloss hinter ihm ab und ging nach oben. Dort nahm sie ihr Handy und rief das bewährte Foto auf dem Bildschirm auf.

Jetzt war der Tag der Eröffnung und Bonfire Night. Der

Tag, von dem sie ein Jahr lang geträumt hatte. Der heute noch besser war, als sie ihn sich vor dem Vorfall mit den Dougalls ausgemalt hatte, denn das *Tutto Mio* war zu etwas anderem, etwas Größerem geworden. Nicht nur das Ergebnis ihrer Mühen, ihrer Arbeit, sondern der Beweis, dass sie an ihrem neuen Lebensbereich etwas bewirkt hatte. Dass die Gemeinschaft sie willkommen hieß und dass sie ein brandneues Zuhause hatte. Ihre zusammengewürfelte Einrichtung in dem wunderbaren Stilmix führte ihr das vor Augen. Glücklicherweise hatte sie geduscht und sich angezogen, bevor zum ersten Mal das Telefon im Restaurant klingelte, weil ein Gast einen Tisch reservieren wollte.

Bis es zehn Uhr war, musste sie Gabi an den Telefonapparat setzen, um die vielen Anrufe entgegenzunehmen. Jeder, der den Bericht in den Abendnachrichten gesehen hatte, wollte im *Tutto Mio* essen und seine Unterstützung zeigen. Gabi saß mit dem Laptop an einem Tisch in der Ecke und versuchte, sich im Kalender zurechtzufinden und Anrufer einzubuchen, während gleichzeitig Online-Buchungen hereinkamen. Manchmal verschwand ein Platz, während sie mit einem Anrufer sprach, und sie musste die Buchung am nächsten Tag unterbringen. Gegen Mittag und noch bevor sie zum ersten Mal Gäste empfangen hatten, waren sie über den Monat hinaus ausgebucht.

Isabella sah auf die Uhr und rief das Team zusammen. Sie setzten sich im Kreis, jeder legte die Hand in die Mitte auf die eines anderen und grinste nervös. Sie sah ihnen nacheinander in die Augen, begann die Runde bei Amber und beendete sie bei ihr.

»Ihr seid das beste Kellner-Team, das es je gab«, sagte Isabella. »Lasst uns bei allen, die durch diese Tür kommen, gute Laune verbreiten.«

Die Uhr schlug zwölf und läutete offiziell die Lunch-Zeit ein.

Amber gab Isabella einen High Five. »Du schaffst das, Schwester.«

Isabella fotografierte den Gastraum mit der Handy-Kamera und verschickte das Foto in der WhatsApp-Gruppe der Familie mit der Nachricht: **Wir haben geöffnet!** Dann nahm sie ihren Posten am Reservierungspult ein, mit Schmetterlingen im Bauch, die groß wie Spatzen waren. Amber schloss auf, und das *Tutto Mio* war in Betrieb. Isabella begrüßte jeden hereinkommenden Gast persönlich, und ihr taten bald vom vielen Lächeln die Wangen weh, aber sie konnte nicht anders.

Die Gäste bestaunten das Restaurant. Sie hatten alle die Geschichte gehört. Manche zeigten auf die Dinge, die ihnen mal gehört hatten, auf einen alten Stuhl oder ein Kissen, und das mit Stolz, weil sie sich zu einer Gemeinschaft zählen konnten. Um halb eins waren alle Tische besetzt. Das Stimmengemurmel der Gäste, die aßen, redeten und lachten, war wie Musik in Isabellas Ohren. Als Nonna kurz aus der Küche kam und sich die Hände abtrocknete, um sich neben Isabella zu stellen, schauten sie beide ergriffen durch den Raum.

Als die ersten Gäste ihre Nachspeise aßen, war das *Tutto Mio* über drei Monate hinaus ausgebucht, und bis Angie, Naomi und Paul vom Abendteam abgelöst wurden, hatten sie Buchungen für sechs Monate, und Gabi war sprachlos.

Isabella blieb keine Zeit, um sich vor der Abendschicht im Bad frisch zu machen. Sie unterhielt sich mit den letzten Mittagsgästen, die auf dem Weg zum Feuerwerk waren, und dann hörte sie von den späteren Gästen, wie schön es gewesen war. Es war zehn Uhr, als sie neuen Lippenstift auftrug, sich kämmte und Parfüm aufsprühte. Sie strahlte sich im Spiegel an, obwohl sie schon seit zwölf Stunden auf den Beinen war.

Das spielte keine Rolle, denn heute war der schönste Tag ihres Lebens. All ihre Träume gingen in Erfüllung.

Isabelle nahm ihren Posten am Eingang wieder ein und prüfte die Buchungen für den nächsten Tag. Sie sah sich gerade den Tischplan an, als jemand vor ihr sich räusperte.

»Verzeihung, ich habe mich etwas verspätet. Ich habe einen Tisch für zwei bestellt.« Die Stimme erkannte sie sofort und schreckte hoch. Daniel.

Er hatte sich nicht verändert: seine schlaffen Haare waren vielleicht ein bisschen länger, aber sein Gesichtsausdruck war noch derselbe wie bei ihrer letzten Begegnung, beim Unterschreiben der Scheidungspapiere: ein wenig verlegen. Er glaubte wahrscheinlich, dass Frauen ihn damit süß fanden. Sie fand das nur ärgerlich. Wie diese beliebten Jungen in der Schule, die glaubten, mit allem durchzukommen, wenn sie süß lächelten.

»Was willst du hier?«, fragte sie.

»Ähm. Essen?«, antwortete er hoffnungsvoll und versuchte, die Situation ins Komische zu ziehen, wie immer. Er schaute an ihr vorbei ins Restaurant. »Sieht toll aus, Izzy.« Sie machte dicht. Was fiel ihm ein, hier aufzukreuzen und zu glauben, er dürfe sie mit ihrem alten Kosenamen anreden?

»Ich habe hier keine Buchung von dir«, erwiderte sie schroff und überflog noch mal die Einträge.

»Ich habe als Mr Daniels gebucht«, erklärte er mit diesem herablassenden Blick, bei dem sie ihn am liebsten ohrfeigen wollte. Und tatsächlich, da stand sein Name. Tisch für zwei. Neun Uhr dreißig.

Sie nahm zwei Speisekarten.

»Hier entlang«, sagte sie, ohne ihn anzusehen, und führte

ihn zu einem Ecktisch, dem einzigen noch unbesetzten. Sie zog ihm den Stuhl hervor, und er hielt für einen Moment inne, verunsichert durch die veränderte Dynamik zwischen ihnen, denn sie hatte das Heft in der Hand. Er setzte sich.

»Tisch für zwei?«, fragte sie kühl und legte die Speisekarten hin. »Wartest du auf jemanden?«

»Ja.« Das verlegene Lächeln verschwand endlich, und plötzlich hellte sich sein Gesicht auf. Er zog die Brauen hoch und antwortete: »Auf dich.«

64

Etienne

Etienne hatte beobachtet, wie die Gäste zur Mittagszeit in das *Tutto Mio* strömten, und hatte sich für Isabella ein Loch in den Bauch gefreut. Sein Bistro war trotzdem noch voll. Offensichtlich reichte die Nachfrage für zwei. Er ertappte sich, dass er immer wieder zum Fenster blickte, weil er hoffte, sie zu sehen, doch sie war beschäftigt, genau wie er, denn bei ihm fand ein französisches Familientreffen statt. Er biete den wahren Geschmack der Heimat, sagten die Leute zu ihm. Etienne lächelte in sich hinein und versprach, das an den Koch weiterzugeben – allerdings verriet er ihnen nicht, dass der ein waschechter Cockney war, der noch nie den Ärmelkanal überquert hatte.

Als der letzte Gast bezahlte, konnte er es kaum noch erwarten, sie zu sehen. Fred Barrow lag bereits im Bett, und Mile End Mickey hatte die Küche geschlossen und war gegangen. Isabella hatte ihm noch nicht geschrieben, er könne rüberkommen, doch er hielt es nicht mehr aus. Er erledigte die letzten Handgriffe in Rekordzeit und löschte das Licht. Er konnte an nichts anderes mehr denken als daran, sie zu sehen und sich erzählen zu lassen, wie ihr erster Tag gewesen war, und dann würde er sie langsam ausziehen. Sein Glied zuckte bei dem Gedanken. Sie war eine Droge für ihn, er bekam nicht genug von ihr. Plötzlich verstand er Alex' Sucht, den

Drang, etwas wieder und wieder und wieder zu tun. Denn er war wirklich und wahrhaftig süchtig nach Isabella. Er wollte jede Minute mit ihr verbringen. Er senkte das Kinn in den Jackenkragen und ging los.

Der Platz lag still und dunkel da. Das Feuerwerk war vorüber. Die Uhr schlug Mitternacht, und er konnte nicht glauben, dass es nicht mal einen Tag her war, seit er sie gesehen hatte. So sehr vermisste er sie schon. Er wusste, was das bedeutete. Er liebte sie. Dieses Gefühl hatte er vorher nicht gekannt, diese tiefe Gewissheit, die Wärme, die Glut. Doch er erkannte es, als hätte er sein ganzes Leben darauf gewartet. Er liebte sie. Und das wollte er ihr an diesem Abend sagen.

Im *Tutto Mio* waren die Deckenlampen ausgeschaltet, aber der übrige Lichtschein genügte, dass er von draußen etwas erkennen konnte, als er näher kam. Der Gastraum war leer, das Team hatte Feierabend gemacht. Als er sich dem Fenster näherte, sah er in einer Ecke eine Kerze brennen und lächelte bei dem Gedanken, dass Isabella dort auf ihn wartete.

Sie saß tatsächlich da am Tisch, aber nicht allein. Etienne ging langsamer und versuchte, sich einen Reim darauf zu machen.

Ein Mann hatte ihr gegenüber Platz genommen, der den Kopf in die Hände stützte. Zwischen ihnen war eine seltsame Intensität zu spüren. Etienne war gerade in etwas hineingeplatzt, so viel war klar. Isabella redete, der Mann schüttelte den Kopf, ohne aufzublicken. Sie schloss die Augen und rieb sich die Stelle zwischen den Brauen, als überlegte sie. Dann stand sie auf, griff ihm unter den Arm und zog ihn von seinem Stuhl hoch.

Etienne sah sein Gesicht, seine platten Haare und wusste instinktiv sofort, wer er war. Ihm sanken die Schultern herab, doch er konnte nicht wegsehen, als Daniel taumelnd die Arme um Isabella legte.

Etienne konnte nicht anders und trat näher, er wollte klarsehen.

Isabella machte sich los, und er fühlte einen Hoffnungsschimmer. Doch dann legte sie den Arm um Daniels Taille und führte ihn durchs Restaurant zur Treppe, über die man in ihre Wohnung gelangte. Daniel umschlang ihre Schultern und lehnte sich gegen sie.

Etienne griff sich ans Herz und sah die Tür hinter ihnen zufallen. Dann wandte er sich ab und ging.

65

Isabella

Als Isabella wach wurde, hörte sie Daniel durch die Wand nebenan auf dem Sofa schnarchen.

Sie musste wie tot ins Bett gefallen sein, denn sie konnte sich an eine Einschlafphase nicht erinnern. Doch das war nach dem aufregenden Tag und dann dem aufwühlenden Abend bei zwei großen Gläsern Wein kaum verwunderlich.

Nun, da sie sein Schnarchen hörte, wollte sie, dass er so schnell wie möglich verschwand. Er hätte gar nicht bei ihr übernachten müssen, wenn er nicht zwei Flaschen Wein getrunken und ihr dann gesagt hätte, er steige jetzt in sein Auto und fahre nach Hause.

Noch in ihrem kurzen Pyjama band sie sich die Haare zu einem Knoten zusammen und tappte ins Wohnzimmer, um Daniel aufzuwecken. Sie hatte einiges vor. Zum Beispiel mit Etienne zu schlafen. Erregung durchströmte sie. Das am gestrigen Abend zu verschieben war das Letzte gewesen, was sie gewollt hatte, aber sie hätte sich unmöglich entspannen können, solange ihr Ex auf dem Sofa nebenan schlief. Hoffentlich würde Etienne das verstehen. Sie würde ihn anrufen, sowie Daniel fort war.

Der rieb sich jetzt die Augen wie ein kleiner Junge und reckte sich, und Isabella empfand nichts als Ungeduld. Er kratzte sich am Kinn, und sie kam nicht umhin, seinen lückenhaften Bartschatten mit Etiennes herrlichen Stoppeln zu vergleichen.

Schließlich war er bereit zum Aufbruch, und sie brachte ihn zur Tür, um ihn schleunigst loszuwerden.

Auf dem Platz mit den schon winterlich kahlen Bäumen war nichts los, wie immer am Sonntagmorgen. Man hörte nur die Kirchenglocken. Novemberluft zwickte ihr in die Haut, als sie frierend auf der Türschwelle stand.

»Danke noch mal, Issy«, sagte er. Seine Augen waren blutunterlaufen und sein Seitenpony strähnig. »Es war gut, reinen Tisch zu machen.«

Sie atmete aus. Er hatte recht. Das gehörte dazu, wenn man sich weiterentwickeln wollte. »Stimmt.«

»Und es war nett von dir, mich heute Nacht aufzunehmen.«

Sie nickte. »Stimmt.«

Daniel lachte, und sie spürte, dass ihr Gesicht sich entspannte, bis sie ebenfalls lachte.

Er streckte ihr hoffnungsvoll die Arme entgegen, und sie trat zu ihm und ließ sich umarmen. Na gut, sagte sie sich, wahrscheinlich würde sie ihn sowieso nie wiedersehen. Er fing ein ganz neues Leben an, und sie ebenfalls. Die Umarmung war kurz und mit dem seltsamen Einverständnis verbunden, dass sie einander mal geliebt hatten und dies jetzt nicht mehr taten.

Über seine Schulter hinweg sah sie Etienne in der Tür des Bistros stehen. Er schaute ungläubig und bedrückt. Sie schob Daniels Arme von sich und blickte mit erhobener Hand zu Etienne hinüber, um zu signalisieren, dass er warten sollte und sie gleich rüberkäme. Doch sein Ausdruck wurde hart, und er stürmte in sein Restaurant und schlug die Tür hinter sich zu. Isabella erschrak. Was war denn passiert? Es war nur eine Umarmung gewesen. Wieso reagierte er so?

»Ich muss los«, sagte sie zu Daniel und eilte über den Platz. Es war ihr gleichgültig, dass sie barfuß war und einen kurzen rosa Schlafanzug anhatte.

»Pass auf dich auf, Issy«, rief Daniel hinter ihr her, aber sie antwortete nicht. Sie dachte an ihre Zukunft, er dagegen war die Vergangenheit.

Etienne war nicht im Speiseraum des Restaurants und auch nicht in seinem Büro. Sie rief nach ihm und hörte in der Küche Geschepper. Sie lief durch die Schwingtür. Da war er, schlug Eier in eine Schüssel, mit mehr Kraft als nötig.

»Etienne«, begann sie.

Er warf ihr einen kurzen Blick zu, und der war finster, gekränkt.

»Etienne«, sagte sie wieder und ging auf ihn zu, um eine Hand an seinen Arm zu legen, doch etwas hielt sie zurück. Sie mussten reden. Sie musste zu ihm durchdringen. »Was ist los?«

Er drehte sich zu ihr und blickte sie ungläubig an. »Ich habe gerade gesehen, dass du einen Mann zum Abschied umarmt hast, nachdem er offensichtlich die Nacht bei dir verbracht hat, und da fragst du mich, was los ist?« Er versuchte sichtlich, ihr vom Gesicht abzulesen, was in ihr vorging.

Isabella runzelte verwirrt die Stirn. »Aber das war nicht …«, begann sie und gab sich Mühe, ruhig zu bleiben.

»Du hast nicht mal versucht, das zu verbergen«, sagte er und klang überrascht.

»Weil es nichts zu verbergen gibt«, erwiderte sie.

»Du streitest es also gar nicht ab?«

»Nein. Ich habe dir doch erklärt, was los ist …«

Er schaute sie verständnislos an.

»Ich habe dir eine SMS geschickt.«

Sein Blick war immer noch ratlos.

Sie zog ihr Handy aus der Tasche ihrer Schlafshorts und öffnete den Chat mit fliegenden Fingern, da sie ihm beweisen wollte, dass alles mit rechten Dingen zugegangen war. Sie fand, was sie suchte: ihre Nachricht an Etienne, vergangene Nacht um Viertel nach zwölf.

Tut mir wahnsinnig leid, aber wir müssen unser Date auf morgen verschieben. Daniel ist betrunken aufgekreuzt und wird auf dem Sofa übernachten. Morgen mache ich das wieder gut, versprochen. Xxxx

Sie wollte ihm gerade das Display zukehren, als sie das winzige Wort danebenstehen sah: *Entwurf*. Sie erschrak. *Entwurf*. Sie hatte die Nachricht nicht gesendet! Etienne hatte sie tatsächlich nicht bekommen. Ihr sank das Kinn herab. Sie musste das geschrieben haben und dann eingeschlafen sein. Sie war fix und fertig gewesen. Erst recht nachdem sie den betrunkenen Daniel die Treppe hinaufbugsiert, ihn auf das Sofa verfrachtet und eine Decke über ihn geworfen hatte.

Sie zeigte ihm das Display und ihren Text. »Es tut mir leid. Ich habe wohl nicht auf *Senden* getippt.« Isabella wagte kaum zu atmen, da sie sich vorstellte, wie sehr er am vergangenen Abend auf eine Nachricht von ihr gewartet hatte. Was musste dabei in ihm vorgegangen sein? Und vorhin dann zu sehen, wie sie in diesen dummen Shorts einen Mann in der Tür mit einer Umarmung verabschiedete? Armer Etienne. Sie wollte sich nicht ausmalen, wie es ihm dabei gegangen war.

Etienne nahm das Handy und schien Probleme zu haben, das Gelesene zu erfassen. Er starrte ein paar Sekunden lang darauf, dann hob er den Kopf. »Er war betrunken?«

»Er konnte nicht mehr fahren, darum habe ich gesagt, er kann auf dem Sofa schlafen.«

Etienne zog einen Mundwinkel hoch und schüttelte den

Kopf. Seine Schultern sanken ein wenig herab. »Das war wieder typisch du.« Er schloss für einen Moment die Augen. Sie spürte seine Erleichterung beinahe körperlich.

»Ich liebe ihn zwar nicht mehr, aber ich will auch nicht, dass er betrunken gegen einen Baum fährt«, antwortete sie schulterzuckend, und er lachte auf.

»Warum ist er gekommen?«, fragte er.

Sie holte langsam tief Luft und atmete aus. »Um sich zu entschuldigen«, sagte sie schlicht. »Für alles. Er wollte für seine Fehler geradestehen, damit er nach vorn sehen kann.«

Etienne atmete laut aus. Sie merkte ihm an, dass das in ihm nachhallte. Er wusste, wie es war, wenn man jemanden im Stich gelassen hatte.

»Hast du akzeptiert?« Er neigte den Kopf zur Seite und schaute ihr aufmerksam in die Augen.

»Hab ich. Weil ich auch nach vorn sehen will.« Sie schluckte. So war es. Das war die Wahrheit. »Ich will mit dir zusammen nach vorn sehen.«

Seine Augen leuchteten auf, und er lächelte. »Und was war das da eben?« Er deutete über den Platz. »In der Tür des *Tutto Mio?*«

»Das war unser Abschied.« Sie streckte die Hand zu ihm hin und bemerkte, dass sie zitterte. Ihre Brust schmerzte, so sehr sehnte sie sich danach, ihn anzufassen, den Abstand zwischen ihnen zu überwinden. Sie hörte sich aufatmen, als er die Finger mit ihren verschränkte. Das war ein entscheidender Moment.

»Und das ist unser Hallo.« Sie zog an seiner Hand, und sie bewegten sich aufeinander zu und schlangen die Arme umeinander. Sie hielt seinen Kopf, strich mit den Fingern durch seine Haare, hielt ihn fest, drückte ihn an sich. Und er drückte sie ebenfalls, dass keine Luft mehr zwischen ihnen war und er jeden Zentimeter von ihr spürte. Er atmete den Duft ihrer Haare ein. Schließlich zog er den Kopf zurück und schaute sie an.

»Ich liebe dich, Etienne«, sagte sie, und sie klang sicher und selbstbewusst.

»Ich liebe dich auch, Bella«, erwiderte er, und sie spürte seine Entschlossenheit. Die Aufrichtigkeit seiner Worte, die er noch nie zu einer Frau gesagt hatte. Sie fühlte Tränen aufsteigen; sie liefen ihr aus den Augenwinkeln, ehe sie sie aufhalten konnte, aber sie lachte und lächelte und weinte zugleich, als er sie mit dem Daumen wegwischte.

»Was machst du da?« Sie deutete auf die Schüssel mit den aufgeschlagenen Eiern.

»Pfannkuchen«, antwortete er grinsend.

Sie leckte sich über die trockenen Lippen und spürte ein Ziehen in der Brust, die Vorfreude, die sich seit dem Tag aufgebaut hatte, an dem er ihr den Teigspritzer vom Arm geleckt und ihr in die Augen gesehen hatte, als seine Zunge auf ihre Haut getroffen war und es in ihr gekribbelt hatte.

»Hast du Hunger?«, fragte er.

Sie strich über seine Brust, die festen Muskeln, und wollte seine Haut unter dem Hemd spüren.

»Einen Bärenhunger.« Isabella hielt seinen Blick fest. Das Grün seiner Augen wurde immer dunkler. Sie funkelten unter schweren Lidern, als er sie bei der Hand nahm und aus der Küche führte.

»Dann lass uns essen«, sagte er.

66

Isabella und Etienne

Ihr Pyjama war das schärfste Outfit, das er je gesehen hatte, aber er wollte ihn ihr nicht einfach ausziehen.

Sobald die Schlafzimmertür geschlossen war, fielen sie übereinander her. Ihre Lippen trafen aufeinander, öffneten sich, drückten und rieben aneinander, während die Zungen miteinander tanzten. Isabella knöpfte sein Hemd auf und fuhr mit den Händen über seine Haut. Sie stieß einen unbewussten Seufzer der Erleichterung aus, sowie sie ihn unter den Händen spürte. Bei dem Geräusch schloss er die Augen und wusste, dass sie ihn genauso brauchte wie er sie.

Mit einem Handgriff zog er ihr das Pyjamaoberteil über den Kopf und umfing ihre vollen Brüste, kreiste mit den Fingerspitzen um ihre Brustwarzen, fühlte, wie sie sich unter seiner Berührung zusammenzogen. Sie ließ den Kopf in den Nacken fallen und wölbte ihm die Brust entgegen, und er senkte den Mund darauf, schloss die Lippen und zog sanft, um sie zum Stöhnen zu bringen.

Isabella küsste seine Brust und zwickte ihn mit den Zähnen, dass er keuchte. Seine Erektion spannte in der Jeans. Ihre Hand war schon an ihm, sie spürte durch den Stoff, wie heiß er war. Er knurrte, und sie stöhnte in seinen Mund.

Sie öffnete seinen Hosenschlitz und schob den Stoff zur Seite. Er hatte sich noch nie so hart, so heiß angefühlt. Sie schlang die Finger darum und konnte die Spitzen nicht zusammenführen, so dick war er. Mit dem Daumen strich sie über die Eichel und befeuchtete sie mit dem Tropfen, der sich schon gebildet hatte. Sie beugte sich darüber und kostete ihn, zog ihn in den Mund, und Etienne hielt ihren Kopf und lenkte ihre Bewegungen, wollte es langsam angehen.

Sie nahm ihn so tief auf, wie sie konnte, wieder und wieder, bis er es nicht länger riskieren wollte. Er richtete sie auf, küsste sie auf den Mund, der nach ihm schmeckte, und ließ die Hände über ihren Körper gleiten, über ihre Brüste und hinunter zu den Shorts, die eigentlich verboten werden sollten. Sie glitten leicht von ihren Hüften und fielen auf den Boden. Seine Hände folgten, fuhren zwischen ihre Beine und spürten ihre Hitze. Er schob erst einen, dann zwei Finger in den nassen Eingang und merkte, dass sie taumelte, ihre Knie nachgaben. Er streifte ihre Klitoris mit dem Daumen, und stöhnend schloss sie die Augen und ließ den Kopf nach hinten sinken. Er hob sie hoch, sie legte die Beine um seine Taille, um sich festzuhalten, und er lehnte sie gegen die Wand, drückte sich gegen sie und wollte mehr.

Er trug sie durch das Zimmer, als wöge sie nichts, und Isabella fühlte seine Kraft in seiner Brust, in seinen Armen und Schultern. Sie zog die Fingernägel darüber, kratzte ihn, dass rote Striemen zurückblieben. Etienne ließ sie neben dem Bett auf die Füße hinunter. Da standen sie voreinander, sein Atem ging heftig, ihr Herz hämmerte.

»Ja?«, fragte er mit rauer Stimme.

»Ja«, keuchte sie. »Bitte, ja.«

»Warte.« Er riss die Nachttischschublade auf. Sie hörte die Kondomfolie reißen und fühlte ihr Herz schlagen.

Sie legte sich auf das Bett, zog ihn über sich und schlang die Beine um seine Taille.

Seine Augen waren halb geschlossen, sein Mund geöffnet. Isabella spürte die Spannung in ihren Schenkeln, wollte ihn näher zu sich ziehen, ihn in sich hineindrücken.

Doch er hielt heftig atmend seine Position. Sie wollten das schon so lange. Er sah ihr in die Augen, während er sie mit dem Kopf seines Penis öffnete. Er war groß, so groß. Behutsam dehnte er sie zentimeterweise, schob sich hinein, bis sie ausgefüllt war, so vollständig ausgefüllt wie noch nie. Er hielt inne, und sie stöhnte. Sie sahen sich in die Augen, bis er sie küsste. Er nutzte den Moment, um sich herauszuziehen, aber nicht ganz, dann tauchte er ihn wieder hinein, sanfter diesmal, aber nicht zögernd, und ihr Körper öffnete sich für ihn, und er sank bis zum Heft hinein. Unter ihren Beinen kniend, ragte er über ihr auf, fasste um ihre Knie und drückte sie auseinander. Sie merkte, dass er sich etwas anders hinkniete, und dadurch erreichte er eine neue Tiefe, berührte Stellen in ihr, die noch keiner berührt hatte. Sie drehte den Kopf auf dem Kissen hin und her, als er zwischen ihre Beine fasste und sie im Takt rieb, sodass das Fühlen die Oberhand gewann, das Reiben, das Ausgefülltsein, die Stöße. Nichts anderes war noch wichtig außer dem Gefühl ihrer Körper. Die pulsierende Erregung.

»Sieh mich an«, sagte er, während sie den Kopf hin und her warf. Sie öffnete die Augen und erkannte seine Leidenschaft.

»Komm mit mir zusammen«, murmelte er, und darauf änderte er den Takt und drang kräftiger, wilder in sie ein, während er sie rieb und ihren Blick festhielt, und dann bog sie den Rücken durch und fiel und fiel und hörte ihn ihren Namen schreien.

67

Etienne

Etienne ließ sich heftig atmend auf sie sinken. Ihre weichen Arme strichen über seinen Rücken, während sie runterkamen. Er legte sich zur Seite und flach auf den Rücken, um zur Ruhe zu kommen. Sie drehte sich zu ihm um und legte den Kopf auf seine Schulter.

»Wir waren ziemlich gut bei unserem Kein-Sex«, sagte Isabella. »Aber wir sind noch besser beim wahren Sex.«

»Ich muss jetzt meinen Karaoke-Song ändern«, murmelte Etienne, und sie lachte, dass ihr Atem kitzelnd über ihn strich.

»Ich habe das Gefühl, meine Rosa sind Wangen.« Sie schlug sich die Hände vors Gesicht, und kicherte, weil sie keinen geraden Satz mehr hinbekam. Er musste zugeben, dass ihr Gesicht gerötet war, was hoffentlich ein gutes Zeichen war. Er schob einen Arm unter sie und zog sie an sich.

»Ich hätte dich nie für einen Kuschler gehalten«, sagte sie.

»Ich war auch nie einer – bisher.« Er lachte. Es war wahr. Bisher war er kaum mal eine ganze Nacht bei einer Frau geblieben, weil ihm das zu intim gewesen wäre. Aber mit Isabella wollte er all das. Zusammen aufwachen, sich gute Nacht sagen, sich gemeinsam vor dem Spiegel im Bad die Zähne putzen, zusammen auf der Couch fernsehen. Er wollte alles mit ihr teilen, seine Tage, seine Nächte, sein Bett. Er wollte sein Leben mit ihr teilen.

»Ich liebe dich, Bella«, sagte er leise, und sie hob den Kopf, um ihm in die Augen zu sehen.

»Ich liebe dich auch, Etienne.«

Er küsste sie sanft, und sie gab ein zufriedenes Brummen von sich, das er im Mund spürte und ihn zum Lächeln brachte.

»Hey, Boss!«

Sie fuhren erschrocken zusammen, gerade als sie sich wieder ihrer Lust hingeben wollten und der Kuss intensiver wurde.

Unten rief Mile End Mickey von der Tür im Restaurant die Treppe hoch. »Hier unten steht ein Kerl, der behauptet, dein Bruder zu sein!«

68

Isabella

Ihre Augen schwammen in Tränen, als Etienne und sein Bruder sich nach vier Jahren zum ersten Mal wieder umarmten. Sie gaben sich mit dem typisch männlichen Schulterklopfen und Rückenschlägen nicht ab, sondern hielten sich einfach fest und lange in den Armen und schlossen bewegt die Augen.

Schließlich löste sich Alex und gab Etienne ernst die Hand. »Danke, Bruder. Ich werde es dir zurückzahlen. Darauf kannst du dich verlassen.«

Etienne schüttelte ihm bedächtig die Hand. »Fox und Walker ja, mir nicht. Du bist mir jeden Penny wert.«

Sie umarmten sich noch mal, und eine Träne lief Isabella die Wange hinunter. Sie schniefte und wischte sie weg, als Etienne zu ihr kam und den Arm um ihre Schultern legte.

»Alex, das ist Isabella«, sagte er, und es gefiel ihr sehr, wie stolz er dabei klang. »Isabella, das ist Alex.«

Sie musterten einander. Isabella faszinierte es, dass zwei Menschen sich so stark ähneln und doch sehr individuelle Züge haben konnten. Etienne hatte das markantere Kinn und dunklere Haare. Alex hingegen war blond, und als er sie anlächelte, fiel ihr auf, dass er blaue Augen hatte.

»Entschuldige den Schlafanzug«, bat sie verlegen, da sie noch ihre Schlafshorts und darüber einen von Etiennes Hoodies trug.

»Entschuldige, dass ich in euren Sonntagmorgen reinplatze«, erwiderte Alex. »Freut mich, dich kennenzulernen.«

»Du wirst sie noch häufiger sehen«, versprach Etienne, zog sie näher an seine Seite und küsste sie auf den Scheitel. »Du wirst sie jeden Tag sehen, hoffe ich.«

Isabella fühlte ein Flattern in der Brust. Sie war noch von den Ereignissen der letzten Tage überwältigt. Sie wusste nun, dass Etienne sie liebte. Sie hatte absolut atemberaubenden Sex. Er wollte sie in seinem Leben haben. Das war mehr, als sie für möglich gehalten hätte. Sie wollte mit ihm Neues erleben, mit ihm im *Bolthole* Karaoke singen, sich mit ihm austauschen, mit ihm Neues lernen und ihm nächstes Jahr vom Ufer aus zujubeln, wenn er das Ruderrennen gewann. Sie wollte eine Zukunft mit Etienne Martin.

»Also kann ich bleiben?«, fragte Alex. »Bis ich meine Situation geregelt habe?«

Etienne schlug ihn gegen den Oberarm. »Na klar, Al. Aber wir haben schon einen achtzigjährigen Herrn für ein paar Wochen bei uns, also musst du mit der Couch vorliebnehmen.«

Auf der anderen Seite des Platzes zog etwas ihren Blick an. Flüchtig sah sie jemanden ins *Tutto Mio* gehen. Sie schnappte nach Luft. Diesen Rücken würde sie überall erkennen. Sie duckte sich unter Etiennes Arm hindurch und rannte zum Fenster, um mehr zu erkennen, aber die Restauranttür schloss sich gerade langsam und versperrte die Sicht.

»Was ist?« Etienne schaute über die Schulter.

»Da ist jemand … ins *Tutto Mio* gegangen!«, sagte sie und lief schon los. »Du kommst besser mit«, rief sie über die Schulter und rannte zum zweiten Mal an diesem Morgen im Pyjama über den winterlich kalten Platz.

Sie ignorierte die Rufe von hinten, sie solle warten oder

nicht reingehen. Isabella war sich hundertprozentig sicher, wer gerade ihr Restaurant betreten hatte, aber sie hatte nicht im Geringsten mit ihm gerechnet.

Sie riss die Tür auf, und sie hatte recht.

Ihr Papà stand braun gebrannt und reisemüde neben einem großen Rucksack. Ihre Mamma, mit einem neuen stumpfen Bob und einer übergroßen Sonnenbrille, fluchte über die verspäteten Flüge, derentwegen sie die Eröffnung verpasst hatten. Nonna kniff ihnen strahlend in die Wangen und küsste sie immer wieder überschwenglich, und Isabella drängte sich dazwischen, damit ihre Familie sie in die Arme schließen konnte.

»Wir hätten eigentlich gestern hier ankommen sollen!« Mamma hielt sie ein Stück von sich weg, um sie zu betrachten.

»Wir haben nur so getan, als würden wir es nicht schaffen, und dann haben wir es tatsächlich nicht geschafft!«, sagte Papà zerknirscht.

»Hauptsache, ihr seid da!«, krächzte Isabella mit einem Kloß in der Kehle und umarmte die beiden von Neuem.

Ihre Mutter lachte und weinte und lächelte, während ihr die Tränen in den Mund liefen. Ihr Vater war einen Moment lang sprachlos vor Rührung. Und ihr wurde klar, wie sehr sie ihre Eltern vermisst hatte. Ihre nie versiegende Liebe und Unterstützung hatte sie auch aus der Ferne bekommen, aber nichts ging über eine leibhaftige Umarmung.

Die Restauranttür wurde aufgerissen, und Etienne kam hereingestürmt und hielt ausgerechnet einen Regenschirm aus dem Schirmständer im Bistro kampfbereit erhoben in der Hand. Alex kam hinter ihm angerannt und schwang ebenfalls einen Stockschirm.

»Wo sind sie?« Etienne blickte hastig suchend durch den Gastraum und zur Bar.

»Wer?«, fragte Nonna und sah sich ebenfalls um.

Alle schauten einander ratlos an, und einen Moment lang war es still. Dann fing Mamma an zu kichern, und Isabella warf den Kopf in den Nacken und lachte schallend. Etienne und Alex ließen langsam ihre Schirme sinken und wechselten einen Blick.

»Mamma, Papà, das ist Etienne.« Isabella streckte die Hand nach ihm aus, damit er zu ihnen trat. »Und sein Bruder Alex.«

Etiennes Gesicht hellte sich auf, als er auf die beiden zuging. Sie legte einen Arm um seinen Rücken und lehnte den Kopf für einen Moment an seine Schulter. Er gab zuerst ihrem Vater die Hand, und der blickte sie und dann ihn an und las in seinem Gesicht. Als er dort sah, worauf er hoffte, schüttelte er ihm die Hand. Zwischen ihnen schien eine ernste Verständigung vonstattenzugehen. Mit einer Frage und einer Antwort. Einer Abmachung.

Etienne wandte sich ihrer Mutter zu. »Sehr erfreut, Sie kennenzulernen, Mrs Tucci.« Er streckte ihr die Hand hin.

Mamma ignorierte sie und küsste ihn auf beide Wangen.

Alex folgte Etiennes Beispiel, schüttelte Hände und küsste Wangen, als gehörte er schon zur Familie.

»Wo kommt ihr denn her, so im Schlafanzug?«, wollte Mamma wissen, und Isabella lachte, weil sie bemerkte, dass Etienne rot wurde.

»Lange Geschichte«, sagte sie. »Es war schon viel los heute Morgen.«

»Zeit für Kaffee und Kekse«, erklärte Nonna. Was, wie jeder außer Alex wusste, mit Rum einherging, und kurz darauf saßen sie alle an einem Tisch, plauderten auf Italienisch und Englisch und erfuhren von Mammas Erfahrungen beim Schwimmen mit einem Walhai auf den Malediven und Papàs

Wildwasser-Rafting in Kroatien. Schließlich wurde die Tür geöffnet, und Amber kam herein, um das Mittagessen vorzubereiten.

»Amber!«, rief Isabella. »Komm und lass dich mit meinen Eltern bekannt machen!«

Amber trat näher und grinste schon, als sich alle zu ihr umdrehten. Auf halbem Weg zum Tisch blieb sie abrupt stehen, und das Lächeln verging ihr. Ihr Kinn sank herab. Isabella runzelte die Stirn. Amber schaute, als sähe sie einen Geist.

Isabella stellte fest, dass der Blick Alex galt. Der wiederum schaute bewundernd. Ihre Reaktionen hätten kaum gegensätzlicher ausfallen können.

»Amber!« Er schob seinen Stuhl zurück.

»Du!« Amber schüttelte den Kopf.

Alex streckte ihr die Hand entgegen und ging zögernd einen Schritt auf sie zu. Alle beobachteten verwirrt das Geschehen, unsicher, in welche Richtung es sich entwickeln würde.

Amber bewegte sich flink auf ihn zu, und Alex' Augen wurden größer, ein Anflug von Hoffnung malte sich ab – bis Amber sie ihm mit einer schallenden Ohrfeige austrieb.

Alex fasste sich an die Wange, während Amber sich auf dem Absatz umdrehte und auf die Küche zuhielt.

»Amber!«, rief er, doch sie hob die Hand und ging weiter, wobei sie übertrieben die Hüften schwang.

»Nicht in einer Million Jahren, Alex!« Sie stieß die Schwingtür auf, ohne zurückzublicken, und ließ sie hinter sich zufallen.

Alex machte Anstalten, ihr nachzugehen, aber Etienne hielt ihn am Arm auf.

»Vielleicht später«, sagte er leise und deutete mit dem Kopf auf das Publikum. Nonna staunte noch mit offenem Mund. Die anderen wechselten Blicke und versuchten, den roten Handabdruck an Alex' Wange zu übersehen, als er seinen Stuhl unter den Tisch schob.

»Ich gehe jetzt besser. Wir sehen uns zu Hause«, sagte er zu seinem Bruder und verabschiedete sich.

Etienne stand auf. »Ich sollte mich jetzt auch verabschieden. Ich muss das Bistro öffnen. War nett, Sie beide kennenzulernen.«

Isabella wollte nicht, dass er schon ging, vor allem nicht nach dem kleinen Zwischenfall. Er fing ihren Blick auf.

»Sehen wir uns später?«, fragte er leise, und erleichtert stand sie auf und küsste ihn sanft und mehrmals vor den anderen. Dann ging er.

Später an dem Abend, nach einem erfolgreichen zweiten Tag im Restaurant, ging Isabella über den dunklen, einsamen Platz zum Bistro hinüber. Sie hatte zuvor versucht, mit Amber zu sprechen, aber die hatte ihr reumütig erklärt, das sei eine Geschichte für einen Mädelsabend, bei einem Drink oder zehn, und sie müsse warten. Nun hoffte Isabella, dass Etienne die Geschichte kannte. Vielleicht könnte er ihre Wissenslücken füllen. Sie grinste. Oder anderes bei ihr.

Etienne hatte bei einem ihrer langen Chats im Laufe des Tages vorgeschlagen, dass sie bei ihm übernachten sollte. Das war nur praktisch. Ihre Eltern konnten für die wenigen Nächte, die sie in der Stadt blieben, ihr Bett haben. Danach würden sie wieder abreisen, um die leuchtenden Herbstfarben der Wälder in Japan zu sehen. Da auch Nonna und Gabi bei ihr wohnten, war das Haus voll. Und sie konnte sich keine bessere Lösung vorstellen, als bei Etienne zu schlafen. Und hoffentlich mit ihm.

Die Tür zum Bistro war nur angelehnt, und sie ging hinein

und hielt inne, bis sie in dem dunklen Raum etwas erkennen konnte. Nur in der hintersten Ecke brannte eine Kerze auf dem Tisch, und dort saß er. In freudiger Erwartung vergaß sie für eine Sekunde zu atmen. Ein Schlummertrunk und dann ins Bett mit dem Mann, den sie liebte. Sie wünschte in dem Moment, ihre Eltern müssten länger bleiben.

Etienne drehte ein Glas Whisky in seinen langen Fingern, der große Eiswürfel schimmerte in der bernsteinbraunen Flüssigkeit. Daneben stand ein Glas für sie. Isabella setzte sich auf den Stuhl neben ihm, und Etienne stieß mit ihr an.

»Ich muss mit dir reden«, sagte er, und angesichts seines ernsten Tons führte sie ihr Glas nicht bis zum Mund. Sie hielt den Atem an, und ihr Herz setzte einen Schlag aus. Sie stellte das Whiskyglas hin, ohne getrunken zu haben.

»Ich will nicht, dass das eine Teilzeitsache wird«, sagte er, und sie hörte, wie sie ausatmete, während ihr Herz weiterschlug. Gott sei Dank.

»Ich will, dass wir beide für immer zusammen sind«, fügte er hinzu. »Jetzt, da ich dich gefunden habe, will ich dich nicht mehr gehen lassen. Ich will, dass du ganz mir gehörst.«

Sie griff über den Tisch nach ihm, aber er behielt seine Hand auf dem Schoß und beobachtete sie.

»Du bist, was ich immer wollte und was ich zugleich gemieden habe.« Er klang sehr bewegt und hielt ihren Blick fest. Er war faszinierend schön. Sie würde nie müde werden, in sein Gesicht zu sehen. »Ich liebe dich, Isabella Tucci, und ich will dich heiraten.«

Ihr stockte der Atem, sie blinzelte heftig.

Jetzt hob er die Hand aus dem Schoß, und darin hielt er ein schwarzes Samtkästchen. Das stellte er in die Mitte auf den Tisch und hob behutsam den Deckel an. Der Diamant funkelte, und sie schlug sich die Hand vor den Mund.

»Willst du mich heiraten, Bella?«

Sie schluckte und leckte sich über die plötzlich trockenen Lippen, während sie den Ring anstarrte.

»Das war der Verlobungsring meiner Mutter.« Er neigte das Kästchen, damit sie den Edelstein funkeln sah. »Und es würde mich zum glücklichsten Mann der Welt machen, wenn du den Ring trägst.«

Die Glocken auf dem Platz schlugen Mitternacht. Er beobachtete sie, während ihre Gedanken rasten und ihr Herz so laut schlug, dass es in ihren Ohren dröhnte. Er wartete.

Sie legte die Hand über das Kästchen, dann hörte man den Deckel zuschnappen.

Etienne wurde blass. Darauf fing sie hastig an zu reden, damit er sie nicht falsch verstand.

»Ich liebe dich, Etienne, mehr als ich jemals geliebt habe.« Als sie das aussprach, fühlte sie, wie tief ihre Liebe ging. Ihre Sehnsucht nach ihm, das unstillbare Verlangen, bei ihm zu sein, war unvergleichlich. Sie schob ihre Finger zwischen seine und streichelte mit dem Daumen seinen Handrücken. »Aber wie wir wissen, ist es manchmal gut, auf die Dinge, die wir wollen, zu warten.«

Seine Augen suchten ihre, suchten nach einer Antwort, hofften auf eine Zukunft.

»Und ich will auch für immer mit dir zusammen sein.« Sie legte die Hände auf seine. Er atmete langsam auf, und genauso langsam zeigte sich dabei ein Lächeln. »Also, wie wär's, wenn wir ein Jahr lang alles tun, außer zu heiraten?«, schlug sie vor.

Er zog eine Braue hoch und ließ sich das durch den Kopf gehen. »Definiere: ›alles, außer zu heiraten‹«, sagte er. Das Funkeln in seinen Augen war wieder da. »Nur damit ich klarsehe.«

»Was musst du wissen?«, fragte sie.

»Zusammenleben?«

»Sehr gern.«

»Fest?«

»Und exklusiv.«

»Gemeinsame Zukunft planen?«

Ihr Lächeln wurde immer breiter. »Definitiv.«

Er sah ihr einen Moment lang schweigend in die Augen und nickte dann.

»*Tutto Mio?*«, fragte er mit unsicherem Blick wegen seiner Aussprache.

»Ganz die deine«, bestätigte sie.

»Und in einem Jahr?«

Sie biss sich auf die Unterlippe, um das Lachen zurückzuhalten, das in ihr aufstieg, aber es entkam ihr trotzdem. »Werde ich dich sehr gern heiraten.«

Er lachte und hob sein Glas. »Ein Jahr.«

Sie stieß sanft mit ihm an und blickte ihm in die Augen. »Ein Jahr.«

Darauf tranken sie und lächelten einander an.

»Nur du, Bella, konntest dir so einen Plan ausdenken.« Etienne blies die Kerze aus und stand auf. Er zog sie von ihrem Stuhl hoch, hob sie hoch, sodass sie die Beine um seine Taille schlang, und trug sie zur Treppe. Sie legte die Arme um seinen Nacken, er stieg die Stufen hoch und ging mit ihr zum Schlafzimmer. Sie hatte den Mann, den sie liebte, in den Armen und zwischen den Beinen, und es konnte nur noch besser werden.

»Gut, dann lass mich dir zeigen, wie schön es sein kann, ein Jahr zu warten.« Er trat die Schlafzimmertür auf.

»Ich freue mich schon darauf.« Sie wühlte mit den Fingern in seinen Haaren und lächelte, weil er dabei knurrte.